W9-DGD-952

Stealing Snow

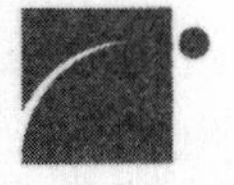

Stealing Snow

Danielle Paige

Traducción de
María Angulo Fernández

Rocaeditorial

Título original: *Stealing Snow*

Primera edición: septiembre de 2017

Av. Marquès de l'Argentera 17, pral.
08003 Barcelona
actualidad@rocaeditorial.com
www.rocalibros.com

Impreso por LIBERDÚPLEX, s.l.u.
Crta. BV-2249, km 7,4, Pol. Ind. Torrentfondo
Sant Llorenç d'Hortons (Barcelona)

ISBN: 978-84-16700-68-4
Depósito legal: B-16385-2017
Código IBIC: YFB

RE00684

A mi familia: mamá, papá, Andrea, Josh, Sienna y Fi,
y a todas las chicas que quisieron ser princesas, pero
acabaron siendo reinas…

El primer beso puede despertar a princesas durmientes, romper hechizos o acompañar un «vivieron felices y comieron perdices». Mi primer beso, en cambio, rompió a Bale en mil pedazos.

Bale había prendido fuego a una casa cuando tenía seis años. Era un paciente del instituto psiquiátrico Whittaker, igual que yo, y era el único amigo que tenía. Pero entre nosotros había..., entre nosotros había algo más. Le pedí que se reuniera conmigo en un lugar donde pudiéramos estar a solas, en el único sitio donde no viéramos los barrotes de hierro que protegían todo el edificio. Sin embargo, nuestro beso no podría durar mucho, tan solo los segundos que tardarían los batas blancas en darse cuenta de que habíamos desaparecido.

Bale se presentó a la hora acordada, en el lugar acordado, en el rincón más oscuro del vestíbulo. Sabía que no me fallaría. Bale habría hecho cualquier cosa por mí.

Empezamos con bastante torpeza. Yo tenía los ojos abiertos como platos y él estaba más rígido que el palo de una escoba. Sin embargo, unos segundos después, toda aquella torpeza desapareció. Sus labios eran suaves, carnosos; de repente, noté una oleada de calor por todo el cuerpo. El corazón me iba a mil por hora. Cuando por fin nos separamos, me balanceé sobre los talones y le miré a los ojos. Se me escapó una sonrisa, y eso que yo casi nunca sonreía.

—Lo siento, Snow —dijo, sin apartar la mirada.

Parpadeé, confundida. No podía estar hablando en serio.

—Ha sido perfecto —aseguré.

Bale no era un chico empalagoso ni sentimentaloide. Pero no iba a permitirle que se burlara de eso. Ni ahora, ni nunca. Le di un empujón.

—Ahora veo quién eres —dijo él; después me cogió de la mano y la apretó con demasiada fuerza.

—Bale…

Me retorció la mano y entonces oí un crujido. De inmediato noté un dolor insoportable en la muñeca y en el brazo. Solté un grito, pero Bale seguía mirándome fijamente, sin inmutarse. De pronto, su expresión se tornó fría e inflexible.

No era la expresión de un príncipe, desde luego.

Necesité que vinieran tres enfermeras para que me soltara la mano; después me enteré de que me había ocasionado dos fracturas.

Cuando por fin lograron quitármelo de encima, miré por la ventana de doble cristal. Nevaba. Y era mayo. Pero estábamos en el norte del estado de Nueva York y cosas más extrañas habían pasado. Los copos de nieve se quedaban pegados al cristal y se derretían. Acaricié la superficie; estaba helada. Si las cosas hubieran sido distintas, aquella nevada repentina habría sido la guinda del pastel. Pero, en lugar de culminar un momento perfecto, lo empeoró todavía más.

Después de eso, Bale tuvo que tomarse un buen cóctel. Y yo también, después de que me prohibieran verle. Ese era el procedimiento habitual para todos los pacientes que tenían amigos imaginarios, pero también para los atrapasueños y viajeros del tiempo, y para los niños que adoraban objetos punzantes, o no comían o eran incapaces de conciliar el sueño. Y también para mí, que intenté caminar sobre un espejo cuando tenía cinco años. Todavía tengo cicatrices por toda la cara, el cuello y los brazos, aunque con el paso del tiempo se han difuminado y ahora apenas son unas líneas blancas. Supongo que Becky, la vecina a quien había arrastrado por el espejo conmigo, también las seguiría teniendo.

El doctor Harris dijo que habían encontrado varias pastillas debajo del colchón de Bale. Hacía tiempo que no se tomaba la medicación. Y por eso no pudo evitar hacer lo que hizo, porque no pudo controlarse.

No estaba segura de que esa fuera la verdad, pero me importaba bien poco. Los huesos rotos acaban soldándose. Lo que me repateó fue ese primer beso tan perfecto. Y lo que Bale había dicho justo después.

Todo eso ocurrió hace un año. Y, desde entonces, Bale no ha vuelto a decir palabra.

1

A lo lejos vi un árbol que parecía un arañazo en mitad del cielo; tenía las ramas nudosas y su madera era tan blanca que parecía luminiscente. La corteza estaba tallada de arriba abajo. No era la primera vez que lo veía. Sentí el impulso de acercarme a él y acariciar los dibujos tallados en la corteza, pero, en lugar de eso, me di media vuelta y me dirigí hacia un sonido incesante: agua. Corría rápido. Miré hacia abajo y vi que estaba al borde de un acantilado escarpado y muy alto. De pronto, noté algo o alguien detrás de mí. Un segundo después, una mano invisible me empujó.

Fue una caída eterna. Y, al fin, mi cuerpo se zambulló en el agua. Estaba helada. Más helada de lo que uno puede llegar a imaginar. Sentí como si un millón de agujas me estuvieran atravesando la piel. Y entonces, cuando ya no pude soportarlo un segundo más, abrí los ojos y advertí algo en las profundidades gélidas de aquel océano: unos tentáculos y unos dientes afilados venían directos hacia mí.

Sacudí los brazos. Necesitaba respirar. ¿Qué era peor? ¿Aquel monstruo marino o morir ahogada? La criatura me alcanzó y me rodeó el tobillo con un tentáculo nauseabundo.

Esa mañana, cuando me desperté, Vern, una de las enfermeras de Whittaker, estaba junto a mi cama.

—Tranquila, cariño —dijo en voz baja. Tenía una jeringuilla y estaba lista para usarla.

Contuve la respiración y aparté las sábanas para poder ver la marca que me habría dejado aquel monstruo en el tobillo. Las sábanas estaban empapadas. Pero no era agua lo que las había mojado, sino mi propio sudor. No tenía ninguna marca y, por tanto, ninguna criatura marina a la que culpar.

—¿Snow?

Los celadores y las enfermeras, o batas blancas, como nos gustaba llamarlos, no eran nuestros amigos, aunque eran las únicas personas que veíamos día tras día. Algunos charlaban con nosotros. Otros se burlaban y nos ridiculizaban. Y también había un grupito que no dejaba de reírse por lo bajo mientras nos trasladaban de habitación en habitación, como si fuéramos muebles viejos e inservibles. Pero Vernaliz O'Hara era distinta. Me trataba como a un ser humano, incluso cuando estaba drogada o me entraban los tembleques. En ese momento, Vern no sabía a quién tenía delante, lo cual explicaba lo de la jeringuilla.

—Hoy prefiero no dejarte fuera de combate, cariño. Tu madre viene de visita —dijo Vern con aquel acento sureño tan dulce.

Dio un paso hacia atrás y se metió la jeringuilla en el bolsillo de la bata; llevaba el cabello recogido en una cola alta que no dejaba de balancearse sobre su espalda. La miré y quedé maravillada. La cabeza casi rozaba el techo. Medía más de dos metros, algo muy poco habitual en una mujer. Por un momento, pensé que el balanceo de la coleta de Vern levantaría una suave brisa.

En función del paciente al que preguntaras, Vern era una giganta. O una amazona. O Jörd, la deidad nórdica que dio a luz a Thor, el dios que a veces aparece en películas basadas en cómics. Había buscado información sobre la enfermedad que sufría Vern en la vieja colección de enciclopedias que había cedido el doctor Harris a la biblioteca. Vern padecía acromegalia, «un trastorno crónico debido a la secreción excesiva de la hormona del crecimiento, producida por la glándula pituitaria». Y por eso Vern era más grande que el resto del mundo. Sin embargo, «padecer» no era la palabra apropiada. Vern estaba orgullosa de su altura; además, era perfecta para trabajar en Whittaker. Ningún paciente podía escabullirse de aquella mujer. Ni siquiera yo.

Extendí la mano.

—Está bien —murmuré.

—Anda, pero si habla —dijo Vern, sorprendida, y después abrió como platos aquellos ojos verdes.

No fue un comentario sarcástico, aunque viniendo de Vern podría haberlo sido, desde luego. Por culpa de la medicación que me estaban dando, no solía hablar mucho. Y, cuando lo hacía, solo era para escupir palabrotas. Por eso y porque no tenía a nadie con quien hablar. Sin contar a mi madre cuando venía de visita y, por supuesto... a Bale.

No soportaba a ningún bata blanca, salvo a Vern.

El año pasado, justo después de que el doctor Harris me prohibiera terminantemente ver a Bale, mordí a Vern. Supuse que el incidente tendría consecuencias, entre ellas que Vern me tratara de una forma distinta. Pero no cambió, siguió siendo igual de cariñosa y amable conmigo. Siempre quise preguntarle el porqué, pero nunca me atreví.

—¿Has vuelto a tener el mismo sueño? —me preguntó Vern con la misma emoción con la que esperaba el siguiente episodio de *The End of Almost*, una de las series que veíamos juntas durante las horas de recreo vigilado.

Negué con la cabeza. «Mentira», susurró una vocecita en mi cabeza. En Whittaker siempre nos animaban a hablar sobre nuestro subconsciente y cada mañana nos preguntaban por los sueños que habíamos tenido. Sin embargo, yo me negaba a hablar del tema. Mis sueños eran míos, y de nadie más. A veces tenía sueños extraños y oscuros, pero era la única manera de sentirme más cerca de Bale. Una vez metí la pata y le expliqué un sueño a Vern. Un desliz estúpido, la verdad. Desde aquel día, cada mañana me hacía la misma dichosa preguntita.

Esa noche no había soñado con Bale. Fue un sueño más raro de lo habitual. Vi otra vez aquel árbol gigantesco e imponente. Ocupaba casi todo el cielo. Y entonces advertí esa cosa... Al recordarlo, me distraje y me sumergí de nuevo en esa agua fría y oscura. Vern era una enfermera con una paciencia infinita. Esperó a que me incorporara en la cama y después me pasó una sudadera y unos pantalones grises. Dejó escapar un suspiro que denotaba su decepción.

Me quité el pijama de algodón, que era más fino que el papel de fumar, y capté el destello de mi reflejo en el espejo de plástico que había en la puerta del armario. El beso con Bale me había dejado preocupada, inquieta. Necesitaba averiguar qué le había asustado tanto.

Tenía la misma cara de siempre. Mirada marrón. Tez pálida, lo cual era normal porque apenas me daba el sol. El rastro de cicatrices blancas en un lado de mi cuerpo, sobre todo en el brazo izquierdo. Aunque me había sometido a múltiples cirugías, el tatuaje con forma de telaraña, el mismo tatuaje que me había traído a Whittaker, jamás desaparecería. Siempre había tenido varios mechones blancos que crecían entre mi melena rubio ceniza, pero durante el último año aquellas líneas albinas se habían multiplicado. Vern decía que era culpa del nuevo cóctel de medicamentos, pero la verdad es que no había ningún otro paciente con el pelo canoso, y eso que todos los que vivíamos en el ala D tomábamos la misma medicación.

—Podríamos colgar algún cuadro. Te has convertido en toda una artista —dijo Vern.

Me encogí de hombros, como si me diera lo mismo, pero reconozco que me sentí muy orgullosa y halagada. Había empezado a pintar como parte de la terapia, pero había seguido haciéndolo porque me gustaba. A veces dibujaba a otros pacientes. La mayoría de los retratos eran de Bale. Tenía decenas de ellos, en realidad. Dibujaba a los internos tal y como eran, y como querían ser. Wing estaba convencida de que era un ángel, o algo parecido, así que le dibujé unas alas. Chord creía en los viajes a través del tiempo, así que solía dibujarle en el lugar y el tiempo donde él deseaba estar en ese instante. Una vez le dijo a Bale que podía «parpadear» de un sitio a otro. Así solía referirse él a su talento, el «parpadeo». Y es que podía trasladarse al momento de la firma de la Declaración de Independencia de los Estados Unidos con tan solo un parpadeo. Para él, el tiempo era infinito. Eso hacía que lo envidiara. Me habría encantado parpadear y retroceder en el tiempo; de hecho, habría dado cualquier cosa por volver al momento antes del beso con Bale.

A veces hacía esbozos de Whittaker. Aquel manicomio tenía un montón de habitaciones. Pero había un abismo entre lo que nuestros padres veían y lo que nosotros veíamos. Mi habitación era bastante austera: sábanas blancas, paredes blancas, armario blanco, un espejo de plástico de cuerpo entero colgado de la puerta del armario y un pequeño escritorio de color… blanco. Toda la decoración estaba repartida por las cuatro paredes: había pegado varios de mis cuadros con un poco de cinta de embalar. Había sido todo un detalle por parte de Vern, y siempre le estaría agradecida por ello. El resto de Whittaker parecía un palacete inglés: techos altísimos, muebles antiguos y candelabros de hierro forjado que iluminaban todas las estancias. Lo irónico del asunto es que Whittaker no era un psiquiátrico centenario. Se construyó el siglo pasado, por lo que se consideraba bastante nuevo. Y, además, el Nueva York rural no tenía nada que ver con la Inglaterra distinguida y señorial.

A veces trataba de plasmar mis sueños en papel; esos bocetos eran… espeluznantes. Desde paisajes inhóspitos tan blancos que incluso cegaban la vista hasta escenas de ejecuciones repulsivas. No podía explicar ninguno de aquellos dibujos. El más sobrecogedor era uno en el que se me veía sobre una montaña de cadáveres congelados y cubiertos por una suave capa de nieve. Estaba sonriendo, como si tuviera un secreto.

Ah, también había uno con un verdugo con coraza que blandía un hacha, dispuesta a clavarla en algo o en alguien. Las manchas de sangre de su armadura parecían reales. No me podía sentir más orgullosa de aquel cuadro.

El doctor Harris decidió que el dibujo y la pintura podrían ser una buena forma de canalizar mi ira e imaginación, ya que así podría ver sobre un papel las cosas tan «ridículas» que me pasaban por la cabeza. Estaba convencido de que, si lograba sacarlas de mi mente, podría distinguir al fin lo real de lo imaginario.

Y la verdad es que, durante un tiempo, funcionó; pero después el doctor Harris se empeñó en convertir el dibujo en una especie de terapia para hablar sobre mis sentimientos, algo que casi nunca hacía, o al menos, no del modo en que él quería.

—Las visitas están a punto de llegar —murmuró Vern. Arrastró su carrito hasta mi cama y cogió aquel vasito de papel blanco tan familiar que contenía la pastilla del día.

—¿Qué toca hoy, Vern? ¿Dormilón o Mudito?

Había bautizado cariñosamente las pastillas que tomaba con los nombres de los siete enanitos. Su nombre estaba relacionado con el efecto que tenían en mi estado de ánimo. Cuando me tomaba a Dormilón, me entraba sueño y se me cerraban los ojos; y lo mismo pasaba con Mudito o Gruñón. Todas representaban su efecto, incluso Mocoso.

El vasito de ese día contenía una pastilla verde.

—Bonachón —dijo. Hice una mueca. Esa pastilla ya no me funcionaba—. Estás muy dicharachera hoy —añadió, y ladeó la cabeza.

Me vestí con el uniforme del hospital. Primero me puse la sudadera y, después, los pantalones. Vern me entregó el vasito de papel y esperó a que me tragara la pastilla; la pastilla era tan grande que incluso con un buen sorbo de agua noté que me arañaba la garganta. Vern recogió el vaso y esperó a que abriera la boca para comprobar que no la tenía escondida en algún recoveco.

Durante ese breve instante, sentí una punzada de resentimiento. Ese momento de nuestra rutina diaria era lo que nos distanciaba, lo que nos impedía ser amigas de verdad, más que la cerradura de la puerta o la jeringuilla que Vern solía llevar siempre en el bolsillo. Sabía que su trabajo consistía en comprobar que me tomaba la medicación, no en confiar ciegamente en mí.

Y eso me recordaba que, aunque era la única persona que charlaba conmigo, no estaba allí porque quisiera, sino porque ese era su trabajo.

2

Escoltada por la torre de Vern, atravesé el vestíbulo del ala D. Me asomé por las diminutas ventanas de doble cristal que daban a las distintas habitaciones del ala más segura de Whittaker. De repente, tras una de aquellas ventanas distinguí a Wing, subida a una silla y dispuesta a alzar el vuelo. Desde esa altura no se iba a hacer daño, pero su bata blanca, Sarah, una mujer con una fuerza sobrehumana y cara de águila, estaba intentando convencerla de que bajara de la silla. Wing parecía una chica inofensiva, pero, en realidad, era la paciente que más miedo inspiraba a los batas blancas. Una puerta abierta, un despiste, y Wing se las ingeniaría para encontrar la superficie más alta desde la que poder saltar. Wing creía que podía volar.

Pasé junto a su habitación justo en el momento del «despegue». Al ver la cara que puso Wing al aterrizar de un batacazo y darse cuenta de que no había volado se me encogió el corazón. Fue un momento muy triste.

En la habitación de al lado, Pi estaba garabateando algo en su libreta. Por lo visto, estaba a punto de escribir la fórmula que salvaría el mundo… o lo destruiría. Vern, a la que le encantaba ponerme al día sobre el resto de los pacientes, me había dicho que ya había superado su fase de abducción extraterrestre. Por lo visto, ahora estaba metido en una historia muy rocambolesca, algo sobre una conspiración contra el Gobierno, que implicaba descifrar un código.

La habitación de Magpie estaba vacía. Pero sabía que debajo del colchón guardaba un montón de cosas diminutas que había robado en Whittaker. Magpie era nuestra ladrona residente y, a veces, mi némesis. Siempre había estado tan pendiente de Bale que no me había dado cuenta de que llevaba tiempo en su lista negra. Me odiaba. Sin embargo, ahora que lo sabía, yo también la había incluido en mi lista negra. Al menos así podía matar el tiempo.

Después estaba Chord; estaba sentado, con la mirada clavada en la ventana. Parecía una estatua de mármol. Sabía que era un ser humano porque pestañeaba. Al llegar a la última celda, vacilé. Era la celda de Bale. Estaba mirando fijamente la pared. A juzgar por su postura, rígida, con los puños cerrados y los nudillos blancos por la fuerza que estaba haciendo, sabía que estaba pensando en fuego. Seguramente estaba intentando provocar un incendio con la mente.

Bale llegó a Whittaker como todos nosotros: contra su voluntad. Pero también llegó sin un nombre. Era un crío. Solo tenía seis años, igual que yo. Yo ya llevaba un año interna en Whittaker. Fue un año lleno de ira. Repleto de tristeza. Un año de soledad absoluta. Un año que jamás recuperaría. Y entonces llegó Bale.

Se rumoreaba que lo habían abandonado muerto de hambre en una casa vieja y destartalada. Sus padres lo habían dejado allí tirado. Bale aseguraba que no recordaba a sus padres. Jamás olvidaré el día de su llegada: estaba raquítico y mugriento. Pero no toda aquella suciedad era ceniza. Al parecer, había incendiado su propia casa. Y se había quedado en el jardín para ver cómo se quemaba. Ni siquiera intentó huir. Solo quería, o tal vez necesitaba, ver cómo quedaba reducida a cenizas. Él juraba y perjuraba que no recordaba nada sobre sus padres, aunque, por su edad, era bastante sospechoso que hubiera olvidado ese capítulo de su vida. El doctor Harris decía que, de forma subconsciente o inconsciente, prefería no recordarlo. Ah, y no sabía leer ni escribir, algo de lo que solían burlarse algunos niños de Whittaker. Vivíamos en las jaulas de cristal de nuestra locura, pero eso no significaba que no pudiéramos ser crueles.

El día que entró por la puerta de Whittaker, pensé que Bale era un producto de mi imaginación, un holograma de algún personaje de mis sueños. Era pelirrojo y llevaba el pelo de punta, como si fuera un demonio en miniatura. Daba la sensación de que acabara de salir de un incendio en lugar de haberlo provocado. Al verle, uno de los niños salió despavorido a esconderse, pero yo me acerqué a él y le palpé la cara para asegurarme de que era de carne y hueso. No puedo afirmar que fuese amor a primera vista, pero reconozco que sentí una atracción por él desde el día en que le conocí.

Bale era un completo misterio para todos nosotros. Ni siquiera él conocía su historia. En aquella época, yo ya llevaba varios meses de terapia con arte, muñecas y cuentos. Era una niña y confundía la terapia con el juego.

—¿Por qué no nos inventamos tu historia? —le había propuesto un día.

—¿Y para qué querría hacer algo así? —había respondido él.

—Para divertirnos un poco —le había respondido con la lógica aplastante de una cría de seis años—. Lo hago con todo el mundo, no te preocupes.

Saqué mi libreta de esbozos y empecé a escribir: «Érase una vez…».

Bale me miraba como si estuviera chalada, pero, en lugar de marcharse, se quedó ahí, conmigo. Observé su perfil y le dibujé en un periquete.

—Ese soy yo —dijo él, que se señaló el pecho. Me sorprendió que se hubiera reconocido en aquel embrollo de líneas rudimentarias, lo cual me animó a dibujarle otra vez, para así poder tirar del hilo y revelar su historia.

—Y ahora me contarás quién eres —murmuré, tratando

de imitar la entonación seria e imponente del doctor Harris—. Érase una vez, un niño que se llamaba... —canturreé, y esperé a que él contestara.

—Bale —finalizó él enseguida—. Érase una vez, un niño que se llamaba Bale y que vivía en una casita de madera. El monstruo le hizo llorar mucho. Y entonces su familia se marchó. Pero obligó a Bale a quedarse. Y un día, Bale lo quemó todo.

Ha pasado mucho tiempo desde entonces y no sé si recuerdo bien las palabras o si, con el paso de los años, he añadido ciertos detalles, pero el nombre de Bale me quedó grabado en la cabeza, igual que su historia.

Todos teníamos monstruos diferentes. El mío era mi ira glacial. Me había pasado toda la vida encerrada en aquellas cuatro paredes. ¿Quién no estaría rabioso? El monstruo de Bale era su pasión por el fuego. De haber vivido en un mundo sin fuego, Bale habría sido un chico normal. Pero no existe un mundo sin fuego, igual que tampoco hay un mundo sin aire. ¿Bale me habría querido, me habría comprendido, si el fuego no le hubiera consumido por dentro?

Bale se había enamorado de mí el día que me vio sufrir un brote psicótico por primera vez. Era un chico acostumbrado al odio, a la ira. Cuando yo perdía el control, la sensación de rabia e impotencia era tan fuerte que se apoderaba de todo mi cuerpo; tenía frío y calor al mismo tiempo. Nunca supe qué habría sido más sensato, si tratar de contenerla o desfogarme y dar rienda suelta a esa ira furibunda. Me empeñaba en mantenerla bajo control, pero al hacerlo sentía como si estuviera conteniendo la respiración. Era como una olla a presión y, obviamente, un día u otro iba a explotar. Tenía un dolor de cabeza constante, por la presión. Cuando explotaba, la mayoría de la gente huía despavorida a esconderse. Pero Bale no. Él se quedaba a mi lado. No me tocaba, tan solo se limitaba a esperar pacientemente a que se me pasara. Cuando por fin dejaba de ver rojo y la ola de ira, una ola intensa que me consumía por dentro, se desvanecía, y todo a mi alrededor dejaba de moverse, Bale me cogía de la mano. El primer día que presenció uno de mis brotes, actuó así. Y fue entonces cuando yo me enamoré de él.

Me habría encantado tener su mano entrelazada con la mía para siempre. Aunque me hubiera roto un par de dedos, me habría dado lo mismo. Porque, en realidad, nadie me comprendía; nadie entendía cómo era vivir con aquella rabia y con aquel sufrimiento en mi interior; era una dualidad exasperante, como fuego y hielo. Pero nosotros sí. Estuviéramos en el ala en la que estuviéramos, siempre encontrábamos la manera de vernos. Una y otra vez. Conseguimos convertir aquel manicomio en nuestro hogar. Sin Bale, Whittaker volvía a ser lo que era para todos los pacientes: una cárcel.

Me quedé en mitad del vestíbulo del ala D, con la mirada clavada en la cabeza de Bale, pidiéndole, suplicándole que se diera la vuelta. Que me mirara.

No lo hizo.

Vern me dio un suave empujoncito para que siguiera caminando.

—Por favor..., solo unos segundos más —rogué.

Ella negó con la cabeza.

—Cielo, si pudiéramos curar enfermedades mirando fijamente a las personas, Whittaker no existiría.

A regañadientes, continué avanzando por el vestíbulo en dirección a la sala de visitas.

—Ya sabes que, un día u otro, tendrás que perdonar a tu madre —dijo Vern.

Me encogí de hombros. Mamá decía que me quería. Y, a pesar de todos mis problemas y de haberme condenado a vivir en un psiquiátrico de por vida, en el fondo sabía que era verdad. Pero después de que Bale me partiera la muñeca, el doctor Harris pensó que lo mejor sería que nos separaran. Y, al parecer, mi madre había estado de acuerdo. Me había arrebatado el único aliciente que tenía en Whittaker; gracias a Bale, había sobrevivido hasta ahora. Y, además, era el único amigo que tenía allí dentro. No podría perdonárselo. Y tampoco estaba dispuesta a intentarlo.

Vern se quedó callada, esperando a que musitara una respuesta, pero, en lugar de eso, volví a encoger los hombros. De repente, el vestíbulo empezó a desdibujarse, aunque los colores parecían más vivos que antes. Me sentía más ligera que una pluma y me daba la sensación de estar volando en lugar de andando. Sí, mi dosis de Bonachón estaba funcionando.

—Bueno, pues algún día tendrás que hacerlo. Tal vez hoy no, pero pronto —añadió Vern.

—¿Por qué? —espeté sin pensar.

—Porque tan solo hablas con tres personas del universo, Snow. Y, técnicamente, al doctor Harris y a mí nos pagan por hacerlo.

Le lancé una mirada asesina, y ella se echó a reír.

—Ya sabes que eres mi favorita, Hannibal Yardley.

Ese era el apodo que me había puesto. Por lo visto, era el nombre de un personaje de una película muy violenta que no nos permitían ver. Tenía una afición bastante curiosa, matar y comerse a sus víctimas. De haber sido cualquier otra persona, aquel apodo me habría sentado como una patada en el estómago y, seguramente, habría respondido de una forma más agresiva. Pero viniendo de Vern, dibujé una sonrisa y seguí caminando.

3

Al doblar la esquina de la sala de visitas, eché un vistazo a los tapices y a los sillones orejeros; en aquella habitación, los pacientes del psiquiátrico se reunían con sus padres una vez al mes. Parecía uno de esos salones de los culebrones que echaban por la televisión pública y que tanto le gustaban a Vern. Solo que en Whittaker, las lámparas estaban clavadas al suelo y el té se servía templado y en vasos de papel. Cuestiones de seguridad.

Mamá estaba mirando el móvil cuando el guardia de seguridad pulsó el botón para abrirnos las puertas. Lo escondió enseguida, como si se tratara de un objeto de contrabando. No le gustaba recordarme todas las cosas que no tenía y que jamás podría tener. En Whittaker, no se nos permitía usar teléfonos móviles. Teníamos un viejo teléfono inalámbrico en la sala común que las enfermeras controlaban. Mamá se levantó y, cuando me acerqué, me abrazó, envolviéndome entre sus brazos. Olía a canela y limón, el té que debía de haberse tomado esa mañana.

No le devolví el abrazo. Me quedé rígida como un palo.

A mis espaldas, la puerta se cerró. Vern quería darnos algo de privacidad, aunque el enorme espejo que había en la pared delataba la cruda realidad; que nos observaban las veinticuatro horas del día.

—Hoy pareces contenta, Snow —dijo mamá, y me

acarició el pelo. Después nos sentamos en los sillones, una frente a la otra.

Ora Yardley era la perfección personificada. Y era hermosa en todos los sentidos. Era tan guapa que cada vez que la veía dudaba de que compartiéramos el mismo ADN. Tenía el cabello rubio, igual que yo, pero había decidido teñírselo de color caoba, algo que todavía no podía entender. Tenía la nariz respingona; cualquier princesa Disney habría matado por esa nariz. Ese día se había puesto un vestido sin mangas de color rosa pálido que resaltaba sus curvas y dejaba al descubierto una piel de porcelana. Y sus ojos eran iguales que los míos: oscuros y profundos. Había heredado sus labios, unos labios carnosos perfectos para hacer un mohín. Pero ella, a diferencia de mí, solía sonreír.

Mamá continuó acariciándome la cabeza. Al igual que Vern, decía que los mechones blancos eran una de las secuelas de la medicación que tomaba en Whittaker. Pero si la memoria no me fallaba, el primer mechón había aparecido justo después de que caminara por encima de aquel espejo, mucho antes de que los médicos me recetaran la medicación. Recuerdo haberme mirado en el espejo el día en que me desperté en mi habitación y ver aquel primer mechón.

—Cariño, ojalá me dejaras ayudarte con el pelo —dijo mamá, por enésima vez.

Eché la cabeza hacia atrás y me alejé de ella.

—A mí me gusta.

—Cariño… —empezó de nuevo, pero cuando le aparté la mano, se calló—. Te he traído algo —continuó, y esbozó una sonrisa.

Rebuscó debajo del cojín del sillón y sacó una caja. Era de color blanco y el papel de regalo estaba arrugado, como si lo hubieran abierto antes de que yo llegara para comprobar qué había en su interior. El lazo estaba un poco torcido, lo cual me extrañó porque mi madre era muy perfeccionista. Arranqué el lazo y lo rompí. No porque la caja fuera bonita, sino porque era de mi madre. Y porque era nueva. En Whittaker nada era nuevo.

Dentro de la caja había un par de manoplas de color azul claro. Parecían hechas a mano.

—Pronto llegará el invierno —dijo mamá—, y quería que tuvieras algo nuevo para tus paseos con Vern.

Dibujó una sonrisa de oreja a oreja con la esperanza de haber acertado con el regalo. De haber hecho algo para mejorar las cosas. De haber construido un puente para acortar la distancia que nos separaba. Una parte de mí se enternecía cada vez que hacía algo así. Estaba a punto de venirme abajo. De perdonarla. Pero entonces recordé el día en que el doctor Harris y ella habían tomado la decisión que cambió mi vida.

—He estado hablando con el doctor Harris: ambos estamos de acuerdo en esto —había dicho aquel día; estaba sentada justo delante de mí, en el mismo dichoso sillón—. Creemos que lo mejor tanto para ti como para Bale es que estéis separados.

Había tomado la decisión como si tal cosa, como si me estuviera obligando a ponerme un casco cada vez que montaba en bicicleta. Pero, en realidad, su decisión me había costado el amor de mi vida.

Me había enfadado tantas veces que había perdido la cuenta; en ese momento, volví a sentir la ira hirviendo en mi interior, pero, por suerte, Bonachón hizo su trabajo y la ahogó. Me concentré en las manoplas que tenía en el regazo.

—Gracias —murmuré.

—¡De nada! —exclamó mamá, y dio una palmada.

Para ella, que no tirara las manoplas al suelo significaba que el regalo había sido todo un éxito. Volvió a sonreír y entonces advertí la marca que tenía en la mejilla. Era la señal de una antigua cicatriz y la única imperfección que tenía. Fue culpa mía y ocurrió el día en que todo cambió. Ella estaba leyendo *Las aventuras de Alicia en el País de las Ma-*

ravillas; yo me lo había tomado al pie de la letra y había intentado caminar por encima de un espejo junto con mi mejor amiga. Pero no recordaba nada de ese día.

Mi padre me contó que Becky, la chica a la que convencí para atravesar el espejo, y su familia nos habían denunciado. Al parecer, no se llegó a juicio porque alcanzamos un acuerdo. Jamás volví a verla, pero a veces pensaba en ella. Mis cicatrices se habían atenuado con el paso de los años, pero seguían allí, recordándome cómo y por qué había empezado todo aquello. A veces me preguntaba si a Becky también le habrían quedado cicatrices.

Al principio, cuando me internaron, pensé que era un castigo temporal por mi mal comportamiento. A veces me preguntaba si mis padres habían aceptado el diagnóstico del doctor Harris o si al entrar por la puerta del psiquiátrico ya sabían que me encerrarían allí para siempre.

Mamá empezó a parlotear sobre papá y la casa, un lugar que no había vuelto a pisar desde hacía once años y que me daba absolutamente igual. Por no hablar de mi padre, que venía a casa una vez al mes y en vacaciones. Ella debió de notar que estaba distante porque, de repente, dijo:

—Cariño, sé que crees que Bale y tú sois como Romeo y Julieta, pero tiempo al tiempo. Al final, todo pasa.

Mi ira volvió a asomar su cabecita, pero empecé a tamborilear los dedos sobre el pantalón y me tragué la rabia. Mamá apartó la caja y dejó las manoplas encima de la mesa, que también estaba clavada en el suelo. Me observó durante unos segundos y luego se recostó en su sillón y cruzó las piernas.

—Tú crees que es amor, pero te equivocas. Sé muy bien cómo te sientes. Sientes pasión por ese chico y crees que puedes cambiarle.

Reconozco que el comentario me animó, aunque traté de disimularlo. Mamá no estaba hablando de mí, sino de sí misma.

—¿Intentaste cambiar a papá? —pregunté.

Mi madre era mi madre, pero mi padre era una historia diferente. Era un completo desconocido para mí. Papá no soportaba ver a su hija chalada más de dos veces al mes. Me costaba entender por qué seguían juntos. Y no tenía ni la más remota idea de qué habría intentado cambiar mi madre de él.

—No, a papá no —respondió con voz melancólica, como si se hubiera perdido en sus recuerdos.

Nunca me había imaginado a mamá con otra persona.

—El caso es que no puedes cambiar a Bale. Está enfermo, cariño. Te ha roto la muñeca, y eso es imperdonable.

Cerré los ojos y traté de controlarme. Cada vez estaba más furiosa y más ansiosa por dibujar algo. Necesitaba tranquilizarme o, de lo contrario, me meterían en una celda de aislamiento.

—Cuando me llamaron para informarme de que te había roto la muñeca, me asusté muchísimo. Bale no está bien —continuó mamá, con los ojos llenos de lágrimas. Después me cogió de las manos, impidiéndome así que continuara tamborileando los dedos.

—¿Eso también puede aplicarse a mí? —pregunté con tono acusador.

—¿A qué te refieres?

—Pues que si Bale no puede recuperarse, se supone que yo tampoco. ¿Verdad?

—Eso no es lo que he dicho —vaciló mamá, y me miró con expresión de profunda preocupación.

—Pero es lo que piensas.

—No, no lo es. Sé que te cuesta creerlo, pero todo lo que digo y hago, lo digo y hago por amor, incluso para protegerte.

—Entonces quiéreme un poco menos —ladré sin pensar. No sé por qué lo dije.

—Imposible —replicó ella automáticamente.

Me crucé de brazos y la miré fijamente a los ojos. Unos segundos después, empezó a desinflarse.

Mamá me sostuvo la mirada durante bastante tiempo, pero, al final, la desvió hacia al espejo. Los veinte minutos de visita se habían acabado. Vern apareció en la sala enseguida.

—Vern, me gustaría ver al doctor Harris antes de irme. —Mamá se mordió el labio. Tenía esa mirada perdida que había visto en *The End of Almost*, cuando los personajes pensaban en cosas que no debían y que, al final, a su pesar o no, hacían.

Lloró un poco cuando me dio el abrazo de despedida.

No sé si llegó a darse cuenta de que yo no la abracé.

Sin embargo, yo guardaba un secreto. Seguía queriéndola, aunque nunca, bajo ningún concepto, iba a demostrárselo. Mamá nunca había fallado a nuestras visitas, nunca se había quedado muda, nunca había dejado de intentar recuperar a su hija; supongo que, de haber hecho lo contrario, la habría odiado con todo mi corazón.

No podía dejar que mi escudo se viniera abajo. No sobreviviría allí si lo hacía. Sabía que, si añoraba lo que un día había tenido, una habitación bonita y perfecta para una niña de cinco años y una madre que me acariciaba el cabello por las noches, me ablandaría. No podíamos jugar a madres e hijas hasta que estuviera dispuesta a sacarme de allí y llevarme de nuevo a casa.

—Te acompañaré, Ora —dijo Vern. Le dijo al enfermero de la recepción que se encargara de mí. Luego dejó una libreta y un carboncillo encima de la mesa, junto a mis nuevas manoplas.

—No te metas en ningún lío —dijo, y me señaló con el dedo.

Pero, para mí, eso era imposible.

4

Había empezado a dibujar el sueño de la noche anterior, el árbol y aquella cosa en el agua, cuando apareció Magpie. Acababa de dar un paseo por los jardines. Su enfermera, Cecilia, una jamaicana muy bajita, la había dejado entrar en la sala de visitas, pero no se había dado cuenta de que yo estaba allí. Seguro que había salido a fumarse un cigarrillo y, además, Magpie era una paciente que no se escapaba ni era violenta, así que probablemente creyó que no pasaría nada si la dejaba sola unos minutos. Pero Magpie era una experta en generar antagonismo con los demás. Y, sobre todo, conmigo.

Ese día, se había pintado los labios de rosa coral. No quedaba muy bien con su color de piel, un marrón oliva, pero es lo que tiene ser un ladrón, que no se puede escoger. Aquel pintalabios era del mismo rosa coral que solía llevar Elizabeth, la enfermera de la recepción. El cómo se las había ingeniado Magpie para robárselo era todo un misterio, porque jamás había visto a Elizabeth fuera de aquella recepción.

El nombre real de Magpie era Ofelia. Pero como era tan amiga de lo ajeno, le pusieron ese apodo, que, en inglés, significa «ratero». Magpie no solo robaba cosas físicas. También robaba secretos. Siempre creí que su alma estaba llena de toda la basura que usurpaba.

—¿Qué pasa? Ya no eres tan valiente sin tu pirómano, ¿eh? —se burló.

Mientras hablaba, se recogió aquel pelo azabache tan brillante en un moño. No podía dejar que sus comentarios me afectaran, pero a veces me era imposible contenerme. Está bien, lo admito. No solo era «a veces», sino la mayoría de las veces. Y, además, Magpie se lo merecía.

Había visto la mirada que ponía cada vez que robaba algo y observaba a su víctima mientras buscaba desesperadamente lo que creía haber perdido y que, en ese momento, estaba en su bolsillo o escondido debajo de su cama. Era una mirada de regocijo. De maldad pura. En ese momento, hablando de Bale, distinguí esa mirada. Y, aunque no tenía nada que ver con nuestra separación, disfrutaba viéndome sufrir por mi pérdida.

—Cállate, Magpie —espeté y, de forma inconsciente, cerré los puños. «Vamos, Bonachón. Demuéstrame que funcionas.» Pero era como si los efectos de aquella pastilla se hubieran esfumado y, de repente, sentí el huracán de la rabia acercándose.

La expresión de Magpie cambió enseguida y me miró como si supiera algo que yo no sabía.

—Está bien, pero si necesitas algo, búscame. Puedo conseguir todo lo que me pidas. Todo.

No sabía qué pretendía con eso. A veces, hablaba con acertijos y adivinanzas. Y yo, dependiendo de mi estado de ánimo, entraba en el juego o pasaba olímpicamente de ella.

Entonces sacó una caja de cerillas y empezó a jugar con ella, pasándosela de una mano a otra. Volví a reconocer aquella sonrisa malvada; era evidente que estaba esperando a que yo atara cabos.

Siempre me había asombrado que Bale pudiera provocar tantos incendios dentro de aquel psiquiátrico. Creía que era culpa de las enfermeras, pues, para qué engañarnos, eran bastante descuidadas y negligentes. Pero lo que Magpie acababa de decir era que, además de quedarse con cosas de otros, también las regalaba... o las vendía.

La rabia que llevaba reprimiendo desde que había visto a mi madre me poseyó; era una sensación familiar: unas llamas gélidas que me quemaban el pecho y que se extendían por todo mi cuerpo. Me abalancé sobre ella y grité. La cogí del pelo y tiré con todas mis fuerzas. Pero entonces ocurrió algo muy extraño. Esperaba que Magpie chillara o se apartara, pero en lugar de eso se quedó paralizada, quieta como una estatua. Abrió la boca, pero no oí ningún sonido. Se desplomó sobre el suelo y se quedó inmóvil.

—Muy gracioso, pero no me lo trago —dije, sin apartar la mirada de aquel cuerpo inerte.

No se movió.

Me arrodillé y le toqué el brazo. Estaba fría. Tenía los labios azules. Y, de repente, las pestañas se le habían vuelto blancas.

—Eh, no me está haciendo ninguna gracia —dije. Me planteé hacerle el boca a boca o un masaje cardiaco; no tenía ni la más remota idea de cómo hacerlo, pero lo había visto muchas veces en televisión.

De pronto, Magpie parpadeó y abrió los ojos. Me miró de un modo suplicante y acusador al mismo tiempo. Después desvió la mirada hacia la puerta. El bata blanca de la recepción, el mismo que debía estar vigilándome, estaba absorto leyendo la revista *People*. Me levanté y empecé a llamarle a gritos.

—¡Es Magpie! Yo... —dije, y luego me callé.

—¿Qué le has hecho? —preguntó, y luego vino corriendo.

Eché un vistazo a Magpie; seguía tendida en el suelo, inmóvil. Parpadeó otra vez, pero, esta vez, cerró los ojos.

5

—¿No se supone que debes acompañarme a mi habitación? —le pregunté a Vern; me estaba llevando hacia la sala común, cosa que me desconcertó un poco.

—Que te hayas puesto en plan Hannibal con Magpie no significa que «yo» tenga que perderme lo que le ha pasado a Kayla Blue —explicó Vern. Después arrastró un par de sillas de plástico y las colocó delante de la televisión. Se refería a la hija de Rebecca Gershon en su serie favorita, *The End of Almost*.

En la pantalla apareció Kayla Blue; tenía los ojos hinchados de tanto llorar. Acababa de confesarle a River que no era la mujer que él creía. River, que tenía un rostro angular, puso cara de no entender lo que estaba ocurriendo, así que ella le explicó la historia de su pasado. En cuestión de minutos, él hincó la rodilla y le propuso matrimonio. La rapidez con que la había perdonado me pareció algo… hermoso. Sabía que era la escena de un guion de ficción, pero aun así sentí una punzada de envidia por aquel amor tan sincero, tan entregado. De pronto, me di cuenta de que me había inclinado hacia el televisor.

Todos los que vivíamos en Whittaker adorábamos la televisión; para nosotros, era una forma de aprender cosas porque, de hecho, era lo más parecido que teníamos a la escuela, a los chicos, al baile de final de curso y a los amigos. Pero nunca sabíamos qué ocurría entre las pausas de publicidad, evidentemente. Era consciente de que la vida real no era como en las películas, pero la televisión me había enseñado todo lo que sabía sobre besos y citas y corazones rotos y dramas familiares; y, a veces, todas esas lecciones venían comprimidas en sesiones de media hora.

Kayla Blue dijo «sí», y un segundo después Vern recibió un mensaje en el móvil. No fui capaz de descifrar su expresión. ¿Sería sobre Magpie?

—¿Magpie está...? —pregunté, aunque no sabía si quería oír la respuesta. Admito que había querido hacerle daño, pero en ningún momento había querido matarla.

—¿Y ahora te preocupas por ella, Yardley?

La verdad es que lo que había hecho era indefendible e imperdonable, así que me limité a encoger los hombros. Era toda una experta en encoger los hombros.

—Por lo visto, Magpie va a ponerse bien. Sufrió una parálisis temporal, pero, según me han contado, ha recuperado la movilidad en las extremidades. Puede mover algo los dedos. Y no deja de poner los ojos en blanco. Vuelve a ser la Magpie que conocemos.

No puedo decir que me sentí aliviada, pero sí noté algo parecido.

—Cielo, sé que a Magpie le encanta provocar a la gente. No pretendo que la ignores, pero a veces uno tiene que afrontar las cosas de una manera más... sosegada. Tienes que aprender a disimular un poco.

—¿En serio no vas a sermonearme? ¿No vas a decirme que no me pelee con Magpie?

—Negaré haber dicho lo que he dicho, incluso bajo juramento. Pero, entre nosotras, me preocuparía que dejaras de cantarle las cuarenta. No te confundas, cielo, eso no significa que vayas por ahí arrastrándola del pelo, aunque muchas veces se lo merezca.

Después de aquella pequeña charla, Vern me acompañó a mi habitación. Supuse que las recriminaciones llegarían al día siguiente. Lo más probable es que me recetaran una medicación nueva. Y estaba convencida de que mi madre vendría de visita, otra vez. Si calificaban el brote psicótico como grave, quizás incluso mi padre apareciera por allí. Pero como Magpie seguía respirando y había recuperado la movilidad del cuerpo, no habría consecuencias. Vern lo sabía; y yo lo sabía.

Sin embargo, durante los sesenta minutos que había durado el episodio de *The End of Almost*, Vern llegó a dos conclusiones. La primera, que mi rabia se había cobrado otra víctima. Y, la segunda, que lo ocurrido lo había cambiado todo.

6

Estaba en mi habitación, en Whittaker. Estaba a oscuras. Observaba un espejo de mano, con el marco metálico y decorado con símbolos y una caligrafía muy extraña. El reflejo del espejo me resultó familiar: un inmenso árbol plateado con la corteza tallada. Y, justo enfrente del árbol, estaba yo.

—¿Bale? —susurré.

Bale solía aparecer en mis sueños, pero hacía tiempo que no le veía por ahí; parecía haberse esfumado. Que ya no se me permitiera ni verle en sueños era lo más cruel que podía imaginar.

—¡Estoy aquí, Snow! —respondió; su voz sonó áspera, como si hubiera estado llorando o gritando a pleno pulmón—. Detrás del árbol.

Y entonces ocurrió algo muy raro; mi reflejo se volvió, me miró y luego me sonrió con suficiencia. Yo no había movido ni un músculo. La Snow del espejo alzó los brazos, aunque yo los tenía pegados al cuerpo. Después los extendió y, de repente, echó uno hacia atrás, como si quisiera asestarme un puñetazo.

—¡No! ¡Snow, no! —gritó Bale.

Miré a mi alrededor, pero no le vi. No pude hacer nada para evitar que el puño de mi reflejo rompiera el espejo en mil pedazos.

Me cubrí la cara. El suelo quedó sembrado de crista-

les. Me eché un vistazo en busca de rasguños y cortes, pero, por suerte, no me había rozado ninguna esquirla. Y entonces, casi a regañadientes, empecé a recoger los fragmentos. Me corté decenas de veces; acabé con las manos ensangrentadas y con un escozor insoportable. Después, con los cristales, monté una especie de estructura... o de obra de arte, según como se mire. Me la coloqué encima de la cabeza e ignoré el dolor. Había creado una corona que brillaba como si estuviera hecha de hielo. De la parte inferior caía un hilillo de sangre.

Alguien llamó a mi puerta y, de inmediato, me desperté. En Whittaker, nadie llamaba a la puerta.

Esperé; unos segundos después, alguien abrió. Era el doctor Harris.

No traía buenas noticias, eso era evidente. El doctor nunca, bajo ningún concepto, visitaba a los pacientes en su habitación.

¿Se habría metido Vern en un lío por dejarme ver la televisión después de haber atacado a Magpie? Me reprendí por preocuparme por otra persona que no fuera yo. Era una lástima que no existiera una pastilla para la empatía; mi preocupación por Vern era genuina, auténtica. El doctor Harris aseguraba que la empatía era algo bueno. El muy ingenuo no se imaginaba que, a mí, lo que le pasara a Magpie me importaba un pimiento. Ella era la que me había provocado en la sala de visitas y la que había empezado la pelea. Le había dado una caja de cerillas a Bale. Esa chica era una zorra, y todo el mundo lo sabía. Se merecía lo que tenía, y punto.

—He oído que Magpie se ha recuperado —murmuré.

El doctor Harris llevaba gafas. De tantos años frunciendo el ceño, se le había quedado un pliegue marcado de por vida. Tenía una mirada verde tan intensa que a veces intimidaba. No de una manera lasciva, sino como diciéndote «quiero saber qué te motiva en la vida, y voy a averiguarlo».

No estaba acostumbrada a que invadiera mi espacio ni a que estuviera de pie. Se suponía que debía estar en su despacho, sentado detrás de un escritorio, sin mover ni un solo músculo. El único movimiento permitido era el arqueo de una ceja.

—He venido a ver cómo estás —anunció con cierta brusquedad—. Cuéntame qué ocurrió exactamente.

—Magpie me atacó. Y yo me defendí. Apenas la toqué. Es imposible que le diera un empujón tan fuerte como para paralizarla. Estoy convencida de que es una actriz estupenda. Lo ha fingido todo.

—El médico dice que está bien. Es verdad, Ofelia es un pelín dramática. Pero quien me preocupa aquí eres tú. Estabas furiosa. Ya hemos hablado de esto. Tienes que aprender a mantener el control y a expresar tu ira de una forma que no sea violenta ni agresiva.

Esperó a que dijera algo, pero la verdad es que no tenía nada que añadir. Esa era la conversación que sabía que mantendríamos, aunque admito que no esperaba mantenerla en mi habitación.

—Voy a probar una terapia nueva. Ya sabes que no podrías quedarte en este ala si hubieras… —Pero no acabó la frase, lo cual no era nada típico de él.

«Matado a Magpie», pensé para mis adentros. Eso era lo que iba a decir.

—No hay nada más allá del ala D —le recordé.

¿Qué más podían hacerme?

—Si esta noche hubiera pasado algo…, el estado te habría expulsado de Whittaker. Te habrían acusado de un delito penal. ¿Lo entiendes?

Asentí con la cabeza.

—No te preocupes, Snow. De momento, te quedarás aquí, que es donde debes estar. —Casi me lo trago—. Mañana mismo iniciaremos un nuevo protocolo.

Apreté los dientes. Otro cóctel.

Se acercó a mí con un vasito blanco en la mano. Lo había estado sosteniendo todo el tiempo, pero no me había dado cuenta.

—Hasta entonces, debes descansar.

En ese momento me fijé en los dos batas blancas que escoltaban la puerta. Estaban vigilándome, esperando. Por si las cosas se me iban de las manos. Supongo que el doctor Harris estaba más preocupado por lo que le había hecho a Magpie de lo que creía.

—Venga —dijo, y movió el vaso de papel.

Se lo arrebaté de la mano y miré dentro. Ahí estaba, la pastilla azul y amarilla que había bautizado como Dormilón. Con solo mirarla, cualquier ápice de ira se desvanecía. Y la verdad es que era lo que en ese momento me apetecía. Descansar. Estaba agotada.

—Esa es mi chica —dijo el doctor Harris cuando me la tragué.

Después me recosté sobre la almohada. El efecto fue casi inmediato. Aún no había cerrado la puerta cuando noté esa pesadez en los párpados. Estaba a punto de quedarme dormida, pero la voz del doctor Harris seguía resonando en mi cabeza: «Te quedarás aquí, que es donde debes estar».

No podía estar más equivocado. Whittaker no era mi hogar. Nadie se merecía vivir encerrado de por vida. ¿De ser así, qué sentido tendría la vida? ¿Acaso el doctor Harris no quería que me recuperara?

No sabía cuál era mi hogar ni dónde debía estar, pero nada que ver con Whittaker, desde luego.

Más tarde, a altas horas de la madrugada, la puerta de mi habitación se abrió y el ruido me despertó de un sueño profundo y reparador. Al principio pensé que sería Vern, haciendo su ronda de reconocimiento. Pero no, no era ella.

Aunque seguía un poco atontada por la medicación, advertí la silueta de un chico junto a mi cama. Tenía el pelo de color castaño claro. Las puntas, un tanto curvadas, le rozaban los hombros y el flequillo le tapaba los ojos. Los rasgos de aquel desconocido eran muy suaves: cejas poco pobladas, nariz pequeña, labios carnosos. De pronto, la luz de la luna le iluminó y distinguí una mandíbula afilada. En aquella penumbra, sus ojos parecían de color plata.

—Estás despierta —susurró; en ese preciso instante me di cuenta de que llevaba una bata blanca; le iba varias tallas grande—. Eres tú de verdad.

El pulso se me aceleró un poco, pero sentía todo mi cuerpo pesado y perezoso. No me moví. De hecho, ni siquiera pestañeé. Algo andaba mal porque la única persona que podía entrar en mi habitación era Vern. Para empezar, no era un adulto, sino un chico. Debía de rondar mi edad, un par de meses más, un par de meses menos. Además, las normas eran muy estrictas: para evitar cualquier tipo de malentendido o tentación, durante el turno de noche solo podían visitarnos batas blancas de nuestro mismo sexo. En ese ámbito, varios de los internos no sabían cuál era el límite.

Y algunos batas blancas, tampoco.

El chico dio un paso hacia delante. Se me pusieron los pelos de punta; todos mis instintos se pusieron alerta. Hubo algo en él que me llamó la atención. Aquel tipo parecía un personaje de *The End of Almost.* ¿Cómo era posible que alguien con ese aspecto estuviera en mi habitación? El chico era casi aerodinámico, como un descapotable rojo brillante. Incluso con aquella bata blanca tan grande, se intuía un cuerpo fibroso y trabajado. Era igual de esbelto que Bale; no sé cómo lo había hecho, pero había llegado hecho un saco de huesos y, con el tiempo, había conseguido un cuerpo envidiable.

Pero las líneas de Bale eran más finas, más suaves, porque, evidentemente, él se pasaba la mayor parte del tiempo encerrado en su habitación.

Moví los ojos y eché un fugaz vistazo a los zapatos de aquel chico. Eran negros y brillantes, la clase de zapatos que llevarías a una entrevista de trabajo, o a una fiesta, o a una boda, pero no para visitar a una chalada en mitad de la noche.

Al final, y muy a mi pesar, me incorporé.

—No pretendía asustarte —musitó—. Cuando recibí la señal de que se estaba usando la magia aquí, no imaginé que me llevaría precisamente a ti.

¿Magia? ¿Acababa de decir magia?

Un mechón de pelo se deslizó sobre su mirada y, de pronto, se inclinó, invadiendo mi espacio personal.

La mayoría de la gente que pululaba por Whittaker sabía que, después de mi incidente Hannibal con Vern, no debía acercarse tanto a mí. Era peligroso. Pero Dormilón me dejaba aletargada y tenía los reflejos muy lentos, así que, en lugar de darle un mordisco, cerré los ojos.

—Ahí estás. Detrás de toda esa medicación, ahí estás. Te veo. ¿No te apetece salir a jugar, Snow?

¿Quién era ese chico? Clavé la mirada en la pared y traté de concentrarme, de despojarme de ese sopor soñoliento.

—Está bien. Escúchame con atención. Las pastillas que el doctor Harris te ha recetado no te están ayudando en absoluto. Están ocultando tu verdadera identidad; pero no solo eso, te están impidiendo ser quien realmente eres. Y te están privando de tu destino. Deja de tomarlas. Empieza a «sentir». Y, cuando estés limpia, ven a verme. Estaré esperándote al otro lado del Árbol.

Luego se incorporó y se cruzó de brazos. Le miré de arriba abajo, pero todavía veía bastante borroso.

«Un tío al que jamás he visto quiere que me escape de Whittaker... ¿Para ir adónde?»

Bale siempre hablaba de fugarse; reconozco que yo también me lo había planteado alguna vez. Pero la verdad es que, en el fondo, me asustaba; tenía miedo de acabar tirada sobre un espejo. Y Bale quemaría todas las casas donde viviéramos. En ese momento, me arrepentí de no haberlo intentado. Pero no por mí, sino por él. Por nosotros. Si al final decidía huir de allí, sería con Bale. Y no porque un desconocido me lo ordenara.

Al fin recuperé la movilidad de los labios y pude hablar.

—Si en este momento me pusiera a gritar, los batas blancas de ahí fuera se plantarían aquí al cabo de menos de un minuto —dije, pensando en el botón del pánico que había detrás de la cama. Había uno en cada habitación. Jamás lo había pulsado para una emergencia; tan solo lo había usado una vez, para gastar una broma. El doctor Harris me había asignado otra enfermera y, para tomarle el pelo, había llamado pidiendo servicio de habitaciones. Una semana después, volvió Vern.

El tipo se quedó impávido; no reaccionó a mi desafío. De hecho, no movió ni un solo músculo.

—Podrías haber pedido ayuda, pero no lo has hecho. Además, «yo» soy la ayuda que necesitas.

—¿Quién eres? —pregunté.

—Lo importante aquí es quién eres tú, princesa.

Desde que llegué a Whittaker, me habían llamado de mil maneras distintas. Pero «princesa» no era una de ellas.

Él se percató de que tenía toda mi atención y, de repente, esbozó una sonrisa. Estaba satisfecho. Entonces se volvió a inclinar, pero esta vez se acercó todavía más.

—Debes huir de este lugar, princesa. Te está rompiendo el alma. La puerta de la esquina norte se abrirá muy pronto. Dirígete hacia el norte, hasta que veas el Árbol.

—¿El Árbol? —pregunté. Pensé en el árbol que aparecía en mis sueños. Aquello tenía que ser un sueño. Demasiadas coincidencias.

—Lo reconocerás en cuanto lo veas. Te lo prometo. Ve al otro lado del Árbol. Yo estaré allí, esperándote. Y todos se arrodillarán ante ti.

—¿De qué estás hablando? ¿Y por qué me llamas princesa? No soy ninguna princesa.

—No tienes ni idea, ¿verdad? —dijo, con solemnidad—. Te han absorbido toda la magia, toda el alma.

—¿De qué diablos hablas? —le solté.

Los efectos de Dormilón empezaban a esfumarse y lo que menos me apetecía era mantener una conversación en clave con un pirado. Además, sus acertijos me estaban poniendo muy nerviosa. Estaba convencida de que aquel chico era un paciente nuevo que andaba colocado, seguramente porque no estaba acostumbrado a una medicación tan fuerte.

—Tan solo recuerda el Árbol…

Deslicé las piernas por la cama, preparándome para enseñarle a ese tío la clase de princesa que era. Pero, de repente, él se dio media vuelta y se dirigió hacia el espejo de plástico que tenía colgado en la puerta del armario. Y entonces hizo algo que me dejó de piedra.

Lo atravesó. Literalmente.

Cerré los ojos y me los froté con las palmas de las manos. Era un sueño. Sí, un sueño muy extraño, pero un sueño al fin y al cabo.

Un sueño. No había otra explicación.

Abrí los ojos de nuevo. Esta vez se ajustaron a la oscuridad enseguida. Todo parecía estar en su sitio. No había ni rastro de aquella visita tan desconcertante. Sin embargo, cuando eché un vistazo al espejo, pondría la mano en el fuego de que vi la silueta de un chico con una bata blanca enorme. La silueta cada vez era más y más pequeña… Y, a lo lejos, advertí otra, la silueta de un árbol gigantesco. Era él. El Árbol. Parpadeé y, cuando volví a abrir los ojos, ambos habían desaparecido.

7

Aunque aún era de noche y apenas veía, cogí mi libreta y empecé a dibujar el rostro de aquel chico. Traté de recordar cada detalle. No sabía si había sido un producto de mi imaginación o no, pero desde luego no quería olvidarlo.

Mientras trazaba la línea de su mandíbula, me estremecí. Me había llamado «princesa». No tenía ni idea de por qué, pero no me había gustado un pelo.

Me habían llamado cosas peores y, para qué engañarnos, me había ganado cada apelativo por méritos propios. Observé el retrato durante unos segundos. Plasmar mis sueños en papel era mi exorcismo personal. Al hacerlo, me sentía libre y despojada de los monstruos que me habían acechado por la noche. Pero esta vez, mientras contemplaba el dibujo de aquel chico, sentí que él también me estaba mirando. Debí de quedarme dormida así, con la libreta en la mano, porque lo siguiente que recuerdo es despertarme al oír la puerta. Por las ventanas, protegidas por barrotes casi carcelarios, se filtraba una luz cálida. Vern apareció con el carrito de las pastillas. En ese momento, recordé la visita que había tenido esa noche y cerré mi libreta de bocetos enseguida. Me había quedado dormida con el carboncillo en la mano. No sabía si aquel desconocido era un paciente o un enfermero; aunque quizá Dormilón había creado ese personaje para después metérmelo en un sueño. En fin, el caso es que no quería que Vern, ni cualquier otra persona, viera su retrato.

—¿Ya estás despierta? Qué novedad.

—Anoche esto era el metro en hora punta —protesté; no podía quitarme de la cabeza a aquel muchacho.

Vern arqueó una ceja.

—El doctor Harris pasó a verme. Y luego tuve una visita de lo más rara: un chico que me llamaba princesa.

—Con que princesa, ¿eh? —se burló Vern—. Yardley, tú y yo tenemos la misma sangre, y no es azul —dijo con cierto cariño, pero después cogió la bandeja con las pastillas del día y pensé en lo que me había dicho aquel chico.

Está bien, tal vez fuera un producto de mi imaginación. Pero a lo mejor era la forma que mi inconsciente había encontrado para decirme que dejara la medicación, que ya había tenido más que suficiente. Sabía que cada pastilla tenía un efecto distinto. En algún momento, mi mente se acostumbraría a la medicación y, por lo tanto, dejaría de notar sus efectos. Y entonces el doctor Harris empezaría otro protocolo. Mi medicación cambiaba constantemente. Los pacientes solíamos comparar nuestras terapias y, cómo no, nuestra medicación. Chord y Wing siempre tomaban Dormilón. Les ayudaba a controlarse, a mantener los pies en el suelo. Cuando Wing estaba bajo los efectos de Dormilón, no intentaba volar. Y en cuanto a Chord..., en fin, mantenía a raya su «parpadeo». A veces, el doctor Harris le añadía una dosis de Bonachón para evitar que cayera en una profunda depresión. A Chord, no poder viajar allá a donde quisiera le provocaba una frustración insoportable. Asumí que el doctor Harris estaba intentando dar con la combinación perfecta para equilibrarme. Para hacer de mí una persona normal. Para controlar mi ira. Para matar al monstruo que llevaba dentro.

Pero ¿y si lo que había dicho aquel chico era cierto? ¿Y si la medicación estaba tapando mi verdadero yo en lugar de solucionar mis problemas? La idea de dejar la medicación me aterrorizaba. No recordaba un día de mi vida en que no me hubiera medicado.

—¿Qué enanito toca hoy? —pregunté, aunque estaba casi segura de que sería Mudito. Después de mi comportamiento del día anterior, de la visita de mi madre y de la dosis de Dormilón que había tomado antes de acostarme, sabía que ese día me tocaba descansar.

Sin embargo, aquella pastilla era nueva. Era negra con puntitos blancos. Estaba un poco confundida; quería preguntarle a Vern qué era, qué efectos notaría. Pero, sobre todo, no quería tomármela. Sin embargo, si me negaba a tragármela, me obligarían a hacerlo o, peor aún, me clavarían una jeringuilla con una dosis doble de esa misma pastilla para que fuera directa a la sangre. Así que, en lugar de montar un numerito, fingí normalidad.

En lugar de tragarme la pastilla, la deslicé debajo de la lengua y recé porque no se derritiera. Estaba revestida de una suave capa de plástico. Con la humedad de la saliva, noté que se iba ablandando. Abrí la boca para que Vern comprobara que me la había tomado. Ella apenas se fijó, tal vez porque confiaba en mí, o porque jamás me había saltado la medicación.

De pronto, miró por la ventana y exclamó:

—¡Anda, mira! Nadie esperaba que nevara hoy. —Escupí la pastilla y la guardé en el puño. Ella se giró y me miró, esperaba que respondiera algo sobre el tiempo.

Me limité a encoger los hombros y sentí una punzada en el pecho; no era culpabilidad, sino un giro inesperado en nuestra dinámica. Ahora, yo tenía un secreto. No había articulado palabra, pero era la primera vez que mentía a Vern.

Después escondí la pastilla en el bolsillo, cogí mi libreta y, en silencio, nos dirigimos hacia la sala común. Al cabo de cinco minutos empezaría *The End of Almost*.

Vern encendió el televisor y se sentó a mi lado. Siempre mirábamos su telenovela favorita juntas. Era su gran afición, y, con el paso del tiempo, también se había convertido en la mía. Las vidas que veíamos a través de aquella pantalla eran una ventana a otro mundo, a un mundo en el que podía ocurrir cualquier cosa, incluso lo imposible. Hoy, el episodio estaba centrado en la matriarca de la familia, Rebecca Gershon. Era como un camaleón. Podía transformarse en cualquier persona y conseguir todo lo que se propusiera. Su trayectoria amorosa era alucinante. Se había casado un montón de veces y ahora mismo estaba intentado conseguir al amor de su vida número siete. Los personajes de aquella serie siempre se movían entre el bien y el mal. Era un mundo irreal, obviamente, pero también un lugar lleno de perdón y de segundas oportunidades. En comparación, yo nunca había ido a la universidad. Ni había tenido mi primer trabajo. Ni siquiera había tenido una cita con un chico como Dios manda.

—¿Por qué Rebeca no se deja de tonterías y le confiesa al chico que le quiere?

Sabía que se llamaba Lucas. Me gustaba hacer ver que la telenovela me parecía sosa y aburrida y que solo la veía para hacerle compañía a Vern. Pero lo cierto es que conocía todos los detalles, todas las tramas secundarias y todos los giros inesperados de la vida sentimental de Rebecca, desde su primer marido hasta el décimo, y estaba segura de que Lucas era el alma gemela de Rebecca. No era tan atractivo como los novios que había tenido en temporadas pasadas, pero era el primero que la amaba de forma incondicional. Él no lo había reconocido, pero para Vern y para mí saltaba a la vista.

—A veces cuesta mucho decir las cosas. No sé si sabes a lo que me refiero. Tú no tienes filtros y dices todo lo que te pasa por la cabeza, pero la gente normal pasa la mayor parte de su vida con miedo a decir realmente lo que piensa.

Me dio la sensación de que Vern acababa de llamarme valiente… o loca. Tal vez fuera lo mismo.

Me pregunté qué vida llevaría Vern fuera del manicomio. Sabía que estaba casada y que tenía un niño. Le había visto varias veces, pero siempre a través de la pantalla de su móvil. Su marido era alto, pero no tan alto como Vern, desde luego. Cuando Lucas y Rebecca salían en televisión, Vern se enternecía y perdía la noción del tiempo. Tal vez tenía algún amor perdido en el pasado, alguien que podría haber cambiado su vida para siempre. Pero, en ese preciso instante, otro pensamiento se coló en mi cabeza: el chico. No era estúpida; sabía que no iba a cambiar mi vida para siempre. Tan solo era una sombra de mi locura; una sombra que no había visto antes.

Abrí mi libreta y me puse a acabar el retrato del chico que se había presentado en mi habitación la noche anterior.

—¿Quién es? —preguntó Vern en cuanto empezaron los anuncios.

—El enfermero nuevo —dije, para tantear el terreno.

—Es guapo, pero no trabaja aquí. Supongo que no le has visto en persona, ¿verdad?

Encogí los hombros.

—Fue un sueño, eso es todo.

Estaba en casa, en la habitación de mi madre. En el vestidor había un espejo de cuerpo entero. De repente, apareció Becky. Ella sonrió y agitó sus tirabuzones. Pero algo no encajaba. Algo andaba mal. Tenía la ropa, la cara y los brazos manchados de sangre. Miré el espejo y me di cuenta de que estaba roto y ensangrentado. Entre los añicos advertí un árbol inmenso. Era plateado y estaba cubierto de nieve. Junto al árbol, reconocí al muchacho. Sin embargo, en lugar de llevar una bata blanca que habría robado a algún enfermero, vestía un chaleco de cuero y una túnica roja. Y, sobre el pecho, distinguí una cartera marrón. Me saludó con la mano.

Yo cogí a Becky por el brazo.

—Tenemos que irnos —dije, pero ella no se movió.

Tiré de ella con todas mis fuerzas, pero nada. Cuando me giré, Becky había desaparecido. Bale había ocupado su lugar.

—Bale —susurré. Había pasado mucho tiempo desde la última vez que le había visto, que le había tocado. Le estaba sujetando por la muñeca. Y él también estaba cubierto de sangre—. Estás herido.

Me volví para examinarle de cerca y entonces él me cogió de las manos y entrelazó sus dedos con los míos. Estaba bien. Me fulminó con aquella mirada ámbar y, por un momento, me despisté.

—No puedo ir contigo —dijo al fin.

Miré de reojo el espejo y vi al desconocido, que seguía haciéndome señas con la mano. Entonces me fijé en algo que no había visto antes. Alrededor de aquel árbol había muchísima gente. Todas esas personas estaban arrodilladas y con la cabeza inclinada hacia mí. Quería irme, pero Bale seguía sin moverse.

—No puedo —repitió Bale, esta vez con más solemnidad.

Tiré de él y traté de arrastrarlo hasta el espejo, pero él me soltó. Perdí el equilibrio y tropecé. Pensé que me caería de bruces sobre aquella pila de cristales rotos, pero en lugar de eso sentí una ráfaga de aire frío que me mantuvo en pie.

Recuperé el equilibrio y me giré para mirar a Bale. Estaba envuelto en llamas.

Mis propios gritos me despertaron. Tenía que ver a Bale. Esa misma noche.

8

Esa noche, después de cenar, Vern me escoltó hasta mi habitación.

Cuando doblamos la esquina del vestíbulo principal, nos cruzamos con Wing y Sarah.

—Sno-o-o-o-w —susurró Wing, arrastrando las letras de mi nombre mientras estiraba un brazo, como si quisiera tocarme. Ese día se había puesto una diadema rosa y tenía purpurina en las mejillas. A Wing le encantaban los colores vivos, pero el uniforme de Whittaker no permitía nada más.

Le rocé la yema de los dedos.

—Hola, Wing.

—Hemos vuelto a meter las manos en la caja de pinturas, ¿eh, Wing? —comentó Vern con cariño.

Era imposible no adorar a esa chica. Era un ángel caído del cielo. Sin embargo, Wing también me daba mucha lástima. Era como ser amiga de un pájaro al que le habían arrancado las alas. La estaban privando de su único propósito en la vida. Solo tenía una cosa en la cabeza: volar.

—No, no, no, no, no —dijo Wing mientras negaba con la cabeza—. No, no, no. Son mis destellos —explicó, señalándose las mejillas—. Necesito mis destellos.

Los «destellos» de Wing eran como sus polvos mágicos. Ella aseguraba que los necesitaba para recuperar las alas y por fin alzar el vuelo. Supongo que en Whittaker, todos teníamos sueños. Ojalá hubiera una píldora que le hiciera soñar con otra cosa.

—Vamos, cariño —dijo Sarah, que, con suma amabilidad, guio a Wing hacia su habitación.

Wing volvió a extender el brazo y, una vez más, sus dedos acariciaron los míos. Ella sonrió, y yo también. Pero en cuanto oí aquella voz, mi sonrisa se desvaneció.

—¿Por qué sigue esta aquí? —siseó al pasar.

Cecilia la mandó callar de inmediato y le dio un empujoncito.

Vern me miró de reojo.

Magpie estaba intentando sacarme de mis casillas, y lo último que quería Vern era que me enzarzara en otra pelea. Para sorpresa de todas, preferí ignorarlas. Tenía toda la atención puesta en mi plan.

La cabeza y el corazón me iban a mil por hora. Estaba a punto de ocurrir.

Esa noche, iba a ver a Bale. Charlaríamos largo y tendido, y por fin pasaríamos página. Necesitaba olvidar ese pequeño incidente de la muñeca rota. Había pasado demasiado tiempo. El sueño me había servido para despertar de ese letargo. Nos habíamos besado y, un segundo después, él me había partido la muñeca. Pero éramos más que eso. Tenía que abrirle los ojos y hacerle entender que lo ocurrido era tan solo un efecto secundario de la medicación. Él no era un chico violento; la culpa de aquel arrebato había sido de la medicación.

La cinta americana que Vern había utilizado para colgar mis cuadros me vino de maravilla. Mientras ella preparaba la cama y me desdoblaba el pijama, pegué un trozo de cinta aislante en la cerradura, para evitar que la puerta se cerrara.

—¿Estás bien, Yardley? —me preguntó mientras me ponía el pijama.

—Sí —mentí—. ¿Por?

Vern sacudió la cabeza y después me trajo la dosis nocturna. Era la pastilla negra con puntitos blancos, otra vez. No sabía qué efecto tenía, ni por qué debía tomármela tres veces al día, pero opté por no hacer preguntas. Me la metí en la boca y tomé un buen sorbo de agua.

—Abre —ordenó Vern. Esta vez, me examinó la boca a conciencia, pero no consiguió ver la pastilla escondida debajo de la lengua—. Perfecto.

Le deseé las buenas noches y ella se quedó parada en el umbral; luego me miró por el rabillo del ojo, como si sospechara que algo no andaba bien. Contuve la respiración y recé porque no rozara la cinta americana con su bata blanca. O, peor aún, que la viera ahí pegada.

—Eres una buena persona, Snow. Eres difícil, pero buena —dijo en voz baja.

En cualquier momento perdería el control y me echaría a llorar. Estaba hecha un manojo de nervios. No estaba acostumbrada a guardar secretos. Por el amor de Dios, nunca tenía la mente suficientemente despejada y clara como para planear algo con más de una hora de antelación, y mucho menos para preparar una conspiración tan elaborada. No tomarme la medicación hacía que todas las sensaciones fueran aún más intensas. Vern siempre había sido muy amable conmigo. Más que amable, de hecho. Era la única persona adulta que conocía que no me trataba como si fuera a sufrir un brote psicótico en cualquier momento.

—Gracias, Vern —murmuré.

Vern asintió y luego se marchó, dejando que la puerta se deslizara a su espalda. Escuché con atención. Esperaba oír el chirrido de sus deportivas en mitad del pasillo, justo antes de que volviera para comprobar si la puerta había quedado bien cerrada. Pero no percibí nada. La cinta americana había funcionado.

Entonces me metí en la cama y esperé durante una hora a que las luces se apagaran. Fueron sesenta minutos agónicos, la verdad.

Aquella hora me pareció una eternidad, pero, al fin, todas las enfermeras colgaron su bata blanca y dieron su jornada laboral por finiquitada. Asomé la cabeza por la puerta y comprobé que el pasillo estuviera desierto. Entonces salí de mi habitación y me dirigí hacia el vestíbulo.

Las puertas de las habitaciones solo se abrían desde el exterior, así que me llevé un buen trozo de cinta aislante para poder salir. Entrar en la habitación de Bale iba a ser pan comido. A partir de ahí... ya no tanto. No sabía cómo iba a reaccionar él al verme, sobre todo después de comprobar lo que nuestro beso había provocado en él.

Me quedé mirándole durante unos segundos y después le desperté. Me fijé en las correas que asomaban por debajo de las sábanas. Incluso con las piernas y los brazos atados a la cama parecía dormir en paz. Su pecho oscilaba en intervalos regulares. Era hermoso. Y era mío.

Su cabellera pelirroja había perdido todo el brillo y le habían rapado los rizos de las sienes, los mismos que me habían enamorado y que acariciaba cada vez que los batas blancas se despistaban. Vern me había contado cómo estaba, pero había omitido ese pequeño detalle. La castigué mentalmente por haberme ocultado la verdad, pero luego recordé que yo también la había engañado.

Zarandeé a Bale para despertarlo.

—Hola. ¿Dónde te habías metido, Snow? —preguntó Bale todavía dormido.

No podía creer que me estuviera hablando así, como si nada, como si no hiciera un año que no articulaba palabra, como si no nos hubiéramos besado, como si no me hubiera roto la muñeca... y el corazón. Tragué saliva y traté de tranquilizarme. Estaba bajo los efectos del cóctel, pero necesitaba que entendiera lo que estaba a punto de decirle.

—Sé que no te lo parece, pero el que ha estado ausente has sido tú.

—¿Y dónde he estado?

—No importa. Lo importante es que has vuelto.

—A mí sí me importa. Lo recuerdo —dijo, y se aclaró la garganta, como si intentara encontrar las palabras adecuadas—. Recuerdo lo que te hice después del beso. Lo he echado todo a perder. Todo lo que habíamos construido juntos.

—¿Y qué te parecería si yo te rompo la muñeca? Así estaríamos en paz —bromeé en un intento de quitarle hierro al asunto.

Bale se revolvió en la cama. Supongo que no se imaginaba que me había hecho tanto daño. Me había ido de la lengua y había hablado demasiado. Me acerqué para acariciarle la mano, pero no sabía si estábamos preparados para ese tipo de contacto. Me alegraba de poder hablar con él y de que él, al verme, no hubiera querido salir corriendo.

—Te hice daño. Nunca superaremos algo así. Es imposible borrar ese tipo de cosas —dijo. Sonó convencido y muy triste—. Sé quién eres, Snow.

Todavía no había conseguido olvidar el dolor que había sentido en la muñeca, ni tampoco su mirada cuando me lo dijo por primera vez. «Ahora veo quién eres...» Bale había dejado de hablar justo después del beso. Mi instinto o mi sexto sentido me decía que aquel mutismo repentino no estaba relacionado con nosotros, sino con el doctor Harris y con el psiquiátrico.

—Y yo sé quién eres tú, Bale. Eres buena persona —murmuré, y los ojos se me llenaron de lágrimas—. Yo te he perdonado...

Sin embargo, Bale no me estaba escuchando. Había entrado en bucle y estaba reviviendo el momento de nuestro beso una y otra vez. La culpa se había apoderado de él y no lograba encontrar un modo de mitigarla. Pero, de repente, empezó a reírse a carcajadas, como si, aunque un poco tarde, hubiera entendido un chiste. Su risa era gutural y llena de vida.

Cuánto había echado de menos la risa de Bale.

Él también me había añorado. Lo intuía.

Dibujé una sonrisa, pero esta vez fue una sonrisa genuina. Hacía muchísimo tiempo que no sonreía sin sarcasmo. Me llevé un dedo a los labios para advertirle de que estaba haciendo demasiado ruido.

Bale enmudeció de repente.

A juzgar por su expresión, no iba a olvidar el incidente.

—No tengo elección, Snow —dijo él, y me miró con los ojos vidriosos.

—¿De qué estás hablando?

—Tengo que quemarlo todo. Es el único modo de frenarlo.

—¿De frenar el qué?

—No podemos cambiar quiénes somos. Tenemos que quemarlo todo.

Bale estaba fatal. Al parecer, el tratamiento no estaba ayudándole en absoluto.

—Vas a ponerte bien, Bale, ya lo verás —dije, más bien para convencerme a mí que a él.

Alargué el brazo para acariciarle, pero vacilé. Echaba de menos tumbarme a su lado y apoyar la cabeza sobre su pecho. Había pasado un año desde el beso, desde que los enfermeros se lo habían llevado a rastras para atarlo a una cama y desde que me pusieron aquella horrible muñequera. Aquella misma noche, me escabullí a la habitación de Bale y me metí en su cama. Me acurruqué a su lado y le acaricié el brazo izquierdo. Me fijé en una señal que tenía en la piel. Parecía un tatuaje, tal vez una marca de nacimiento. Tenía una forma muy particular: una estrella con puntas afiladas dentro de un círculo. Era la primera vez que la veía. Me sorprendió porque creía conocer cada centímetro de su piel.

Después, apoyé la cabeza sobre su pecho y escuché su corazón. Era mi sonido favorito en el mundo entero. Sus latidos eran fuertes y sólidos. Resonaban por todo mi cuerpo. Parecían prometerme que Bale se recuperaría, que, algún día, volvería a estar tan cerca de él. Aunque tuviera los brazos atados y aunque su mente estuviera en algún lugar inalcanzable para mí, su corazón seguía ahí. Y estaba convencida de que seguiría latiendo por mí.

Me pillaron al cabo de pocos minutos. De pronto, un hilo de luz iluminó la habitación. Alguien había abierto la puerta. Apareció un bata blanca dispuesto a abalanzarse sobre nosotros y castigarnos. Pero un segundo a su lado bien lo merecía. Apoyar la cabeza sobre el pecho de Bale era lo más íntimo que jamás había hecho. Más que el beso. Porque ya no había distancia que nos separara.

Ahora, después de volver a colarme en la habitación de Bale, eché un vistazo a sus brazos. No podía moverlos por las correas. La marca circular seguía en su antebrazo izquierdo. Le acaricié el brazo. Tenía la piel caliente. Muy caliente. Estaba ardiendo. Supuse que tenía fiebre Y entonces dibujó una sonrisa malvada y, por primera vez en mi vida, me asustó. Me dolió en el alma y aparté la mirada.

Bale necesitaba ayuda. Decía esas cosas horribles porque estaba enfermo. De no haber estado atado, tal vez me habría abrazado. Una parte de mí lo deseaba más que cualquier otra cosa. Ansiaba poder encontrar las palabras mágicas para recuperarle, pero estaba demasiado lejos.

«¿Debería besarle otra vez?», pensé y, de inmediato, me arrepentí. ¿Cómo podía ser tan egoísta? Aunque la verdad es que me moría de ganas. Me habría encantado sentir sus labios acariciando los míos, sobre todo ahora que mis sentidos ya no estaban aletargados, sino bien despiertos. Por primera vez en mi vida, estaba limpia y en mis plenas capacidades. Quería vivir ese momento, sentir ese momento.

De pronto me vino una idea a la cabeza, una idea absurda y equivocada, como las que se me ocurrían cuando me tomaba Dormilón: ¿Y si un beso pudiera curarle?

—Tenemos que quemarlo todo —repitió, esta vez más alto, y empezó a agitar los brazos y las piernas, tirando así de las correas.

Bale, mi Bale, no estaba bien. Siempre pensando en fuego, aunque esa noche, él era el fuego. Estaba ardiendo.

Me incliné hacia él; tan solo nos separaban unos milímetros. Se quedó quieto durante unos instantes y me miró a través de aquellas pestañas tan largas y espesas.

—Snow —murmuró; su aliento me acarició las mejillas. Fue una caricia tierna y cálida. Me quedé allí varios segundos, atrapada entre el deseo y la necesidad. Quería recuperar a Bale. Pero necesitaba que estuviera bien. Y no lo estaba.

—Te quiero —susurré.

Y en ese preciso instante algo en la diminuta ventana que había sobre el cabezal de su cama llamó mi atención. Era una ventana con barrotes, como todas las de Whittaker; sin embargo, no advertí los jardines que rodeaban el edificio, sino un espejo. La superficie ondeaba y brillaba. Era una visión fascinante, casi hipnótica..., pero, de repente, un par de brazos blancos emergieron del espejo.

—Pero ¿qué...? —farfullé; los brazos venían directos hacia mí, pero, por suerte, mis reflejos no me fallaron y me aparté a tiempo. Un segundo después, de la superficie del espejo, empezó a soplar una ráfaga de aire frío—. ¡Bale! —grité.

Tenía que desatarle y sacarle de allí antes de que aquella cosa entrara en la habitación.

Bale no dejaba de revolverse en la cama, tirando de las correas con todas sus fuerzas. Traté de desabrocharle la muñeca izquierda primero, pero se estaba moviendo tanto que me fue imposible.

—Bale, por favor, para. ¡Tenemos que salir de aquí!

Por fin logré agarrarle de la muñeca, pero, en cuanto le rocé, me aparté. Me había quemado, literalmente. Cuando me miré los dedos, los tenía llenos de ampollas.

Los brazos cada vez sobresalían más del espejo. Eran larguísimos. No podían ser humanos. De pronto, dos dedos rozaron la frente de Bale, que se echó a gritar como un loco. Después, las correas se iluminaron, primero de una luz amarilla y, al final, de una luz naranja muy intensa.

—¡Bale! —chillé y, sin pensármelo dos veces, agarré ese brazo inhumano y tiré de él. Tropecé con la mesita de noche y pulsé el botón del pánico—. ¡Ayuda! —grité. Corrí hacia la puerta y la abrí de golpe, no sin antes arrancar la tira de cinta americana—. ¡Ayuda! ¡Es Bale! —grité en mitad del pasillo.

Y entonces oí un desgarrón a mi espalda y, después, un crujido. Cuando me di la vuelta, las correas que hasta entonces habían inmovilizado a Bale estaban colgando de la camilla. Había dejado de moverse como un loco. Se había quedado inconsciente. Aquellos brazos blancos y fríos lo estaban arrastrando hacia el espejo.

Oí ruidos en el pasillo y pasos apresurados; los demás pacientes del ala D se habían despertado y no dejaban de lloriquear y gritar. Entré a toda prisa en la habitación de Bale y cerré la puerta. Le rodeé el cuerpo con los brazos. No estaba dispuesta a que me lo arrebataran. No otra vez.

Se me estaba escurriendo de los brazos.

—¡Bale, no! —chillé.

Pero aquellos brazos le tenían bien sujeto y eran más fuertes que yo. En un abrir y cerrar de ojos, Bale y el espejo desaparecieron.

El corazón me latía tan rápido que, por un momento, temí sufrir un infarto allí mismo. Me acerqué a la ventana y le llamé a gritos, pero no obtuve respuesta. Cuando los batas blancas entraron en la habitación, estaba sola.

Era imposible, pero estaba sola.

Y

Vern me acompañó a mi habitación.

—Le encontraremos, cielo. Seguramente está en el sótano, como la última vez.

Whittaker solía presumir de que ningún paciente se había escapado de allí. Vern se equivocaba al suponer que nadie lo intentaría.

—Por cierto, ¿desde cuándo eres una artista del escapismo? —preguntó en un intento de desviar mi atención de sus manos. Sacó una jeringuilla del bolsillo.

—Vern, por favor —supliqué con los ojos puestos en la aguja.

—Cielo, necesitas dormir. Tienes tantas ojeras que pareces un mapache. Créeme, cuando te despiertes, Bale estará en su cama, que es donde debe estar.

En ese momento caí en la cuenta de que no me creía. Vern nunca creería lo que acababa de pasarme. Lo único que podía hacer era intentar impedir que me drogara; solo así podría escabullirme de mi habitación y encontrar a mi Bale.

—Tan solo quería volver a verle —dije, revelándole así la mitad de la verdad.

Ella retiró las sábanas. Pillé la indirecta y me acurruqué en la cama. Me mordí el interior de la mejilla para tranquilizarme, para no gritar. En cuanto la jeringuilla me atravesó el brazo, justo en el centro de mi telaraña de cicatrices, me eché a llorar. Pero los sollozos enseguida desparecieron. El efecto del sedante fue casi inmediato. Me quedé dormida incluso antes de cerrar los ojos.

El pinchazo de la aguja no fue lo que me hizo llorar.

9

El muchacho apareció de nuevo esa noche, junto a mi cama. Esta vez estaba segura de que era un sueño. Todo a mi alrededor se había vuelto más nítido, más surreal.

—Sabes dónde está Bale, ¿verdad?

Miré hacia arriba. El techo había desaparecido y, en su lugar, solo había una oscuridad absoluta desde la que caían copos de nieve.

—Tú le has secuestrado.

—No —respondió él, e hizo una mueca de dolor.

La nieve caía como una lluvia de purpurina; cada vez que un copo le rozaba la piel, él se encogía de dolor. Allí donde la nieve le había acariciado, brotaba una gota de sangre.

«Tal vez le estoy haciendo daño», pensé para mis adentros.

—¿Qué está pasando? —pregunté.

—Debes empezar a controlarte —dijo, apretando los dientes—. No he secuestrado a Bale. Si vienes conmigo, te ayudaré a encontrarle. Pero tienes que controlar ese temperamento.

Aquel comentario me puso de mal humor.

—Por favor —añadió, e hizo un mohín.

Le creí. O, al menos, quería creerle. Era evidente que estaba sufriendo, así que cogí mi libreta de bocetos y empecé a garabatear.

—¿Qué estás haciendo? —preguntó.

Ni siquiera me molesté en levantar la mirada. No quise

mirar al extraño que, por segunda vez, se había colado en mi habitación. Ni tampoco los copos de nieve que estaban cubriendo la habitación con un manto blanco y brillante.

—Estoy intentando tranquilizarme —respondí. Inspiré profundamente y expulsé el aire solo por la nariz.

Iba a salir de aquella pesadilla, y lo iba a hacer de la única manera que sabía: dibujando.

Pero entonces el chico me dio la respuesta a todo.

—Bale está al otro lado del Árbol.

Unas horas más tarde, me desperté con los dedos negros y las sábanas manchadas de carboncillo. Esa mañana me levanté con dos cosas muy claras: sabía dónde estaba Bale y estaba decidida a seguirle.

Confiaba en las palabras de ese chico. ¿Por qué? Pues porque en todas y cada una de las páginas de mi libreta había dibujado la misma imagen: el Árbol de corteza tallada que siempre aparecía en mis sueños.

Iba a intentar escapar otra vez. Decidí esperar a que terminaran la última ronda nocturna, justo antes de que amaneciera. Aún era de noche, pero la luna ya había empezado a descender en el cielo. Por suerte, Vern no se había molestado en comprobar la puerta al salir, así que la cinta adhesiva seguía intacta. No habría más rondas hasta al cabo de una hora, así que aproveché ese momento y me deslicé hacia el pasillo. Todo estaba en silencio, así que, de puntillas, me dirigí hacia la salida.

—¡Otra vez! —chilló una voz familiar detrás de mí. No quería darme la vuelta pero, al final, lo hice—. El sonambulismo no forma parte de tu repertorio, Yardley. Vuelve a la cama —dijo.

—Lo siento, Vern. Tengo que irme. Tengo que hacerlo. He de encontrar a Bale.

Di un paso atrás; estaba a apenas unos centímetros de la

salida. Sin embargo, Vern conocía muy bien mis estratagemas y se plantó a mi lado en un segundo.

—Deja que nosotros nos encarguemos de eso —dijo en tono serio—. Le traeremos de vuelta a casa.

—Solo yo puedo hacerlo —respondí—. Está en un lugar al que solo yo puedo acceder. Por favor, Vern.

Arrugó la frente. Vern no estaba decepcionada. Estaba preocupada porque su paciente favorita estuviera sufriendo una recaída.

—No sé qué le ha ocurrido, pero no voy a permitir que te pase nada.

No estaba segura de poder con Vern. No quería pelear con ella, desde luego. Era más corpulenta y robusta que yo. Mucho más, de hecho. Y justo cuando estaba a punto de agarrarme y llevarme a rastras a mi habitación, se oyó un estruendo en el pasillo, seguido de un murmullo de voces y pasos apresurados.

—¡Está sufriendo un paro cardiorrespiratorio...!

—¡Vern! —gritó otra enfermera—. ¡Te necesitamos!

Me aparté unos centímetros de ella justo cuando se giró hacia la conmoción del pasillo.

—¡Vern! —chilló otra voz.

Un segundo después, todas las alarmas del ala D empezaron a sonar. Vern me sujetó por los hombros.

—Tú te vienes conmigo.

Y arrancó a correr, arrastrándome con ella.

Magpie había sufrido un paro cardiaco. Llegamos a la habitación. Allí dentro reinaba el caos, un frenesí de actividad. Aquel espacio diminuto estaba atestado de enfermeras que se chillaban las unas a las otras mientras intentaban despejar el centro del cuarto, donde yacía el cuerpo de Magpie. En mitad de aquella conmoción, alguien le entregó a Vern una silla para que la sacara de la habitación. En ese momento, me soltó y me lanzó una mirada dura que decía: «no te muevas, o te las verás conmigo».

La escena me dejó consternada. Magpie estaba pálida, blanca como la pared de su habitación. Era ese blanco casi transparente de los muertos de las películas.

Las enfermeras se ladraban entre ellas mientras golpeaban el cuerpo de Magpie con el desfibrilador. Tras varios intentos, Magpie volvió a la vida. Empezó a agitar los brazos y a revolverse, pero en cuestión de segundos las enfermeras la inmovilizaron. Fue en ese momento cuando vi la sangre. Tenía los brazos rojos. Y las sábanas estaban empapadas en sangre. Magpie se había cortado las venas.

—¡Quiero a Vern! —chilló, lo cual me sorprendió bastante, porque Cecilia era la bata blanca que tenía asignada.

Nunca imaginé que Magpie quisiera suicidarse. Entonces me fijé en la ristra de cosas que había tiradas en el suelo. Eran los tesoros de Magpie. Alguien, o quizá la propia Magpie, los había sacado de su escondite. Una diadema elástica, como las que solía llevar Wing. Uno de mis dibujos del Árbol. Clips del despacho del doctor Harris. Una barra de labios. Varios tornillos. Era su alijo. Estaba dispuesto en forma de semicírculo alrededor de la cama.

Vern consiguió atarle un vendaje alrededor de la muñeca; después, la subieron a una camilla y la inmovilizaron.

Di un paso hacia atrás.

Magpie parpadeó y me miró. En sus ojos reconocí una despedida.

Y entonces me guiñó un ojo.

Tal vez fuese una respuesta involuntaria al traumatismo que estaba sufriendo su cuerpo. O quizás estuviera intentando decirme algo.

No había tiempo que perder. No podía entretenerme tratando de comprender lo ocurrido. Tan solo tenía unos segundos. Magpie tenía a Vern distraída, así que, con el sigilo de un gato, me escabullí de la habitación y eché a correr por el pasillo.

Empujé la puerta y sentí una oleada de aire fresco en las mejillas. Enseguida, saltó la alarma, pero el ruido quedó amortiguado por la sirena que retumbaba en el interior del edificio. Era libre.

Allí ya no me quedaba nada. Solo podía hacer una cosa: correr.

¿Magpie se había cortado las muñecas a propósito? ¿Para darme una posibilidad? ¿Para crear ese caos, una confusión que me permitiera escapar? Jamás lo averiguaría. Tenía que salir pitando de allí.

La verja de los jardines de Whittaker estaba abierta de par en par. Me había escondido entre los arbustos y, desde allí, vi que la ambulancia entraba a toda prisa. Antes de que se cerrara, salí disparada hacia ella. Tenía la sensación de que, esa noche, no solo el incidente de Magpie había jugado a mi favor. Parecía que todo lo ocurrido tenía un toque mágico. Y eso me animó. Atravesé el jardín a toda prisa y me sumergí en la oscuridad de la noche. Iba a conseguir llegar al otro lado del espejo. Buscaría el Árbol y rescataría a Bale.

Hacía más frío de lo que esperaba, pero la adrenalina me mantenía en calor. Sin embargo, aquel aire gélido no tardaría en colarse por el uniforme de Whittaker. Al menos me había acordado de calzarme unos zapatos.

10

Pasé por delante de edificios, tiendas cerradas a cal y canto y descampados solitarios. Seguí corriendo a toda prisa, alejándome de Whittaker, del doctor Harris y de Vern. Reconocí el Lyric Diner, la cafetería donde solíamos ir de excursión en nuestra mejor época dentro de Whittaker, cuando vivíamos en el ala A, antes del traslado. La última vez que recuerdo haber estado ahí tuvimos que marcharnos porque Wing se había tirado en plancha desde la barra y porque Chord había asustado al jefe del local asegurando que «en un futuro no muy lejano, todos sus hijos morirían en la guerra». Ese día, Bale y yo nos retiramos a un reservado y compartimos un batido con dos pajitas. Tuvimos que sentarnos muy juntitos para poder beber del mismo batido. Recuerdo que nuestros hombros se rozaban.

Aparté ese recuerdo y seguí corriendo.

Las piernas me pesaban, pero intenté no pensar en ello. No podía parar. La verdad es que no había hecho mucho ejercicio durante los últimos años y, en ese momento, todos los músculos de mi cuerpo me lo estaban recordando.

Ningún escaparate me resultó familiar, lo cual era de esperar porque hacía muchísimo tiempo que no pasaba por allí. A lo lejos advertí las vías del tren; más allá, tan solo un camino de tierra que se perdía en el bosque. No vacilé. Fui directa hacia ese camino, en parte por lo que me había dicho el joven desconocido, en parte porque sabía que me sería mucho más fácil esconderme en el bosque que en plena calle.

Sin embargo, pasados unos segundos, me perdí. Estaba totalmente desorientada. No sabía por dónde había venido ni hacia qué dirección debía ir. A mí alrededor solo veía árboles y nieve. Y todos los árboles eran iguales. Me desplomé sobre el suelo. Sentí que la nieve me empapaba la ropa. ¿En qué estaba pensando? Tal vez sí estaba loca, loca de atar. Había seguido el consejo de un completo desconocido y me había escapado de Whittaker en busca de un árbol misterioso porque solo así podría salvarle la vida a mi novio, al que un espejo mágico se había tragado. Y, cómo olvidarlo, ahora se suponía que era una princesa. Pensándolo bien, no tenía ningún sentido. Y encima iba a morir congelada en mitad de un bosque. Solté una carcajada y mi voz resonó entre los árboles. El eco de mi risa se oyó durante varios segundos. Entonces caí en la cuenta de lo lejos que estaba de mi zona de confort. Me había metido en un lío tremendo.

No pude contener las lágrimas. No era una persona llorona, la verdad. Daba igual qué enanito me tomara, siempre me mantenía fuerte como un roble. Aquella sensación era totalmente nueva para mí. Fue como si toda la tristeza que había acumulado en mi interior estuviera intentando salir. Sin embargo, en lugar de abrirse paso a empujones y puñetazos…, estaba saliendo a borbotones. Me costaba respirar y no tenía ningún pañuelo para sonarme la nariz. Las lágrimas se deslizaban por mis mejillas. Tenía la piel helada. Era una idiota. Me puse furiosa. Estaba enfadada conmigo, con mi madre y con aquel tipo disfrazado de enfermero por haberme convencido de aquella locura.

Quería dar media vuelta y volver a Whittaker, pero no sabía el camino. Había estado corriendo en círculos y me sentía agotada. Todavía no había amanecido y aquel bosque estaba demasiado oscuro. Además, ¿dónde pretendía ir?

Ninguna de las opciones que tenía era muy alentadora, así que seguí llorando hasta que no me quedaron más lágrimas que derramar. Y entonces hice lo único que podía hacer dadas las circunstancias: me levanté y empecé a caminar.

Con cada paso que daba, me reprendía en silencio por haber sido tan estúpida.

No me había llevado nada de comida.

No había cogido un abrigo.

Ni tampoco había caído en robar una linterna de la sala de control.

Me había olvidado de muchísimas cosas y solo podía pensar en rendirme, en tirar la toalla e intentar dar vuelta atrás.

Y entonces lo vi. Allí estaba, el Árbol. Era inconfundible. Incluso en aquella penumbra, resaltaba.

Era más inmenso de lo que había imaginado. Daba la sensación de que ocupaba todo el cielo. Alcé la mirada y vi que la oscuridad nocturna se partía; por una diminuta ranura advertí una explosión de luces. Y todas aquellas luces se reflejaban en la superficie del árbol. Destellos verdes, rojos, azules y amarillos… Todos revoloteaban como luciérnagas en un nubarrón oscuro. De pronto, las lucecitas dejaron de moverse para formar la silueta de un rostro. Aquella cara se inclinó y me miró. De forma inconsciente, di un salto hacia atrás y tragué saliva. ¿De qué tenía tanto miedo? Tan solo era un puñado de luces. Aquella imagen me recordó a las auroras boreales que había visto en libros y enciclopedias. Pero era imposible, porque estábamos en Nueva York, y en Nueva York no hay auroras boreales. Aunque el Árbol desmontaba esa teoría.

Di un paso hacia delante para poder ver el Árbol más de cerca. Toda la corteza estaba recubierta de una especie de escritura y dibujos tallados. Aquellas palabras estaban escritas en un idioma que no reconocí, y los dibujos parecían rostros de desconocidos. No me sonaba ninguno de ellos. ¿Qué era ese lugar? ¿Quién había tallado esas palabras, esos retratos? ¿Y qué significaban?

De pronto, noté un picor en el brazo. Me arremangué la sudadera y me quedé boquiabierta; la telaraña de cicatrices estaba titilando con una luz blanca. Me bajé la manga y tapé aquella repentina iluminación navideña.

—¿Estoy soñando? —murmuré, pensando en voz alta. No habría sido la primera vez que confundía un sueño con la realidad.

Me acerqué aún más al Árbol y observé la corteza. A simple vista, la superficie parecía lisa como el cristal. Daba la sensación de que estuviera cubierta de una capa de hielo. Pero no parecía que, debajo de aquella escarcha helada, hubiera una corteza real. Quizá los grabados eran ancestrales y, con el paso del tiempo, se habían ido alisando hasta perder todo su relieve. O puede que nadie se hubiera dedicado a tallar la corteza y que las marcas formaran parte del árbol. Alargué el brazo para pasar la mano por encima de aquella escultura, pero, en cuanto mis dedos rozaron la superficie, se oyó un crujido. Justo en el centro del tronco se había formado una fisura. La fisura se abrió de repente, demostrando así que mis instintos no me habían fallado. Debajo de aquella superficie de cristal no había ninguna corteza.

Pero cometí un error, un error garrafal; me había acercado demasiado y no tenía escapatoria. Miles de esquirlas de hielo empezaron a caer de las ramas y todas parecían venir a por mí. Aterrorizada, me tapé la cara con el brazo para intentar protegerme.

Sin embargo, aquellos carámbanos afilados no se clavaron en mi piel, sino que se quedaron suspendidos en el aire, a apenas unos milímetros de mí. Unos segundos después, se desplomaron sobre el suelo. Aparté el brazo y miré hacia arriba. El bosque se había iluminado y ahora podía ver cada detalle. Me extrañó un poco, porque seguía siendo de noche. O eso creía. Eché un segundo vistazo al bosque que me rodeaba y, de repente, caí en la cuenta de que no era el mismo. Los árboles que poblaban aquel bosque no parecían normales... Eran altísimos... Por mucho que mirara hacia arriba, no alcanzaba a ver la copa. Y eran de color azul. No, azul no, de color violeta pálido. Tras unos segundos me percaté de que cambiaban de color, pero, a pesar de eso, parecían estar hechos de madera. Eso fue lo primero que me hizo sospechar que ya no estaba en el estado de Nueva York.

—Hola, princesa... —me saludó una voz grave y familiar a mis espaldas—. Lo siento, llego un pelín tarde.

Me di la vuelta y vi al enigmático desconocido que había logrado colarse en mis sueños. No llevaba la bata blanca, sino una gabardina de color negro, larga hasta los pies. Sonreía de oreja a oreja. Alzó la mano y, de repente, un árbol se derrumbó sobre la nieve como si fuera un puente levadizo.

—Ten cuidado. Es bonito, pero también peligroso.

Por el modo en que me miró al decirlo, pensé que tal vez estuviera hablando de mí.

—Vamos. Tenemos que irnos.

Con suma cautela, atravesé aquel puente improvisado. Traté de no perder el equilibrio porque sabía que él me estaba mirando. No quería quedar como una patosa delante de ese chico. A mis espaldas, oí un ruido espeluznante, como si alguien estuviera desgarrando un trozo de tela. Miré de reojo y vi que el Árbol volvía a estar ahí, pero esta vez era azul, igual que el resto.

—La entrada acaba de sellarse —explicó el chico.

Él me ofreció la mano para ayudarme a bajar del árbol-puente. La acepté. Me quedé asombrada. Era real, no era un holograma ni un fantasma.

—Bienvenida a Algid —anunció con una sonrisa.

—¿Algid? —repetí, y dejé que la palabra rodara por mi lengua. Aquel conjunto de letras me resultó ligeramente familiar—. ¿Así se llama este lugar?

Él asintió con la cabeza.

—¿Y Bale anda por aquí?

Asintió de nuevo.

No creía en las casualidades. Era imposible que aquel desconocido no tuviera nada que ver con la desaparición de Bale.

Así que, sin previo aviso, le asesté un puñetazo en el estómago. Él se apartó un poco y, aunque no logró esquivar el golpe, tampoco conseguí el efecto que pretendía.

—Supongo que me lo merezco por haberte sacado de un hospital mental y traerte de vuelta a casa —dijo; al parecer, mi puñetazo le había sorprendido, pero no le había hecho ningún daño.

Él se recompuso y dibujó una sonrisa; tuve que contenerme para no sacudir los nudillos. Me dolían una barbaridad; en lugar de músculo, parecía haber golpeado un muro de hormigón. Pero no iba a darle esa satisfacción, así que aguanté el dolor como pude.

—Me has alejado del único lugar y de las únicas personas que conocía. Dios, muchas gracias.

El sarcasmo siempre había sido mi primera línea de defensa. Estaba en terreno desconocido, en mitad de un bosque y con un tipo que no conocía de nada y que, para colmo, actuaba como si lo supiera todo sobre mí.

—Has venido hasta aquí por tu propio pie —replicó, como si fuera una diferencia importante—. Te noto un poco... enfadada, princesa. Y me pregunto si toda esa rabia es porque...

—¿Dónde está? ¿Dónde está Bale? ¿Qué le has hecho? —grité, desesperada.

Intentó reprimir una risita de suficiencia, pero, evidentemente, no lo consiguió.

—Si hubiera podido llevarme a Bale, entonces dime: ¿por qué no te llevé a ti también? Nos habríamos ahorrado todo esto.

La verdad es que tenía bastante sentido, pero no estaba preparada para confiar en él.

Luego se inclinó ligeramente hacia mí y continuó:

—Te diré dónde está Bale e incluso te ayudaré a recuperarle. Pero antes tienes que hacer algo por nosotros.

—¿Nosotros? ¿Quiénes?

—Aquí no. Primero tenemos que ir a casa —dijo, y entonces sacó un tubito de cristal lleno de un líquido amarillo de la bolsa de cuero que llevaba colgada del cuello—. Si te bebes esto…

Le arrebaté el vial de la mano y lo arrojé contra un árbol. El contenido quedó desparramado.

—Genial —farfulló; mi reacción le había exasperado—. Era el último que tenía para volver a casa.

—¡Esta no es mi casa! A ver, o me explicas cómo piensas ayudarme, o me largo de aquí.

El chico soltó un suspiro un tanto exagerado.

—De acuerdo. A ver, ya te he dicho que no es seguro hablar aquí. Te echaremos una mano con tu amiguito y te explicaremos las profecías, te lo prometo. Pero antes tenemos que irnos de aquí. Y lo que tú acabas de hacer añicos era la manera más rápida de volver a casa. Ahora, gracias a tu gran idea, vamos a tener que ir caminando. No podemos perder un segundo más, así que sígueme.

—¿Profecías? ¿En plural?

—Son dos, y las dos afectan al rey. Y a ti.

Traté de digerir toda aquella información. Dicen que quien calla otorga, y eso debió de pensar el chico al ver que no decía nada, porque, de repente, empezó a caminar.

—¿En serio crees que voy a seguirte allá donde vayas?

Era un chico seguro de sí mismo, de eso no cabía la menor duda. Reconozco que aquel exceso de seguridad me atraía y molestaba al mismo tiempo.

—Sí —respondió.

Por desgracia, no andaba desencaminado. De hecho, había acertado de pleno. No tenía otra opción, así que suspiré hondo y empezamos a movernos.

—Por cierto, me llamo Jagger —dijo, e hizo una ostentosa reverencia.

—No te lo he preguntado —le solté. El nombre le iba como anillo al dedo, pues era igual de escurridizo que él.

Jagger soltó una carcajada.

—Sí, ya me había dado cuenta.

De pronto, nos topamos casi de frente con una cuidad. Habría jurado que no estaba allí segundos antes, pero preferí no preguntar. Reconozco que, al ver aquellas casitas, me tranquilicé un poco. Al menos ya no estaba a solas con un desconocido. En el fondo, deseaba que Bale estuviera en alguna de aquellas casas.

Cada vivienda de la ciudad era de un color diferente, pero además eran translúcidas. La luz parecía bailar entre aquellas cuatro paredes, aunque no lograba distinguir las siluetas de los interiores. Me deslicé por una de las callejuelas en busca de señales de vida. Acaricié la superficie de aquellas casitas… Eran lisas y estaban heladas. Eran de hielo.

—¿Dónde está todo el mundo?

—Ha sido un invierno muy duro. Ha durado mucho más de lo que preveíamos —respondió en voz baja.

—¿Cuánto ha durado?

—Desde que tu madre y tú os marchasteis de Algid.

Jagger no se paró en ningún momento; en lugar de tirar miguitas de pan para que le siguiera el ritmo, lo que hacía era ir dándome información.

—¿Así es como vivís? —pregunté mientras serpenteaba entre aquellos iglús inmensos. Aquel lugar no se parecía en nada a Hamilton, el pueblo más cercano a Whittaker.

—Uf, pues no has visto nada. Espera a ver mi casa —dijo, orgulloso, como si hubiera olvidado por completo por qué había accedido a seguirle.

—¿Allí es donde tenéis a Bale? —acusé—. ¿Allí es donde me llevas?

Él no dijo nada y siguió andando en silencio. De no haber tenido tanto frío y tanta hambre, me habría dado media vuelta y me habría marchado echando humo por las orejas. Pero, en lugar de montar el numerito, respiré hondo, me tragué mi orgullo y le seguí.

Después de diez minutos de caminata sin articular palabra, vimos a un hombre sentado en un banco. Llevaba un abrigo hecho de algo viscoso y negro que me recordó a la piel de un pingüino. Jagger también se fijó en él, pero su reacción fue muy diferente a la mía.

—No le toques. No toques a nadie. Ni nada —me advirtió con tono serio.

Observé a aquel hombre. Estaba demasiado quieto. Había algo que me impedía ignorarle. Tal vez estuviera herido. Necesitaba saberlo, así que salí corriendo hacia él.

—Perdone —dije; fue un alivio saber que Jagger no era la única persona que vivía en aquel pueblo.

—No —gruñó Jagger.

Había mordido el anzuelo de Bale, pero no estaba dispuesta a obedecer todas sus órdenes. ¿Qué se había creído?

—Snow —llamó.

Le ignoré por completo y apoyé la mano sobre el hombro de aquel señor.

Horrorizada, me di cuenta de que estaba literalmente congelado. Aquella estatua de hielo se balanceó y se desplomó sobre el suelo. Al caerse, la cabeza se separó del cuerpo y se fue rodando calle abajo. Ahogué un grito.

—Te advertí de que no lo tocaras —dijo Jagger.

Miré a ambos lados de la calle y, por primera vez, me percaté de que había decenas de personas congeladas. Vi a una madre y a una hija frente a un escaparate, admirando algo que jamás podrían comprar.

—Todos están… —empecé, pero no fui capaz de pronunciar la palabra: «muertos».

Jagger asintió con la cabeza.

Sus expresiones también se habían quedado congeladas. Todos estaban sonriendo, igual que el tipo del banco que acababa de degollar. A juzgar por la estampa, nadie había esperado aquel ataque.

—¿Qué le ha pasado a toda esta gente? ¿Ha caído un rayo congelante… o qué? No tiene ningún sentido.

—Eso ya no importa. Lo que importa es que salgamos de aquí antes de que suframos la misma suerte.

Por fin comprendí por qué Jagger estaba tan empeñado en que saliéramos de allí. En aquella ciudad no quedaba un alma con vida. Teníamos que seguir avanzando, pero no podía moverme. Nunca había visto un cadáver y, mucho menos, un cadáver congelado y sin cabeza.

—Mira, siento mucho que hayas tenido que ver esto. Pero si pretendes que salvemos a tu amiguito Bale, ya puedes empezar a acostumbrarte. En fin, no podemos entretenernos si queremos llegar a casa esta misma noche.

Bale. Con solo oír su nombre, se me pasaban todos los males. Su nombre enmudecía aquella vocecita que me decía que volviera a Whittaker, que no me fiara de aquel chico. Pero, en lugar de eso, seguí a Jagger. Observé su perfil. Era perfecto. Había intentado evitar que viera el horror que acechaba aquella ciudad. Y, sin embargo, me había guiado hasta allí. No, me había persuadido para que me adentrara en una ciudad a sabiendas de que podría acabar igual que el hombre sin cabeza.

Cuando por fin atravesamos el pueblo, el paisaje volvió a cambiar. Había árboles, árboles que jamás había visto. Tenían los troncos robustos y anchos, pero no eran, ni de lejos, tan inmensos como el tronco del Árbol. Sus ramas eran sinuosas y estaban cargadas de flores blancas, todas congeladas, por cierto.

Hacía mucho frío y, con cada respiración, expulsaba una nube de vaho que se perdía en el aire. Caminaba a toda prisa, pero con paso firme. Tenía un rostro hermoso y, al parecer, lo que acabábamos de presenciar no le había afectado en lo más mínimo. No sabía qué estaría pensando, pero daba la impresión de que ya no se acordaba de los cadáveres que habíamos dejado atrás. Yo, sin embargo, no podía quitarme de la cabeza aquellos rostros gélidos y lúgubress.

Tenía demasiadas preguntas, pero no me atrevía a decir nada. La calma que desprendía aquel muchacho me resultaba insoportable. Al final, exploté.

—Lo siento, pero no aguanto más. Necesito respuestas. ¿Cómo es posible que todas esas personas estén congeladas? ¿Cómo vamos a recuperar a Bale? —insistí, y me adelanté unos pasos para colocarme delante de él y así poder frenarle.

—La clave para encontrar a Bale es encontrar al Esbirro. Te lo prometo —prosiguió—, te lo contaré todo, pero me temo que ahora no puedo. Debes confiar en mí.

—¿Ah, sí? ¿Y por qué diablos iba a hacer eso?

—Porque ahora mismo tenemos que correr.

De repente, oí un gruñido grave y gutural. El sonido parecía venir de las profundidades gélidas del suelo, justo debajo de nuestros pies. Y entonces el suelo comenzó a moverse, a deformarse, a levantarse. Miré por encima del hombro y vi un lobo; pero no era un lobo normal y corriente, sino un lobo hecho de nieve. Las piernas eran dos pedazos de hielo. La criatura mostró unos colmillos de hielo, afilados y amenazadores.

Un segundo después apareció otro lobo igual, y luego otro, y otro. Todos clavaron su mirada fría y brillante en mí. Di un paso atrás.

—Pero ¿a qué estás esperando? ¡Corre, Snow! —gritó Jagger, que se puso a tirar de mí. Aquellos lobos me habían dejado paralizada, pero al oír a Jagger volví a la realidad y eché a correr.

Por segunda vez desde que me había escapado de Whittaker, estaba corriendo como si mi vida dependiera de ello. Zigzagueamos entre los árboles mientras intentaba seguirlo. Jagger se movía con una agilidad pasmosa, y yo…, en fin, con una torpeza pasmosa. Corría moviendo los brazos y, cada dos por tres, tropezaba con ramas caídas. Aun así, conseguí mantenerme en pie. En un momento dado, miré atrás, lo cual fue un tremendo error. La manada de lobos de nieve me estaba pisando los talones. Y el hecho de que disminuyera el paso mirando atrás, les dio aún más ventaja.

Cada vez había menos árboles; de repente, me planté en un claro. Tuve que derrapar para frenar en seco; había llegado al borde de un acantilado. No podía seguir corriendo. Eché un vistazo al abismo y vi un río. Era un salto suicida, desde luego. Miré hacia el otro lado y vi al líder de la manada, mostrándome los dientes.

¿Qué podía hacer? ¿Saltar y arriesgarme a morir ahogada en las aguas gélidas de aquel río? Eso, asumiendo que no moría del impacto, claro. ¿O prefería ser devorada por una manda de lobos de nieve? ¿Y dónde demonios se había metido Jagger?

«No son reales. No son reales», me dije una y otra vez. Pero mis pies no debieron oírme porque, de repente, saltaron. La caída libre se me hizo eterna. Pensé en Bale. Estaba haciendo todo eso por él.

Inspiré hondo y contuve la respiración. Cuando mi cuerpo se zambulló en el agua, cerré los ojos. Y entonces recordé que no sabía nadar. Me pareció ver que Jagger también se lanzaba al agua, pero cayó demasiado lejos.

El agua estaba helada y, en cuestión de segundos, todo mi cuerpo quedó entumecido, adormecido. Traté de mover los brazos como los nadadores que salían por televisión, pero no me respondían. Me estaba hundiendo. La corriente me arrastraba río abajo y sentía una presión insoportable en la nariz y detrás de los ojos. Necesitaba coger aire, pero estaba agotada. Y me di por vencida.

Mientras me hundía en aquel río, pensé en el rostro de Bale. Jamás volvería a ver ese rostro. Ni a él. ¿En serio había llegado hasta allí para morir?

Expulsé el poco aire que me quedaba y tragué agua. Esta vez la presión que sentí en la nariz y en los pulmones fue distinta. Me estaba asfixiando. Se acercaba mi final.

Y justo cuando había perdido toda esperanza, distinguí una luz sobre mi cabeza, seguida de una sombra. Al principio creí que sería Jagger, pero aquella silueta parecía la de una mujer. Llevaba el pelo suelto y, al inclinarse, se arremolinó en el agua. Y, de pronto, unos brazos con tentáculos en lugar de manos trataron de cogerme.

La cara de aquella mujer era muy ancha, y tenía una mirada verde muy brillante. En cada mejilla me pareció ver un par de ranuras que parecían branquias. Dentro del agua, aquel par de hendiduras se abrían y se cerraban. Sí, eran branquias.

Me asusté e intenté apartar aquellos asquerosos tentáculos, pero mi cuerpo no respondía. Mi actitud no disuadió a la criatura, que envolvió sus tentáculos alrededor de mi cintura y me subió a la superficie. Estaba salvándome la vida. Era mi pesadilla hecha realidad. Solo que, en esa versión, me habían rescatado, no matado.

Unos segundos después estaba en la orilla del río, temblando como una hoja. La mujer que me había salvado estaba arrodillada a mi lado.

—Tenemos que llevarte dentro.

Si el líquido pudiera ser sólido sería esa mujer. No podía dar crédito a lo que estaba viendo. Estaba hecha de agua, del mismo modo que los lobos de nieve estaban hechos de copos de nieve. Su piel desprendía agua. Y cada mechón de pelo era un riachuelo sinuoso.

—Snow. —Su voz sonaba dulce, cariñosa.

¿Cómo sabía mi nombre? Desde que había escapado de Whittaker, solo me habían pasado cosas increíbles, cosas que, en ciertos momentos, me hacían dudar de que todo aquello fuera real. Oír mi nombre me devolvió a la realidad. Sí, aquello era real.

—¿Quién eres? ¿Qué eres? —pregunté.

—Soy la Bruja del Río —respondió—. Nepente.

—¿Qué?

A pesar de lo que había visto en aquel pueblo inhóspito y en el bosque, no estaba preparada para creer en brujas. Estaba a punto de desmayarme. Me dolía todo, la cabeza, las piernas, el pecho. Hasta las pestañas. Había corrido más kilómetros que en los últimos diez años y, en ese momento, tumbada en la orilla de un río helado, sentí que me flaqueaban las fuerzas. No podía más.

—La Bruja del Río —repitió, y justo entonces perdí el conocimiento y todo a mi alrededor se volvió negro.

El recuerdo que tengo de las horas posteriores es muy borroso. Abría los ojos, pero los párpados me pesaban demasiado y volvía a dormirme. Tenía un montón de mantas encima. Alguien había encendido una hoguera y, aprovechándose de mi debilidad, la bruja me obligó a tragarme un puré de algas marinas asqueroso.

En algún momento de lucidez, pregunté:

—¿Jagger? ¿Habéis encontrado a Jagger?

Aquella criatura frunció el ceño y, al hacerlo, de su frente cayó un hilo de agua.

—Había un chico conmigo. ¿Le habéis encontrado? —insistí.

—¿Te refieres al chico que echó a correr hacia el otro lado mientras yo me sumergía en el agua para salvarte la vida? —dijo con tono acusador.

—Bueno…, supongo que sí.

—Pues bien, se ha largado. Te dejó tirada.

—¿Estás segura?

Aquello no tenía ningún sentido. Jagger se había empecinado en que tenía que volver a ese mundo extraño. ¿Por qué iba a deshacerse de mí a las primeras de cambio?

—Conozco al río, y el río me ha asegurado que ese muchacho se ha marchado —explicó, esta vez con voz melosa.

El comentario me desconcertó. ¿Cómo es posible que alguien «conozca» a un río? Pensé en eso durante unos instantes y, al final, me quedé dormida. Pero el sueño apenas duró unos segundos porque, de repente, oí otra voz, una voz dulce y cantarina.

—Está congelada... Tenemos que conseguir que entre en calor.

Cuando volví a despertarme, me di cuenta de que estaba desnuda y recubierta de unas hojas muy gruesas. A simple vista parecían sanguijuelas. ¿Dónde estaba toda mi ropa? ¿Qué diablos estaba pasando?

Traté de incorporarme y apartar todas aquellas hojas nauseabundas, pero no pude mover ni un músculo. Me sentí igual de impotente que en el agua; el peso me retenía allí y, por mucho que lo intentara, no podía moverme.

Y entonces vi a una chica muy menuda justo a mi lado.

—No te muevas. —La voz de aquella desconocida era una canción. Tenía más notas musicales que la mía, desde luego. Y que la de cualquier otra persona que hubiera conocido. A juzgar por su expresión, estaba muy preocupada.

—¿Qué demonios...? —balbuceé. Al abrir la boca, me percaté de que la tenía llena de agua.

Aquello tenía que ser un sueño. No había otra explicación. Eso sí, era un sueño muy vívido.

—Son escamas —explicó la chica, que acarició aquella especie de hojas que tenía encima—. Absorben todo lo malo.

Genial. Me habían salvado para que un grupo de aspirantes a bruja me torturara.

«No hay nada en el mundo capaz de absorber todo lo malo», pensé para mis adentros.

La chica cogió una de las escamas y la acercó a la llama de una vela.

Traté de hablar, de gritar, de hacer algo. Pero ahora tenía aún más agua en la boca.

Después de encender la escama, pasó la llama por todas las que tenía repartidas por el cuerpo. Habría saltado, pero no podía moverme. Estaba atada con una especie de alga marina alrededor de las muñecas y de los tobillos. Apreté los dientes y me preparé para soportar el dolor, pero no ocurrió nada. El fuego incendió todas las escamas que tenía sobre la piel, pero solo sentí un agradable hormigueo. Una a una, las escamas se desprendieron de mi piel y flotaron hacia el techo. A medida que el fuego se iba apagando, las algas que me sujetaban los brazos y las piernas se deshicieron. Me pasé las manos por la piel; no tenía ni una sola quemadura. Y, además, estaba muy suave al tacto.

La chica me tapó con una sábana de arpillera muy áspera. Después se dio media vuelta y se marchó. Intenté lanzarle un par de obscenidades, pero no tenía fuerzas ni para eso. Así que me recosté de nuevo y me quedé dormida.

Cuando volví a abrir los ojos, pude ver a un chico en el umbral de la puerta. Tenía la espalda erguida y los hombros bien cuadrados. Por un segundo albergué la esperanza de que fuera alguien conocido. Pero, al moverse, me di cuenta de que era un tipo alto y enjuto. No tenía la elegancia de Jagger ni la corpulencia de mi Bale. Me recordó al soldado de juguete que Magpie tenía escondido debajo de la cama. Intenté enfocar la vista para averiguar quién era, pero seguía viendo borroso.

—La fiebre no está remitiendo. Algo no va bien —oí decir a la chica, minutos u horas más tarde.

Vi que movía una mano sobre mi pecho, pero sin tocarlo.

—Hay algo justo aquí que no funciona —dijo—. Es como si algo estuviera impidiendo que funcione la magia.

—Es medio bruja, medio nieve. Eso es lo que pasa —dijo el chico; era la primera vez que le oía hablar.

Tal vez fuera la fiebre, pero su voz sonó distante y directa, como si creyera que la chica estaba exagerando. O quizá le importara un pimiento si tenía fiebre o no.

—Bruja del Río... Nepente... Ven rápido... —murmuró la chica.

—O demasiado frío o demasiado calor. Decídete de una vez, cielo —dijo la Bruja del Río, que apareció a mi lado de repente. En su voz aprecié una nota de preocupación. Me observó y, con un dedo recubierto de diminutas escamas, me pellizcó suavemente la mejilla para examinar la cuenca del ojo—. Rebosa agua —dijo—. Tenemos que sacar toda esa agua.

Me asusté. Estaba sufriendo un ataque de pánico. Si habían utilizado el fuego para hacerme entrar en calor, ¿en qué consistía el método de extracción de agua?

—Esto lo vas a notar —advirtió la Bruja del Río.

Sostuvo la mano sobre mi corazón y, de inmediato, noté que mi pecho se acercaba a ella, como si tuviera una especie de imán. El agua empezó a brotar por cada poro de mi cuerpo. Incluso por los ojos. Y, de mi boca, salió disparado un géiser hacia el techo.

Cuando por fin vacié toda el agua, la chica se acercó a mí de nuevo. Me palpó la frente y asintió con la cabeza. Me había bajado la fiebre.

—Te vas a poner bien, te lo prometo. Pero debes hacer reposo, y nadie sabe cuánto tiempo vas a tardar en recuperarte. Una persona normal no habría sobrevivido a algo así —murmuró la chica.

De haber podido, me habría quejado. Durante mucho tiempo, ese había sido mi objetivo inalcanzable, ser «normal». ¿Cómo era posible que «no» ser normal me hubiera salvado la vida?

Volví a abrir los ojos por enésima vez. El chico con aquella postura tan rígida me estaba observando. Era atractivo. No tan atractivo como Bale ni como Jagger, el enfermero que me había traído hasta allí. Aquel tipo parecía más inocente, aunque me miraba con gesto serio y con la frente arrugada. La chica de la voz cantarina estaba a su lado. Ambos me miraban fijamente y en silencio, tal y como Vern y yo solíamos mirar *The End of Almost*.

—Me llamo Gerde. Y él es Kai —explicó la chica.

¿Eran hermanos? ¿Novios? ¿Marido y mujer? Ambos parecían tener más o menos la misma edad que yo. Ella era claramente una bruja, pero ¿él? ¿Sería un brujo también? Hasta ahora, lo único que había hecho era mirar; mientras la Bruja del Río y Gerde habían tratado de curarme con su medicina extraña, él se había comportado como un mero espectador.

—Estabas muerta. Tal vez tardes un poco en recobrar la vida —prosiguió Gerde.

¿Qué le dices a una chica que te ha cubierto el cuerpo de hojas para después prenderles fuego y a un chico que, con toda probabilidad, te ha visto desnuda?

—Hola. —Eso fue todo.

De haber estado en Whittaker, habría hecho o dicho algo para marcar territorio. Tal vez les hubiera amenazado para advertirles de que no debían meterse conmigo. Pero no estábamos en el manicomio y, además, acababan de salvarme la vida.

La chica arqueó las cejas y esbozó una sonrisa; parecía contenta de verme despierta.

—¿Quién es Bale? Le has llamado como un millón de veces. Ah, y a un tal Jagger. ¿Cuántos pretendientes tienes, princesa? —preguntó Gerde, con ojos curiosos.

No podía explicarles quién era Bale ni lo que significaba para mí. Nunca habíamos etiquetado nuestra relación y, a decir verdad, tan solo nos habíamos besado una vez. Pero, sin lugar a dudas, era algo más que un «pretendiente», algo más que un amigo y algo más que cualquier persona del mundo. Y Jagger, un chico al que acababa de conocer, era alguien que siempre aparecía en mis sueños. Solo que mis sueños eran pesadillas. Necesitaba a Jagger para poder encontrar a Bale, pero ahora ambos habían desaparecido.

—Gerde... —le advirtió Kai.

No entendí a qué vino esa advertencia. ¿Qué daño podían hacer unas preguntas? Ese chico no sabía nada de mí como para querer respetar mi intimidad.

—Es verdad, deberías descansar —murmuró ella con su voz melódica. Y entonces comenzó a tararear una canción.

No estaba segura de que fuera una coincidencia o no, pero aquel canturreo era tan agradable que me volvieron a entrar ganas de dormir. Me recosté y caí redonda.

—A lo mejor la bruja debería haber dejado que muriera ahogada en el río —murmuró una voz.

Estaba sumida en un sueño profundo, pero aun así me pareció reconocer la voz del chico.

11

—Bienvenida al mundo de los vivos, Snow —dijo la Bruja del Río.

Cuando volví a despertarme, aquella criatura acuática estaba frente a un enorme ventanal ovalado. Las escamas que le recubrían la espalda parecían una capa metálica y brillante. Me pregunté qué habría debajo, además de los tentáculos.

Iba descalza, así que, casi sin querer, me fijé en sus pies; los tenía largos y estrechos. El suelo era de tablones de madera blancos.

Todas las paredes de la habitación eran de la misma madera blanca que el suelo, solo que de cada grieta y recoveco se filtraba un hilo de agua. Y eso hacía que el ruido fuera discordante, casi cacofónico. Cada vez que una gota caía sobre la madera, el sonido retumbaba en mis oídos. Era constante y repetitivo; el tipo de sonido que podría enloquecer a cualquiera. Además de la cama en la que estaba postrada, no había ningún otro mueble. Miré a mi alrededor, nerviosa, en busca de una salida, pero no vi ninguna puerta. En una esquina se oyó una especie de crujido. No, más bien fue un siseo. Estaba demasiado oscuro como para ver qué era. Pero fuese lo que fuese, se estaba moviendo.

La cama se tambaleó. Daba la sensación de que estuviéramos en un barco y, de repente, me asusté. Me sentí atrapada. Eché un vistazo a la habitación. Tal vez Kai y Gerde seguían allí, pero no estaban por ningún sitio.

De pronto recordé algo que había dicho el chico; si no me fallaba la memoria, según él tendrían que haberme dejado tirada en el río. Sin embargo, no sabía si había sido un sueño o si lo había dicho de verdad.

La Bruja del Río se dio media vuelta y me miró.

—¿Se te ha caído un tornillo o qué? ¿Cómo metes a una chica que casi muere ahogada en un barco? —le solté.

Ella se rio entre dientes.

—Es la única manera, querida. A menos que prefieras darte otro baño en el río.

—¿Qué eres?

—Oh, querida, hay tantas cosas que la gente no sabe. Y yo soy una de esas cosas.

Me incorporé demasiado rápido y, de inmediato, sentí un pinchazo en la cabeza. Volví a tumbarme y me apoyé sobre aquella almohada más dura que el cemento.

—Tienes mucho más carácter que ella, desde luego. Ese espíritu te vendrá de maravilla —dijo la Bruja del Río, que soltó una carcajada—. Emprenderás tu camino, créeme. Pero todo a su debido tiempo. Antes, he de contarte una historia.

—No quiero oír ninguna historia. Necesito encontrar a mi amigo y volver a casa —respondí; estaba desesperada y a punto de echarme a llorar.

—A ver, dejemos las cosas claras. Ya estás en casa. Y debo admitir que te pareces muchísimo a Ora. El parecido es asombroso.

—¿Conoces a mi madre?

—¿Conocerla? Somos hermanas.

Miré a la Bruja del Río entornando los ojos.

¿Hermanas? Además de mis padres, no había conocido a ningún otro miembro de mi familia. Y la criatura que tenía delante se parecía más a un charco de agua que a mi madre, un ser humano perfecto.

—¿Crees… que eres mi tía?

La Bruja del Río se echó a reír.

—No, Snow. Ora y yo pertenecíamos al mismo aquelarre.

¿Aquelarre? La palabra resonó en mi cabeza. Acababa de descubrir muchas cosas sobre mi madre. La primera, y más importante, que era una mentirosa. Era una persona de otro mundo. Sin embargo, la idea de que fuera un ser mágico, un ser de la misma especie que aquella bruja-sirena del río, me parecía inconcebible.

—Estás diciendo que mi madre era..., que mi madre es una bruja. ¿Igual que tú?

—Existen muchos tipos de brujas, querida.

—¿Y qué tipo de bruja es ella? —pregunté en voz baja.

—No del mismo que el mío —respondió la Bruja del Río de forma enigmática—. Pero, por lo que veo, hay muchas cosas que desconoces. A Ora debería darle vergüenza.

No me gustó que insultara a mi madre, aunque lo cierto es que yo también estaba enfadada con ella. Apenas tenía fuerzas para moverme, así que mucho menos para defenderla.

Las branquias de la bruja se abrieron y me pareció oír un resoplido molesto.

—Ora no te ha protegido. Y, para colmo, no te ha contado nada. Si de veras cree que esa es la mejor manera de mantenerte a salvo, entonces es que no aprendió nada durante su tiempo en Algid. Te has perdido años de preparación, años de entrenamiento...

—¿Preparación y entrenamiento para qué? —pregunté, confundida.

La Bruja del Río suspiró y unas cuantas gotas de agua cayeron al suelo.

—Oh, querida. Lo primero que debes saber es que tu padre no es quien tú crees que es.

—Estás mintiendo... —murmuré, aunque una parte de mí se moría de ganas porque continuara. Quería escuchar lo que tenía que decir. Apenas conocía a mi padre. Podía contar sus visitas con los dedos de una mano, y siempre que venía, lo hacía porque mi madre le obligaba. De no haber estado drogada todos esos años, me habría afectado y, desde luego, entristecido.

—Sé que ahora no me crees, pero con el tiempo lo harás. Empecemos desde el principio, si te parece. Para eso debo hablarte de… tu verdadero padre, el rey Lazar.

Me habría gustado contestarle, taparme los oídos y hacer como que no la escuchaba, pero en cuanto empezó a hablar, me quedé embobada; parecía una niña de cinco años escuchando el cuento de antes de irse a dormir.

—Algid no siempre ha estado cubierto de nieve —empezó la Bruja del Río—. Solía tener estaciones, pero entonces nació el príncipe Lazar, un acontecimiento que cambiaría el rumbo de nuestro mundo. Lazar era el primer miembro de la familia real que poseía magia. En general, la magia está reservada única y exclusivamente para las brujas, así que hubo un poco de revuelo al respecto. Corrieron rumores de que su madre había tenido una aventura con un dios. Otros decían que había coqueteado con la magia negra. Nadie conoce la verdad, y nunca lo sabremos, porque justo después de dar a luz, la madre de Lazar murió congelada. No fue un buen comienzo que digamos.

»El padre de Lazar temía por su propia vida, así que acudió al aquelarre en busca de ayuda. Mis hermanas lanzaron un hechizo protector al chico; el hechizo inhibía la magia del muchacho y borraba la memoria de todos aquellos que conocían lo que había hecho. Y, durante un tiempo, funcionó. Sin embargo, cuando el joven príncipe alcanzó la mayoría de edad, encontró un objeto que no solo rompió el hechizo, sino que además aumentó su poder.

—¿Un objeto? —pregunté.

—Un espejo. Incluso nuestro aquelarre creyó que era solo una leyenda. Pero Lazar lo encontró. Era un espejo maravilloso y muy poderoso. En todo Algid, no había nada más poderoso que ese espejo. Y, en un abrir y cerrar de ojos, Lazar recuperó su poder y se vengó.

Un espejo mágico, qué ridiculez. Pero entonces recordé el espejo que se había tragado a Bale.

—El rey acudió de nuevo al aquelarre y nos pidió ayuda. Pero esta vez, en lugar de intentar controlar la magia de su hijo, optó por la codicia. Exigió al aquelarre que enseñara a Lazar a manejar su poder; así, él podría utilizarlo en beneficio propio.

Al oír eso, solté un bufido. ¿Brujas aleccionando a príncipes mágicos? Era una idea ridícula; tan ridícula que ni siquiera podría utilizarse como argumento de un cuento de hadas. La Bruja del Río ignoró el resoplido y prosiguió.

—Pero entonces ocurrió algo que el rey no esperaba. Lazar se enamoró perdidamente de una de las sobrinas de las brujas. Y, aunque parezca mentira, su amor fue correspondido.

—¿Era mi madre?

La bruja cerró los ojos, como si estuviera intentando recordar algo, como si le costara asumir que aquellas dos personas habían estado juntas alguna vez.

—Sí. Y tu padre insistió en casarse con ella, a pesar de que la ley obligaba a la realeza a casarse con la realeza. Cuando su padre se negó a bendecir aquella unión, Lazar entró en cólera y, acto seguido, el rey murió congelado. El príncipe Lazar pasó a ser el rey Lazar. Al darse cuenta del alcance de sus poderes, congeló las tierras de Algid para someternos a su voluntad. Se hizo con el trono y con una esposa el mismo día. Y tú naciste nueve meses después.

—¿Y qué ocurrió luego? ¿Por qué mi madre no se quedó para disfrutar de su «vivieron felices y comieron perdices»? —pregunté con una sonrisita.

La Bruja del Río no me devolvió la sonrisa.

—Se casó con un rey, pero siguió siendo una bruja, y las

brujas creemos en los elementos, en la naturaleza. Para ella no debió de ser fácil ver cómo el mundo se congelaba en nombre del amor. Pero ella le amaba con todo su corazón, así que, durante un tiempo, fueron felices. Muy felices, de hecho.

«Nada mejor que congelar el mundo para demostrar tu amor», pensé para mis adentros.

—¿Y qué pasó después?

—El oráculo.

—¿Oráculo? —murmuré, y recordé un libro de mitos griegos que había leído en Whittaker—. Por favor, dime que en esta historia no aparece una pitonisa.

La bruja ignoró por completo mi comentario y continuó.

—El día en que naciste, tres de las brujas más poderosas del reino escucharon una profecía. Recuerda que tanto tu padre como tu madre eran dos seres mágicos. Albergas magia. Magia muy poderosa, probablemente la más poderosa que jamás se haya visto en Algid. Puedes controlar la nieve. Y, de ahí, tu nombre. La profecía decía lo siguiente:

> Cuando las auroras se apaguen al cambiar de siglo,
> la primogénita del rey recuperará su poder.
> Reclamará el trono… o le concederá al rey un
> poder inigualable, un poder que jamás ha conocido.
> Solo ella podrá elegir el camino de Algid.
> Pero el camino no es claro, y hay quienes tienen el poder
> de cambiar el rumbo del destino:
> el príncipe,
> el ladrón,
> el pensador,
> el secreto.
>
> Si les destruyen, el rey no sobrevivirá en el trono. El sacrificio llegará
> cuando las auroras se apaguen, y quien lleve la corona
> gobernará Algid para siempre.

—¿Y qué significa? —pregunté.

—Es imposible descifrar el significado de una profecía antes de que se cumpla, pero intuimos que está relacionada con el eclipse de las auroras boreales, y contigo.

—¿Auroras boreales de verdad? ¿Cómo pueden eclipsarse?

La Bruja del Río cerró los ojos y sacudió la cabeza; parecía estar harta de mis preguntas.

—Es un fenómeno que ocurre una vez cada cien años. Dentro de un mes, tendremos la suerte de presenciar el espectáculo.

Así que, resumiendo, se suponía que debía seguir un destino que desconocía. Y, además, no tenía ni la más remota idea de que existía un lugar llamado Algid.

La bruja continuó con la historia.

—Pero las tres brujas, la Bruja de los Bosques, la Bruja del Fuego y yo, queríamos recuperar las estaciones. No podíamos usar nuestro poder, ya que alguien se había encargado de arrebatárnoslo y guardarlo en cajas de hielo. Así que decidimos desafiar al destino y destruimos la posesión más preciada del rey Lazar.

—¿Su familia? —pregunté.

—Su espejo —me corrigió ella con expresión de asombro. Por lo visto, no esperaba que tuviera una mente tan retorcida—. Recuerda que el espejo magnificó su poder. Alguien tenía que pararle, así que las tres le robamos el espejo y lo rompimos. Cada una ocultó un trozo en un escondite secreto. Creíamos haber salvado Algid. Pero estábamos equivocadas. —La bruja se deslizó por la habitación y, esta vez, su voz sonó triste y apenada—. El rey Lazar se enteró de la profecía, así que tuvo que elegir entre su corona y su primogénita.

—No veo cuál es el dilema, la verdad —dije.

—Querida, no sabes lo venenoso y corrupto que puede ser el poder. Imagina que, con solo chasquear los dedos, pudieras hacer temblar el mundo entero. Y ahora, imagina perder ese poder. Piénsalo bien: saber que tu hija te arrebatará la corona y entregarle lo que más aprecias, ansías y valoras… En fin, no es una decisión fácil.

La Bruja del Río planteaba la decisión como si las dos opciones fueran igual de válidas. Me costaba creer que le pareciera de lo más normal matar a un niño. O, para ser más exactos, a tu propio hijo.

—El rey Lazar escogió la corona.

Quería que cerrara el pico de una vez. Quería cerrar los ojos y teletransportarme al otro lado del Árbol. Porque aquella dichosa bruja acababa de decirme que mi padre me quería muerta.

Sentí que el suelo se balanceaba bajo mis pies y, por un momento, pensé que me había vuelto loca. Pero entonces recordé que estábamos en un barco.

—Cuando tu madre se enteró de la decisión que había tomado tu padre, quiso salvarte —prosiguió la Bruja del Río—. Así que una noche, mientras el rey dormía, Ora te llevó hasta el acantilado y, sin pensárselo dos veces, saltó.

A medida que la historia se iba desarrollando, empecé a recordar un sueño: la bruja me estaba contando lo mismo que yo había visto en ese sueño.

En mi sueño, aparecía en el borde de un acantilado; estaba a punto de saltar al vacío y sabía que el río era mucho mejor que lo que tenía detrás. Pero ¿y si aquella no hubiera sido mi visión? ¿Y si había sido la de mi madre? Tenía sentido, pero era imposible.

«¿Cómo es posible que la Bruja del Río se haya enterado de mi sueño?» Traté de no anticiparme y me centré en el resto de la historia.

—Tu madre sabía que yo estaría esperándola en el agua. Saltó, pero porque estaba segura de que yo os salvaría a las dos. Aun así, me sorprendió que fuera tan valiente.

¿Mi madre me había salvado? De ser verdad todo lo que

esa bruja me estaba contando, todavía me estaba salvando.

—Con la ayuda del aquelarre, tu madre abrió el portal hacia otro mundo, el mundo en el que creciste, y jamás nos desveló dónde estabas. Lo ha mantenido en secreto todos estos años. Toda la gente de Algid cree que has muerto. Ni siquiera nosotras sabíamos de tu paradero. Se suponía que tu madre regresaría cuando fueras lo bastante fuerte, o cuando fuera seguro. Por lo visto, no ha pasado ninguna de las dos cosas. Pero yo puedo ayudarte con eso.

—¿Y el rey Lazar? ¿Qué le ocurrió? —pregunté. Me negaba a llamarle «padre».

—Ha seguido gobernando Algid como un tirano. Llevamos quince años de crudo invierno. Y ahora que has vuelto, puedes ayudarnos a poner fin a esta locura.

—A ver si lo he entendido bien: ¿me estás diciendo que soy una princesa de hielo?

Si la Bruja del Río estaba diciendo la verdad, venía de una familia de mentirosos y monstruos.

—Sí, Snow. Albergas un poder extraordinario, un don único. Puedes controlar el invierno y dominar la escarcha, el hielo y la nieve. Eres la legítima heredera del trono y la única capaz de arrebatarle el poder a tu padre… o de concederle un poder aún superior. Solo tú puedes elegir tu camino.

Al oír eso, se me aceleró el pulso. Tenía elección. Jamás había tenido elección. En todos los años que había pasado encerrada en Whittaker, no había tomado ni una sola decisión. De eso se encargaban los demás. Ellos eran quienes decidían qué me ponía, qué comía, qué hacía o cuándo dormía. Incluso me decían con quién podía hablar y con quién no. Por el amor de Dios, si hasta había llegado allí porque un espejo se había tragado a Bale: no había tenido más opción que venir hasta aquí para recuperarle.

—¿Cómo destruisteis el espejo? ¿Dónde están los pedazos que guardasteis? —inquirí.

—Es una historia muy larga. Te la contaré en otro momento.

—¿Y dónde está el pedazo que te quedaste…?

—No puedo decírtelo —respondió la Bruja del Río.

—Pero…

—¡No voy a decírtelo! —Alzó tanto la voz que hasta las paredes del barco vibraron.

Acababa de relatarme mi infancia con pelos y señales, pero ¿no podía decirme dónde estaban los fragmentos del espejo? No entendía nada.

—Hagas lo que hagas, el rey no puede enterarse de que estás viva. Y mucho menos de que has regresado a Algid. De lo contrario, todo lo que ha hecho tu madre por ti, todo lo que «todas» hemos hecho por ti, habrá sido en vano.

No dije ni una palabra más. Había captado el mensaje. Tras unos segundos de silencio absoluto, la Bruja del Río echó un vistazo a su casa flotante, que, por cierto, tenía un montón de goteras.

—Te pareces mucho a tu madre, pero, entre tú y yo, espero que no lo hayas heredado todo de ella. Ser bruja no es fácil, cielo. Implica sacrificio y mucha dedicación. A Ora le gustaban las comodidades y, para qué engañarnos, los lujos, así que la idea de ser reina le resultó mucho más atractiva que al resto de nosotras. Tu madre tardó demasiado tiempo en darse cuenta de nuestro valor… y del poder que poseíamos.

Nepente me miró fijamente durante unos instantes; había terminado de relatar su historia y estaba esperando a que yo dijera algo al respecto. Tal vez esperaba que le diera las gracias por contarme su versión de la verdad. Seguramente llevaba años ansiando que llegara este momento. Por fin había conocido cara a cara a la persona que, según ella, podría salvar el mundo.

Sin embargo, yo no tenía nada que agradecerle. No había digerido ni una pequeña parte de todo lo que acababa de oír. La Bruja del Río me había presentado a una madre que, en teoría, era una heroína; pero su acto heroico había consistido en encerrar a su hija en un manicomio de por vida y hacerle creer que estaba loca. Nepente había eliminado del mapa al padre que me había decepcionado y, en su lugar, había puesto a un espectro de padre que, al parecer, era la encarnación del demonio. Y, para colmo, me estaba pidiendo que creyera que aquella rabia que me helaba el cuerpo y que había sentido durante toda mi vida podía manifestarse como algo físico, como un arma.

—No creo que pueda controlar la nieve, pero... —empecé. Soné igual que el doctor Harris cuando pasaba visita: hablando con los pacientes más chalados, utilizaba ese tono. «Te creo, Wing. Sé que tú crees que puedes volar. Y eso es lo importante», diría él. Siempre usaba un tono amable, pero a mí no conseguía engañarme. En realidad, no nos creía a ninguno.

Allí estaba, sentada en una cama ajena, delante de una bruja que se hacía llamar la Bruja del Río. Eché un vistazo a mi alrededor. El agua que se filtraba por las ranuras de los tablones era la prueba de que la magia era real. Pero eso no significaba que yo fuera un ser mágico...

La Bruja del Río suavizó la expresión.

—El tiempo y las auroras boreales demostrarán que tengo razón.

Preferí no decir nada, al menos de momento. Si utilizaba los métodos del doctor Harris, no podría convencerla. A él no le había funcionado con Wing, ni con ninguno de nosotros, a decir verdad.

Ella se dio media vuelta y se dirigió hacia la puerta.

—A lo mejor tienes razón, sí. Por cierto..., gracias por haberme salvado —dije. Y lo dije de corazón.

La Bruja del Río me miró con los ojos entrecerrados. Parecía desconcertada. Y luego se marchó sin musitar palabra.

¿Habría encontrado otro parecido entre mi madre y yo?

¿Ora también le habría dado las gracias alguna vez? ¿O habría sido una ingrata desagradecida con su hermana? Estaba harta de que la gente supiera más que yo, de ser la última en enterarme de todo. El destino no era algo emocionante, ni romántico ni épico. Era como un dolor de muelas.

No podía quedarme en aquel reino tan extraño ni aprender todo lo que esa criatura marina creía que debía aprender. Necesitaba encontrar a Bale. Y rápido. Así que decidí no seguir protestando; dejaría que la bruja durmiera, o lo que fuera que hiciesen las brujas, y después me escaparía de aquella casa flotante. ¿Quería que tomara una decisión? A la mierda las profecías. Esa era mi decisión.

Al día siguiente, cuando abrí los ojos, la luz del sol se colaba por el ventanal ovalado de mi habitación. No había señales de la Bruja del Río. Ni señales de Kai ni de Gerde. Mi uniforme de Whittaker se había secado y estaba extendido sobre la mesa que había en el centro de la habitación. Me fijé en la capa que había al lado. Era una capa de bruja. Tal vez me protegería del frío polar que parecía haberse instalado en Algid.

Me vestí y, con cierta cautela, me puse la capa. La acaricié; la tela estaba recubierta de escamas, pero era suave al tacto, como si estuviera hecha de hilo de seda. Sin embargo, hubo algo que me llamó la atención. A pesar de ser mucho más fina que el papel de fumar, era caliente y muy agradable. Me sentí un poco culpable por coger la capa sin pedir permiso, aunque algo me decía que podría tejer otra sin problemas. Eché un vistazo a aquel camarote por última vez, y justo cuando llegué a la puerta, oí de nuevo aquel ruido sibilante. El extraño murmullo resonaba en cada recoveco del camarote. Unos tentáculos gigantes y babosos se arrastraban por las paredes, por el suelo y por el techo de mi habitación. Aquel siseo parecía decirme: «No te muevas».

Ignoré el sonido, giré el pomo de la puerta y salí disparada. Estaba mareada y tenía el estómago revuelto. No sabía si había tomado la decisión correcta o no, ni tampoco si podría escapar de aquel barco mágico, pero tenía que intentarlo.

El barco no estaba navegando por el río, sino que parecía anclado. Miré a mi alrededor y advertí unos trozos de hielo enormes en la orilla. No había cubierta. Dos icebergs mantenían sujeto el barco. No sé cómo, pero estaban anclados al casco del barco. Sin pensármelo dos veces, salté hacia el hielo y, con una torpeza increíble, aterricé de culo. Preocupada, miré hacia arriba, pero no vi a la bruja. A trompicones, me deslicé por el hielo hasta llegar a tierra firme, es decir, a la orilla cubierta de nieve.

«Otra vez sola», pensé.

Y en ese momento resbalé y me caí de morros. De pronto, me sentí débil, frágil. Noté una opresión en el pecho que me impedía respirar y empecé a ponerme nerviosa. Si hubiera estado en Whittaker, el doctor Harris me habría drogado. Era un despojo humano.

Alcé la vista y distinguí un par de botas. Era Kai, el chico del barco.

Me levantó y me cogió en volandas. No tuve que mover ni un solo músculo. Reconozco que me quedé atónita. Me distraje mirándole a los ojos. Creo que me sonrojé incluso. Tenía unos ojos azules enormes… y un poco distantes. Y, de repente, me miró. Parpadeé e intenté disimular.

No fue como había visto en televisión. Entre los brazos de aquel muchacho no me sentí ligera como una pluma. Más bien pareció un abrazo. Sentía todo mi peso sobre su pecho y él tuvo que balancearse para no perder el equilibrio.

—Has hecho bien en huir. Tu instinto no te ha fallado —susurró mientras me acunaba entre sus brazos. Y entonces me di cuenta de que nos estábamos dirigiendo de nuevo hacia el hielo.

—¿Qué... estás haciendo?

—Voy a llevarte de vuelta.

—¿Por qué? —pregunté y, de repente, Kai se puso rígido.

Kai obedecía las órdenes de la Bruja del Río. Por supuesto que me iba a llevar de vuelta al barco. Me revolví y empecé a forcejear.

—¡Suéltame! —grité—. Mira, agradezco mucho tu ayuda, pero tengo que irme. Dale recuerdos a la Bruja del Río de mi parte.

¿Me estaba salvando o secuestrando?

—Puedes dárselos tú misma en persona —replicó, sin soltarme.

Me planteé la opción de asestarle una patada o de pegarle un mordisco. Pero acababa de rescatarme y quería arreglarlo con palabras, no con dientes.

—Deja de moverte —murmuró.

Estiré el cuello y advertí una grieta enorme en el hielo. Con cierto temor, seguí aquel hueco en forma de zigzag y vi que acababa en el barco. Kai cogió aire y saltó hacia la orilla, conmigo en sus brazos.

Consiguió lanzarme hacia tierra firme, pero él no logró llegar allí. Se sumergió en el agua y desapareció. Solté un grito y, a gatas, me acerqué a la orilla del río. Vi que sacaba una mano y, a tientas, trataba de buscar algo sólido a lo que aferrarse. Unos segundos después, logró sacar la cabeza. Pestañeó varias veces y, desesperado, miró a su alrededor en busca de una forma de salir de allí. Le agarré de la mano. No pensaba soltarle por nada del mundo. Ya había pasado por eso con Bale y no iba a dejar que volviera a ocurrirme.

—¡No me sueltes!

Kai alargó el brazo y consiguió cogerse a la orilla. Tiré de él con todas mis fuerzas y, por fin, salió del agua. Quedó tendido en el suelo, a mi lado. Apenas podía respirar. Inspiró hondo. Una, dos y hasta tres veces. Me acerqué para comprobar que seguía respirando y, de repente, abrió los ojos y me sorprendió mirándole. Fue la primera vez que no me miró con el ceño fruncido. Tenía una expresión relajada y casi sonreía. Parecía aliviado.

Sin embargo, en un abrir y cerrar de ojos, su expresión cambió de nuevo. Se oscureció. Pero esta vez no fue por mí. Tenía la mirada clavada en el cielo.

—Tenemos que escondernos dentro. ¡Ahora! —dijo, y se levantó de un brinco.

Había estado a punto de morir ahogado, así que no esperaba que se hubiera recuperado tan rápido. Tiró de mí y me levantó. Eché un vistazo al río. Ya no quedaba ni rastro del camino de hielo que llevaba hasta el barco.

Entonces me empujó hacia el lado contrario, hacia el lindero del bosque.

—¿Qué ocurre? —pregunté entre jadeos.

—Se acerca una tormenta. Pero no es una tormenta cualquiera. Solo conozco a una persona capaz de crear algo tan poderoso: el rey.

No vi nada sospechoso. Ni nubarrones, ni rayos, ni truenos. De hecho, el cielo estaba despejado y, puesto que estaba amaneciendo, se había teñido de un color melocotón precioso. En algún lugar oí el graznido de un pájaro, pero no conseguí verlo.

—Escucha eso —explicó él, pero seguía sin entender nada.

—¿Los pájaros? —pregunté. Era un sonido agudo y extraño. ¿En serio creía que el pájaro estaba anunciando que se avecinaba una tormenta?

Él asintió con la cabeza y luego salió escopeteado hacia el bosque azul que había junto al río.

—Eh, Kai, vuelve…

Pero no se detuvo. No me quedaba otra alternativa que seguirle. ¿Qué diablos les pasaba a los tíos? Aunque, a decir verdad, Jagger y Kai eran muy distintos. Kai me inspiraba confianza. Tal vez fuera porque me había dejado bien claro que no me quería allí o porque acababa de salvarme la vida. En fin, fuese como fuese, decidí ir detrás de él.

Cuando llegamos a un claro en mitad del bosque, alcé la mirada y me quedé boquiabierta. Sobre las copas de los árboles había un gigantesco cubo de cristal. La parte superior de aquel cubo estaba cubierta con enormes telas blancas que, de lejos, parecían las velas de un barco. En el cielo destellaban luces de colores; supuse que serían las auroras boreales de las que tanto había oído hablar. La superficie translúcida de aquella casita reflejaba todas esas luces, haciéndola así invisible a simple vista.

—Maravilloso… —murmuré—. ¿Qué es?

—Un refugio.

Pero era mucho más que eso.

—¿Para qué sirven las velas?

—Absorben la energía del viento y del sol para mantener la casa —respondió Kai.

—¿Estamos muy al norte? —pregunté, y señalé el espectáculo de auroras boreales del cielo—. En mi mundo, solo podemos ver algo así cerca de los polos…

Él encogió los hombros.

—En el mío, podemos verlo desde cualquier sitio. Lo llamamos las auroras. La Bruja del Río dice que allí, en el cielo, vive una señora que dirige una orquesta de luz. Pero, en mi opinión, solo son auroras boreales. Nada más.

Desde que había puesto un pie en Algid, no había visto nada que pudiera etiquetarse como «insulso» o «normal». Todo tenía una historia, un toque mágico. Y esas auroras estaban destinadas a apagarse. No sé qué estaba ocurriendo, pero el tiempo se estaba agotando.

—Vamos —dijo un Kai impaciente, que ya había empezado a subir la escalerita que conducía hasta la puerta principal de aquella casa.

Me sentía como Ricitos de Oro. Todavía no había entrado en esa casa, pero sabía que sería perfecta. No era ni demasiado grande ni demasiado pequeña. Era transparente y estaba construida en un lugar muy alto, en un lugar desde el cual jamás te podrías sentir acorralado. Desde allí podía disfrutar de unas vistas de Algid impresionantes. Si pudiera dibujar mi casa ideal, sería idéntica a esa, sin lugar a dudas.

El interior de la casa era una genialidad. Además, era mucho más grande y espaciosa de lo que uno habría esperado mirándola desde fuera. Los ventanales iban desde el techo hasta el suelo. El interior era un laberinto de habitaciones. No se habían molestado en tapar o disimular la estructura de la casa. Allá donde miraras, veías soportes metálicos soldados a las ramas de los árboles. Era una casa moderna, pero no solo estaba construida sobre un árbol, sino que formaba parte de él.

Kai no dijo nada y me ofreció una manta. Tal vez no quisiera que estuviera allí, pero al menos tenía modales. Acepté la manta, pero luego se la di. Estaba tiritando de frío, pero él se había caído en el río y estaba empapado de pies a cabeza. Incluso tenía los labios azules.

—Necesitas entrar en calor —farfullé.

Él parpadeó y asintió, pero cuando intentó desabrocharse la camisa no pudo. Los dedos le temblaban demasiado.

—A ver, deja que te ayude —dije, pero él no se dejó ayudar y me apartó la mano.

—Puedo hacerlo yo solo —espetó.

Entonces me dio la espalda y se quitó la camisa por la cabeza. Con un poco de esfuerzo, logró quitársela. Luego la tiró al suelo. Me quedé mirando aquella espalda musculosa y fibrosa. Después él se cubrió con la manta y volvió a darse la vuelta.

Esquivé su mirada, avergonzada. Él cogió una silla y se

sentó. Fuera, los extraños gorjeos de los pájaros seguían sonando. De pronto, una especie de silbido los acalló a todos.

Kai no se había equivocado. Se acercaba algo. Los árboles empezaron a doblarse y a partirse, como si fueran palillos.

—¿Kai?

Eché un vistazo a la pared de hielo de aquella estructura y traté de encontrar de dónde venía ese ruido. Una gigantesca ola de nieve estaba a punto de precipitarse sobre la casa. Empecé a tamborilear los dedos. Era mi forma de tranquilizarme, pero esta vez no sirvió para nada. Necesitaba dibujar, pero no advertí ningún trozo de papel en aquella sala. Me senté en cuclillas y me abracé las rodillas. Kai, sin embargo, parecía tranquilo. Empezó a moverse por aquel cubículo como si no pasara nada.

—La casa aguantará —me aseguró.

Al ver que estaba nerviosa, se sentó en el suelo, a mi lado.

—La casa aguantará —repitió. Parecía convencido.

Aquella ola blanca seguía avanzando hacia la casa, hasta que dejé de ver la cresta. El sonido que la acompañaba era parecido al de un tren. Cogí a Kai de la mano y la estreché con todas mis fuerzas. El ventanal se tiñó de blanco.

La casa y el árbol se doblaron al recibir el impacto de las ráfagas de viento, pero no se rompieron. Tan solo se balancearon hasta volver a su posición normal.

Solté la mano de Kai y me disculpé.

—Lo siento.

Jamás me disculpaba.

—No me malinterpretes. Es solo que estaba...

—Asustada —terminó él por mí.

Para mí, estar asustada era peor que pedir perdón.

—No estaba asustada —protesté.

Por suerte, él se encogió de hombros y miró por la ventana.

—¿Qué ha sido eso? ¿Un tsunami de nieve?

—Nosotros lo llamamos «ola de nieve».

—Bueno, sea lo que sea, deberíamos enviar una nota de agradecimiento al arquitecto de esta casa.

—De nada.

—Espera un segundo. ¿Tú has construido este lugar? —pregunté, sorprendida—. Pensé que eras un aprendiz de la bruja.

—Gerde es la aprendiz. Yo soy más bien un guardia, un vigilante. Y voy a la escuela del pueblo.

Se levantó y se acercó a la chimenea de cristal, aún con la manta. Seguí con la mirada puesta en aquella silueta medio desnuda. Había dejado de temblar. Al parecer, ya había entrado en calor.

—¿Esta casa es mágica? —pregunté.

En ese momento, Kai tocó algo y, de repente, se encendió un fuego. Me miró con cierta curiosidad. No lograba entender el funcionamiento de ese mundo.

—No es magia, sino ingeniería. La magia no va conmigo.

Me pareció percibir una nota de orgullo en su voz. Al darse cuenta de que me había tranquilizado, él también suavizó su lenguaje corporal. Había notado cierta tensión en cuanto entramos a aquel cubículo. Pero ahora había desaparecido.

—¿A qué te refieres con eso de que la magia no va contigo? Tú estabas con Gerde y la Bruja del Río cuando...

Rememoré lo ocurrido y caí en la cuenta de que él no había intervenido en mi reanimación; se había limitado a observar. De hecho, se había mostrado bastante reticente.

—El precio de la magia es muy alto.

—¿Qué quieres decir? ¿Que es muy cara? ¿O que es como vender tu alma al diablo?

Kai pestañeó. Tal vez la expresión de «vender tu alma al diablo» no formaba parte de la jerga de Algid.

—Las dos cosas. Para que lo entiendas, es como tomar un atajo. Pero si yo quiero algo, prefiero trabajar y esforzarme para conseguirlo.

—No todo el mundo puede hacer lo mismo que tú, Kai. No todo el mundo puede construir algo así.

Él se sonrojó y apartó la mirada. Supongo que no estaba acostumbrado a oír cumplidos.

—Pero la magia... ¿Cómo funciona?

Soltó un suspiro.

—Para empezar, hay magia pequeña y magia grande. La gente puede comprar magia pequeña para lanzar conjuros curativos y de cosmética, o para hacer funcionar una casa. El rey, en cambio, tiene magia grande. Al igual que Nepente. Y que la Bruja de los Bosques. Y la Bruja del Fuego. El Esbirro, sin embargo, no tiene ese poder. Solo tiene fuerza bruta.

—¿Quién es el Esbirro?

—La mano del rey. Aunque algunos aseguran que también es la vista del rey.

—¿Qué significa eso?

—Pues que el rey puede ver a través de él y utilizarlo como una marioneta y hacer de él lo que quiera. Solo es un rumor. El rey gobierna Algid esparciendo rumores e infundiendo el miedo...

«Genial. Así que mi supuesto padre también tiene el don de manipular mentes.»

—¿Y qué me dices de Gerde? ¿Qué tipo de magia tiene ella?

—Gerde no es una bruja. O, al menos, no nació siéndolo; no sé qué es, pero siempre ha sido así.

—¿Y tú? ¿Qué eres? ¿Por qué vives aquí?

—No podía dejar que Gerde hiciera esto ella solita.

—Pero ¿no te gusta? Creo que ahora lo he pillado: no te caigo bien porque crees que tengo magia.

Apartó la mirada y, en voz baja, dijo:

—Sé que tienes magia.

—Aunque eso fuera verdad, que lo dudo, no puedo hacer nada al respecto. No es algo que haya pedido; se supone que nací así. No puedes odiarme por eso.

Él se encogió de hombros.

—He visto con mis propios ojos lo que una bruja puede llegar a hacer. Y se supone que tú eres mil veces más poderosa que ellas.

—Mira, tú crees que puedo hacer un montón de cosas, pero la verdad es que no puedo. No soy como la Bruja del Río, y nunca lo seré.

—Sí lo serás. Ella se encargará de enseñarte. Ya lo hizo con Gerde. Pero tendrás que pagar un precio por ello, aunque todavía no te has dado cuenta.

—Ella me salvó la vida. Ella y Gerde. ¿Qué puede haber de malo en eso?

—Cuando la Bruja del Río te presta su ayuda, adquieres una deuda con ella. Me pregunto si algún día todos tendremos que saldar esa deuda.

Al principio creí que la tensión que se había instalado entre nosotros tenía algo que ver con el hecho de que estuviéramos a solas y, por supuesto, con que él estuviera medio desnudo, pero había algo más. Kai no me aceptaba. Estaba acostumbrada a que la gente me rechazara, pero no a que lo hicieran a la primera de cambio. Kai me había rechazado sin molestarse en conocerme.

«Tal vez deberíamos haber dejado que se ahogara en el agua.» Ni se me había pasado por la cabeza. Lo había dicho. No podía explicarlo, pero lo sabía.

—Dime: ¿por qué no dejaste que me marchara del barco?

—Se acercaba una tormenta.

—Pero antes de eso… intentaste detenerme.

—No iba a dejar que te escaparas bajo la vigilancia de Gerde. No quiero ver cómo la castigan.

De no haber sido por aquella repentina preocupación por Gerde, habría creído que era un completo idiota. Bueno, por eso y por la casa. Sin embargo, no podía dejar de pensar en lo que acababa de decir. Me imaginé el castigo y, de repente, los tentáculos de la Bruja del Río se me vinieron a la cabeza.

—Debería ponerme algo. Hay una habitación al otro lado de esa pared, subiendo las escaleras. Puede que haya otra tormenta. Lo mejor es que pasemos aquí la noche.

—¿Quieres que pase aquí la noche? ¿Contigo? —pregunté, incrédula y con una nota de desdén. En ese momento hubiera preferido estar con la Bruja del Río.

—Créeme, es lo último que me apetece ahora mismo, pero no he sido yo quien ha creado esa tormenta. —Y, al decir eso, me lanzó una mirada acusadora.

—Espera, ¿crees que yo he provocado esto? ¿Crees que quería que pasara esto?

—¡No lo sé, dímelo tú! No hace falta que lo quieras. No controlaste tus emociones. Así es como funciona. La nieve reacciona a tus emociones. El rey Snow puede fruncir el ceño y abrir una grieta que atraviese todo Algid. La Bruja del Río aseguró que puedes controlar la nieve, aunque tú no lo sepas.

—Lo que estás diciendo es una locura. Yo no he provocado esto.

—Ojalá estuviera equivocado, pero todo indica lo contrario. Vivo con una bruja que desata tsunamis cada vez que Gerde comete un error en una receta. Y también vivo con Gerde, que… —De repente, se calló.

—¿Que qué?

Él cerró los ojos y respiró hondo. Daba la sensación de que discutir conmigo le agotaba físicamente. Después dio un paso hacia atrás y dijo:

—Te veré mañana por la mañana.

La Snow de Whittaker le habría dado un buen mordisco

en el brazo. Pero aquellos gigantescos ventanales teñidos de blanco me frenaron. Él se retiró a su habitación y yo di media vuelta. Justo cuando iba a subir las escaleras del cubo, me fijé en otra puerta, que despertó mi curiosidad, así que la abrí. En una esquina había un telar con lana verde y una jaula con varios huesos y bolas de pelo. La cerré. No sabía qué pensar.

Mientras subía las escaleras hacia la habitación de invitados, me pregunté si realmente quería indagar más sobre esa casa o sus habitantes. ¿Y dónde estaba Bale? Desde el momento en que había aterrizado en el río, me habían ninguneado. Nadie se había tomado la molestia de escucharme. Estaba harta. No volvería a pasar, me prometí a mí misma. Y también a él. A partir de ahora, cualquier persona que conociera me acercaría un poco más a él, a mi Bale. Y si por casualidad resultara que sí podía controlar la nieve, lo cual aún no acababa de creerme, utilizaría hasta el último copo para construir un puente que me llevara hacia él. Las ventanas de la habitación daban al bosque. La ola de nieve no había logrado borrar aquellas vistas tan maravillosas. Desde ahí se veía el arcoíris de las auroras boreales. Tal vez fuera porque estaba cansada, pero parecían haber perdido intensidad. O tal vez la profecía fuera cierta. Las auroras se estaban apagando. De pronto oí el canto de un pájaro, seguido de un silbido. Se acercaba otra ola. Pero la charla con Kai me había dejado agotada, casi como si me hubiera engullido una avalancha. Miré por la ventana. ¿Cómo era posible que ese chico tan extraño y reservado hubiera hecho todo eso él solito? Yo, en cambio, jamás había escalado un árbol, pero desde aquella habitación me daba la impresión de que estaba sobre la rama más alta del árbol.

Eché un vistazo a la habitación. De pronto, noté el peso del cansancio de los últimos días.

No podía dejar de darle vueltas a todo lo que Kai y la

Bruja del Río habían dicho. Me costaba creer que yo hubiera creado las olas de nieve. ¿De veras era la hija de dos criaturas mágicas? ¿En serio tenía magia?

Solo había un modo de averiguarlo.

Decidí comprobar si, en realidad, tenía poderes. Para empezar, hice todo lo que había visto hacer a las brujas por televisión. Meneé la nariz. Agité los brazos. Clave la mirada en la llama de una vela y traté de concentrarme. También intenté mover la estatua de un ciervo que había sobre la mesita de noche sin tocarla, tan solo con el poder de mi mente. Y probé de congelar algo. Pero no ocurrió absolutamente nada.

Me sentía estúpida y decepcionada, así que cogí aquella figurita para tirarla contra la pared y hacerla añicos. Pero en el último segundo recordé que no era mía. El doctor Harris se habría sentido muy orgulloso. La coloqué de nuevo sobre la mesita de noche y escuché con atención el murmullo del viento que soplaba fuera de aquel cubículo. En una ocasión, Vern me dijo que yo era como un toro que habían encerrado en una tienda de porcelana y que, algún día, sería libre y podría correr al aire libre. De repente, caí en la cuenta de lo lejos que estaba de casa. Conocía muy bien el horario y el funcionamiento de Whittaker: sabía a qué hora se abrían y se cerraban las puertas, reconocía el rechinar de las suelas de goma de los enfermeros en el pasillo. Allí, en cambio, me sentía perdida, desorientada.

Estaba muy cansada. Pero no podía permitirme el lujo de dormir en la cama de invitados de Kai y Gerde. Era una habitación bonita. Agradable. Pero no era la mía. Al final, decidí acostarme debajo de la cama. Cogí la manta y una almohada y me hice un ovillo.

12

Al día siguiente, cuando me desperté, abrí los ojos y vi un muro metálico a apenas unos centímetros. Ahogué un grito y luego recordé que estaba debajo de la cama. La casa árbol... Gerde y Kai... Rememoré todo lo ocurrido el día anterior. Estaba frente a uno de los soportes de hierro que sostenían la casa sobre el árbol.

Me arrastré por el suelo y salí de mi escondite. Después de pasar toda la noche tumbada en el suelo, me dolía el cuerpo entero. Me pasaron varias preguntas por la cabeza. ¿Kai me había visto durmiendo allí? Y, de ser así, ¿qué habría pensado?

¿Y qué más daba? Era un imbécil. Un imbécil con talento, pero un imbécil al fin y al cabo. Oí un rugido en algún rincón del bosque. ¿Otra ola de nieve?, me pregunté. Pero ese sonido fue gutural, como si proviniera de un ser vivo. Me vestí y salí a investigar. Seguí el sonido y llegué hasta el invernadero, que era igual de asombroso que el resto de la casa. Las flores eran preciosas. Jamás había visto algo igual. Esas plantas no tenían ni punto de comparación con los delicados tulipanes que adornaban los jardines de Whittaker. Las flores eran enormes. Y eran de un color lavanda iridiscente. Era la primera vez que veía que una flor brillaba con luz propia.

También habían plantado un huerto. Advertí varias hileras de lechugas, coles y zanahorias y una extraña fruta de color violeta. Todo estaba en su punto, listo para ser recolectado.

Me topé con una puerta de hielo; la abrí y salí.

Caminé por el bosque que rodeaba el cubículo y llegué a un claro. Volví a oír aquel sonido. Alcé la vista y advertí una cúpula que parecía idéntica al invernadero.

Escuché los animales antes incluso de verlos. Había dos de cada especie. A primera vista, parecía una colección de fieras. La primera criatura que vi fue un pingüino con alas de color rosa pálido. Se bamboleaba de un lado a otro con su esmoquin pastel y, de pronto, chocó con otro pingüino vestido de crudo. Después se unió otro con las alas azules. Era un trío divertido, para qué engañarnos.

Reconocí algunos de los animales, pero admito que no había visto nunca a la mayoría de ellos. Distinguí ovejas, vacas y cabras. Separados por tabiques de hielo, también advertí pingüinos y osos polares. Y, en el fondo de aquel zoológico, vi un león de color gris pálido. Su rugido era lo que me había atraído hasta allí. El techo era tan solo una capa de hielo a través de la que se filtraba el sol. Quizá la jaula que había visto en la casa era para una de esas bestias.

Me pregunté si los animales siempre habían sido distintos en ese mundo. O si estaban allí precisamente por eso, porque eran distintos. El pingüino de color crudo abrió el pico, mostrando así una dentadura muy afilada.

No pude evitar reírme al ver aquella versión tan macabra de un pingüino adorable. Pero mi risa captó la atención de los animales que estaban en sus jaulas de hielo. Empezaron a revolverse, a arañar y a morder los barrotes de hierro. Los pingüinos se acercaron a mí y, de forma inconsciente, di un paso atrás. Estaba segura de que las jaulas aguantarían y de que me daría tiempo a cerrar la portezuela del pingüino que avanzaba hacia mí con la misma agilidad que Frankestein mientras batía sus alas beis.

Pero más allá de los pingüinos, vi algo aún más desconcertante. De pronto, en todas las ventanas de aquella estructura, se habían posado decenas de buitres. Me sentí como en aquella vieja película de Hitchcock que Vern me obligó a ver, en la que cientos de pájaros se abalanzaban sobre un pueblo. Solo que esos pájaros iban a lanzarse sobre mí.

Empecé a retroceder, pero ya era demasiado tarde. Los pájaros alzaron el vuelo con la mirada clavada en mí. Una nube de plumas negras y picos afilados se precipitaba hacia mí.

El techo de hielo tembló.

Me cubrí la cara con los brazos y luego me giré y eché a correr.

De pronto, oí la voz cantarina de Gerde.

—Comportaos —ordenó, y la nube negra se partió por la mitad.

Los pájaros regresaron a las ramas de los árboles y sus graznidos se convirtieron en un arrullo agradable. Gerde se deslizó entre las bestias, que ahora parecían haberse transformado en animales domesticados.

—No son muy amables con los desconocidos —dijo, a modo de disculpa.

Solté un suspiro de alivio. La habría abrazado. No habría imaginado que me alegraría tanto de verla.

Mientras caminábamos por aquel museo de las bestias, un buitre ladeó la cabeza y me graznó, como si estuviera preguntándome qué estaba mirando. Gerde le silbó y el pájaro voló hasta su hombro.

—Buena chica, Zion —murmuró Gerde, un tanto avergonzada.

Zion cacareó, a lo que Gerde respondió asintiendo con la cabeza. Después me miró, como si se hubiera olvidado de que estaba allí.

—Ya sé que hablar con pájaros me hace parecer…

—¿Una chalada? —Me habría gustado decirle que, de donde yo venía, la gente solía hacer cosas mucho más raras—. Creo que acabas de salvarme la vida.

Gerde apartó la mirada del buitre que se había posado sobre su hombro y me miró de manera burlona. No estaba segura de que supiera que me había escapado del barco de la Bruja del Río pero de todas formas tampoco me lo preguntó.

—Kai construyó esto para mí —explicó Gerde mientras caminábamos por aquel zoo—. Lo llamamos la Fortaleza. Siempre he tenido buena mano con las plantas y los animales.

—La verdad es que yo nunca he tenido buena mano para nada ni para nadie. Lo único que se me da bien es dibujar.

Aunque sí tenía buena mano con Bale, pero preferí no contárselo.

—¿Dibujas? Estoy segura de que Kai te dejaría su estuche. Le encantaría. Yo, en cambio, no sé dibujar ni un muñeco de palo.

Con solo pensar en un lápiz, me puse nerviosa. Retorcí los dedos, pero no estaba segura de querer volver a dibujar. Hasta el momento, todo lo que había dibujado se había hecho realidad. ¿Qué iba a dibujar ahora?

Las cosas ya eran dementes de por sí. Y lo último que me apetecía era que otro de mis dibujos cobrara vida.

—Estoy bien, gracias. Tal vez más tarde.

Ella asintió y continuamos con nuestro paseo entre los animales. Delante de ella, todos parecían felices.

—Por favor, no le cuentes a nadie que tenemos esto, la Fortaleza.

No estaba muy segura de que Kai y Gerde entendieran qué era un secreto. Tener animales escondidos no me parecía nada del otro mundo, la verdad.

—No se lo diré a nadie —prometí—. ¿A quién voy a contárselo?

Gerde empezó a aplaudir, satisfecha, pero de repente su expresión cambió. Le preocupaba que hablara con otra gente. Al fin y al cabo, yo era una desconocida. Y, al igual que pasaba con sus mascotas, habría preferido que no recordara de dónde venía para así poder quedarse conmigo.

—¿Por qué es un secreto? ¿Acaso la gente no querría preservar todas estas especies?

—Los recursos son limitados. Pero, gracias a mi poder, puedo mantenerlas en la Fortaleza. Muchos no aceptarían que las tuviera aquí. Lo considerarían una indulgencia, ya que vivimos en una época en la que no se nos permite tenerlas.

La miré fijamente. Era evidente que adoraba a esas criaturas, que las quería incluso más que a las personas, sin contar a Kai, por supuesto.

¿Qué tipo de relación tenían?

—¿Kai y tú…? ¿Qué sois?

—Para mí, Kai es como un hermano —respondió Gerde, y acarició el hocico de un cerdo con la piel de topos.

«Como un hermano.» Esa frase no dejaba de resonar en mi cabeza.

—Entonces ¿no sois hermanos de sangre? —pregunté, solo para asegurarme.

Ella se encogió de hombros.

—Nos criamos en la misma casa. Pero, cuando llegó el invierno, las cosas se volvieron… caóticas. Separaron a las madres de sus hijos. Y estos se mudaron con otras madres. Es algo que sigue ocurriendo. En Algid hay un montón de niños huérfanos.

—¿No sabéis si sois hermanos de verdad?

—No, pero él es mi familia. En fin, ¿quieres echarme una mano? ¿Les damos de comer? —preguntó Gerde, poniendo así punto final al tema.

Asentí con la cabeza y seguimos caminando.

—Sé que esto va a sonar extraño, pero, cuando llegué a Algid, me atacó una manada de lobos gigantes. Solo que esos lobos no eran de carne y hueso…

—Oh, te refieres a los lobos de nieve —resolvió Gerde,

que arqueó una ceja—. La mayoría de la gente que los conoce no vive para contarlo.

—¿Qué quieres decir? ¿Y tú? He visto lo que has hecho con los pájaros... Eso significa que... ¿también puedes controlar a las bestias de nieve? Oh, espera, espera. ¿BESTIAS DE NIEVE? ¿Hay más aparte de los lobos?

Gerde dijo que sí con la cabeza.

—Pues hay leones de nieve, tigres de nieve, osos de nieve..., incluso insectos. Las abejas de nieve tienen un aguijón mortal; si consiguen clavártelo, ten por seguro que estarás muerta al cabo de unos minutos.

Me estremecí al oír el relato de Gerde, aunque era evidente que a ella le maravillaban todas las proezas de las bestias de nieve.

—Básicamente, todas las criaturas que se le ocurren al rey Lazar. No están vivas o, al menos, no como el resto de los animales. No sé muy bien cómo lo hace, pero se mueven, respiran y obedecen.

—¿Y no te atacan? ¿Puedes controlarlos con tu don? —pregunté de nuevo.

Gerde trató de explicarse.

—Los animales se me dan bien; para que me entiendas, es como si pudiera llegarles al corazón, como si pudiera acariciar algo en su interior. Sin embargo, con las bestias de nieve no puedo hacerlo... Pero tal vez tú sí.

Esa muchacha creía firmemente en mi don y en la profecía. Pero no me apetecía volver a hablar del tema, así que lo desvié.

—No lo creo, la verdad. ¿Y a las personas? ¿También puedes crear ese vínculo?

—Para ser sincera, no suelo conectar muy bien con la gente.

—Pues ya somos dos —murmuré mientras acariciaba a un corderito. El tacto de su lana me tranquilizó. Bale había sido mi mejor amigo antes de pasar a ser algo más. Recordé el día en que me pilló dibujándole. Teníamos doce años. Al principio, no dejé que viera el retrato porque no le hacía justicia. Había plasmado sus rasgos a la perfección, pero no su alma.

—¿Así es como me ves? —me había preguntado.

—Es horrible, lo sé. No consigo que transmita tu humor. Ni tu corazón... Ni tu...

Él se inclinó hacia delante, como si estuviera esperando a que le dedicara más cumplidos.

—Pero tú qué te has creído, maldito... —Y entonces solté un par de improperios, me abalancé sobre él y empecé a aporrearle con todas mis fuerzas.

Él alzó las manos.

—Me rindo.

Dejé de ahogarle y, un segundo después, él me volteó y acabó encima de mí. De pronto, los dos nos quedamos sin respiración. Estábamos muy cerca. Él clavó su mirada en mis labios, pero no se movió. Luego me miró a los ojos, esperando a que le diera permiso. Y yo tampoco me moví porque no quería que me pidiera permiso. Quería que me besara como a Kayla Blue, de *The End of Almost*. A ella nunca le pedían permiso.

—¿No sois ya mayorcitos para la lucha libre...? —nos interrumpió Vern, rompiendo así la magia del momento.

Bale se apartó de mí al instante.

—Vern, ¿te han dicho alguna vez que tienes el don de la oportunidad? —le respondió, y se puso de pie de un salto.

Al recordar ese episodio, sentí una punzada en el corazón.

—¡Pero ahora nos tenemos la una a la otra! —exclamó Gerde, devolviéndome así a la realidad.

Sonreí, pero no dije nada. Me limité a señalar algo rosa que había tras las paredes de hielo.

—¿Qué es eso?

—Oh, espera a verlo. Es genial —dijo, emocionada.

La seguí, manteniendo una distancia prudente, obviamente. Atravesamos el zoológico y salimos de aquel cubículo.

Cuando vi aquellos inmensos campos de trigo rosa creciendo entre la nieve, me quedé boquiabierta.

—¿Es magia?

Ella encogió los hombros.

—Es botánica. He tardado meses, pero por fin ha echado raíces.

Mientras zigzagueábamos por aquellas plantaciones de trigo rosa, caí en la cuenta de que eso era lo que Gerde quería que mantuviera en secreto.

Si el rey descubría que utilizaba su magia con las plantas, su control sobre las tierras infértiles y gélidas de Algid quedaría debilitado para siempre.

Al salir, Gerde acarició un capullo de color rosa pálido. La flor respondió como si Gerde fuera el sol y se abrió. Tal vez sí lo era.

—¿Le has mostrado la Fortaleza? Increíble.

Kai se unió a nosotras un poco más tarde; a juzgar por su expresión, no le hizo especial ilusión verme allí. Supongo que esperaba que me hubiera escapado en mitad de la noche.

—La ha encontrado ella solita. Además, ¿a quién va a contárselo? —respondió Gerde, utilizando mis palabras para justificarse.

Me encogí de hombros y le dediqué una sonrisa a Kai; sabía que eso le molestaría muchísimo. Él reaccionó tal y como yo esperaba, pero esta vez fingí indiferencia. ¿Que cómo reaccionó? Pues de forma grosera. Y un poquito cruel. El único momento en que no se había comportado así había sido en su casa, cuando me había cogido de la mano.

Arrugó la frente. Estaba empeñado en ser un borde conmigo, y yo pensaba hacer lo mismo con él.

—Está aquí porque yo le impedí que escapara —anunció Kai.

Gerde se quedó de piedra. Al parecer, no tenía ni la menor idea.

—Kai tiene razón. Pero no os preocupéis, no me quedaré mucho tiempo por aquí. Tengo que ir a buscar a mi amigo —dije. Pensé en lo que podría merodear por la nieve y sentí un escalofrío por la espalda.

—Bueno, me alegro de que te quedes unos días. Y, si alguien puede ayudarte a encontrarle, esa es la Bruja del Río —respondió Gerde, y entrelazó un brazo con el mío—. Kai, no nos peleemos, por favor. A ella le encanta el cubo. Cree que es genial —añadió Gerde, intentando así tender puentes entre nosotros. Aunque era evidente que él no quería acercar posiciones.

Kai se sonrojó ligeramente al oír el cumplido; hasta se le iluminó la mirada, pero tan solo duró unos segundos. Era evidente que se sentía orgulloso de lo que había creado. Y eso me hizo pensar en mis últimos dieciséis años. Menuda pérdida de tiempo. ¿Cómo los había podido desaprovechar tanto? Él tenía un talento, un don envidiable. Yo, en cambio, ni siquiera había ido a la escuela. Todo lo que sabía lo había aprendido de la televisión y de la colección de enciclopedias de la biblioteca de Whittaker, enciclopedias, por cierto, que me había leído de pe a pa.

—El mapa de Algid que tienes grabado en el brazo sí que es genial —respondió Kai, señalando mi brazo izquierdo.

—¿Qué? —pregunté, y me bajé la manga. Se estaba refiriendo a mis cicatrices.

—¿Tienes un mapa de Algid en tu cuerpo? ¿Cómo es posible que no me haya dado cuenta? —me preguntó Gerde mientras aplaudía como una histérica.

—No es un mapa —expliqué—. Son cicatrices.

Kai negó con la cabeza.

—Qué va. Eso es Algid. Si no me crees, echa un vistazo tú misma —dijo; después se marchó y volvió unos segundos más tarde con un mapa.

Desenrolló aquella lámina enorme y reconocí el laberinto de líneas enseguida. Eran mis cicatrices, pero, en lugar de estar grabadas en mi piel, estaban pintadas sobre un mapa de Algid. Me arremangué y acerqué el antebrazo al mapa. Era imposible..., a no ser..., a no ser que la historia de que había caminado sobre un espejo fuera mentira, claro. Recordaba aquel episodio... y los charcos de sangre. Era uno de los pocos recuerdos que tenía de mi infancia. Aquel espejo había marcado un antes y un después en mi vida. Mi vida antes de Whittaker y mi vida de pirada en Whittaker. Y Kai y su lección de geografía acababan de poner todo eso en duda.

—¡Increíble! —exclamó Gerde, que observaba el mapa y mi brazo con los ojos abiertos como platos.

Advertí una cordillera en la esquina superior derecha del mapa. A los pies de las montañas había una especie de castillo, junto al que se leían las palabras «Palacio de Nieve». En mi brazo no había ningún palacio, pero sí las montañas.

—¿Dónde estamos nosotros? —pregunté.

Gerde señaló una zona en la parte inferior izquierda, pero, de repente, Kai apartó el mapa.

—¿Por qué has hecho eso? —pregunté, enfadada.

Era la segunda vez que le veía hacer algo así. Kai no había dejado que Gerde me contara algo que quería saber. Tal vez lo había hecho para protegerla, pero me sacaba de quicio.

Kai no musitó palabra. Volvió a poner aquella expresión impasible e indescifrable y se marchó a la otra habitación. Gerde puso los ojos en blanco.

—No le hagas ni caso. Es un cascarrabias.

Asentí, aunque intuía que había algo más; algo que tenía que ver conmigo.

—¿Crees que lo que me dijo la Bruja del Río es cierto? —pregunté mientras pasaba un dedo por la cicatriz en forma de cordillera.

—La bruja es un hueso duro de roer, pero es sincera. Yo he aprendido muchísimo de ella. Ha cambiado mi vida. Si dejas que te enseñe todo lo que sabe, podrás cambiar el destino de Algid.

—Entonces crees en la profecía. O profecías. He oído que había dos.

—Yo solo conozco una —dijo, y se mordió el labio—. Pero cuando llegue el eclipse de las auroras, el mundo de Algid cambiará. O, al menos, eso espero.

Miré a mi alrededor y susurré:

—Yo no quiero cambiar el destino de Algid. Lo único que quiero es llevar a mi amigo de vuelta a casa.

Gerde parpadeó, incrédula.

—¿El chico del agua? Estabas gritando su nombre cuando la Bruja del Río te trasladó al barco —comentó.

Asentí con la cabeza.

—Es el chico por el que vine aquí. Se llama Bale.

Tal vez fuese porque Gerde me había mostrado su jardín secreto o porque tenía muchas esperanzas puestas en mí para cambiar el futuro de su país, pero sentía que debía sincerarme con ella. No había ido hasta allí para ayudarla a ella o a Algid. Necesitaba contarle la historia de Bale y Snow en voz alta para no olvidarla, para animarme a seguir adelante, para evitar la tentación de tirar la toalla. Sin embargo, obvié una parte de la historia. No le conté que un espejo se había tragado a Bale para después escupirlo en Algid. Ah, y tampoco mencioné a Jagger.

—Necesito encontrar a Bale.

Gerde se quedó callada, pero por su expresión intuí que estaba reflexionando sobre mi historia. Acababa de confesarle que no había venido a salvar el mundo; podría sentirse decepcionada. Sin embargo, por cómo me miraba, sabía que me comprendía.

—Le quieres. Y le encontrarás, créeme. Si dejas que la Bruja del Río te entrene, podrás dar con él, confía en mí.

No lo había pensado de ese modo, pero tenía bastante sentido. Debía sobrevivir en ese mundo y, si de veras tenía los poderes que todo el mundo decía que tenía, saber utilizarlos podría irme de maravilla. Gerde me había contado que por el bosque merodeaba un ejército de bestias. No lograría sobrevivir. Tal vez podría defenderme. Y, para ser sincera, sin la ayuda de Jagger no tenía ni la menor idea de por dónde empezar a buscar a Bale. Así que, aunque me pesara, tal vez sí necesitaría la ayuda de la Bruja del Río.

—Está bien, le pediré ayuda a la Bruja del Río. Pero con ciertas condiciones —añadí—. Para empezar, no pienso volver a su barco.

Gerde soltó una carcajada.

—Creo que no habrá problema. Kai la traerá hasta aquí. Mientras tanto…, ¿quieres que te deje ropa un poco más…, un poco menos…?

—¿Un poco menos yo? —bromeé, y estiré mi pijama de Whittaker.

Kai gruñó con desaprobación. No me había dado cuenta de que había vuelto a la habitación. No le caía bien. Quería saber el porqué de ese desprecio, pero en ningún momento se me pasó por la cabeza abofetearle, como me había ocurrido con Jagger. Había algo en su actitud que me resultaba tremendamente interesante. Quizá fuera porque, con solo mirarle, ya sabías qué estaba pensando. Le pasaba igual que a mí: era incapaz de disimular. Como en ese momento, que estaba apretando los labios, rabioso.

—Ignórale —dijo Gerde, que se dio media vuelta y volvió con un vestido verde en las manos—. Lo cosí yo misma. Es muy tú, ya lo verás —añadió con una sonrisita.

—Entre tú y yo, no sé qué me gusta, ni qué me sienta bien… —susurré, y acepté el vestido.

—No sé qué mosca le ha picado a Kai —dijo, sin andarse por las ramas—. Es muy testarudo; cuando se le pone algo entre ceja y ceja, no hay manera de hacerle entrar en razón. Dale un poco de tiempo; seguro que acaba bajando la guardia contigo.

—Que haga lo que le dé la gana —espeté, y subí las escaleras para cambiarme. A ver, no era ninguna experta en hacer amigos, pero no entendía por qué me despreciaba de aquella manera si apenas me había conocido. Había sido odio a primera vista.

El vestido que Gerde había diseñado y cosido era muy sencillo y de color verde pálido. Había utilizado la lana que había visto la noche anterior en la penumbra de aquella extraña habitación. La tela era muy suave al tacto. La parte del torso era ajustada y la falda tenía una caída preciosa hasta el suelo. En el centro del vestido se alineaban unos botones con forma de gorrión que parecían estar hechos de hueso. Me puse a dar vueltas; me encantaba el modo en que la tela de la falda se arremolinaba entre mis piernas. Cuando bajé a la cocina, Gerde estaba tarareando una canción, acompañada de varios pájaros que también piaban la canción. Habían entrado en la cocina y estaban posados sobre los armarios. Enseguida me embriagó un aroma delicioso; venía de los fogones. Sentí una punzada de celos. Jamás había podido tener algo así y jamás sería como Gerde. Ella tarareaba y cantaba, pero no lo hacía para controlar su ira ni para tranquilizarse. Lo hacía simplemente porque le apetecía, sin más.

—El vestido te queda perfecto —dijo Gerde, emocionada y orgullosa de su trabajo.

—Gracias. Yo… Es precioso —murmuré, con un nudo en la garganta.

Por suerte, ella se giró y se centró en los fogones.

—De nada. Por cierto, aquí solemos comer mucha fruta y verdura, tanto para desayunar como para almorzar. A veces incluso para cenar. Espero que no te importe.

Eché un vistazo a la mesa y me fijé en la crema de color rosa que había junto a una ensalada verde. Gerde estaba preparando varias tortitas verdes sobre un fogón diminuto, como el que se suele llevar a una acampada.

—Los martes siempre como tortilla de clara de huevo. Y los miércoles, cereales —recité, sin pensar. Estaba recitando el menú de Whittaker. Allí, todos los días eran iguales. Aunque la comida era insípida, era la única manera de saber qué día de la semana era. Además de sosa, Vern siempre la servía en una bandeja de plástico.

Gerde pestañeó; no sabía de qué estaba hablando, pero igualmente me siguió la corriente.

—Bueno, suena riquísimo, pero espero que no te importe probar algo un poco distinto.

—Aquí «todo» es distinto —puntualicé; ella me sirvió una tortita y le di un mordisco.

Todo lo que Gerde me había mostrado en el invernadero me había impresionado, pero nunca habría imaginado que la comida podía crear todo tipo de sensaciones. Cuando la tortita verde se derritió en mi boca, vi colores. Saboreé colores. Todo en tecnicolor. Eran colores dulces y ácidos y picantes al mismo tiempo. Los sabores se perseguían entre ellos. En cada bocado, distinguía un aperitivo, un entrante y un plato principal. Era increíble. Tal vez los lobos de nieve no eran la única sorpresa que Algid me tenía preparada. Tal vez también escondía sorpresas emocionantes, no solo aterradoras.

—¿Cómo lo has hecho?

Gerde se encogió de hombros y apoyó una de sus manos sobre mi corazón.

—¿Puedo? No sé cómo explicarlo con palabras, pero percibo que hay algo…. no, aquí no.

Después apartó la mano.

—Da lo mismo. Lo siento. Todavía estoy aprendiendo. A lo mejor debería limitarme a usar mi talento con los animales de mi zoológico particular.

Me llevé una mano al corazón. Gerde todavía era una principiante inexperta, pero quizás había notado algo; algo que yo ya sabía, que tenía el corazón roto.

Al día siguiente, cuando me desperté, tenía el brazo colgando de la cama. Y sumergido en agua. Seguía con Bale en la cabeza. El agua me llegaba hasta el codo; abrí los ojos. Aquello no era un sueño. La cama estaba flotando y el techo estaba cada vez más cerca; fue entonces cuando me di cuenta de que el agua cada vez subía más y más.

Por suerte, logré incorporarme. Pero si no salía rápido de aquella habitación, moriría ahogada. Me entró un ataque de pánico; estaba paralizada y el nivel del agua no dejaba de subir. Y cada vez lo hacía más y más rápido.

No tenía mucho tiempo. Intenté remar hacia la puerta. Si no hacía algo, y rápido, me ahogaría por segunda vez en la misma semana.

—¡Ayuda, por favor! —chillé.

—¿Qué pasa ahora? —farfulló una voz con tono desdeñoso al otro lado de la puerta. Era Kai. Me habría encantado no tener que pedirle ayuda en ese preciso momento, porque así podría haberle gritado que se metiera su «qué pasa ahora» donde le cupiera. Pero mi vida dependía de él… y de esa puerta.

—La habitación se está inundando. Abre la puerta…, ¡por favor!

Le oí tratando de girar el pomo, pero el pestillo no cedió, así que se tiró contra la puerta con todo su peso.

—Está atascada…

—¿En serio, Sherlock? —espeté, pero enseguida caí en

la cuenta de que Kai no habría pillado la ironía—. Kai, esto está lleno de agua… —añadí, pero esta vez mi voz sonó un pelín distinta; sonó aguda y temblorosa.

—¡Usa tu poder! ¡La nieve! ¡Es la única manera de salvarte! —gritó.

Era evidente que no estaba en un cuento de hadas y que no había un príncipe azul que viniera a rescatarme. Eso era, más o menos, lo que Kai me estaba diciendo, pero con otras palabras. Y, al fin, lo había entendido. A pesar de eso, no se rindió y siguió intentando derribar la puerta una y otra vez.

—Voy a buscar a la Bruja del Río… o a Gerde.

—No me dejes aquí sola —supliqué.

—De acuerdo —dijo él, y, sin apartarse de la puerta, empezó a llamarlas a gritos.

Empecé a balancearme sobre aquella cama, la cama sobre la que, tal vez, moriría. Sentí una oleada de rabia. No quería morir así. De pronto, sentí el mismo miedo que me había paralizado en el río.

—Piensa —me dije; la cama cada vez estaba más cerca del techo.

Me puse a tararear; era algo que solía hacer en Whittaker.

—No pienses. Congélala… ¡Usa tu poder y congela el agua! —chilló Kai con un tono autoritario.

—No sé cómo hacerlo.

—Sí lo sabes. Es solo que no lo has hecho nunca. Es tu primera vez. La Bruja del Río siempre dice que debemos reconocer lo que sentimos y trasladarlo a la magia. Estás enfadada y asustada. Pues coge toda esa rabia y ese miedo y trasládalos a tu nieve.

Kai estaba intentando salvarme, pero yo solo podía pensar en lo fácil que debía de ser para él decirme todo eso desde el otro lado de la puerta. Cerré los ojos y traté de concentrarme. Para mi sorpresa, esta vez sí ocurrió algo. Noté un escalofrío por todo mi cuerpo. Pero no fue un escalofrío normal y corriente, sino un escalofrío gélido. No, más que gélido, glacial. No lograba imaginar una sensación más fría que aquella. Un segundo escalofrío y el frío empezó a extenderse por todo mi cuerpo, hasta la punta de los dedos. Rocé el agua y, de inmediato, se formó un cristal sobre la superficie. Pero no era como los recortes en forma de copo de nieve que solía hacer cuando era niña, cuando aún me permitían utilizar tijeras. Se parecía a la corteza de aquel árbol que me había traído hasta Algid; ese cristal parecía contener una inscripción en una lengua extraña, una lengua que era incapaz de leer o interpretar. De repente, el cristal se partió por la mitad. Y cada mitad se partió por la mitad, y así una y otra vez. Eché un vistazo a mis manos; mis uñas habían empezado a prolongarse y a enroscarse alrededor de mis dedos, enfundándolos así en una capa de hielo sólido. Aquellos témpanos de hielo medían varios centímetros y, en el extremo, advertí una punta afilada. Parecían carámbanos. Zarpas. Zarpas de hielo.

No sé muy bien cómo ocurrió, pero en cuestión de segundos toda la habitación se congeló. La cama dejó de balancearse. Tenía la cabeza a unos milímetros del techo. Había convertido la habitación de invitados de Kai y Gerde en una pista de hielo. No pude evitar echarme a reír. Volví a mirarme las manos; ya no eran manos, sino un arma blanca mortal.

Lo que me habían estado ocultando toda mi vida, lo que siempre había estado ahí, encerrado en mi interior, esperando a que yo lo liberara, era la prueba que demostraba que no estaba chalada. Todas las personas que había conocido hasta entonces, a excepción de Bale y tal vez Vern, se habían equivocado al juzgarme de loca.

Las garras de hielo me dolían un poco, pero no me importó porque me hacían sentir fuerte, poderosa.

Me había salvado yo solita, tal y como había dicho Kai. No sabía qué más había dicho la Bruja del Río, pero había dado en el clavo al afirmar que tenía un talento con la nieve. Para una chica que había pasado la mayor parte de su vida encerrada en un hospital por cometer crímenes de lesa cordura, eso era una sorpresa… increíble.

La sensación era indescriptible; en cierto modo, sentía que todo mi ser se había despertado. Había descubierto un poder con el que había soñado en una ocasión; un poder que me permitía ser libre sin perder la chaveta, un poder que me hacía sentir más fuerte que el resto de los mortales, sin contar con el legendario rey Snow, Lazar.

Entonces oí el crujido de la puerta. Kai había conseguido abrirla… o eso creía yo. La nieve empezó a fundirse bajo mis pies; se escurrió por debajo de la puerta y mi cama, que parecía una isla de hielo en mitad de un lago congelado, empezó a descender hacia el suelo. Miré hacia la puerta y enseguida reconocí la silueta de la Bruja del Río. Detrás de ella, estaban Kai y Gerde.

Kai dio un paso hacia delante.

—Vamos a sacarte de aquí ahora mismo —dijo, exasperado. Luego me ofreció una mano.

¿Es que no había visto lo que acababa de hacer? ¿Lo que era capaz de hacer? Reaccioné de forma impulsiva y extendí la mano, mostrándole así mis garras.

Fue una amenaza explícita, pero Kai no se acobardó y volvió a intentarlo.

—Snow. Ya ha pasado. Estás a salvo —murmuró. Esta vez no hizo ademán de acercarse a mí; en lugar de eso, me miró fijamente, sin pestañear, como si así pudiera hacerme entrar en razón.

Por un segundo, pensé que podría. Pero no estaba dispuesta a correr ningún riesgo.

Eché un vistazo a mis garras de hielo. Estaban temblando. Pero ¿por qué? ¿Es que iba a congelar el mundo o simplemente se me estaba pasando el subidón de la magia?

—¡No te acerques! —chillé.

La Bruja del Río cruzó el umbral y apartó a Kai de un empujón.

—No te acerques —repetí, pero esta vez mi voz reveló una nota de miedo—. No quiero hacerte daño. Por favor. No quiero haceros daño a ninguno de vosotros.

—Cielo, a mí no puedes hacerme daño. Quizá puedas congelarme durante un tiempo, pero creo que podré soportarlo.

La Bruja del Río se acercó a mí sin vacilar. Me sujetó las garras con sus manos acuosas.

Me revolví y traté de soltarme, pero ella me agarró con fuerza precisamente para evitarlo. Horrorizada, vi cómo sus manos empezaban a congelarse y, en lugar de venas, unas escamas de color carne recubrieron toda su piel. La Bruja me observaba con el ceño fruncido, pero era imposible saber si era por la concentración o por el dolor. De repente, sentí un calor irradiando de ella y de sus manos. Estaba combatiendo mi hielo con agua caliente; así, fue derritiendo el hielo. Admito que, al principio, intenté volver a formar aquellos témpanos, pero, al ver que se fundían en un abrir y cerrar de ojos, me rendí.

Unos segundos después, mis garras de hielo habían desaparecido. Ella me envolvió entre sus brazos y, de repente, me eché a llorar.

—Lo sé, mi niña. Lo sé. Ya estás a salvo. Te has asustado. Mucho. Pero no era más que una prueba. Esta es la sensación que debes recordar si pretendes encontrar a Bale y enfrentarte al rey. Quieras o no, ese día llegará. Es tu destino. Recuerda lo que voy a decirte, Snow: no sé cuál será el desenlace, pero ten por seguro que necesitarás hasta la última gota de tu fuerza.

—Ayúdame —rogué, aferrándome a ella.

—Tendrás que ayudarte a ti misma —respondió, y me estrechó entre sus brazos.

13

Después de recuperarme de la primera prueba a la que la Bruja del Río me había sometido, salí de la habitación de Gerde y me topé con Kai. La habitación de invitados había quedado hecha un desastre, así que tuve que ducharme y cambiarme en el cuarto de mi anfitriona. Tras rebuscar en el armario de Gerde, al final me decanté por un vestido azul cielo.

Al ver a Kai, crucé los brazos sobre el pecho. El ambiente que se respiraba había cambiado; estaba cargado de intimidad, pero también de timidez. Gracias a él, seguía viva. Su consejo me había ayudado a salvarme.

Recordé la seguridad y la convicción con que me había hablado desde el otro lado de la puerta. Ahora, sin embargo, no había puerta que nos separara.

—Nepente quiere verte. Te está esperando fuera —farfulló. Aquella repentina brusquedad me desconcertó. Luego dio media vuelta y se marchó; ni siquiera se molestó en mirarme a los ojos.

Le seguí sin rechistar. Hacía tan solo unos minutos había evitado que muriera ahogada y ahora..., ahora me trataba con una frialdad más gélida que mis garras de hielo. A lo mejor lo que había visto de mí le había asustado.

—Eh —dije unos segundos después. Quería arreglar las cosas, pero la verdad es que sonó un poco forzado. Él enseguida se giró—. Lo que has hecho antes... me ha ayudado muchísimo... —murmuré, y alcé las manos, que, en ese momento, eran solo eso, manos.

Kai encogió los hombros.

Tal vez, después de todo, el ambiente entre nosotros no había cambiado tanto.

—Solo era una prueba. Yo desempeñé mi papel. Lo habría hecho por cualquiera —explicó.

—¿Tú lo sabías? —pregunté. No daba crédito a lo que acababa de oír. Me negaba a aceptar que cada minuto de mi fingido rescate había sido un mero teatro para él.

—No, por supuesto que no... Lo que quería decir es que... —empezó.

—Mira, sé que hemos comenzado con mal pie..., pero quiero que sepas que agradezco muchísimo...

—Snow, para. No he hecho nada. Te has salvado tú solita. Ahora ya tienes tus poderes.

Claro. Yo no era una chica especial en ningún sentido. Lo único que me diferenciaba de las demás eran mis superpoderes, totalmente inútiles para él. Y, durante las últimas horas, no habíamos tenido ningún tipo de química ni conexión. Todo había sido fruto de mi imaginación porque, al parecer, él me había tratado con la misma amabilidad que lo habría hecho con los animales del zoológico de Gerde.

—Larga vida a la princesa Snow. Tengo que irme —susurró, y me dejó ahí plantada, con la palabra en la boca.

A lo mejor Kai había construido una vida junto a su hermana y no había dejado espacio para nadie más.

Yo me había pasado toda la vida atrapada entre las cuatro paredes de Whittaker, pero no estaba acostumbrada al miedo. Sí, claro que me asustaba que Bale no se recuperara nunca. Y sabía que mucha gente me temía. Pero Kai convivía con el miedo. Me miraba como si supiera que yo iba a meterle en un buen lío. Y eso era lo que iba a pasar si el rey descubría que estaba viva. No me miraba como si fuera una chica de carne y hueso, ni como a alguien con quien podía conectar y mantener una relación.

Y en ese momento se me pasó una idea por la cabeza. Quizá Kai solo había dejado que una persona entrara en su vida, y esa persona era Gerde. Me entraron ganas de aplastarle contra la pared. «Qué tipo tan testarudo. Ojalá no se empecinara tanto en apartarme de su vida», pensé para mis adentros. Y entonces recordé que la bruja me estaba esperando y que, en teoría, ya debía estar allí.

Bajé las escaleras a toda prisa y tomé el camino que llevaba al agua. Allí, la Bruja del Río estaba peleándose con una criatura marina; a primera vista, parecía un tiburón. Avisté un tentáculo alrededor de su cuerpo grisáceo con destellos lilas y otro alrededor de su garganta.

Levanté las manos, pero aún no sé qué pretendía con eso. ¿Ayudar? Aunque quisiera, no podría volver a crear aquellas garras de hielo... Además, la intención de reunirme allí con la bruja era para aprender a controlar mi poder y así NO volver a hacer eso.

—¡Bruja del Río! —grité.

Ella arrojó el tiburón al agua. Había conseguido estrangularle con su tentáculo. El cadáver quedó flotando en la superficie y el agua se tiñó de rojo. La imagen me puso la piel de gallina, y justo cuando apartaba la mirada, una luz llamó mi atención. La bruja estaba sujetando un trozo de espejo. Era del tamaño de una mano. No era un espejo normal y corriente; además de reflejar la imagen, era luminiscente. Me recordó al espejo que se había tragado a Bale.

—La gente tira trozos de espejo al río. Son ofrendas para mí. Creen que así escucharé sus oraciones y les concederé sus deseos.

—¿Espejo? ¿«El espejo»?

Al oír mi pregunta, la bruja se echó a reír.

—Si todo el mundo tuviera un pedazo del espejo del rey, créeme, nadie lo tiraría al río con la esperanza de que sus deseos se hicieran realidad. Ese espejo es demasiado peligroso. Estos son trozos de espejos normales. Pero representan el espejo y el poder que contiene. Al menos, para las personas que piden deseos.

—¿Y qué haces tú por toda esa gente? ¿Les concedes sus deseos?

Me pregunté si podría concederme uno a mí: encontrar a Bale y regresar a casa.

—Solo si me divierte. O si es un deseo que merece la pena.

Era como tirar monedas a un pozo de los deseos, solo que en este caso una bruja con branquias era la que decidía si hacerlos realidad o ignorarlos.

—Según tu criterio, ¿qué deseo merece la pena?

—Algo inalcanzable para ti, algo que, tú sola, jamás podrás conseguir. Algo difícil.

—¿Como hacer que alguien se enamore de ti?

—El amor es fácil. Va y viene, como el río. El poder, en cambio, es mucho más difícil de alcanzar. Y puesto que en Algid el poder escasea bastante, está reservado para muy pocos.

No quería oír otra historia sobre mi padre, aunque, en el fondo, sabía que era inevitable.

—¿Y qué haces con todos esos espejos? —dije, para cambiar de tema.

—Los espejos reflejan lo que queremos ver, pero a veces revelan quiénes somos, o lo que realmente deseamos. Debes tener mucho cuidado con un espejo.

Arrojó el trozo de espejo al aire y, tras dar varias vueltas, se hundió en el agua, junto a los pies de la bruja. Me fijé en que, debajo de la superficie, había decenas de trocitos de espejos sumergidos entre un jardín de coral blanco. Uno de los espejos captó la luz y, durante unos instantes, me deslumbró.

Un tentáculo me apartó de la orilla.

—Para contemplar un espejo, debes saber qué quieres exactamente.

—De acuerdo... —Cada vez que la Bruja hablaba con acertijos, no sabía muy bien qué responder. Me recordaba a Wing—. Me aseguraste que podías ayudarme.

—Sí. Pero antes de utilizar tu poder, tienes que comprenderlo.

Al pronunciar esa frase, la bruja empezó a diluirse; los riachuelos que fluían por su cuerpo fueron creciendo hasta volverse muy caudalosos. Ante ese espectáculo, una parte de mí quería recular, alejarse de ella, pero otra se moría por tocarlo, palparlo con los dedos.

—Lo que quiero es encontrar a mi amigo —dije, sin andarme por las ramas—. Le secuestraron en el Otro Mundo y estoy segura de que está en Algid. —Preferí omitir la parte en la que un espejo mágico había aparecido de repente en la habitación de Bale y lo había engullido. La Bruja del Río todavía no se había ganado mi confianza.

Estudió mi expresión durante unos instantes.

—Para encontrar a tu amigo, necesitas sobrevivir en este mundo. Y, para sobrevivir, necesitas aprender.

—¿Crees que puedo hacerlo?

Ella asintió con la cabeza.

—¿Solo porque congelé la habitación?

—Y por las olas de nieve que creaste.

Se había enterado de las olas de nieve. Así que supuse que también se había enterado de que había pasado la noche en casa de Kai. Lo que significaba que sabía que había intentado huir. Pero, a juzgar por su expresión impávida, asumí que le daba lo mismo. Después de todo, seguía allí.

—¿Cómo estás tan segura de que fui yo quien las creé?

—Solo el rey puede crear olas como esas y sé que no rondaba por aquí. De haber estado cerca, lo habría notado. Snow, eres capaz de provocar una tormenta. Con el tiempo y con mucha práctica, podrás convertirte en una tormenta. Mientras tanto, puedes hacer esto…

Y entonces farfulló unas palabras que no comprendí.

De aquel río turbio y fangoso emergió una silueta; era una persona hecha de agua. Se acercó a mí y me acarició el rostro. Y después se disolvió en un charco.

—¿Qué es?

—Mi campeona. Lucha por mí, pero solo si tiene agua y calor a su alcance. Allí fuera —dijo, señalando el paisaje helado— se congelará y no podrá hacer mucho por mí. Pero tu campeona podría hacer todo lo que se te antoje.

—Me estás sugiriendo que cree una… persona de hielo. Pero no quiero hacer daño a nadie.

—No puedes deshacerte de tu poder, Snow. Pero sí puedes aprender a controlarlo.

Eso no era precisamente lo que deseaba oír. Pero, al parecer, la bruja no se había percatado de que la idea me incomodaba. O eso, o le daba absolutamente lo mismo.

—Entonces, ¿por qué te molestas en enseñarme? ¿Por qué quieres ayudarme? —pregunté, exasperada y confusa.

—Por la misma razón que ayudo a la chica que vive ahí arriba —respondió, sin alterar el tono de voz.

«Está hablando de Gerde. Pero Gerde cose y tal vez modifica el genoma animal. No crea tormentas», pensé para mis adentros.

—La subestimas. No te has dado cuenta de su poder porque no ves más allá de las flores. Pero ella y yo no somos muy distintas. Además, sé muy bien qué se siente cuando se tiene el poder, pero no se sabe qué hacer con él. Quiero que alcances todo tu potencial. Te lo mereces. Y Algid también —continuó Nepente.

—Yo solo quiero recuperar a Bale… —susurré, abrumada.

Durante unos segundos, su sonrisa desapareció.

—Entonces le recuperaremos. No es negociable, lo entiendo. Pero antes de pasar a la acción, debes aprender a utilizar tu poder. Deja que te ayude con eso.

Gerde me había avisado, aunque había algo en el tono de la bruja que me hacía desconfiar. Al mencionar a Bale, me había parecido ver a la bruja tensar todos los músculos de la cara. Pero quería creer que iba a ayudarme. No me quedaba otra, por mi bien… y por el de Bale.

—Con un poco de práctica, podrás ser más fuerte que tus padres —añadió.

Siempre había tenido la sensación de que no había nadie como yo, pero nunca lo había visto como algo positivo. La bruja había visto algo valioso en mí. En ese mundo, yo era alguien importante, alguien que la gente quería. Y eso era algo nuevo para mí. A lo largo de mi vida, tan solo un puñado de personas se había preocupado por mí. Y de esa lista, tan solo ponía la mano en el fuego por una: Bale. Tenía que recuperarle, costara lo que costara.

—De acuerdo —respondí, firmando así un trato con la bruja—. Si me ayudas a encontrar a Bale, trabajaré codo con codo contigo.

Y así fue.

14

La Bruja del Río no perdió ni un segundo. Mi «entrenamiento» empezó de inmediato, a pesar del frío y de la falta de luz porque aún no había amanecido. Miré a mi alrededor. Estaba sobre la cima de una montaña rocosa y escarpada, lejos del cubículo de Kai y Gerde. De no haber sabido que era imposible, habría jurado que estábamos en el Kilimanjaro o en el Everest, o en cualquier otro lugar igual de peligroso y aterrador. Lugares que solo había visto en la televisión de la sala común u hojeando las enciclopedias de la biblioteca.

Aún no lograba explicarme cómo había llegado hasta allí y, para ser sincera, una parte de mí deseaba que todo aquello fuera un sueño. Pero el frío que me acariciaba las mejillas y el viento que soplaba en aquella cumbre tan alta parecían muy reales.

Recordé los últimos pasos que había dado. Había salido de la habitación de Gerde. Había bajado la escalera del cubículo, pero al bajar el último peldaño, en lugar de pisar suelo firme, pisé la cima de aquella montaña.

Sabía que no tardaría en entrar en pánico. Aun así, admiré las hermosas vistas que había desde allí arriba. Me había pasado casi toda la vida encerrada en una habitación y jamás había podido contemplar algo así. El reino de Algid se extendía bajo mis pies. Entre toda aquella inmensidad, advertí árboles rosas, azules y amarillos. Unas casitas diminutas centelleaban a lo lejos. Era un paisaje tan hermoso y cautivador que habría jurado que era el paraíso. Lástima que, en realidad, fuera un reino demente e incomprensible. En algún rincón de aquel mundo estaría el rey y, merodeando entre esos árboles de ensueño, leones de nieve, tigres de nieve, osos de nieve... Genial.

Una niebla muy extraña pasó rodando por mi lado. Me acarició el cuerpo y después se instaló sobre la pradera más cercana. De pronto, la neblina empezó a cobrar forma. Ahogué un grito. Parecía la silueta de una mujer. Un segundo más tarde, advertí un rostro y un cuerpo definido. La bruma se volvió sólida. Y después se convirtió en la Bruja del Río. De su piel no caía ni una sola gota de agua y llevaba una capa que la hacía parecer la versión sirena aterradora de la Caperucita Roja. Aunque había aterrizado sobre la cima de otra montaña, oía su voz como si estuviera a mi lado. No pude evitar fijarme en su rostro. Era guapa. Un pelín demasiado delgada, pero guapa. Sin embargo, no era, ni por asomo, tan hermosa como su versión acuática.

—Eres… humana.

—No podemos entretenernos con tonterías —dijo con cierto desdén—, pero si te pica la curiosidad, ven. Así podrás verme más de cerca —añadió, y señaló el abismo que nos separaba. Era todo un desafío, desde luego. Supuse que se trataba de mi primera clase.

Levanté la mano e intenté crear un puente de nieve entre las dos montañas. Pero no ocurrió nada. Era como uno de esos deseos que la Bruja del Río consideraba que merecían la pena, solo que yo no tenía ni la más remota idea de cómo concederlo. Lo probé una y otra vez, pero en vano.

—La nieve te pertenece —anunció.

—Pues no lo parece —refunfuñé, aunque demasiado alto.

No estaba segura de que la bruja pudiera oírme con la misma claridad que yo a ella, pero, un segundo más tarde, las palabras retumbaron entre la cordillera. El eco de mi voz sonó más seguro y contundente que mi propia voz. La distancia que había entre nosotras parecía insalvable. Me asomé al borde del desfiladero; la pared de la montaña era escarpada y casi vertical. Era una caída mortal, desde luego.

—Te has pasado toda tu vida encerrada en un manicomio, ajena a un poder increíble. Y todo por culpa de tu madre. Y de tu padre. Te han ocultado quién eres en realidad. Ya no tienes límites, Snow. Puedes ser y hacer lo que te apetezca. Reivindica tu poder, el don que se te ha dado.

—Ven a mí, nieve —susurré, aunque había perdido toda esperanza. Sabía que no funcionaría. Cuanto más pensaba en el tiempo que había estado recluida en Whittaker, más frágil me sentía. Estaba a años luz de controlar mis poderes.

—¡No lo estás intentando! —espetó la bruja.

¿Me estaba tomando el pelo? Estaba en la cima de una montaña altísima, tratando de mantener el equilibrio para no romperme la crisma. ¿Qué más quería que hiciera?

Miré a la Bruja del Río con los ojos entornados. Cerré los puños. No era tonta y sabía muy bien lo que esa criatura estaba haciendo. Estaba intentando sacarme de mis casillas porque creía que la rabia desataría mi poder. Conocía esa táctica porque era la misma que utilizaba Magpie, aunque las intenciones de esta nunca eran buenas.

La Bruja del Río no se rindió y siguió insistiendo:

—Algid lleva quince años esperándote. Y mírate. Qué decepción. No sirves para nada —dijo.

De repente, vislumbré un fugaz destello en sus brazos; un segundo después, una fuerza sobrehumana me empujó hacia el vacío.

No logré reprimir los chillidos. Estaba en caída libre y el aire era tan frío que me quemaba las orejas, los labios, los dientes.

«¡Usa tu nieve!» Era la voz de la bruja, pero era imposible saber de dónde venía. «Puedes controlar tu destino. ¡Usa tu poder!»

Solté una serie de improperios, todos dedicados a la

bruja. Lo había hecho. Me había tirado por un desfiladero para darme una lección… y no le había temblado el pulso. El suelo hacia el que me estaba precipitando estaba lleno de rocas afiladas y cada vez me acercaba más y más.

No quería morir así. No, me negaba a morir de ese modo. Sentí el ardor de la rabia en mi pecho. No era inútil. ¡No lo era! Y tampoco una decepción.

En ese momento, las palabras de Kai retumbaron en mi cabeza. «Es solo que no lo has hecho antes.»

Traté de susurrarle a la nieve, pero a mi alrededor se había formado un remolino de aire que me impedía oírme, así que cerré los ojos y me concentré. «Ven a mí, nieve.» Sentí un pequeño cambio en el ambiente y, poco a poco, empecé a sentirme más cómoda en aquel espacio tan frío. «Ven a mí, nieve», ordené de nuevo y, al abrir los ojos, me di cuenta de que estaba nevando. Ya no estaba asustada. Tal y como había dicho la bruja, la nieve me pertenecía, y podía hacer que me llevara allá donde quisiera.

—Bruja del Río —murmuré con una seguridad renovada.

Durante unos segundos, dejé de tener frío. Me sentía plena. En cierto modo, fue como si, por primera vez, el vacío que había dejado Bale se hubiera llenado.

De pronto, una ola de nieve me elevó. Me sentía ligera como una pluma. En un abrir y cerrar de ojos, aparecí en la montaña, junto a la Bruja del Río.

Me estaba esperando con una sonrisa en los labios.

—Me has impresionado. Esperaba que detuvieras la caída, no todo esto —dijo, anonadada.

—Puede que sea la suerte del principiante, así que no te emociones.

Sonreí. Sabía que había estado a punto de morir, pero seguía vivita y coleando. Lo había conseguido. Había controlado mi nieve. Tal vez ya estaba lista para salir a buscar a Bale.

Pero cuando se lo pregunté a la bruja, su respuesta fue clara y contundente:

—No estás lista ni de lejos. Mañana retomaremos las clases.

La bruja me dejó delante del cubículo de Kai y Gerde. A hurtadillas, me dirigí hacia el río y contemplé los espejos que se veían debajo del agua. Busqué mi reflejo entre aquella multitud de cristales y, de repente, vi a Kai. Estaba al otro lado del barco.

A pesar del frío polar, no llevaba abrigo. Estaba limpiando el casco del barco con una esponja.

—Acabo de crear un tornado de nieve. ¿Es que no piensas felicitarme?

Preferí saltarme la parte en la que la Bruja del Río me había empujado por el precipicio porque supuse que no le habría hecho ninguna gracia.

—Bravo —dijo mientras tiraba peces muertos al agua.

—Pero ¿qué diablos te pasa? Ha sido un gran paso.

—No le das ninguna importancia al cómo, pero la tiene. En esta vida, no siempre conseguimos lo que queremos, pero al menos podemos controlar cómo lo hacemos. La bruja estuvo a punto de ahogarte solo para conseguir que utilizaras tu poder. Y supongo que no has aprendido a volar solo cerrando los ojos y pensando en algo bonito.

—Pero ha funcionado.

Él se giró hacia el barco; cuando volvió a darse la vuelta, tenía las manos llenas de tripas de pescado. Asumí que eran los restos del último banquete que se había dado la Bruja del Río. Eché un segundo vistazo al fondo del río, donde se acumulaban decenas de trozos de espejos. «Cuántos deseos rotos. ¿Todas esas personas consiguieron lo que tanto querían?», me pregunté y luego regresé al cubículo.

15

Cuando la Bruja del Río me empujó hacia el vacío, pensé que no podría ir más lejos. Pero me equivoqué. Al día siguiente, me obligó a enfrentarme a Gerde. En ese momento, las advertencias y las palabras de Kai retumbaron en mi cabeza. Estaba en la orilla del río, delante de la chica que esa misma mañana me había preparado la mejor tortilla que jamás había probado.

—Quiere que luchemos —explicó Gerde en voz baja, aunque su voz resonó en todos los rincones del bosque.

Eché un vistazo a Gerde. Era tan poquita cosa que incluso sin magia habría podido romperle todos los huesos. A lo mejor era una bruja con mucha más experiencia que yo, pero su especialidad eran las florecitas y la medicina alternativa, mientras que la mía eran las garras de hielo y las tormentas de nieve.

—No pienso pelear contigo —resolví—. No quiero hacerte daño.

—No estés tan segura de que eres la única que puede provocar daños —replicó Gerde.

Aquella no era la Gerde dulce y con cara de no haber roto un plato que había conocido. La persona que tenía enfrente era una Gerde que no había visto antes. En ese momento, dudé de si me caía bien o mal, pero una cosa estaba clara: Gerde era mucho más interesante de lo que creía. Me pregunté qué oscuro canal utilizaría para conseguir su magia.

—Aún no has descubierto quién eres y no tienes ni idea de cómo utilizar tu poder —dijo, con tono burlón—. ¿Qué posibilidades hay de que nieve en el infierno? Las mismas de que tú recuperes a tu amado Bale.

—No vayas por ahí… —le advertí.

Estaba utilizando lo poco que sabía sobre mí para enfurecerme, para enfadarme con ella y así batirnos en duelo. Sabía muy bien lo que estaba haciendo. Era la misma táctica que solía utilizar Magpie, y la misma que había utilizado la Bruja del Río el día anterior. Pero, aun así, no pude controlarme. Me dejé llevar por la rabia que me hervía por dentro y me entregué a mi monstruo. Y ahora no había ninguna pastilla que calmara a la bestia.

Sin embargo, quien tenía delante de mis narices era Gerde. No era la Bruja del Río, una criatura poderosa capaz de manejar mi ira. Ni tampoco Magpie, que seguro se merecía una buena paliza. Era Gerde, una chica inocente.

—¿O qué? ¿Me convertirás en un muñeco de nieve? —me desafió.

De repente, la superficie del río se rompió en mil pedazos y un alga mugrienta y verdosa emergió de entre una de las grietas. Se arrastró como una serpiente y luego empezó a retorcerse sobre sí misma.

Tardé unos segundos en darme cuenta de lo que estaba pasando. El alga estaba cobrando la forma de una campeona, cuyo objetivo era enfrentarse a mí. Entonces lo comprendí. Esa era la campeona de Gerde y, en teoría, yo tenía que idear algo parecido. Me concentré en el agua, pero no sucedió nada.

Aquella alga nauseabunda se estaba acercando a mí. Alargó sus brazos babosos con ademán amenazador. Apenas nos separaban unos centímetros.

Traté de invocar mis garras de hielo para cortar los zarcillos mohosos que se habían enroscado alrededor de mis tobillos.

No había vuelta atrás. Aquella alga me tenía a su merced. Tenía que hacer algo. Y rápido. Esta vez, sin embargo, no creé garras de hielo, sino que de la punta de mis dedos empezaron a salir flechas de hielo. No sabía cómo, pero estaba disparando flechas a Gerde. Atravesaron su precioso vestidito y la clavaron en un árbol helado. Un hilo de sangre resbaló por su mejilla. Uno de mis témpanos afilados le había arañado la piel.

La creación algosa de Gerde se desenroscó y reculó hacia un charco. Gerde no dejaba de sacudirse. Y entonces ocurrió algo que me dejó boquiabierta. De pronto, las orejas de Gerde empezaron a transformarse en aurículas puntiagudas y sus rasgos, hasta entonces finos y femeninos, se fueron difuminando hasta convertirse en un cartílago grumoso.

«No la subestimes», había dicho la Bruja del Río.

La imagen era aterradora, desde luego. Empezó a salirle pelo por todo el cuerpo, primero en la cara, después en las orejas, luego en el cuello y así hasta los pies. Las manos delicadas de Gerde se convirtieron en un par de garras peludas. Sus hombros comenzaron a hincharse y, a través de la camisa de seda, advertí unos músculos fornidos y fibrosos. La falda que llevaba no lograba ocultar unas piernas gigantes, propias de un monstruo. Y su naricita, hasta entonces respingona, como la de una princesa de cuento, quedó reducida a una nariz gatuna. Solo conservó un rasgo: sus ojos. La mirada de Gerde parecía estar suplicándome que me marchara. O que dejara de mirarla.

—Gerde... —murmuré, pero, por lo visto, ella no me oyó.

¿Yo había provocado todo eso? Eché un vistazo a mis manos. Habían recuperado su estado habitual; no quedaba ni rastro de aquellos carámbanos helados. La sensación de descontrol había desaparecido. Pero Gerde seguía cambiando y estaba a punto de transformarse en... una bestia inmunda. Y entonces se me ocurrió algo: ¿y si estaba recuperando su forma habitual? ¿Y si aquella jovencita ingenua y amante de la naturaleza había representado un papel, un mero disfraz?

Gerde me enseñó los dientes, unos dientes afilados y puntiagudos. Y entonces me di cuenta de que daba lo mismo la opinión que tuviera de mí. Iba a por mí e iba a luchar con todas sus fuerzas.

La Bruja del Río nos observaba con atención. Quería que detuviera a Gerde. ¿Dejaría que le hiciera daño a Gerde? ¿Dejaría que Gerde me hiciera daño a mí?

—¿Bruja del Río? —rogué en cuanto el monstruo en que se había convertido Gerde logró librarse de las flechas de hielo que la mantenían inmovilizada.

—Encuentra tu nieve —respondió Nepente. No tuvo ni un ápice de compasión.

Gerde salió disparada hacia mí.

Levanté las manos y apunté a Gerde. No quería hacerle daño. Pero ¿cómo iba a dejar que me atacara, que me destrozara?

Por el rabillo del ojo avisté a Kai. Venía hacia nosotras a toda prisa. Su expresión, siempre estoica e impasible, se había transformado. Estaba asustado y en su mirada azul distinguí tristeza, la misma que sentía yo en ese momento.

—¡Kai! ¡Es Gerde! —grité.

Él podría pararla. Él era el único capaz de recuperarla.

—¡Gerde! —chilló él.

Nuestros gritos no frenaron a Gerde, pero, durante un segundo, desvió la mirada hacia Kai.

Fue solo un segundo, pero fue todo lo que necesitó. Aproveché ese momento de distracción, alcé las manos y luego la empujé. Ella perdió el equilibrio y se cayó de bruces al suelo. Me di la vuelta, dispuesta a huir de allí lo más rápido posible.

Pero Gerde era ágil y se puso en pie de un brinco. Sabía que, si echaba a correr, no llegaría muy lejos.

Kai intentó hablar con Gerde.

—Esta no eres tú, Gerde. Vuelve, vuelve a mí…

En el centro del río se había formado una fina capa de nieve. De pronto, la nieve empezó a dar vueltas sobre el agua. Estaba creando una tormenta.

—Concéntrate —ordenó la Bruja del Río.

Gerde iba a arremeter contra mí de nuevo, así que apoyé una mano en el suelo y, de inmediato, emergió un muro de hielo.

Aquella bestia se estrelló contra el muro y se desplomó sobre el suelo. Se quedó en posición fetal y, en ese preciso instante, se calmó y soltó un gemido humano.

—Ahí estás… Al final siempre vuelves… —murmuró Kai.

Se arrodilló junto a ella; en cuestión de segundos, Gerde recobró su cuerpo habitual. Toda su ropa había quedado hecha jirones y tenía las mejillas empapadas de tanto llorar. Kai le secó las lágrimas y trató de consolarla. Yo me quedé allí, tiritando e intentado procesar todo lo que acababa de ocurrir. Kai tenía razón. El «cómo» se hacían las cosas era importante. En un acto egoísta, deseé que su mirada se cruzara con la mía. Quería que supiera que lo había entendido. Quería que supiera que me arrepentía de haber entrado en ese juego. Tenía los ojos inyectados en sangre y estaba echando una mirada asesina a alguien. Seguí su mirada, aunque podía imaginar de quién se trataba.

Estaba mirando a la Bruja del Río, que se puso a aplaudir y, de repente, desapareció en una nube de niebla.

Kai acompañó a Gerde a su habitación; unas horas más tarde, decidí ir a verla.

Ahí estaba, tal y como la había conocido. En ese instante estaba dando de comer a su pingüino, en una esquina de la habitación.

—Podrías haberme avisado —murmuré.

—¿Y echar a perder la sorpresa? —contestó ella con una sonrisita.

Después me miró y examinó mi expresión en busca de lástima o miedo o rencor. Pero al no encontrar nada de eso, esbozó otra sonrisa. Quería decirle que yo también era un monstruo, solo que a mí no me crecía tanto pelo.

Gerde sacudió la cabeza y soltó un suspiro.

—Hay un recuerdo que no he logrado borrar de mi memoria. Es de antes de conocer a la bruja, claro —dijo con su voz cantarina.

—¿Cuál es?

—No es la jaula en la que Kai tenía que encerrarme cada noche. Ni tampoco las veces que me despertaba en lugares inhóspitos llena de sangre, sin saber lo que había hecho, ni a quién se lo había hecho.

—Entonces, ¿cuál es? —insistí, aunque temía la respuesta.

—El hambre. Era insaciable y constante. Quería devorar el mundo entero. Sé que no te gustan los métodos de la Bruja del Río y que no entiendes lo que ha hecho antes —explicó Gerde—. Y también sé que Kai no aprueba sus tácticas. Ni siquiera la llama Bruja del Río. Para él, es Nepente, sin más. Dice que llamarla por su título le da más poder del que merece…, pero, en su caso, el fin justifica los medios. Yo soy uno de sus fines. Gracias a la bruja, tengo mis plantas y mis animales. Tengo paz.

Hizo una pausa y después continuó, esta vez con tono solemne.

—¿Qué sientes cuando ocurre? Me refiero a tu nieve… ¿O no sientes nada en absoluto?

—Sí que siento algo, pero no es frío. O eso creo. A lo mejor es un frío tan helado que quema. La verdad es que no puedo explicarlo con palabras. Es como si hiciera tanto frío que dejas de sentirlo…

—No suena mal.

Si comparaba el frío con el hambre voraz que acababa de describir, mi nieve era un regalo caído del cielo. Casi una bendición.

Kai estaba en el taller. Llevaba una máscara metálica y una camiseta de tirantes que dejaba al descubierto unos bíceps fuertes y fibrosos. Admito que me sorprendió que estuviera tan en forma. Estaba soldando una pieza de metal.

—No te aconsejo que espíes a nadie, y menos cuando está trabajando con fuego —me regañó, y luego dejó sus herramientas sobre un banco.

—Y si está lidiando con un... —empecé, pero no encontré la palabra apropiada. No quería pronunciar la palabra «monstruo»—. ¿Qué es, Kai? ¿Y por qué no me dijiste nada?

—No soy nadie para contar los secretos de Gerde.

—Podría haberme matado.

—Eres la princesa Snow. Por lo que he oído, es muy difícil matarte.

—Entonces... podría haberla matado.

Él se dio la vuelta.

—No es tu hermana. Es una...

—Es Gerde —dijo él—. Yo la salvé a ella, ella me salvó a mí, y la Bruja del Río nos salvó a los dos. No adoro a la bruja, es cierto, pero estoy en deuda con ella. Y si dejas que te ayude, tú también lo estarás.

No sabía cómo interpretar esa información.

—Eso significa que Gerde y tú no sois hermanos biológicos.

—¡Es mi familia! —ladró él.

—Pero, antes de conocer a la bruja..., tú cuidabas de ella, ¿verdad? ¿Para eso era la jaula?

—¿Y a ti qué más te da? —preguntó.

—Es solo que prefiero comprenderte que odiarte. —Solté las palabras sin pensar.

Kai no respondió y las palabras quedaron suspendidas en el aire durante unos segundos que se me hicieron eternos.

—No hay mucha gente como Gerde. Tal vez sea la única que quede de su especie. Si descubrieran quién es en realidad..., digamos que «alguien» la colgaría en la pared como a un trofeo.

Habían renunciado a su libertad por una cuestión de seguridad personal. Para que Gerde no volviera a convertirse en una bestia.

Entendía la situación, aunque no estaba segura de que yo hubiera actuado de la misma manera.

Miré a Kai y algo en mi interior se revolvió.

—¿Por qué demonios me trataste como una mierda cuando acepté el trato de la bruja? El mismo trato, por cierto, que Gerde y tú habéis aceptado.

Pero él no contestó.

—Hipócrita —le solté.

—Quería que buscaras otra manera de conseguir tu objetivo. Gerde aún recuerda la época en la que la acechaban. Recuerda ese miedo y lo canaliza y lo revive una y otra vez. No quería que te ocurriera lo mismo.

Ahora entendía por qué Gerde era tan distante.

—Albergaba la esperanza de que fuera distinto.

—Pero no es distinto. No he disfrutado con lo que ha ocurrido hoy. Pero necesito que la bruja me ayude. Gerde me entiende. Me lo ha dicho ella misma.

—Gerde me prometió que nos marcharíamos de aquí en cuanto la bruja le enseñara a controlar su bestia. Pero míranos, aquí seguimos. Cree que aún le queda mucho por aprender de la bruja y, la verdad, dudo mucho que algún día quiera irse de aquí. Eso también podría pasarte a ti. Créeme, la Bruja del Río quiere algo más que nuestro agradecimiento.

—No voy a discutírtelo, pero ese no es mi caso. Solo he

accedido a quedarme porque quiero aprender. Luego me iré. Hicimos un trato.

Miré a mi alrededor y pensé en la jaula que había visto en la casa de Kai. Antes de conocer a la bruja, él era quién encerraba a Gerde allí.

—Siento mucho todo lo que Gerde y tú habéis pasado —dije, mirándole con otros ojos.

Él enseguida percibió ese cambio y arrugó la frente, como si el comentario le hubiera dolido en el alma.

—No nos compadezcas, por favor. No lo soporto. No de ti.

Irguió la espalda y cuadró los hombros. Según Vern, los gestos explicaban mucho de una persona. Siempre decía que cada vez que encogía los hombros, narraba una historia. Kai, en cambio, se expresaba con la columna vertebral. Y ahora mismo lo que intentaba hacer era construir un muro impenetrable entre nosotros, pero no estaba dispuesta a permitírselo. No hasta que comprendiera lo que acababa de decirme.

—¿A qué te refieres con eso de «no de ti»? Ya sé que me odias, así que ¿qué más da lo que piense?

—¿Quién dice que te odio? —me preguntó mirándome fijamente, como si quisiera decir algo más.

Pero en lugar de decir algo más, se acercó a mí y, en un movimiento rápido y decidido, me besó. No fue un beso indeciso o tierno, como el de Bale. No nació de una historia de amor y nostalgia. Nació de una semana de desavenencias, malentendidos y frustraciones que nos habían llevado hasta ese momento. Sus labios eran desafiantes, ansiosos, hambrientos, y yo respondí de la misma manera. Y entonces pensé en los labios de Bale acariciando los míos y en su cuerpo pegado al mío. Me separé y me aparté de Kai. Él parecía confundido, pero no hizo nada para detenerme.

¿Qué había hecho?

¿Por qué me había besado?

¿Por qué le había besado?

Había tardado años en reunir el valor necesario para besar al chico que me había robado el corazón. Y, en menos de una semana, un desconocido que ni siquiera sabía si me gustaba, me había robado un beso de película.

Había traicionado a Bale. Y a mí misma. Sentí una punzada en el corazón, pero los labios me ardían. El beso había tenido inercia propia, como si requiriera de una fuerza opuesta para terminarse. Sin embargo, antes de en Bale, pensé en mi beso y en su maldición.

—Snow… —farfulló Kai. Abrió la boca para decir algo más; por primera vez desde que nos habíamos conocido, parecía inseguro, vacilante.

Tenía la mirada perdida y, casi a rastras, se apoyó sobre el escritorio.

Le ayudé a sentarse. Me incliné hacia él y le toqué los labios. Estaban muy fríos.

—Estoy bien. Es solo que me he mareado un poco… Snow, no pretendía…

Pero no le dejé decir una palabra más.

«Yo tampoco…», pensé. Un segundo después, salí disparada de aquella sala y corrí hacia mi habitación.

16

Estaba dando vueltas en mi habitación, pensando en el beso cuando, de repente, alguien llamó a mi puerta.

¿Y si era Kai? ¿Qué iba a decirme? ¿Qué iba a decirle yo? «Siento haberte congelado un poco. Por suerte paramos antes de que te convirtiera en una estatua de hielo...» O tal vez me lo había imaginado todo.

Sin embargo, cuando abrí la puerta no me encontré con Kai, sino con Gerde.

Entró en la habitación. Llevaba un vestidito corto de color blanco que no había visto antes y con una sonrisita en los labios. Se había recuperado y tenía mucho mejor aspecto. O eso, o era una actriz inigualable.

Yo, en cambio, estaba desconcertada y confundida. Me sentía culpable. La única explicación que había encontrado para justificar ese beso era que hacía muchísimo tiempo que no conocía a gente que fuera amable conmigo y que, precisamente por eso, no había sabido manejar la situación. Me costó un año entero entablar una conversación con Bale y, hasta que aterricé en Algid, tan solo había tenido a mi madre, a Vern y al doctor Harris como compañía. Y a Magpie, que estaba empeñada en llevarme por la calle de la amargura. El beso con Kai había sido fruto de la nostalgia. Echaba de menos a Bale y, en realidad, no había tenido nada que ver con Kai. Estaba convencida de ello. Bueno, casi.

Lo que había ocurrido había sido culpa mía, de eso no

me cabía la menor duda. Mi beso le había hecho algo a Kai. No era comparable con lo que le había hecho a Bale. Pero algo sí le había hecho. O a lo mejor no. No estaba del todo segura. Al fin y al cabo, «mareado» no era lo mismo que «congelado». Que tuviera los labios fríos no era una prueba definitiva. Pero ¿cómo era posible que sus labios estuvieran tan fríos cuando los míos estaban ardiendo?

Traté de centrar toda mi atención en Gerde.

—Salgamos de aquí —dijo, de repente.

—¿Y la Bruja del Río?

—Todavía no ha vuelto del río. A veces se queda allí varios días.

—¿Y Kai? —pregunté. Ahora que mis labios habían saboreado los suyos, su nombre sonaba distinto.

—Está encerrado en el taller. Al igual que la bruja, puede pasarse allí varios días. Hay una aldea muy cerca de aquí. He pensado que nos iría bien cambiar un poco de escenario.

Tal vez se había quitado un peso de encima al revelar su secreto. Noté algo distinto en ella, aunque quizá fuera porque la miraba con otros ojos. No, había algo más. No había mencionado una palabra sobre la bestia que llevaba dentro, pero, en cierto modo, parecía sentirse más libre.

Me moría de ganas de contárselo todo; de hecho, ya le había hablado de Bale. Pero me mordí la lengua porque sabía que Kai y Gerde estaban muy unidos. Les había estropeado su equilibrado y delicado ecosistema. Y Kai había perturbado el mío.

Desde que había llegado, y de eso ya habían pasado varios días, solo había salido a entrenar. Me apetecía respirar un poco de aire fresco, así que me levanté de un brinco y me vestí en un santiamén.

El pueblecito se reducía a una callejuela llena de escaparates y casitas diminutas. Allá donde miraba había nieve, lo que me recordó la ciudad por la que había pasado junto a Jagger, solo que esta vez no había nadie congelado. Había gente por todas partes. Y, a través de aquellas casas translúcidas, vi a varias familias cocinando y a niños jugando.

En el centro de la calle había una hoguera enorme. A su alrededor se habían apiñado varias personas para entrar en calor. Un músico estaba rasgando un instrumento triangular de cuerda que, a primera vista, parecía un arpa pequeña, pero el sonido era mucho más profundo y agudo.

En cuanto oyó la melodía, Gerde empezó a tararear. Luego se puso a dar vueltas, con la falda del vestido ondeando a su alrededor. Verla así de feliz me subió el ánimo. «Ojalá algún día pueda bailar como ella», pensé. Pero eso no iba a ocurrir hasta que me rencontrara con Bale. Nos acercamos a una mesa para picar algo. El pastel de carne estaba delicioso. La comida no era tan rica como la de Gerde, desde luego, pero nos moríamos de hambre. Nos servimos dos buenas tazas de leche con canela.

—Kai es un hombre de negocios —dijo Gerde—. Solo viene aquí a vender. A mí, en cambio, me encanta pasear por el pueblo y echar un vistazo a los escaparates.

Ese día, Gerde había pronunciado el nombre de Kai unas doscientas veces más de lo normal. O, al menos, esa era mi sensación.

—Juguemos a un juego. Imagínate una historia —propuse, intentando así cambiar de tema. Eso era lo que solía hacer con Bale. Era genial volver a tener un amigo—. Eliges a una persona al azar y te inventas la vida que lleva.

Gerde eligió a una pareja. Los dos eran altos y esbeltos y tenían las manos entrelazadas detrás de la espalda. El hombre iba un paso por delante de la mujer y estaba esperando a que ella le alcanzara. Gerde apretó los labios y después dijo:

—Creo que es su tercera cita. Se los ve demasiado tímidos, como si aún no se conocieran lo suficiente…

La verdad es que no esperaba que se le ocurriera algo tan romántico. No imaginaba que Gerde soñara con el amor. Le había hablado de Bale, pero ella no me había dicho nada sobre el amor de su vida. Me pregunté si sus circunstancias personales le impedían mantener una relación sentimental con alguien.

—Qué tierno. Pues yo creo que ella es una espía que está intentando sonsacarle información. Se está acercando a él para atravesarle el corazón con un cuchillo y matarle de un solo golpe.

Gerde soltó una carcajada.

—Te toca. Escoge.

—Ella —dije, señalando a una mujer que estaba sentada frente a una mesa.

Tenía la cara redonda y era muy guapa. Llevaba ropa de lana gruesa de colores sombríos. Su expresión era amable, casi cariñosa. Sobre la mesa advertí una baraja de cartas. Todas estaban extendidas de una forma muy extraña. Estaban pintadas a mano. Sobre cada una de ellas había dibujada una mujer con los brazos abiertos. Tal y como estaban dispuestas, daba la impresión de que todas aquellas mujeres estuvieran cogidas de la mano, formando así un círculo. Y, en el centro de este, advertí un símbolo en forma de remolino. De pronto, las imágenes empezaron a bailar.

—Es una bruja de la tierra, pero no te engañes, no es peligrosa. Tiene algo de poder, pero no el suficiente como para considerarse una fuerza real. En Algid hay muchísimas. Algunas llevan vidas normales. Y hay quienes venden sus talentos —explicó Gerde.

—Espera, espera. Creía que era mi turno —protesté, ya que había entendido que continuábamos con el juego.

—Sí, pero esa mujer es una bruja. Adivina la verdad. Lo siento —se disculpó Gerde. Se había olvidado por completo del juego. Y, a pesar de que en la jerarquía de brujas fuera el último eslabón, era una bruja real.

Eché un vistazo a las cartas que había sobre la mesa. Quería saber cómo funcionaba y averiguar qué podían decir sobre mí.

—¿Te refieres a que tiene el don de la adivinación? ¿Como un oráculo?

—Querrás decir «el» oráculo —puntualizó ella, y se mordió el labio—. No presagia el futuro, Snow. Puede predecir lo que va a ocurrir dentro de un par de semanas, como mucho, pero lo cierto es que puede dar buenos consejos sobre las cosechas o sobre decisiones poco importantes. Hay muchos tipos de brujas. Está el Trío, y después todas las demás.

—¿El Trío? —pregunté, y recordé el aquelarre de la historia que me había contado la Bruja del Río.

—Son las tres brujas más poderosas. La Bruja del Río, la Bruja del Fuego y la Bruja del Bosque.

—¿Y en qué categoría estaría mi madre?

—Ella decidió abandonar el aquelarre para casarse con un príncipe. Nadie sabe en qué se habrá convertido ni el poder que puede albergar —respondió Gerde con tono incrédulo, como si le costara entender que alguien renunciara a sus poderes de bruja por amor.

Sin embargo, para mí, que mi madre hubiera preferido ser princesa que formar parte de un aquelarre de brujas amargadas y agresivas era de lo más normal.

—¿Podemos ver lo que sabe? —pregunté, y me volví hacia Gerde.

Ella miró a la bruja de reojo.

—¿Sabes qué? Mi hermano se ha portado como un sinvergüenza contigo, así que lo mínimo que puede hacer para compensarlo es comprar un vistazo a nuestro futuro.

Unos segundos más tarde, Gerde dejó las monedas que había robado del alijo de Kai sobre la mesa de la Bruja de la Tierra.

—¿Mano o cartas? —preguntó la bruja.

Gerde extendió la mano y la bruja la examinó durante unos instantes.

—Tenías un secreto que acaba de salir a la luz. Ahora que se ha desvelado, eres más feliz.

Gerde apartó la mano enseguida.

—Pura chiripa.

No conocía mucho a Gerde, pero sabía que no era una esnob, por lo que supuse que la bruja le había dado justo donde más dolía. Retrocedió para darme paso.

—¿Mano o cartas?

Sabía que, debajo de la tela de mi vestido, mi cicatriz brillaba, así que me decanté por las cartas.

—Escoge seis cartas sin mirar. Cada una cuenta una parte de tu historia, pero juntas conforman la historia de tu vida.

Fui colocando cada carta sobre la mesa.

El Amante.

El Ladrón.

El Pensador.

El Rey.

La Corona.

El Joker.

—¿Qué significa la última?

—Que hay una gran sorpresa reservada para ti. Puede tratarse de una traición. O de una victoria.

Parpadeé. ¿Aquella bruja sabía quién era? Esa era la profecía que la Bruja del Río me había explicado una y otra vez.

El Amante era Bale. El Ladrón era Jagger. El Pensador era Kai. El Rey era mi padre. La corona era lo que estaba en juego, y la sorpresa era la profecía.

—¿Cómo acaba?

—Solo son seis cartas por tirada —espetó la bruja.

—Dímelo. Pon otra carta sobre la mesa.

—No tengo nada más que decirte. Las cartas ya han hablado. Es el punto final de su historia. El resto, depende de ti. Y de los destinos.

Sacudí la cabeza.

—Gerde, dale otra moneda.

Aquella mujer me estaba sacando de quicio.

Gerde me lanzó una mirada fulminante.

—Es hora de irse, Sasha —murmuró con voz amable.

—¿Quién es Sasha? —empecé, pero luego caí en la cuenta de que, por supuesto, no podía llamarme por mi nombre real.

Pero no podía irme justo entonces. Las cartas de la bruja estaban narrando mi historia. Tal vez podían darme alguna pista de lo que se avecinaba, de mi futuro, de lo que debía hacer.

—No pienso irme hasta que me lea el futuro.

—Sí, sí vas a irte. De hecho, las dos vais a iros ahora mismo —dijo una voz furiosa a nuestra espalda. Era Kai. Lanzó una moneda a la bruja, nos agarró del brazo y nos sacó de la aldea casi a rastras. Detrás de aquella sonrisa tan forzada, su expresión era furibunda.

Cuando llegamos al barco, Kai se puso como una fiera.

—¿En qué diablos estabais pensando? —preguntó de camino al cubículo—. Os podrían haber pillado. Alguien os podría haber reconocido. Ha sido estúpido e imprudente...

—Claro, y tú nunca te comportas así —repliqué entre dientes.

Kai enmudeció y se marchó echando humo por las orejas.

Yo también notaba un ardor en las mejillas.

17

Aunque a mí me había parecido una rabieta, lo cierto es que el enfado de Kai estaba más que justificado. La Bruja del Río entró en el cubículo hecha un basilisco. No imaginaba a una criatura acuática más furiosa que ella. Sus tentáculos no dejaban de retorcerse, formando así enormes charcos a su paso. Pero lo que me sorprendió no fue su aspecto ni su expresión de rabia. El agua del exterior se había enturbiado, señal inequívoca de que estaba preparando una tormenta. La corriente había dejado de ir río abajo y había empezado a moverse en círculos. Advertí el destello de algún rayo y oí los truenos a lo lejos.

—Tu escenita de anoche en la aldea no pasó desapercibida. La gente ya ha empezado a hablar sobre el futuro de una chica que encaja con la profecía del rey. Como imaginarás, al rey le ha faltado tiempo para enviar a su Esbirro a buscarte. Y, por supuesto, ya habrá encomendado a todas las bestias de nieve, y a cualquier otro monstruo maligno a su cargo, que te encuentre. No nos queda tiempo. Las auroras se apagarán pronto, y aún no estás preparada —dijo con voz fría.

«¡No tengo ninguna intención de seguir aquí cuando llegue el Eclipse!», me habría gustado gritarle. Pero, de repente, con la misma rapidez que se había presentado en la habitación, se marchó. Por suerte, la tormenta desapareció con ella. Y el sol y las auroras regresaron.

Miré a Kai, agradecida de que la tormenta se hubiera disipado. Y justo en ese instante me vino el recuerdo del beso a la memoria. Sentía una mezcla de sentimientos: vergüenza, miedo y asombro. Él actuaba como si no hubiera pasado nada. Yo esperaba, al menos, algo de empatía por su parte. Pero no encontré nada de eso. Y Gerde no nos había dejado a solas ni un segundo, así que no le había podido preguntar nada. Aunque, a decir verdad, tampoco habría sabido muy bien qué decirle.

Kai me dedicó una media sonrisa y después dijo que necesitaba ir a comprar un par de cosas. Kai no era una persona muy sonriente. O, al menos, no conmigo.

Gerde rompió ese momento de intimidad al preguntar:

—¿Y la bruja?

—No creo que quiera acompañarnos —respondió Kai, desafiante.

La noche anterior, el propio Kai nos había montado un numerito por haber salido del cubículo. Y ahora que la bruja nos lo había prohibido, había cambiado de opinión. Aunque hubiera dicho que el cielo era azul, él le habría llevado la contraria.

Gerde, que por lo visto estaba indecisa, echó un vistazo a las auroras y dijo en voz alta lo que en ese momento estaba pensando.

—A lo mejor es por la niebla de la Bruja del Río, pero me da la sensación de que hoy brillan menos.

—Tendremos cuidado, Gerde —dije.

Ella asintió con la cabeza, pero no apartó la mirada del cristal. Tal vez estaba notando la presión de las auroras. Había afirmado en más de una ocasión que deseaba que el reino cambiara y, quizá por eso, quería disfrutar de ciertas cosas mientras pudiera.

—No la había visto tan enfadada desde el día en que subí a Gray a bordo del barco.

—¿Gray?

—El león —respondió Kai.

Ah, claro, el león de la colección de animales de Gerde. Solté una carcajada un pelín exagerada. Recordaba aquella sensación del psiquiátrico. Cada vez que alguien imponía una norma nueva, las ansias de saltársela eran casi palpables. De repente, algo que jamás te habías planteado hacer se convertía en una obsesión.

Pese a la advertencia de la bruja, o quizá por culpa de ella, decidimos ir al mercado de una ciudad lo bastante grande como para que nadie se fijara en nosotros. Y, por lo visto, íbamos en algo llamado hopper.

El hopper resultó ser una mezcla extraña entre una motocicleta, un coche y un trineo. Gerde y yo nos acomodamos al lado de Kai y una cúpula de cristal se deslizó sobre nuestra cabeza, como el techo de un deportivo descapotable. El asiento que ocupamos las dos era solo para una persona, pero Gerde era muy menuda, así que cupimos sin problemas. Llevaba la capa de la Bruja del Río como abrigo. Después de la fatídica noche con Kai, la había dejado en mi habitación y allí seguía. Me extrañó que la bruja no la hubiera cogido.

—Espera a ver el mercado. En Estigia venden magia —dijo Gerde, que no dejaba de saltar de alegría.

Pensé en el vial que Jagger había sacado de su bolsita de cuero, mientras nos perseguían. Tal vez podría comprar uno de esos en el mercado. Ese tipo de pócimas podrían irme de maravilla si, en algún momento dado, Bale y yo teníamos que salir pitando de allí.

—Son embaucadores —murmuró Kai, sin girarse—. Eso es lo que son. No te acerques a ellos.

Gerde puso los ojos en blanco y no pude evitar soltar una risita. Eran dos polos opuestos. Gerde era una apasionada de la magia, en todas sus formas. En cierto modo, la magia la había salvado. Kai, en cambio, ni se molestaba en disimular lo poco que le gustaba. Aunque, para ser justos, no se molestaba en disimular nada. Sin embargo, el comentario no pareció ofenderla porque sonreía de oreja a oreja.

—Entonces ¿nunca compras magia? —le pregunté a Kai, tratando de entablar conversación.

Quería que me mirara. Que me respondiera. Me preguntaba si el beso de la noche anterior había cambiado algo entre nosotros, pero, de ser así, él no lo estaba demostrando. Era como si se hubiera puesto de nuevo su coraza anti-Snow. Ni siquiera me miró por el rabillo del ojo.

A lo mejor, para Kai, un beso era solo eso: un beso. Aunque fuera frío, no dejaba de ser un simple beso. Pero para mí, no era solo eso. Antes, la única persona que me había gustado, que me había apetecido besar, había sido Bale. Estaba hecha un lío y no sabía qué pensar.

Kai dio una patada a ese artilugio, que respondió con un ronroneo, como si fuera un gato. Empezamos a avanzar sobre el hielo y, poco a poco, nos fuimos alejando del cubículo.

Condujimos el hopper hasta los suburbios de Estigia, donde Kai decidió apagar las luces y aparcar.

—No está muy lejos, pero deberíamos ir a pie —dijo Gerde con tono alegre, como si estuviera pasándoselo en grande.

Kai le lanzó una mirada de «relaja ese entusiasmo», pero ella le ignoró por completo.

Gerde nos llevó hasta un túnel que conectaba con el centro de la ciudad.

Se metió la mano en el bolsillo y sacó una planta que brillaba en la oscuridad; Kai, por su lado, cogió una linterna de pilas del hopper. Un método mucho más efectivo, desde luego. Me pegué a Kai, aunque admito que me sentí un poco culpable por abandonar a Gerde con su plantita luminiscente.

—¿Qué es este sitio? —pregunté.

—¡Shh!

Kai acababa de mandarme callar. Estuve a punto de abofetearle por ese gesto tan grosero, pero entonces iluminó el techo con la linterna. Oí un extraño aleteo y pensé en los asquerosos pájaros de Gerde.

—Mira hacia arriba.

El techo de aquel túnel estaba a rebosar de murciélagos. Había cientos de ellos.

Kai me empujó hacia la pared. Luego se acercó a Gerde y también la empujó hacia delante, como si fuera la encargada de protegernos. Pero lo más raro de la situación fue la reacción de Gerde.

—Por favor, dejadnos pasar —rogó a los murciélagos.

Los murciélagos chillaron al mismo tiempo, respondiendo así a Gerde. Si me hubieran explicado algo así una semana antes, habría creído que era una ridiculez. Ahora, sin embargo, no me pareció ninguna tontería. Supongo que ya había empezado a acostumbrarme a la magia.

Gerde asintió con la cabeza y cogió a Kai de la mano. Y luego él entrelazó la suya con la mía. Era evidente que nuestra intrusión había molestado a los murciélagos, pero, de repente, batieron las alas y nos dejaron solos. Cuando llegamos a la otra punta del túnel nos dimos cuenta de que estaba anocheciendo.

—Los túneles están reservados para la realeza —explicó Gerde—. Todos los espacios públicos tienen una salida secreta para el rey.

Salimos del túnel y, como por arte de magia, aparecimos en la ciudad. Kai no me soltó la mano de inmediato. Esperó unos segundos y después giró la palma para mostrarme una profunda cicatriz que tenía en el dorso de la mano. Y luego se apartó.

Gerde había salido disparada calle abajo, así que no se dio cuenta de nada.

—Esto me lo hizo Gerde cuando éramos niños. Ella se convirtió en… eso, y no fui capaz de encerrarla en la jaula a tiempo.

—¿Y por qué me enseñas la cicatriz ahora? —le pregunté mientras me imaginaba a la pobre Gerde encerrada tras las barras de la jaula que había visto en la casa árbol.

—Su intención no fue hacerme daño. Igual que tú tampoco pretendías hacerme daño anoche. Gerde, tú y la Bruja del Río creéis que es magia. Pero también es una cuestión biológica. A lo mejor la magia es solo una cura temporal.

—¿Por qué me estás contando todo esto?

—Porque alguien debería hacerlo. Porque no tienes que cargar con este peso el resto de tu vida. Vayas donde vayas, estés donde estés, beses a quien beses…, deberías saberlo.

No supe qué decir, pero, por lo visto, Kai no esperaba que dijera nada. Siguió avanzando y yo le seguí. Todavía no había descubierto si el beso le había importado algo. Tampoco qué había significado para mí. Pero tenía razón. Congelarle con un beso había sido tan peligroso como paralizar a Magpie en Whittaker. Había perdido el control. El beso con Bale, sin embargo, era otra historia.

En la entrada de la ciudad se alzaba un arco de piedra construido de una sola pieza. Tras él se apiñaban un montón de edificios de color negro mate, como el carbón. Aquella ciudad no se parecía en nada a la aldea congelada por la que había pasado con Jagger ni al pueblecito que había visitado con Gerde.

Los edificios parecían olas congeladas en el tiempo y en el espacio. Tan solo las ventanas de cristal que perforaban la fachada demostraban que eran casas construidas por humanos, y no un fenómeno sobrenatural. Me acordé de un detalle curioso: los colores oscuros absorben el calor. ¿Tal vez estuvieran diseñadas para absorber el calor del sol? A lo mejor toda la ciudad estaba construida de este modo. Una muralla no muy alta rodeaba la ciudad. Cada dos pasos había un caldero con fuego. La puerta estaba abierta de par en par y por ella entraba y salía un montón de gente. Los hombres que flanqueaban la entrada llevaban uniformes tan rígidos que parecían estar agarrotados. Y, para mi sorpresa, eran de color azul cielo. Las mujeres de aquella ciudad llevaban pantalones y corsés decorados con discos circulares. Los hombres también llevaban una malla parecida sobre el torso, como si fuera una armadura, una armadura contra el frío.

Me pregunté si el anillo de fuego que acordonaba la ciudad servía para espantar y mantener alejadas a todas las bestias que merodeaban por el bosque.

Atravesamos la puerta y llegamos a una gigantesca plaza que, en realidad, no era una plaza, sino una serie de círculos conectados entre sí; cada uno de ellos estaba destinado a una actividad diferente. Los niños jugaban en una especie de parque hecho de hielo; el tobogán parecía sacado de un parque de atracciones. Era altísimo.

Sobre el suelo de la plaza, por llamarlo de algún modo, no había ni un solo copo de nieve. En el centro se alzaba un escenario. A su alrededor advertí una especie de anillo de piedra roja.

A medida que nos íbamos acercando empecé a dudar de si había sido buena idea ir hasta allí.

Al final, resultó que la capa de la bruja me fue de perlas. Con ella puesta, pasé totalmente desapercibida, aunque no dejaba de gotear agua. Nadie se fijó en nosotros. Tal vez la capa también era mágica y contenía algo de invisibilidad. El centro de aquel pueblo era cinético. No había nadie quieto. Todos parecían dirigirse a algún lugar. Hasta entonces, toda mi vida se reducía a terapia individual, comidas en grupo y tiempo libre en la sala de juegos. Jamás había estado rodeada de tantísima gente. Y todos estaban muy cerca, demasiado cerca. Y se movían muy rápido. De pronto, me entró un mareo y deseé tirarme al suelo y abrazarme las rodillas.

Empecé a tararear una canción en voz baja. Alguien pasó por mi lado y rozó mi capa con el codo. Se apartó de inmediato y me pareció oír una disculpa. De acuerdo, no era del todo invisible.

Por suerte, vi un agujero en mitad de la muchedumbre y fui corriendo hacia él. Necesitaba un poco de aire.

Por extraño que parezca, daba la sensación de que aquellos edificios oscuros estuvieran absorbiendo los gritos y las risas de los niños.

¿Dónde iba toda esa gente? ¿Qué hacía? ¿Estaría a salvo ahí dentro?

Un carruaje negro se abrió camino entre el gentío. El caballo, adornado con los colores de la ciudad, trataba de avanzar a pesar del peso con el que cargaba.

La plaza estaba repleta de puestecitos que vendían verduras y frutas que jamás había visto antes. Una fruta de color azul grisáceo de una de las cestas me llamó muchísimo la atención. También reconocí manzanas, pero eran de color violeta, como los árboles. Al lado había un montón de cerezas del mismo color que un plátano. Gerde contemplaba embobada toda aquella fruta. Abrió las aletas de la nariz e inspiró hondo. Sabía que su fruta era mejor que la de ese mercado.

También había puestos con todo tipo de ropajes, y otros que vendían joyas de hierro forjado.

Sin embargo, había una caseta distinta a las demás. Estaba bañada en oro y recubierta de joyas. De joyas de verdad. A su alrededor se había apiñado bastante gente, así que no pude evitar acercarme para echar un vistazo.

—Ignóralos —me advirtió Kai—. Son embaucadores.

En ese momento, el vendedor estaba ofreciendo unas botellitas de cristal de todos los colores imaginables a cambio de un puñado de monedas de plata.

Las chicas que le ayudaban llevaban vestidos hechos de plumas. Me fijé en una de ellas. Tenía el rostro completamente maquillado. Su melena, de color verde pálido, era tan sorprendente que me entraron ganas de tocarla. Quizás había llegado el momento de cambiar de color de pelo. Ella también me miró y me pregunté qué debía de pensar de mí; no llevaba ni una sola gota de maquillaje, solo la capa de escamas que me había regalado la bruja. A lo mejor una chica como ella no perdía un solo segundo en personas como yo.

De pronto, la chica con la cabellera de sirena sacó una flor. Era una orquídea que se estaba marchitando, o eso parecía. Entonces cogió una botella de color verde y tiró una gota al suelo. Las otras chicas suspiraron, impacientes. Un segundo más tarde, la flor se reavivó. Los pétalos se volvieron radiantes, coloridos. De hecho, habría jurado ver que crecía. Nadie parecía tan asombrado como yo. Era magia.

Magia. La palabra retumbó en mi cabeza. Lo que siempre había juzgado como imposible ahora era posible.

Había visto con mis propios ojos la poderosa magia de la Bruja del Río, pero jamás me había imaginado que gente normal y corriente pudiera tener acceso a ella. De todos modos, no estaba segura de que aquello fuera magia de verdad o un burdo truco, como me había avisado Kai.

El numerito de la flor no impresionó al cliente, que no dejaba de regatear el precio.

—Pero ¿la curará? —exigió saber.

—Hará lo que tú quieras que haga —respondió la chica, pero en cuanto las palabras salieron de su boca, vi que cruzaba los dedos tras la espalda.

El tipo agachó la cabeza y contó el dinero que tenía. Y, en ese momento, la chica se giró y me guiñó un ojo.

No quería ver cómo acababa aquella transacción. Si era mentira, prefería no saberlo. Y si la chica estaba intentando aprovecharse de la desesperación del pobre hombre, no quería presenciarlo. Pero antes de que me diera media vuelta, la chica volvió a mirarme.

—¿Quieres comprar algo? —preguntó, tanteándome.

Me marché sin contestarle.

Oí que me rugía el estómago. Estaba muerta de hambre, así que, casi sin querer, me dirigí hacia el puestecillo de fruta. La propietaria, una mujer muy corpulenta, estaba distraída mirando la orquídea que, en ese momento, había alcanzado el toldo de la caseta.

Me apetecía probar una de aquellas diminutas manzanas azules. Miré a Gerde, pidiéndole en silencio unas monedas. Ella rebuscó en el bolsillo de su vestido y, en ese momento, sonó un chirrido muy agudo. Me di media vuelta, convencida de que me habían pillado, de que alguien me había reconocido. Gerde debió de pensar lo mismo, porque enseguida se colocó delante de mí, como si quisiera protegerme.

Sin embargo, nadie me estaba mirando. Ni a mí ni a Gerde. El escándalo provenía del centro de la plaza del mercado; en concreto, de una tarima. Todos los ojos estaban puestos en ella.

Un guardia vestido de azul estaba sujetando a un muchacho por la muñeca. Una mujer salió escopeteada hacia el chico. Tenía la cara desencajada.

¿Qué había hecho? Por el rabillo del ojo, miré a la mujer del puesto de fruta. Ella también tenía la mirada clavada en el guardia y el chico.

Y justo entonces un tipo atractivo y adusto apareció en la tarima y se colocó junto a la mujer. Aquel retrato familiar me dejó paralizada unos segundos. Me recordó la historia que me había contado la Bruja del Río sobre mis padres.

—No quería hacerlo. Por favor —rogó la mujer al guardia.

—¿No hay nada que podamos hacer? —preguntó el tipo. Se metió la mano en el bolsillo, como si estuviera planteándose sobornar al guardia—. Castíganos a nosotros —ofreció.

—No es más que un niño —añadió la mujer.

El muchacho miró a sus padres con expresión de preocupación y de terror. Se había metido en un buen lío.

¿Qué había hecho?

No podía tener más de diez años. Estaba lejos de la tarima, pero, aun así, vi que estaba muerto de miedo.

En Whittaker, cada vez que hacía una trastada o me saltaba las normas, notaba un malestar en el estómago. Sabía que me esperaba un castigo ejemplar, aunque, en realidad, las enfermeras corrían mayor riesgo que yo. A juzgar por la mirada de ese chaval, lo que le esperaba iba a ser mucho peor.

—Deberías haberlo pensado antes de contarle esa historia —dijo el soldado.

—Tienes razón. Es culpa mía y solo mía. Castígame a mí. Me lo merezco —se ofreció la madre de nuevo, y trató de colocarse delante de su hijo.

—Por favor —suplicó el padre en voz baja.

—Estaba difundiendo la historia. Le he pillado contándosela a otros niños, y les ha jurado y perjurado que ella ha regresado. Ya conocéis la Ley del Rey. Nadie puede hablar de la princesa. Decir que está viva se considera traición.

—No es más que un cuento de niños, como el hombre del saco —justificó el hombre en un intento de defender a su hijo.

De pronto, una sombra oscureció el rostro del guardia.

A lo lejos se oyó el sonido metálico de armaduras.

Todo el mundo se dio media vuelta y se hizo a un lado, creando así un pasillo en mitad de la plaza.

Un tipo ataviado con una armadura negra avanzaba con paso firme por aquel pasillo improvisado. Era imposible distinguir el color de su mirada a través del casco, pero me pareció ver que tenía los ojos negros.

—Es el Esbirro —respondió Gerde después de que le tirara de la manga—. Dicen que el rey puede ver a través de sus ojos.

Me puse la capucha de la capa de la bruja. Lo último que quería era que el Esbirro me mirara con esos ojos color carbón.

—Canta esa cancioncita para el Esbirro —ordenó el guardia mientras el desconocido caminaba hacia la plataforma.

El pobre crío se echó a llorar.

—No te lo estoy pidiendo, chaval —insistió el guardia. Sacudió al muchacho y la madre no pudo contener más el llanto.

La plaza del mercado, que hasta hacía unos segundos era un bullicio de gritos y ruidos, había enmudecido. Todo el mundo observaba el espectáculo en silencio.

El niño se aclaró la garganta y empezó a cantar:

> Ella lleva nieve allá donde va,
> creen que se ha ido, pero todos sabemos
> que regresará.
> Reinará en su lugar,
> derribará el mundo sobre su cabeza.
> Oh, vuelve, Snow, vuelve…

Al muchacho le temblaba la voz mientras cantaba.

Y entonces, por enésima vez desde que me había fugado de Whittaker, sentí que el miedo se apoderaba de mí. Aquella canción iba sobre mí, y el pobre niño iba a morir por cantarla. No podía creerlo.

—Deberíamos irnos —me susurró Kai al oído—. Ahora mismo.

Pero la escena que estaba presenciando me tenía completamente fascinada. La espada del Esbirro se iluminó y, sin mediar palabra, miró al chico y después al soldado.

—Nos aseguraremos de que no vuelva a hablar. Ese será su castigo —declaró el guardia—. Vuestro hijo aprenderá la lección. Y vosotros, también —dijo, y de inmediato soltó una carcajada. Sin embargo, la figura con la armadura negra no mostró ningún tipo de emoción.

Estaba aterrorizada, por el crío y por mí misma.

Cerré los ojos e intenté serenarme. Pero, en el centro del pecho, sentí un ardor.

—Snow —susurró Kai.

En su voz reconocí nervios y urgencia. Estaba protegiendo a Gerde, y quizá también a mí. Pero ¿cómo podía hacerlo con lo que estaba sucediendo delante de nuestras narices?

—Tenemos que salir de aquí.

Sin embargo, yo no podía dejar de mirar al niño. Estaba aterrado. La ira desterraba el miedo. Iban a hacer daño a ese niño inocente y, a pesar de toda la gente que se había reunido allí, nadie, ni una sola persona, se iba a atrever a protestar o a enfrentarse al guardia. Me daba lo mismo quién fuera el Esbirro. No tenía ningún derecho a hacer algo así. «No pienso permitir que haga algo así.»

Di un paso al frente… y, de repente, una persona de entre la muchedumbre gritó.

Y el público pareció enloquecer. Todo el mundo echó a correr, empujando a todo aquel que se entrometiera en su camino. Algo no andaba bien. Miré al suelo y vi que, a mi alrededor, se estaba formando una línea de témpanos de hielo muy afilados. Yo había provocado eso. Sin pensarlo. Y sin saberlo. Aunque no me arrepentía, la verdad.

—¡Está aquí! Está aquí… ¡El rey Snow está aquí! —gritó alguien.

Pero no había sido él, sino yo.

La multitud, hasta entonces muy organizada, se disolvió en un caos absoluto.

Kai me cogió del brazo.

—No hay excusas que valgan. Nos marchamos.

—¿Y el niño? —protesté.

—Al niño no le va a pasar nada —respondió Gerde, y señaló la tarima del mercado. Pero en su voz noté emoción. A ella también la había afectado la escena.

Los padres del muchacho vieron la oportunidad perfecta para escapar, y así lo hicieron. La mujer se acercó a su hijo y le susurró algo al oído. El niño vaciló durante unos segundos y después salió disparado hacia la muchedumbre.

—¡Cogedlo! —ordenó el soldado.

Creía que el Esbirro perseguiría al chico, pero no se movió. Ladeó la cabeza y me miró. Me había cazado. Se había dado cuenta de que había sido yo quien había creado el hielo.

«Ha descubierto el pastel», pensé para mis adentros.

—Kai tiene razón —murmuró Gerde, que, por primera vez, parecía asustada.

Él me observó durante unos segundos y luego tomó la delantera.

—Por aquí…

Negué con la cabeza. Seguía con la mirada clavada en el Esbirro. Él también me miraba fijamente y, tras unos segundos, bajó de la plataforma.

Gerde abrió los ojos como platos.

—No puedes hacerlo.

—¿Hacer qué? —preguntó Kai.

Gerde se colocó delante de mí para cerrarme el paso e ignoró por completo a Kai.

—Es demasiado peligroso. Así no le encontrarás. Te matarán.

—¿Encontrar a quién? —preguntó Kai, con otro tono.

Apoyé las manos en los hombros de Gerde.

—Sabes que tengo que irme. Tal vez no tenga otra oportunidad —le supliqué en voz baja.

—¿Alguien puede explicarme qué diablos está pasando? Si nos quedamos aquí, moriremos aplastados y pisoteados —soltó—. O peor, capturados.

—A la Bruja del Río no va a hacerle ninguna gracia. Y

lo sabes —respondió ella, y miró a Kai en busca de apoyo, pero él estaba tan furioso que echaba chispas. A nuestro alrededor, la gente seguía corriendo de un lado para otro, pidiendo clemencia mientras los copos de nieve empezaban a caer del cielo—. Ha venido a encontrar al chico que ama. Se llama Bale y creemos que está en manos del rey Snow.

La cara de Kai era una máscara indescifrable. Me miró a mí, después a Gerde y después a mí de nuevo. Y entonces agachó la cabeza y vi un destello de emoción: humillación, sufrimiento. Me dolió verle así, pero el tiempo se estaba acabando y tenía que irme. No quería despedirme de Kai así, pero había llegado el momento. Era entonces o nunca. O la gente empezaría a darse cuenta de dónde venía todo ese hielo.

—El Esbirro puede llevarme directamente a Bale. Eso fue lo que Jagger me dijo.

—Pero la Bruja del Río te prometió que te ayudaría a encontrar a Bale —protestó Gerde.

La línea de témpanos había empezado a elevarse hasta formar un muro. Me estaba enfadando y el Esbirro cada vez estaba más cerca.

—La bruja promete muchas cosas —dijo Kai, y posó una mano sobre el hombro de Gerde.

No me miró, pero agradecí que me echara una mano. O tal vez lo hacía para salvar su culo, y el de Gerde, y no por mí. Por fin me apartaría de su camino y dejaría de molestarle.

¿Me estaba ayudando por el beso? ¿Quería que desapareciera del mapa porque no sentía nada en absoluto por mí? ¿O justo por todo lo contrario, porque había empezado a sentir algo por mí?

—No pienso huir —dije con determinación—. Ahora no. Así que podéis quedaros y luchar o dar media vuelta y salvaros.

—No voy a permitir que hagas esto —replicó Kai; los dos teníamos los ojos puestos en el Esbirro.

Gerde y Kai cruzaron las miradas. Ambos habían sacrificado muchísimo por el secreto de Gerde.

—Gerde, no… —suplicó él, adivinando lo que ella pretendía.

—No dejaré que te enfrentes a él tú sola —interrumpió Gerde, que, en un abrir y cerrar de ojos, se transformó en una bestia.

Las plumas afiladas y un pelaje animal le rasgaron el vestido y se echó al suelo, arqueando la espalda como un gato. Soltó un alarido espeluznante antes de saltar y aterrizar justo delante del Esbirro, para impedirle que diera un paso más.

18

El Esbirro alzó su hacha y la dejó caer con todas sus fuerzas sobre Gerde, pero ella logró esquivar el golpe con un movimiento ágil y rápido. Aterrizó sobre sus cuatro patas, mostrando los dientes y con todos los músculos tensos.

Kai salió disparado hacia el hopper, la única arma que en ese momento tenía al alcance. A diferencia de Gerde y de mí, la magia no podría salvarle.

El Esbirro me lanzó una mirada glacial. Gerde no había logrado disuadirle y seguía avanzando mecánicamente en mi dirección, hundiendo sus pies en la nieve.

Recordé lo que Gerde había dicho; el rey Snow podía ver a través de sus ojos. Y, en ese momento, me vinieron a la memoria las campeonas de Gerde y de la Bruja del Río. ¿El Esbirro era humano? ¿O era el campeón del rey, un hombre de hielo protegido por una armadura impenetrable?

No me quedaba otra alternativa que invocar la nieve. Así que cerré los ojos, me concentré y desaté una ráfaga de balas de cañón congeladas. Mientras mis balas alcanzaban su objetivo, una suave capa de escarcha empezó a formarse a mi alrededor.

El Esbirro se tambaleó, pero reconozco que me quedé sorprendida al ver que recuperaba el equilibrio y continuaba avanzando hacia mí. Gerde volvió a arremeter contra el Esbirro, pero él ignoró todos sus ataques, porque, al parecer, era inmune a ellos. De pronto, ella se desplomó sobre la nieve y dejó escapar un gemido. Un instante más tarde, su cuerpo recuperó su forma humana. Estaba desnuda y tiritando sobre un montón de nieve. El Esbirro le había hecho daño.

Corrí a su lado. Ella se revolvió. A lo lejos, oí el motor del Hopper. Kai estaba de camino.

Si quería que el Esbirro me llevara hasta Bale, primero tendría que derrotarle. Pero ahora lo que deseaba era matarle.

Gerde parpadeó y, durante unos instantes, abrió los ojos. Y luego volvió a cerrarlos. No estaba consciente, pero al menos seguía con vida. Me sentí aliviada, pero también culpable.

«¿He cometido un error? ¿De veras puedo hacer esto?» Me pregunté si, debajo de aquella armadura siniestra, el Esbirro tendría miedo. Y después me pregunté si tendría algún tipo de sentimientos.

Lancé una serie de carámbanos a modo de lanza y clavé al Esbirro contra un árbol. Pero, por supuesto, bajar la guardia me iba a pasar factura; en ese preciso instante, apareció toda la caballería.

Un ejército de bestias de nieve nos había rodeado. Rechinaban los dientes mientras arañaban el suelo con sus garras.

—Gerde, levántate —ordené.

Pero ella no respondió.

Invoqué una avalancha y la arrojé sobre las bestias: barrió a todas las criaturas. La ola de nieve pasó por encima de la plaza y desapareció por el horizonte. Eché un vistazo y solo vi huesos, trozos de hielo y escombros tirados por el suelo.

Solté un suspiro de alivio, pero había cantado victoria antes de tiempo.

Los pedazos de las bestias empezaron a desenterrarse y, a cámara lenta, se fueron arrastrando por el suelo hasta encontrarse, como gotas de mercurio agrupándose. Y entonces oí algo metálico estrellándose contra el hielo. Era el Esbirro, que había logrado soltarse del árbol.

Se movía rápido. Más rápido de lo que la armadura debería permitirle. Aquella velocidad no podía ser normal. Tenía que ser mágica.

Utilicé una ráfaga de aire polar para derribar un árbol y barrarle el paso. Eso me daría un par de segundos para escapar. La capa de la Bruja del Río rozaba la nieve. Estaba en desventaja y, con toda probabilidad, había consumido gran parte de mi magia. Oía el sonido metálico del filo de su hacha cortando la madera. Aquel tronco no contendría al Esbirro mucho más tiempo. No miré atrás y eché a correr.

Sin embargo, en cuestión de segundos, él me alcanzó y alargó su mano, enfundada en un guante de malla negra, para agarrarme. Tras él se oían los aullidos de los animales. Las bestias de nieve habían vuelto a cobrar vida.

Pero también oí el chirrido del hopper mientras atropellaba a varias bestias de nieve.

—Gracias, Kai —susurré.

Oía el motor del hopper, pero no lograba ver a Kai. ¿Qué estaba ocurriendo? ¿Le habrían atropellado a él?

Alargué el cuello y traté de ver qué estaba sucediendo, pero el Esbirro me tapaba. Tenía su mano a apenas unos milímetros. Me aparté, pero él fue más rápido que yo. Me cogió y le asesté una patada, pero el gesto me desequilibró a mí en lugar de a él. Noté un dolor indescriptible en los huesos del pie, justo donde le había dado. El Esbirro me dio media vuelta para que le mirara a los ojos.

Los ojos del Esbirro eran dos agujeros negros. Daba la sensación de que debajo de aquella armadura negra solo había oscuridad.

Le escupí y forcejeé para librarme de él. Aún no sé cómo lo hice, pero conseguí que me soltara. Al echarme hacia atrás, perdí el equilibrio y me caí de espaldas, pero, por suerte o por arte de magia, apareció una suave capa de nieve que amortiguó mi caída.

Alcé las manos, con las palmas mirando hacia arriba, y

le arrojé un proyectil de hielo. El Esbirro levantó el hacha y con una destreza pasmosa partió mi proyectil por la mitad. Los dos trozos cayeron sobre el suelo sin hacer ruido alguno.

No podía ganar. Me concentré en el suelo que le rodeaba. De pronto, empezó a soplar una brisa que, en cuestión de segundos, se volvió huracanada.

Aquella bestia aguantó el embate del viento con un estoicismo sorprendente. Seguía empuñando el hacha y no parecía dispuesta a soltarla. En un momento dado, vi que la levantaba, dispuesto a cortarme en dos, y entonces el ciclón que había creado bufó con una fuerza sobrenatural. El hacha salió volando de sus manos y el remolino que había creado se la tragó. Al Esbirro le había llegado su turno. La tormenta lo absorbió y la criatura de la armadura desapareció en un remolino de nieve.

Me sacudí la capa y me puse de pie. La capa de nieve era bastante gruesa, así que los pies se me hundieron unos centímetros.

Podría haber invocado un tornado para escapar de allí en lugar de enfrentarme al Esbirro. Debería haberlo hecho. Pero necesitaba averiguar cómo podía defenderme. Y necesitaba averiguarlo porque, cuando por fin encontrara a Bale, sabía que el Esbirro volvería a cruzarse en mi camino. Oí el sonido de unas botas pisando el hielo. La batalla aún no había terminado.

Sabía que era el Esbirro. Venía a por mí. La situación me recordó a las películas de superhéroes que había visto por televisión. Los villanos no morían nunca. Siempre se las apañaban para volver a atacar. Lo mismo ocurría en *The End of Almost*. Un personaje podía despeñarse por un acantilado, caer en coma y resucitar.

Sin pensármelo dos veces, le lancé otro tornado, pero no fue suficiente. Su silueta oscura siguió avanzando entre la tormenta.

Aún no logro explicármelo, pero esa vez su armadura parecía repeler mi nieve. No le rozó ni un solo copo de nieve. Intenté inmovilizarlo con un bloque de hielo, pero se fundió en un santiamén, como si el Esbirro estuviera protegido por un campo de fuerza.

Le arrojé varios puñales de hielo, pero ninguno logró alcanzarle.

Aquella bestia logró acortar distancias y, al cabo de unos segundos, se plantó a apenas unos centímetros de mí. Levantó la mano y el hacha apareció de la nada en el cielo. Tras dar varias piruetas en el aire aterrizó en su mano como si fuera un bumerán. Él empuñó su arma de guerra y bajó el brazo.

Noté que mis zarpas de hielo empezaban a salir. Cogí impulso y le abofeteé con todas mis fuerzas. Le arañé el caparazón metálico con mis uñas de hielo; aunque no pude perforar el metal, sí le dejé una marca. En el brazo, justo donde había intentado clavarle las garras, habían quedado cinco líneas irregulares.

No iba a quedarme de brazos cruzados, así que le asesté otra patada, pero él se hizo a un lado y perdí el equilibrio.

El Esbirro no desaprovechó el momento y, en un abrir y cerrar de ojos, se abalanzó sobre mí. Tiró el hacha, me agarró por las muñecas y me sujetó contra el suelo. Me había desarmado.

Sabía muy bien lo que estaba haciendo. Pero la criatura que tenía encima era mucho más grande y fuerte que yo. Observé los dos agujeros negros que tenía por ojos y me pregunté si de verdad el rey podía verme a través de ellos. Los ojos del rey…

—¿Me estás viendo, Lazar? —pregunté—. No te atreves a enfrentarte a mí tú solito, por eso me envías a esta cosa. Eres un cobarde…

Pero el Esbirro no contestó. Me estaba aplastando los brazos contra el hielo.

—Y tú... Tú no eres más que una marioneta en manos del rey. Ni siquiera me conoces... Le obedeces sin rechistar y haces todo lo que te pide... Primero con el niño, en la tarima... Y ahora conmigo... Eres un pusilánime, el peor de los cobardes...

«¿Qué se le estará pasando por la cabeza? ¿Es posible que debajo de esa armadura no haya nada, ni sentimientos, ni voluntad propia, ni ideas?», me pregunté. Cuando estaba en Whittaker, solía fijarme en los ojos vacíos y sin vida del resto de los pacientes; los observaba con detenimiento durante varios minutos y, aunque cualquier persona se habría sentido incómoda ante una mirada tan atenta, ellos estaban tan drogados que ni siquiera se daban cuenta. Pero a pesar del cóctel molotov de medicamentos, en su mirada siempre advertía algo..., un destello de luz en mitad de la oscuridad.

Busqué ese mismo destello en los ojos del Esbirro, pero todo lo que vi fue penumbra. Sin embargo, noté que ya no me apretaba con tanta fuerza como antes.

No era humano. Era imposible. Fuera lo que fuese, no podía morir.

Inspiré hondo y reuní todas las fuerzas que me quedaban para alargar el brazo y arañarle la cara. Mis garras de hielo dejaron una marca en el casco de su armadura; ahora, sobre la superficie de aquel metal mágico, se veían cuatro rasguños. El Esbirro me inmovilizó el brazo en medio segundo.

Era un monstruo sin alma, un peón del rey, nada más.

—¿Disfrutas con esto? ¿Te diviertes? ¿Tienes corazón? ¿O simplemente haces lo que él te ordena?

Él ladeó la cabeza, como si estuviera meditando lo que acababa de decirle. Y, de repente, empuñó el hacha y la levantó. No cerré los ojos.

Ordené a mi nieve que le congelara, pero no ocurrió nada.

Centré toda mi atención en los agujeros negros de su armadura. Y ordené a mi nieve que congelara lo que hubiera ahí dentro. El filo del hacha cada vez estaba más y más cerca.

«Mi vida no termina aquí, no así», me dije para mis adentros. Esperaba que la nieve me rescatara. Vi que una capa de escarcha recubría su armadura, pero enseguida se derritió. Y el hacha seguía bajando.

No creía en la profecía. Y tampoco creía que muriera allí. Ni que jamás volvería a ver a Bale.

No pestañeé. No iba a hacerlo porque pestañear era rendirse.

Era tirar la toalla.

«No pienso acabar así», me dije.

—Bale, vendré a por ti. Pase lo que pase. Encontraré el modo de llegar a ti —susurré, formando pequeñas nubes de vaho tras cada palabra.

Y justo cuando estaba a un milímetro de mi cara, el hacha quedó suspendida en el aire.

Pero no había sido yo quien la había frenado. Mi nieve no había congelado el hacha.

Había sido el Esbirro.

Soltó un gruñido gutural y enterró el hacha en un árbol. Primero me miró a mí, después al árbol y luego arrancó el hacha del tronco. Ladeó la cabeza. ¿Qué estaba haciendo? ¿Decidiendo si matarme o no?

Cerré los ojos y desaparecí envuelta en un tornado de nieve.

19

Mientras me alejaba del Esbirro, propulsada por mi nieve y el hielo, cerré los ojos y vi a la Bruja del Río.

Yo estaba en la orilla del río y ella me estaba haciendo señas desde lo más profundo de sus aguas. Me dijo algo que no logré comprender. Y aunque todos mis sentidos me gritaban que me marchara de allí, por algún motivo me moría de ganas de saber qué quería decirme. Me incliné sobre el agua y, en ese preciso instante, la Bruja del Río apareció de un salto. Sus tentáculos se enroscaron alrededor de mis piernas y de mis brazos, y me arrastró hasta las profundidades del río. Ahora la podía oír con perfecta claridad, aunque me hablaba entre susurros.

—Sabía que volverías a mí.

Y entonces la tormenta de nieve se disipó y me desplomé sobre un suelo frío y duro, muy duro. Sacudí la cabeza. Estaba en mitad de un bosque. Perdida. Pero al menos no había ni rastro del Esbirro. Los árboles, de color azul pálido, parecían estar guiñándome un ojo. Las auroras boreales se habían encapotado y teñido de un color malva plomizo, como si hubieran atestiguado nuestra batalla en tierra firme.

Me desahogué y solté una sarta de improperios que habrían sonrojado hasta a las auroras boreales y luego busqué un árbol sobre el que apoyarme. Mientras me examinaba el cuerpo en busca de heridas, me reprendí. ¿En qué estaba pensando? ¿Cómo había podido desafiar al tipo cuya misión en la vida era matarme? La había pifiado. Él era la clave para encontrar a Bale. No tenía ni la más remota idea de qué camino llevaba a la ciudad, ni cuál era el de vuelta al palacio del rey. Y estaba sola. Podía recurrir a la Bruja del Río; lo único que tenía que hacer era invocar un tornado de nieve que me llevara de nuevo a ella, a Gerde y a Kai.

—Bale, ¿cómo se supone que voy a encontrarte ahora? —pregunté en voz alta.

Noté un hormigueo en el brazo. Cuando aparté la capa de la bruja, me di cuenta de que las cicatrices, lo que según Kai era un mapa de Algid, se habían iluminado. Enseguida reconocí la ciudad. Y entonces recordé lo que Kai había dicho sobre el palacio del rey, que estaba en la esquina superior derecha del mapa. Me armé de valor. Yo podía conseguirlo. Podía resolver el asunto yo solita. Ya no necesitaba al Esbirro para nada.

Bajé la manga de la capa y empecé a caminar.

«Voy a buscarte, Bale.»

Caminé por la nieve durante horas. El hambre empezó a hacer mella en mí, aunque no el frío.

Y, en un momento dado, cuando creía que ya no podría dar un paso más, vi el palacio a lo lejos.

Contemplé aquella enorme fortaleza y traté de buscar una señal que me indicara dónde debían estar las mazmorras. Si a Bale lo habían tomado como prisionero, estaría allí. La telaraña de cicatrices seguía brillando con luz propia. Había encontrado el camino para llegar hasta allí y estaba segura de que, estuviera donde estuviera de Algid, sabría dar con el camino de vuelta.

Examiné el castillo. A través de una ventana, vi uno de los salones. En su interior, un hombre vestido con ropajes un tanto recargados estaba jugando al ajedrez con el Esbirro. Me quedé asombrada al ver que todavía llevaba la armadura puesta.

No podía ver la cara del hombre, ya que estaba de espaldas. Pero supuse que era el rey. El hombre que, según todo el mundo, era mi padre.

De repente, me quedé sin aliento. Sentí una punzada de dolor en el pecho. Tuve que apartar la mirada. Pegué la espalda en uno de los muros del castillo y cerré los ojos. Cuando volví a abrirlos, vi a la última persona que esperaba volver a ver: Jagger.

—¿Dónde te habías metido? —le pregunté, y le acaricié la cara, solo para asegurarme de que era de verdad y no una ilusión provocada por una sobreexposición a la nieve. Tenía la piel fría, pero muy suave.

—He estado por ahí. Yo también tengo mis trucos... —presumió—. ¿Me has echado de menos?

No me había dado cuenta de que seguía acariciándole la cara y enseguida aparté la mano.

—¿Por qué me dejaste sola? ¿Y cómo me has encontrado?

—Te vi con la Bruja del Río, pero no podía acercarme.

De pronto me entraron ganas de propinarle un puñetazo en la cara. Pero entonces esbozó esa sonrisa magnética que tanta confianza me transmitía. Aquel chico tenía un encanto personal increíble.

—¡Pensé que te habías ido! ¿En serio estabas espiándome? ¿Quién hace eso?

—Alguien que no quiere que la Bruja del Río le ahogue. Por cierto, felicidades por haber podido escapar de su ejército. Y por haber llegado hasta el castillo tú solita.

Me bajé la manga de la capa para intentar esconder mis cicatrices porque intuía que estarían más iluminadas que un árbol de Navidad.

—Bale está en algún lugar de ese castillo. Tenemos que sacarle de ahí.

—No, tenemos que irnos. Ahora.

—¿De qué estás hablando? Tú mismo me aseguraste que el Esbirro me llevaría hasta Bale. Y el Esbirro está ahí dentro. Voy a ir a por él. Con tu ayuda o sin ella.

—Sé que la Bruja del Río te ayudó a recuperar tu nieve. Pero ¿has pensado en una estrategia para esto? ¿Qué piensas hacer, derribar el castillo con la esperanza de que Bale sobreviva milagrosamente?

Llevaba razón. El Esbirro había estado a punto de matarme. La batalla me había dejado todo el cuerpo magullado, dolorido. Pero el golpe más fuerte no se lo había llevado mi cuerpo, sino mi orgullo. Y no estaba dispuesta a admitirlo, por supuesto, así que dije:

—¿Cuánto tiempo has estado espiándome exactamente?

—Eso da lo mismo. Te ayudaré a entrar en el castillo: yo y mi gente. Te lo prometo. Y liberaremos a Bale. Pero ahora mismo tenemos que irnos de aquí.

Noté aquel inconfundible remolino de rabia en mi interior. ¿Ese había sido el plan de Jagger desde el principio?

¿Quién había secuestrado a Bale? ¿El rey, o Jagger y sus camaradas?

Necesitaba una prueba de vida, algo que demostrara que Bale seguía vivo.

—Puedes desconfiar de mí si quieres, pero, por favor, hazlo cuando estemos a salvo porque ahora mismo el ejército del rey nos tiene a tiro.

—¿De qué estás hablando? —le solté, pero un segundo después la montaña de nieve que había detrás de Jagger explotó en un ejército de bestias de nieve. Había miles de ellas.

Me había acercado al castillo a pie y desarmada. Durante todo el camino, no había visto ni un solo guardia. El rey no los necesitaba, ya que la propia nieve que rodeaba su fortaleza constituía, en sí, una protección infranqueable.

Mis manos se transformaron en un par de garras en cuestión de segundos. En Whittaker había una pastilla que hacía desaparecer la sensación que tenía en ese momento. Se llamaba Aburrido, pero, en realidad, era Soso. Servía para neutralizar la ansiedad, esa horrible sensación que ahora mismo me comía por dentro. Era la misma sensación que me decía una y otra vez que jamás saldría de Whittaker. Y que en esos instantes me decía que no lo conseguiría, que no logaría hacer lo que quería y necesitaba hacer; había miles de bestias delante de mí, así que el camino que me podía llevar hasta Bale era imposible. La pastilla no hacía que las cosas fueran posibles. Tan solo atenuaba el deseo y la necesidad.

Y entonces, de repente, tuve una visión. Fue como sumergirme en un sueño, pero sin dormir. Seguía con los ojos abiertos, pero ya no veía a Jagger ni los alrededores del castillo. Me había transportado a una habitación oscura por la que se filtraba una luz en forma de triángulo. Pero la visión desapareció enseguida.

—Bale… No sé cómo hacerlo… He visto a Bale…

—¡Snow! Tenemos que irnos antes de que esto se ponga feo.

Jagger sacó un pequeño vial de color amarillo, igual que los viales mágicos que había visto en el puestecito del mercado.

—Esta vez no lo rompas —dijo, y me lo entregó—. Bébetelo.

No moví ni un solo músculo. Miré aquella diminuta botella y después a las bestias de nieve. Aún no había aprendido a controlar mi nieve y sabía que no sería capaz de enfrentarme a todos esos monstruos y después liberar a Bale, por lo que lo más sensato y lógico era dejar la batalla para otro día.

—Es una poción de teletransportación. Lo único que tienes que hacer es tomar un sorbo —insistió Jagger.

Nunca había intentado crear un tornado para dos. No tenía ni idea de lo que podía ocurrir si intentaba arrastrar a Jagger conmigo. Eché un vistazo al vial por enésima vez y, de repente, se me ocurrió una idea, una idea que me llenó de esperanza.

—¿Una poción como esta podría llevarme de vuelta a Nueva York?

—No. No existe magia en el mundo capaz de teletransportar a alguien al Otro Mundo. Para eso, necesitas un portal.

¿El Árbol?

Él agitó el botecito de cristal que tenía en la mano.

—Esto te llevará a mi casa.

Negué con la cabeza.

—¿Qué sabes sobre el espejo del rey?

Quería ver cómo reaccionaba. Me pareció ver que abría un poco los ojos, pero, como estábamos a oscuras, no podía estar del todo segura.

—¿En serio crees que me voy a beber cualquier cosa que me des? —ladré. No pensaba irme a casa con él.

Los monstruos que merodeaban por la nieve tenían otra cosa *in mente,* desde luego. Habían aprovechado que estábamos charlando para acercarse. Y entonces oí un crujido a mis espaldas, demasiado cerca.

—A veces es más fácil pedir perdón que permiso —murmuró. Se tragó el contenido del vial y luego me rodeó la cintura con el brazo.

En un abrir y cerrar de ojos, antes incluso de que intentara revolverme y apartarme de él, aparecimos en otro lugar.

—Bienvenida al Claret —anunció Jagger, y me soltó.

Aun así, le di un empujón. Tenía muchísimas preguntas, pero el interrogatorio tendría que esperar porque en ese instante todas mis células cerebrales estaban tratando de asimilar lo que estaban viendo. No estaba en uno de mis sueños, aunque podría haberlo sido.

Ante mí había un edificio… curioso. Era imposible saber si el castillo era inglés o ruso, pero parecía una quimera, una criatura mitológica mitad ser humano, mitad león. Miré al otro lado con la esperanza de encontrarme con los restos de una pirámide, o algo parecido.

La combinación de materiales de construcción era increíble. Un cristal ondulado llegaba hasta los pies del palacio ruso, que, a su vez, estaba flanqueado por una muralla de piedra típica inglesa. En el extremo de la muralla advertí una especie de campanario que estaba conectado a una serie de columnas romanas. Y, en lo más alto de las columnas, un triángulo de mármol decorado con diminutas esculturas. En los dos lados del castillo se extendía un bosque denso y muy tupido. Jamás había visto algo parecido. Los árboles, los matorrales y el musgo eran de color rojo. Las auroras boreales que bailaban en el cielo eran más tenues y apagadas que las de la noche anterior; sus colores vívidos apenas se distinguían en el cielo, lo que hacía que el bosque carmesí destacara todavía más en el paisaje.

Algo me decía que Jagger se moría por fanfarronear de aquellas vistas.

—Vamos —dijo, y empezó a caminar.

—¿Vives ahí? —pregunté mientras intentaba asimilar lo que tenía delante de mis narices—. Tú me dijiste que era una princesa. ¿Eres un príncipe, o algo así? Porque no tengo planeado casarme con nadie de momento.

Había leído demasiados cuentos de hadas, pero, aun así, estaba bastante segura de que el famoso «vivieron felices y comieron perdices» no sería el final de mi historia.

—Relájate, princesa. No soy ese tipo de príncipe —respondió con voz alegre; seguía andando hacia el castillo sin apartar la mirada de la fachada, como si a él también le tuviera impresionado.

—¿Y qué tipo de príncipe eres tú?

De repente, dejé de caminar. Una parte de mí no quería

continuar hasta obtener un par o tres de respuestas. Pero entonces se levantó un poco de viento y vi que Jagger se echaba a temblar. Yo podía sobrevivir en la intemperie durante días, pero él no, así que asumí que, si entrábamos, estaría más hablador.

Cuando llegamos a la puerta principal del castillo, que consistía en dos gigantescos portones de hierro forjado, se abrió de forma automática. Vacilé. Jagger me miró de reojo, como diciéndome que ya casi habíamos llegado. Crucé el umbral y entré en el Claret. El vestíbulo era igual de ecléctico que la fachada. No tenía nada que ver con el cubículo de Kai, un lugar mucho más económico y… perfecto. Aquella casa era enorme; en cuanto a la decoración, no era armoniosa ni de lejos, sino más bien un caos. Allí podías encontrar todos los estilos mezclados, desde moderno a barroco.

Nada más entrar nos recibieron tres esculturas; cada una era de un material y estilo distinto, pero las tres representaban a una misma mujer. Una era de oro, otra de plata y otra de bronce. Me fijé en los rostros de las estatuas y busqué algún parecido con mi madre. La Bruja del Río había asegurado que, después de todo, era una reina. Pero no conseguí reconocerla en aquellas esculturas. En las tres encarnaciones, la mujer mostraba una cabellera salvaje, una amplia sonrisa y una expresión más alegre y vivaz que la real.

El suelo del vestíbulo consistía en un mosaico de piedrecitas de colores y las paredes estaban cubiertas de tapices, cada uno con un escudo distinto en el centro. «¿Este lugar representa más de un reino?», me pregunté mientras intentaba comprender lo que estaba viendo.

Jagger empujó las inmensas puertas y las cerró. «¿Es una trampa?» Lástima que no lo hubiera pensado antes. Le fulminé con la mirada y me entraron ganas de pegarle un puñetazo en la cara.

—¿Cómo lo has hecho? —pregunté.

—Soy un prestatario. Un ladrón. No soy como tú ni como una bruja. Mi talento es externo, no interno. No tuve tanta suerte.

Un chorizo. ¿Todo lo que había allí era robado? ¿Incluso la fachada?

—No tengo magia —continuó, aunque yo no lo habría llamado magia, sino más bien una fuerza de la naturaleza no deseada—. Tú, en cambio, sí. El problema es que aún no sabes cómo usarla. Pero yo puedo ayudarte con eso... Tal vez todos podamos echarte una mano.

¿Todos?

Ya había tenido una maestra, la Bruja del Río. Lo que me interesaba saber era la parte de Bale. Si Jagger podía ayudarme a recuperarlo, me daba lo mismo a qué se dedicaran él y sus amiguitos.

Dar media vuelta no era una opción. La curiosidad pudo más que mi miedo, así que me dejé guiar por Jagger. Me llevó hasta otra sala. Estaba preparada para saber quiénes eran «todos» y cómo iban a ayudarme a rescatar a Bale de manos del rey.

20

El «todos» resultó ser el grupito de chicas de Estigia, las mismas que vendían magia en frascos de colores. Cuando Jagger y yo entramos en el salón del trono, me encontré con veinte chicas, o incluso más, echadas en unos sofás de terciopelo, holgazaneando. Busqué a la que tenía la melena de color verde que me había guiñado un ojo, pero no logré encontrarla. No tenía ni idea de quién era toda esa gente ni de qué estaba pasando. Si se suponía que aquello iba a ayudarme a averiguar la verdad, no estaba funcionando. Cada una de aquellas chicas era hermosa. De hecho, su belleza era única, una belleza aún más impresionante que la de las chicas que había visto en televisión, en Whittaker. Todas eran de un tamaño, forma y color distintos. Jamás había visto una piel como la suya. Tenía un brillo especial y misterioso, un brillo parecido al de la aurora boreal, lo cual era inexplicable.

Nos acercamos y, de repente, sentí que veinte pares de ojos nos seguían.

—Esa es Margot —susurró Jagger, señalando a una rubia platino con un rostro anguloso y piel amarronada.

Estaba acomodada en un trono decorado con piedras preciosas. Recordaba su rostro de la escena del mercado. Era de metal.

—Se cree que es la reina y nosotros sus súbditos.

—Cuando vivía en Whittaker, conocí a gente que se creía todo tipo de cosas —dije por lo bajo.

Aunque no la hubiera reconocido, habría adivinado que era la líder enseguida. Era el centro de atención. Todas las chicas estaban distraídas charlando y riéndose, pero ninguna hacía o decía nada sin su aprobación. Y, a juzgar por su sonrisa y su actitud, estaba disfrutando de lo lindo.

Jagger se pegó a mí como una lapa, aunque no sabía si para protegerme o para marcar territorio. Algunas chicas me lanzaban miradas fulminantes y otras llenas de curiosidad y asombro.

—Reina Margot, permíteme que te presente a la princesa Snow de Algid —dijo Jagger, que realizó una pomposa reverencia. Me sentí un poco avergonzada por llevar aquel vestido tan sencillo de color verde pálido.

La ropa que Gerde había diseñado para mí era mucho más bonita que mi uniforme gris de Whittaker, pero aquellas chicas eran expertas en moda, igual que Kai lo era en arquitectura. Ellas eran como flores delicadas de primavera y yo... una mala hierba cualquiera.

Jagger se incorporó y miró a la reina Margot con una humildad y obediencia que jamás había visto en él. Era evidente que ella le había enviado a buscarme. Pero ¿para qué?

Yo bajé la cabeza, no por deferencia, sino por estrategia, porque creía que así podría ganármela. Una reverencia de alguien que ella creía una princesa real serviría de algo, ¿verdad?

—Es un honor, princesa Snow —dijo Margot con una sonrisa un tanto forzada al ver la torpeza de mi gesto—. Encontrarse con un miembro de la realeza no es algo que ocurra todos los días. Y menos cuando se trata de alguien tan célebre como tú. El rey te está buscando. Deambular por los bosques de Algid sola no es seguro. Me alegro de que hayas decidido buscar asilo entre los muros del Claret.

Jagger me miró por el rabillo del ojo y dibujó una sonrisa de oreja a oreja, como si estuviera impresionado.

—Todo el mundo, silencio. Dad la bienvenida a la princesa Snow —ordenó la reina Margot con voz formal y cantarina.

Y, acto seguido, el murmullo de voces se silenció. Las chicas se pusieron de pie en cuestión de segundos.

Una de ellas, más hermosa que las demás, dio un traspiés y luego se agachó a modo de reverencia. Tenía una melena pelirroja y la tez morena. Sus ojos hacían juego con su piel, pero tenían un destello dorado que enseguida me llamó la atención.

—No estamos acostumbradas a codearnos con miembros de la realeza de verdad —dijo la chica. Aunque por el tonito, el comentario estaba cargado de sarcasmo. Se inclinó y realizó una reverencia tan exagerada que, en un momento dado, perdió el equilibrio y terminó cayéndose de culo. Un culo perfecto, todo sea dicho de paso.

—Ya basta, Fathom —le advirtió la reina Margot.

La pelirroja volvió a su diván acolchado tronchándose de risa. Había algo en el modo en que me miraba que me resultó familiar.

Margot me observó con ojos compasivos.

—Jagger, ¿por qué no acompañas a la princesa a sus aposentos? Ya le presentaremos al resto de las chicas por la mañana.

«Estoy bastante segura de que "presentar" no es la palabra», pensé para mis adentros. Las chicas no me habían recibido con los brazos abiertos que digamos. Al menos allí, la jaula en la que me encerrarían sería de oro macizo. Lo único que pedía era que Fathom no tuviera una llave para abrirla. Acababa de conocerla, pero intuía que solo me traería problemas.

No tenía tiempo para dramas. Había llegado hasta allí porque tenía un objetivo. Y no estaba dispuesta a irme de aquel lugar sin conseguirlo. Jagger me lanzó una mirada de advertencia; quería que le siguiera el juego a Margot y cerrara el pico.

—¿Jagger te ha comentado mis condiciones? —pregunté—. Según él, tú podrías ayudarme a rescatar a mi amigo del castillo del rey.

—No me digas —dijo ella con una risita que dejaba entrever que tal vez Jagger me había prometido algo que no podría cumplir.

—A cambio, te daré cualquier cosa que me pidas. Pero no tengo mucho tiempo.

Margot soltó una carcajada.

—Si no te interesa mi oferta, yo misma le sacaré de allí —añadí, lista para dar media vuelta e irme de allí.

—¿Y cómo piensas hacerlo? ¿Con tus copitos de nieve, querida?

—Sí —contesté, y noté un ligero ardor en las mejillas.

De pronto, los nudillos empezaron a escocerme; sabía que las garras estarían a punto de extenderse. Sentí una explosión de rabia en mi interior, pero traté de sofocarla. No sabía qué ocurriría si perdía los estribos. ¿Crearía otra tormenta de hielo? ¿O congelaría toda la sala? ¿O algo aún peor?

Si no me dejaban salir de aquel salón pronto, no podría controlarlo.

Eché un vistazo al techo; había formado unos carámbanos gigantes que colgaban de las baldosas. Acababan en punta afilada y estaban temblando.

De pronto, los carámbanos se desplomaron, creando un estruendo ensordecedor. Me tapé los ojos. No quería ver lo que mi guillotina de hielo le había hecho a Margot.

La sala quedó sumida en un silencio absoluto. La temperatura había bajado en picado. Abrí los ojos con miedo a encontrarme con un baño de sangre. Oí aplausos y entonces me di cuenta de que el hielo había caído en forma de círculo, a mi alrededor. Pero también alrededor de Margot, que había salido ilesa. Ella soltó un aullido de regocijo.

—Maravilloso. Pero eso no te bastará para arrebatar a tu amiguito de las garras del rey. Yo puedo ayudarte.

Y, justo después, se tragó el líquido de un vial y desapareció.

—Vamos —murmuró Jagger, y me guio hasta las gigantescas puertas dobles del salón.

El resto de las chicas se quedó inspeccionando mi obra de arte. No había sembrado pánico, sino curiosidad. Eché un último vistazo y vi que la chica del cabello de sirena cogía uno de los carámbanos.

Mientras deshacíamos el camino y volvíamos al vestíbulo, Jagger intentó explicarme el comportamiento de la reina.

—No es una reina de verdad. Por sus venas no corre sangre real ni mágica. Margot se plantó aquí un día y, de la nada, construyó todo esto.

Fingí estar interesada en el papel pintado de la pared. No quería hablar de lo que había ocurrido en aquel salón. Creía que, con Nepente, había llegado demasiado lejos. Mis carámbanos no habían partido a Margot por la mitad de puro milagro. Había sido cuestión de suerte.

—No es por ti. Bueno, en realidad sí —continuó Jagger.

Las paredes estaban adornadas con un sinfín de candelabros, aunque no había dos iguales, y tapices de siglos distintos.

—Nosotros… gastamos mucha magia en el Otro Mundo —explicó—. Me enviaron allí para encontrar a alguien.

—¿Y no soy lo que esperaban?

—El problema es que no te esperaban. En teoría debía traer de vuelta a la hija de Margot, una niña que se había perdido. Pero, en lugar de a ella, te encontré a ti.

—Qué suerte tuve.

—Espero que la suerte sea para todos —farfulló entre dientes—. Utilicé un hechizo de localización para buscar a la hija de Margot. El problema es que, al otro lado del Árbol, la magia no es tan precisa como en Algid. O, al menos, eso creemos todos. Reconocí un foco de magia cuando la estaba buscando. Fue como una explosión. Nunca había sentido algo parecido. Y resultó que eras tú.

Recordé el empujón que le había dado a Magpie en la sala de estar de Whittaker. Ella se había quedado paralizada en el suelo. Entonces no sabía nada de magia…, o puede que sí. Se quedó fría como un témpano y los labios se le tiñeron de color azul. Seguro que mi nieve provocó ese accidente. No había otra explicación.

—¿Y cómo supiste quién era?

—Porque eres igual que tu madre.

Jagger sacó una moneda del bolsillo y me la lanzó. La cogí al vuelo, lo que me sorprendió porque siempre había sido muy torpe. La agilidad no era uno de mis puntos fuertes, la verdad.

Me fijé en la moneda. En una de las caras reconocí un busto bastante familiar… Era yo. No, no era yo. Era mamá.

—Tu madre es el único miembro de la realeza que consiguió ganarse el respeto y la admiración de su pueblo. O, al menos, es lo que yo he vivido.

—¿Por qué?

—Aunque era una bruja, era una persona normal y corriente, como el resto de nosotros. Pero a Lazar no le importó y, al final, se casó con ella. Ese gesto llenó de esperanzas a todos los habitantes de Algid, incluso después de congelar nuestras tierras.

Abrí los ojos como platos. No podía creer todo lo que estaba oyendo. Mi madre era un montón de cosas. A ver, podía creer que fuera una criatura mágica de otro mundo. Pero ¿una persona de a pie? Mi madre siempre me había parecido una persona… altanera.

—¿La conociste? —pregunté, un tanto molesta. De ser así, habría preferido que me lo hubiera dicho antes.

—Yo no la recuerdo, pero los ancianos sí. Murió joven, tratando de salvar la vida de su hija. Tu madre es un personaje de leyenda..., aunque la historia no es del todo verdad porque está viva, igual que tú.

—¿Quién es la hija de Margot? —pregunté.

—Eso no importa.

—Pues creo que a esas chicas de ahí sí les importa. Es Magpie, ¿verdad? ¿Magpie es la hija de Margot? La viste en Whittaker. Tuviste que verla.

Jagger no confirmó mis sospechas, pero tampoco las negó. Se mantuvo impertérrito, por lo que supuse que era verdad. Por fin había conseguido quitarle algo a Magpie. Le había robado su lugar en Algid.

—Solo podía traer de vuelta a una de las dos. Y tú eras la mejor opción. Margot lo entiende perfectamente. Ya encontraremos otra manera de recuperar a Magpie. Normas del ladrón: no podemos dejarnos llevar por las emociones —dijo Jagger al fin.

Dudaba mucho que a Margot le hubiera parecido bien aquel repentino cambio de planes. Pero me mordí la lengua y no dije nada.

De pronto, nos detuvimos frente a una puerta plateada. No sabía qué iba a encontrarme, pero estaba convencida de que no tendría la sencillez de Whittaker, ni la belleza austera del cubículo de Kai y Gerde. Jagger empujó la puerta con delicadeza.

La habitación era circular y de color rojo. Cada centímetro, incluso la pared, estaba decorado con una tela peluda. Todo el suelo estaba recubierto de una moqueta muy mullida. Del techo colgaba una preciosa cama con dosel. Junto al ventanal ovalado había un biombo y un armario ropero adornado con una tela floreada. A través de la ventana se veía el bosque rojo, que resaltaba muchísimo entre el manto blanco de nieve.

—Voy a dormir en una habitación acolchada —murmuré. Qué irónico, pensé—. No pienso quedarme aquí sin que antes me contestes un par de preguntas. ¿Qué hago aquí? ¿Qué queréis de mí? ¿Qué es este lugar? Sé que robas cosas, pero ¿qué quieres de mí?

—Este lugar alberga magia, magia que le hemos robado al rey sin que él se diera cuenta, por supuesto. Pero también magia que hemos sacado de varios rincones del reino. Pero no solo eso, la magia es el motor del Claret —explicó Jagger—, y necesitamos más. Tú tienes magia. Desde aquí, eres la veta principal, para que me entiendas. Te convertirás en uno de nosotros, en una ladrona, y nos darás magia.

—Y, a cambio, me ayudaréis a recuperar a Bale.

—Exacto.

—El problema es que no funciona así. No puedo embotellar mi magia en esos frasquitos.

Aún no había aprendido a controlar mi nieve y, dada mi torpeza, era más probable que le convirtiera en una figurita de hielo. No estaba segura de poder «regalarle» mi don con la nieve.

—Te sorprenderías. No toda la magia se guarda en botellas.

Entonces sacó un reloj de cadena antiguo de uno de sus bolsillos y abrió la tapa. En una cara había un reloj y, en la otra, una cajita de pastillas.

Jagger levantó el reloj, se metió una pastilla debajo de la lengua y murmuró algo entre dientes que no fui capaz de comprender. Se me revolvió el estómago. El mero hecho de ver una pastilla me recordó a mis siete enanitos. Pero en cuanto se la tragó me di cuenta de que no era como uno de los cócteles de Whittaker. Sus rasgos comenzaron a deformarse y me pareció oír que, debajo de su piel, los huesos crujían. De repente, la nariz se le aplastó y todo su rostro se difuminó. Y entonces comenzó otra transformación, más pronunciada y más familiar. Sus ojos cambiaron de color; primero se tiñeron de gris plata, después de marrón avellana, después de rojo y, por último, de verde esmeralda. Al final, tras un destello, se volvieron de color ámbar. Ante mí tenía a la persona que tanto tiempo llevaba anhelando ver de nuevo.

—¡Bale! ¿Mi Bale? —grité, incrédula.

Jagger examinó su reflejo en la tapa de su reloj de bolsillo.

—Le vi en el Otro Mundo. No te ofendas, pero no vi nada especial en él. ¿Qué hizo para impresionarte tanto? ¿Para hacerte viajar de un mundo a otro por él? ¿Para ponerte en una situación tan peligrosa y arriesgada?

Su mirada destilaba ingenuidad, pero también inseguridad. Jagger no se había dado cuenta de que, con su interrogatorio había insultado a Bale; y a mí, por haberle elegido.

—Tú deberías saberlo mejor que nadie. Estuviste espiándonos, ¿verdad? ¿Cuánto tiempo? ¿Qué viste?

Estaba furiosa, pero volver a ver el rostro de Bale me tranquilizó. Alargué el brazo y acaricié a Bale, a Jagger. Quería que Jagger cerrara el pico, aunque solo fuera durante unos segundos, y así poder fingir que aquello era real, que la magia no existía y que Bale estaba ahí, conmigo.

Pero Jagger era incapaz de mantener el pico cerrado.

—No pretendía hacerte daño —dijo—. Era curiosidad, eso es todo. Nadie ha cruzado el mundo por mí…

Admito que me sorprendió un poco el comentario. No esperaba que Jagger fuera un sentimental.

—No te preocupes, Snow. Ha llovido mucho desde entonces. Y, ahora, veamos quién quieres ser…

Empezó a murmurar un nuevo hechizo. Me ofreció el reloj, pero no lo acepté.

—No, por favor. No lo quiero.

No podía explicarle a Jagger que no quería que fuera otra persona la que mirara a Bale, a pesar de saber que Bale no estaba allí en realidad. Era un truco, magia.

Guardó el reloj y su rostro recuperó su forma habitual. Jagger. Se me encogió el corazón.

—Todos los que estamos en el Claret mostramos un rostro ajeno. Normas del ladrón.

—Entonces, ¿nunca mostráis vuestra verdadera cara? ¿Por qué?

—No puedes traicionar a alguien que no sabes qué aspecto tiene. Somos como una familia, solo que no estamos obligados a fingir que confiamos los unos en los otros.

—Qué progresistas.

—Para mí es liberador.

—¿Y qué me dices de la hija de Margot? ¿No formaba parte de la familia? ¿Puedes dejar tirado a uno de los tuyos, a un ladrón, en otro mundo si así te puedes marcar un tanto?

—La hija de Margot huyó porque quiso. Pero tienes razón. Nuestro código no se presta a rescates. Como norma general, robamos en grupo. Pero si te pillan, estás solo.

—Como una familia —susurré.

Sin embargo, con una madre que me había abandonado y un padre que me quería muerta, ¿quién era yo para juzgarle?

—¿Hay alguna lista con todas esas normas?

—Me temo que es más bien una tradición oral. Pero ya te pondrás al día.

No tenía más preguntas, al menos de momento, pero no podía dejar de pensar en algo que había visto. No dejaba de darle vueltas a la ladrona pelirroja del salón del trono.

—¿Recuerdas a la chica que me ha reverenciado antes? Al verla, he tenido una sensación muy extraña, como un *déjà vu*. Creo que la vi en la plaza del mercado, pero tenía el pelo verde y una cara totalmente distinta. ¿Era ella?

Jagger asintió con la cabeza.

—Son los ojos. Puedes cambiar el color y el tamaño. Incluso la forma. Pero si los miras con detenimiento, tu verdadero yo seguirá ahí. Por suerte, nadie se fija tanto.

Fue irónico; él estaba mirándome atentamente, como si

estuviera tratando de memorizar mis ojos, por si aprendía ese truco y me presentaba frente él con otro aspecto. Cuando vivía en Whittaker, era la reina de ese juego. Era capaz de aguantarle la mirada a cualquiera, pero esta vez la aparté.

—Deberías tener mucho cuidado con Fathom. Bueno, con ella y con todo el mundo en realidad…

—¿Menos tú?

—Sobre todo conmigo —puntualizó—. Mañana Margot te dará un hechizo. No tienes que usarlo si no quieres, pero deberías aceptarlo. No quieras ofenderla, créeme.

Y entonces se dio media vuelta, dispuesto a irse.

Reprimí el deseo de pedirle que se quedara. Jagger era un mentiroso y un chorizo, pero no estaba preparada para quedarme sola en aquella habitación tan extraña.

—Buenas noches, princesa —dijo, y desapareció. Supuse que aún le quedaba algo de su hechizo de teletransportación.

Aun así, tenía la sensación de que Jagger estaba pavoneándose.

21

Al día siguiente, cuando me desperté, tardé unos instantes en orientarme en aquella habitación tan redonda y tan roja. Mirar por la ventana no me ayudó mucho, la verdad. Los árboles rojos que la noche anterior rodeaban el palacio habían desaparecido y, en su lugar, advertí un extenso campo cubierto de nieve inmaculada y, en la distancia, se alzaba una cordillera de montañas lilas.

Parpadeé varias veces para comprobar que no fuese un sueño. ¿El castillo se había movido?

—¿Snow? —llamó Jagger, desde el otro lado de la puerta. Pero antes de que le contestara, él la abrió y entró en mi habitación.

Al oír su voz, el corazón se me aceleró de inmediato. Sabía que no debía confiar en él, pero una parte de mí lo necesitaba. Aunque él mismo me había dicho que no podía fiarme de nadie, ni siquiera de él.

—¿Qué ocurre, Snow? —preguntó al ver mi expresión.

—¿Qué ha pasado con los árboles? —pregunté—. Ayer había un bosque enorme de árboles rojos. ¿Nos hemos...? ¿El Claret se ha movido?

Esperé su confirmación. Esperé porque quería que me asegurara que estaba viendo lo mismo que yo. Esperé porque necesitaba saber que no había perdido la chaveta definitivamente.

—No temas, princesa. El castillo no se ha movido.

—¿Y entonces?

—Es un hechizo de ocultación. Cambiamos los alrededores del Claret para que nadie pueda encontrarlo. Margot trató de mover el castillo una vez, pero, por lo visto, en Algid no hay magia suficiente para hacer algo así. Esta es la segunda mejor opción, créeme.

Me aparté de la ventana, aliviada.

—Te he traído un par de cosas —dijo Jagger, y señaló el armario con la barbilla.

En el armario había colgado un vestido de color rojo escarlata. Era precioso y del mismo estilo que los vestidos de las ladronas. Recordé la alegría y emoción que había sentido cuando Gerde me había regalado mi primer vestido. Pero reconozco que ese también me gustó.

Me cambié detrás del biombo de la habitación, pero al probármelo me di cuenta de que no era de mi talla. Las mangas me quedaban demasiado largas y la gigantesca bolsa que se formaba en el pecho me recordó que apenas llenaba una copa B.

—Creo que necesito algo más pequeño…

—Dame un minuto —dijo Jagger, con tono impaciente.

De pronto, la tela del vestido empezó a retorcerse. Las mangas se acortaron y la tela del pecho empezó a fruncirse, ajustándose así al mío y haciéndolo parecer bastante más grande de lo que realmente era. Las costuras de la cintura también se adaptaron a mis curvas, y el bajo, que hasta entonces lo arrastraba, se encogió por sí solo.

Asombrada, salí de detrás del biombo.

—¿Lo ves? Te queda como un guante.

—¡Este vestido es maravilloso!

—Te merecías una pequeña sorpresa después de pasar tantos años enclaustrada en Whittaker —dijo con tono de burla.

Pero estaba equivocado. Las sorpresas que me había llevado la semana anterior habían llenado el cupo para el resto de mi vida. No quería más sorpresas, aunque intuía que aún me quedaba mucho por descubrir.

Jagger me guio por un par de pasillos. Después atravesamos un puente de cristal y llegamos a un invernadero interior que era tan exuberante, frondoso y alucinante como el de Gerde. Después nos plantamos frente a un puente de cuerda que estaba suspendido sobre un pequeño estanque.

Me fijé en Jagger; no miró abajo y, por un segundo, pensé que tal vez tenía miedo a las alturas. Enseguida deseché la idea porque me parecía un tipo que no le tenía miedo a nada.

Bajo la superficie del agua advertí unas escamas fluorescentes. Me recordaron a la Bruja del Río. Estaba tan distraída que, sin querer, me choqué con Jagger en mitad del puente.

—Cuidado —me advirtió con tono serio— y no te muevas.

Y, en ese instante, uno de los peces saltó del agua. Tenía los dientes afilados.

—¿Por qué tenéis pirañas?

—Lo creas o no, son una exquisitez. Y, además, son un elemento extra de protección. Tenemos magia y no queremos perderla. Tu padre no puede averiguarlo. Hasta ahora hemos logrado ocultárselo. En Algid, todo el mundo que utiliza la magia debe andarse con mucho cuidado y guardar muy bien el secreto. La magia es peligrosa. Y los espejos, todavía más.

—Espera, ¿estás hablando de los trozos del espejo del rey?

—Sí. Sabemos quién tiene uno de los tres trozos, y queremos robárselo. La duquesa lo ha escondido. Sabes quién es la duquesa Temperly, ¿verdad? Es tu prima.

—¿La duquesa? —pregunté, y rememoré lo que la Bruja del Río me había explicado sobre el aquelarre que protegía los trozos del espejo. ¿Cómo era posible que la duquesa se hubiera hecho con uno? Traté de dibujar un árbol genealógico mental, pero estaba demasiado confundida.

—Sí, tu prima. Tiene un trozo del espejo del rey, y lo necesitamos. De hecho, necesitamos todos los trozos. Espero que esto no suponga un conflicto de intereses para ti —añadió Jagger mientras bajaba del puente.

—¿Tengo una prima? La Bruja del Río no me comentó nada sobre eso —murmuré, y le seguí.

—Es la sobrina del rey.

—¿Es malvada? ¿Qué aspecto tiene?

—Siempre lleva una máscara. Siempre. Se rumorea que nadie le ha visto nunca la cara. Es bastante lista, pero aburrida.

¿Una duquesa enmascarada? Dicho así, parecía una mujer misteriosa y glamurosa. Ni siquiera *The End of Almost* tenía un personaje así.

—Ejem, ¿cómo se puede ser lista y aburrida a la vez?

—No es una bruja y, por lo tanto, no tiene magia.

—Tú tampoco.

—Pero yo la robo. Tu misión, querida, es arrebatarle su bien más preciado. Sabemos que guarda el trozo del espejo bajo llave. Lo necesitamos. A cambio, te ayudaremos a rescatar a tu Bale.

—¿Para qué lo queréis?

—Para poder seguir haciendo lo que hacemos. Necesitamos magia para que el Claret siga existiendo. Para eso, y para algo más.

Sospechaba que había algo más. Quizá los Ladrones pretendían utilizarme para algo más. Lo que no lograba comprender era por qué no me vendían al rey. Podía ser una gran moneda de cambio.

—¿Algo como qué?

—El rey nos hizo algo a todos. Y el único modo de hacerle pagar por ello es arrebatándole lo que más quiere.

—¿Y qué os hizo?

Pero Jagger no contestó.

Atravesamos una sala rectangular. Intenté asimilar la idea de que tenía una prima y de que iba a robarle. Y, a juzgar por la ambigüedad con la que hablaban los ladrones, intuía que su historia era mucho más complicada de lo que parecía.

Al parecer, en Algid, los secretos estaban a la orden del día. La Bruja del Río jamás me revelaría dónde estaban los tres pedazos del espejo. «¿Qué trozo es este? ¿Cuál de los tres? ¿Y cómo se las ha ingeniado la duquesa para hacerse con él?», me pregunté. Me hacía un montón de preguntas. Me planteé hacérselas a Jagger, pero no estaba segura de que pudiera responderme.

Llegamos a la Sala de las Pociones y, de repente, todas esas preguntas se esfumaron. El techo era abovedado y las paredes estaban recubiertas con botellas de todos los tamaños y colores imaginables. Había cientos, tal vez miles de ellas, e iluminaban la estancia con una luz muy brillante. Esas eran las pociones mágicas que las chicas vendían en el mercado.

—Tenéis magia para dar y vender —comenté.

Jagger enseguida negó con la cabeza.

—Esas botellas contienen solo una pizca de magia. No es suficiente.

«¿Suficiente para qué?», me habría gustado preguntarle, pero sabía que no me daría una respuesta clara y directa, así que preferí no decir nada.

—¿Cómo las distingues?

—Por el color.

Aquellas botellas me hicieron pensar en Vern… y en los siete enanitos. Cada botella tenía un efecto distinto, igual que las pastillas. Cogí una botella dorada. Era muy parecida a la que Fathom había utilizado con la orquídea, en la plaza.

—¿Esta magia puede curar a la gente?

—Es magia, no el Todopoderoso.

No podía imaginarme a Jagger venerando a un ser que no fuera él mismo.

—Pero vosotros la vendéis y aseguráis que sí.

—He oído que, a veces, el mero hecho de tener fe puede ayudar a curar —respondió Jagger.

La idea me recordó a Whittaker. Sacudí la cabeza.

Jagger pasó la mano por la pared.

—Esta botella te permite saber lo que la gente está pensando. Esta te hace invisible, aunque solo durante unos minutos. Esta te convierte en un bailarín excepcional. Con esta puedes leer la mente de la gente, pero el efecto apenas dura un par de minutos. Esta hace que la gente diga la verdad. Antes de embotellar la magia, echamos un conjuro para que nadie pueda utilizarla contra nosotros.

Retrocedió y volvió a la poción del baile.

—¿Quieres probarla?

—No, gracias.

—No sabes lo que te pierdes —desafió, y tomó un sorbo.

Los desafíos me gustaban. Pensé en todas las veces que Vern había entrado en mi habitación con aquella bandeja plateada repleta de vasos de plástico. Todos contenían una pastilla, uno de los siete enanitos. Yo me las tomaba sin pensar; entonces no imaginaba que mi problema no podía curarse con una pastilla. De hecho, tal vez no necesitara ninguna cura.

Aparté la mano de Jagger con demasiada fuerza y el frasco se cayó al suelo. El cristal se hizo añicos y la magia, que quedó desparramada por el suelo, se evaporó enseguida, dejando una estela de purpurina. Jagger me miró un tanto perplejo y con el ceño fruncido.

—¿Cómo puedes tirar magia así? No te entiendo, Snow.

—Menuda novedad —bromeé, pero sentí una punzada en el corazón.

Nunca había estado tan cerca de la verdad, de descubrir

quién era realmente. Pero cuanto más cerca estaba, más lejos me sentía de todo el mundo. Yo no era como Jagger ni como las chicas que vivían en el Claret.

—Bueno, no podemos desperdiciar la magia que tenía esa botella. No será como vivirlo en primera persona, pero al menos podrás hacerte una idea.

—¿Qué? No.

Pero Jagger me ignoró por completo; alzó las manos e irguió la espalda, dispuesto a bailar un vals.

Nunca se me había dado bien bailar y me negaba a utilizar magia para hacerlo. Me parecía un atajo... y estaba harta de atajos. Pero Jagger no opinaba lo mismo que yo, eso era evidente.

Me cogió de la mano y, con la otra, me rodeó la cintura. Un segundo después, ambos nos elevamos y nos quedamos suspendidos a varios centímetros del suelo. Jagger me sujetó contra él. Sentía su corazón latiendo contra mi pecho. No sonaba ninguna música, pero nuestros cuerpos se deslizaban por aquella sala siguiendo un ritmo silencioso.

—¿Me estás tomando el pelo?

—Si Margot se entera de que he utilizado esta poción, me mata. Se supone que debemos guardarla para una misión.

—¿Una misión que implique bailar?

—Nunca se sabe.

—Ya que es mi primer baile con un chico, me habría gustado tener los pies en el suelo —dije, casi sin pensar.

—Razón de más para que sea algo extraordinario.

Lo que Jagger no se imaginaba era que, para mí, el baile ya estaba siendo extraordinario. Bailar en el aire era lo más extraño y alucinante que había hecho jamás. Era el baile de graduación que Bale y yo nunca pudimos tener... Estaba en los brazos de la persona equivocada.

—Estás pensando en él otra vez, ¿verdad? —preguntó Jagger, rompiendo así la magia del momento.

¿En quién? ¿En Bale o en Kai? No le respondí. Por suerte para mí, cada vez que la tensión entre ambos se relajaba, Jagger me hacía el favor de pestañear y crear una distancia insalvable entre los dos. Sentí una pequeña explosión de rabia en mi interior y, de repente, los dos nos desplomamos sobre el suelo.

—Supongo que me he despistado y que la magia se ha agotado —mintió, y me miró fijamente durante unos segundos.

Sin embargo, Jagger no me soltó, así que continuamos bailando. No apartó la mirada; esta vez, me tocó a mí pestañear.

Dejé de balancearme y, por fin, nos separamos.

—¿Aquí todo el mundo miente? —pregunté.

—Aquí, y en el resto del universo. Estuve en tu mundo, princesa. No vi mucho, pero lo suficiente para darme cuenta de que allí también mentís.

Yo tampoco había visto mucho de mi mundo y, sin lugar a dudas, no lo suficiente.

Esa noche, la reina Margot organizó una fiesta en el Claret en mi honor. El salón principal estaba abarrotado de chicas. Una estaba tocando el arpa mientras un dúo tocaba el piano. Había otra chica colgada de un trapecio, y otra bailando ballet frente a una barra, en una de las esquinas.

Jagger me acompañó para presentarme a todo el mundo. Los nombres de las chicas eran aún más bonitos que sus rasgos: Dover, Garland y decenas de nombres que jamás se me habrían pasado por la cabeza.

Me pregunté si elegían un nombre cuando adoptaban un nuevo aspecto, o si serían sus nombres reales. Tal vez, después de todo, yo no era tan distinta a ellas. En el pueblo, Gerde me había llamado por otro nombre.

Tenía muchísimas preguntas. ¿Aquellas chicas se estaban escondiendo de alguien o habían elegido cambiar de vida? No sabía si se mentían las unas a las otras o a sí mismas..., o si ese menú mágico que te permitía convertirte en quien quisieras era lo más asombroso e increíble que podía pasarte. Pero, al mismo tiempo, si cambiabas de identidad una y otra vez, ¿cómo podías tener amigos o conocer a alguien especial?

Quería que las chicas me lo contaran todo. Pero ¿quién era yo para preguntarles sobre sus secretos cuando no estaba dispuesta a revelar el mío? De pronto, una chica se levantó del sofá, se acercó hasta una mesa y se subió encima. Literalmente. Tenía un tatuaje en la mejilla que parecía un relámpago. Y entonces empezó a cantar. Tenía una voz grave y profunda y llena de rencor. Al principio no reconocí la melodía, pero enseguida me di cuenta de que la letra de la canción hablaba de mí. Era la misma canción que el niño había cantado en la tarima del mercado.

Las demás chicas se unieron al coro y entonaron aquella melodía llena de veneno.

> Ella lleva nieve allá donde va,
> creen que se ha ido, pero todos sabemos
> que regresará,
> reinará en su lugar,
> y el trono recuperará.
> Oh, vuelve, Snow, vuelve...

Me escabullí a toda prisa hacia la puerta, lo que provocó las risas de todas aquellas chicas y una ligera capa de escarcha en las palmas de mis manos.

Jagger me alcanzó en el vestíbulo, justo cuando estaba frotándome las manos en el vestido.

—Ignora a Howl. A veces pierde el norte y se deja llevar. Lo creas o no, no ha sido una mala bienvenida.

Esa chica se llamaba Howl. Y aquel había sido el recibimiento que ella y sus amiguitas habían decidido darme. Tal vez me necesitaban para algo, pero acababan de dejarme bien clarito que no me querían en su casa.

—No les tengo ningún miedo. Las necesito para un objetivo, pero ellas no son mi objetivo —dije al fin; no me gustó un pelo la mirada de pena y compasión que me estaba dedicando Jagger.

—Ellas no son lo que te asusta; lo que realmente te asusta es lo que puedes llegar a hacerles.

Le miré con los ojos como platos. Estaba sorprendida. No me estaba compadeciendo, sino mostrando su comprensión.

Las chicas habían actuado como siempre hacían cuando llegaba un nuevo invitado.

Pero yo no era cualquier invitada. Ya no. Asentí con la cabeza y dejé que me acompañara a mi habitación. No dijo nada durante todo el camino, lo cual no era nada típico de él. Yo me tomé ese silencio como un gesto amable y generoso.

En aquel lugar había magia.

No podía dejar de pensar en la Sala de las Pociones. Seguía sin saber demasiadas cosas y necesitaba oír el resto de la historia. Al parecer, todo el mundo en Algid tenía sus propios planes. Supongo que eso también debía de ocurrir en el mundo que me había visto crecer, solo que yo jamás había podido ver más allá de los muros de Whittaker. Pero una cosa sí sabía: necesitaba encontrar a Bale y volver a casa.

Jagger había viajado hasta mi mundo, hasta Whittaker, utilizando magia.

¿Y si aquel frasco amarillo pudiera llevarnos de nuevo a casa? ¿O, al menos, hasta el Árbol? Allí había sido donde todo había empezado. Así que, a lo mejor, allí también podía acabar. De ser así, podría por fin largarme de Algid, huir de mi padre y alejarme de todo lo que era incapaz de comprender. Me olvidaría de aquel lugar para siempre.

Me escapé de mi habitación y crucé los dos puentes hasta llegar a la sala donde había bailado con Jagger. Pero cuando abrí la puerta, no vi ni una sola botella. Allí solo estaba Margot, delante de un cuenco gigantesco que se cernía en el aire. Y, a su alrededor, flotaba un millón de esquirlas de espejo. La sala estaba iluminada por un montón de velas que se habían dispuesto en el suelo formando un patrón muy peculiar.

Y hacía mucho calor. Nada más entrar, imaginé que se trataba de otra especie de prueba.

Las paredes empezaron a brillar con una luz blanca muy cálida. En cierto modo, me sentía como si estuviera dentro de un microondas.

Unos zarcillos de luz blanca empezaron a brotar de las manos de Margot.

Bailaban a mi alrededor y desprendían un calor casi palpable. Enseguida noté su poder. La fuerza que contenían era inmensurable.

Recordé lo que Jagger había mencionado sobre los ladrones y el rey. Al parecer, tenían una historia pendiente, una historia de desagravios y venganza.

A medida que su círculo cálido se acercaba más, sentí que mi nieve empezaba a revolverse. Traté de controlarla y me pregunté si, tal vez, los ladrones no solo se dedicaban a robar. A lo mejor también estaban trabajando en un arma contra el rey.

—¿Tú… formas parte de la profecía? ¿Ayudaste a mi madre a escapar de Algid?

Margot me lanzó una mirada afilada, pero, de repente, las cuerdas se alejaron de mí y comenzaron a difuminarse.

—Conocí a Ora, eso es cierto. Pero aún está por ver si la ayudé o no. Hace muchos años, cuando era una chica joven e inocente, conocí a la Bruja de los Bosques. De hecho, fui su aprendiz. Ora estaba allí. Yo no tenía tus talentos naturales ni los suyos. Así que mi estancia en el aquelarre fue muy breve. Pero cuando el aquelarre logró romper el espejo del rey, la magia se repartió por todo Algid. Era magia que cualquiera podía sostener sobre la palma de la mano.

La Bruja de los Bosques. La Bruja del Río había dicho que era una de las brujas del aquelarre. La reina Margot había sido una discípula de una bruja, igual que Gerde. Me habría encantado traer a Gerde allí. Me pregunté si Margot podría ayudarla a encontrar su magia a través de la luz, y no a través de la oscuridad, como estaba haciendo la Bruja del Río.

Gerde tenía que revivir el dolor y la vergüenza de su monstruo para mantener el control. Quizá Margot utilizaba otros métodos.

—¿La Bruja de los Bosques te entregó su trozo del espejo del rey? —pregunté sin rodeos.

La reina Margot creó un vial y jugueteó con él varios segundos antes de responder.

—La Bruja de los Bosques me entregó muchas cosas —contestó, esquivando así la respuesta—. Utilizaba lo que aprendía. Para esconder nuestro hogar, no tengo más remedio que usar magia. Y mantener nuestras vidas exige mucho poder. Pero no soy una bruja. Tú, en cambio, eres la criatura más poderosa que ha pisado Algid desde el rey Snow. Así que, para nosotras, es un honor contar con tu presencia.

—Queréis aprovecharos de mi poder. Pero os ha salido el tiro por la culata. Lo que yo poseo no puede guardarse en un frasco de cristal, ni tampoco puede domesticarse. Soy como una tormenta, solo que ahora, al menos, puedo decidir dónde y cuándo.

—Puedes hacer mucho más que eso. Entiendo que quieras mentirme, pero, por favor, majestad, no te mientas a ti misma. Sí, eres una fuerza de la naturaleza. Pero la magia proviene justo de ahí, de la naturaleza. Es una conversación entre la bruja y el río. O la bruja y los bosques. O la bruja y el fuego. Se cree que cuando la profecía se cumpla, tú podrás hablar con todos los elementos. Y no solo eso, también contarás con todo su poder. O, al menos, así es como yo la interpreto. Pero, por ahora, debes concentrarte en el elemento que posees, con el que naciste: tu nieve. Con el tiempo aprenderás a tejer esa fuerza como si tú fueras una aguja.

—Nunca se me ha dado bien coser, la verdad.

—Tal vez porque no tuviste el profesor adecuado.

Me centré en las paredes y, de repente, empezaron a aparecer los frascos de cristal, de todas las formas, colores y tamaños imaginables. Su contenido se reflejaba vagamente sobre los miles y miles de pedacitos de espejo.

—A ver, si no naciste con este poder, ¿cómo es posible que puedas hacer todo esto? —pregunté.

—Oh, me siento halagada. A la magia le gusta la poesía y el sacrificio. Unas palabras bonitas sobre una herida abierta. ¡Y pum! Tienes magia.

Cogió un vial, lo abrió y, de inmediato, salió una nube de vapor que se enroscó alrededor de su brazo. Margot cerró los ojos y el vapor se volvió sólido. Y entonces empezó a arrastrarse por su brazo. El vapor se había transformado en una diminuta serpiente de jardín, pero cuando volvió a abrir los ojos, se convirtió en un brazalete metálico precioso.

—La magia habita en la naturaleza, y está esperando que alguien la despierte. Tú tienes la suerte de estar sintonizada con la nieve. Hay otros que están en armonía con el agua, como la Bruja del Río, y otros con el fuego. Al igual que el espejo, el agua puede reflejar poder —explicó la reina Margot—. Con las palabras adecuadas y mucho sacrificio, el agua también puede empaparse de poder. Ojalá tuviera más pociones. Ojalá pudiera abrirlas todas y bebérmelas. Ahora ya me conoces. Ya sabes quién soy, quiénes somos. Nuestra única condena es la moderación, pero, por ahora, es muy necesaria.

Miré a Margot y caí en la cuenta de que estaría dispuesta a entregarlo todo, el Claret y su arsenal de frascos mágicos, a cambio de tener los talentos naturales de la Bruja del Río o los míos.

El poder triunfaba sobre la belleza. Y luego estaba el

asunto de su hija, de su hija carnal. ¿Cuánto le importaba? ¿Estaría dispuesta a renunciar a la magia y el poder por ella? Esperaba que así fuera, aunque no las tenía todas conmigo.

Pensé en hablarle de Magpie. Pero sabía que, con esa historia, tampoco me ganaría su simpatía y confianza.

—¿Y cómo aprendiste los hechizos? —pregunté, dejando el misterio de la hija de Margot de lado por un momento.

—Tuve la suerte de aprender muchísimos hechizos de la bruja, como ya te he dicho antes.

—¿Y qué tipo de sacrificios exigen esas pociones?

—Ahí es donde entras tú, querida.

«Por fin llegamos al meollo del asunto», pensé y, por una vez, logré morderme la lengua. Pero, a diferencia de otras ocasiones, no temía la respuesta. Necesitaba saber qué querían de mí.

—No pretendo hacerte daño. Solo necesito un poco de sangre. De tu sangre. Eso es lo que necesita la magia. Tú nos darás tu sangre y luego nos ayudarás a robar el trozo del espejo del rey que está en el palacio de la duquesa. Y, a cambio, podrás contar con nuestra ayuda para recuperar al chico al que amas.

¿Sangre? Jagger me había mostrado la magia de Algid, pero no de dónde salía. Ni su coste.

—Antes de aceptar el trato, he de saber si posees lo que necesito. Prefiero preguntar antes de robar. Es mucho más cortés y elegante —dijo la reina Margot, que dio un paso hacia delante.

—Sí, eso me tranquiliza mucho… —respondí, y recordé lo que la Bruja del Río había dicho sobre la magia. Tenía razón. Era un asunto turbio y sucio, lleno de sacrificio y, al parecer, de sangre.

—Hay sacrificios aún mayores —prosiguió la reina Margot sin alterar el tono de voz, aunque reconocí cierta amenaza.

Tal vez no fuera una bruja, pero en sus ojos distinguí un brillo familiar, el mismo que en la Bruja del Río. Un brillo espeluznante que hacía que estuvieras dispuesta a correr hasta el fin del mundo para alejarte de ella.

Pero no eché a correr. Me gustara o no, estábamos juntas en eso. Necesitaba a la reina Margot tanto como ella me necesitaba a mí. Ella era la llave que me llevaría a Bale y me ayudaría a regresar a mi mundo. No tenía más opción que aceptar el trato. Fui lista y elegí el brazo derecho. No quería que viera el tatuaje del mapa de Algid que tenía en el izquierdo. Respiré hondo, extendí el brazo y me arremangué, revelando así los cientos de marcas que me habían dejado las agujas de Whittaker.

Margot desenvainó un puñal con varias piedras preciosas encastadas. Al ver todas aquellas cicatrices, vaciló unos instantes. No sé qué debió de pensar, pero varios segundos después pasó el filo del puñal por mi palma.

El corte no fue profundo, pero admito que me dolió. Fue un dolor físico y tangible, nada que ver con el torbellino de emociones incoherentes y confusas que me había perseguido desde que aparecí frente al Árbol.

¿Qué estaba haciendo? ¿Cuánta sangre necesitaba?

Aparté el brazo y ejercí presión sobre la palma para detener aquel flujo de sangre. Ahora me tocaba a mí.

—Quieres que Jagger vuelva a viajar hasta mi mundo para encontrar a tu hija, ¿verdad? —pregunté.

Margot alzó la mirada, asombrada.

—¿Jagger te ha contado eso? Reconozco que es un charlatán, pero nunca da información a cambio de nada. Es un chico muy difícil de sobornar... Cualquiera pensaría que el hecho de estar rodeado por un montón de chicas hermosas le habría hecho inmune a sus artimañas seductoras, así que intuyo que le has debido de impactar mucho —dijo.

—Deja que Jagger nos lleve con él cuando vaya. Entonces podrás tener toda mi sangre, si quieres —ofrecí.

—Querida, ¿crees que esto es una negociación? Si quisiera, podría arrebatarte hasta la última gota de tu sangre.

Era más que evidente que la reina Margot se creía en absoluto control de la situación. Y no solo eso, se creía superior a mí, a pesar de que mi estirpe estaba por encima de la suya.

—Y yo podría destruir este lugar —repliqué, pero enseguida me arrepentí de haberlo dicho. No había logrado vencer al Esbirro. ¿Cómo podía pensar que derrocaría al rey sin ayuda?

—¿En serio? Tú misma acabas de admitir que no controlas tu poder. Algo me dice que no te atreverías a derribar mi palacio, y menos si eso conlleva matar a todas esas chicas inocentes. Y a mi Jagger.

Le respondí con un silencio glacial y una mirada penetrante. Ella continuó examinándome.

—¿Qué se siente al saber que tu existencia destruyó todo un mundo? —preguntó Margot, con una nota de emoción en la voz.

—Es lo mismo que si no lo supiera.

Era mentira. Pero, después de lo que había visto, no quería entrar en su juego ni en el de la Bruja del Río. Hasta entonces, todo lo que había vivido había ocurrido entre las cuatro paredes de Whittaker, una diminuta burbuja de nieve. Y ahora todo el mundo me taladraba con aquella leyenda épica cuya protagonista era yo. No pretendía ser la salvadora de Algid, ni tampoco su condena. Lo único que quería era volver a casa.

—Jagger me habló de la vida que llevabas en el Otro Mundo. Unas condiciones espantosas para una princesa. ¿Qué crees que va a pasar cuando regreses? ¿De veras crees que tu madre, la reina Ora, va a dejarte volver? ¿De veras quieres pasar el resto de tu vida encerrada en ese lugar?

—Me enfrentaré a ella con la verdad —repliqué.

—¿Y luego qué? ¿Dejarás que vuelva a tratarte como a una chiflada? ¿Dejarás que te drogue con ese cóctel molotov de pastillas? ¿Dejarás que te encierre en ese manicomio hasta que pase la profecía?

¿Cóctel? Jagger se había explayado. Le había contado todos los detalles. Y oír todo eso de la boca de Margot me dolió más de lo que esperaba.

—No lo sé, pero prefiero tentar a la suerte allí y no aquí.

—Pero ¿es que no lo ves? Cuando la profecía haya pasado y las auroras se apaguen, ya no te quedará alternativa. Solo tendrás una oportunidad para ascender al trono. Después, el mundo le pertenecerá al rey, y todos los que vivimos en él sufriremos.

—Este no es mi mundo.

—¿En serio nos dejarías tirados? ¿Te marcharías sin echar la vista atrás? Eres igual que tu madre.

—Ella quería salvarme.

—¿Y qué me dices de su tierra? ¿De Algid? Era nuestra reina. Pero antepuso tu vida a todas las demás. Y ahora tú estás haciendo exactamente lo mismo.

—Sí. No voy a preocuparme por un mundo al que no le importo. No conozco este lugar. No lo necesito. Y, por lo que he visto hasta ahora, no merece la pena salvarlo. Está lleno de mentirosos, ladrones y criaturas horrendas.

Otra mentira. Gerde había intentado salvarme y, por hacerlo, había salido malherida. Y Kai había utilizado su hopper para rescatarme. Incluso la Bruja del Río, a su manera, había querido ayudarme. Pero quería que Margot cerrara el pico de una vez, y esta era una opción mucho mejor que una tormenta de hielo.

—Majestad… —empezó la reina Margot, pero luego se quedó callada, pensativa—. Está bien. Cuando consiga tu sangre, la magia y el espejo, tú decidirás tu destino. Te concederé lo que pides.

Había sido muy convincente. Había conseguido mentir a la reina de los ladrones. Había logrado ocultar todo lo que sentía por la gente de Algid que me había tratado bien. Extendí el brazo de nuevo. Mi sangre llenó un cáliz plateado que había aparecido de la nada y que sujetaba la reina Margot. Después sonrió y lo acercó a la luz. A simple vista no me pareció un cuenco especial, pero ella lo miraba como si hubiera encontrado la respuesta a todas sus plegarias.

Por su bien y por el mío, esperaba que tuviera razón. Sin embargo, una parte de mí sintió una punzada de arrepentimiento. Si era cierto que atesoraba tanto poder, ¿me había equivocado al regalarlo? ¿Debería haberle preguntado qué pretendía hacer con él? No confiaba en Margot, ni en nadie de aquel palacio. ¿Cumpliría con su parte del trato?

Qué más daba; ya no había marcha atrás. Me incliné hacia delante y la observé. Sus ojos verdes brillaban de emoción.

—Sé que no tienes fe, cielo. Y, aunque la creencia popular asegura lo contrario, da lo mismo. La magia no es una cuestión de fe, sino de voluntad y ciencia. Y, de eso, tengo para dar y tomar.

—¿Para qué es la sangre? —pregunté, tal vez demasiado tarde.

Debería haberlo hecho antes. Me había convencido de que me daba lo mismo porque lo primordial en ese acuerdo era Bale. Pero cuando vi que Margot removía la sangre del cáliz, empecé a sospechar que iba a bebérsela. O a convertirla en una especie de arma mortal. Aquella idea, un tanto estrambótica, me hizo pensar en Chord, de Whittaker. Se lo habría creído a pies juntillas. Sin embargo, después de todo lo que había visto en los últimos días, no ponía la mano en el fuego por nada ni por nadie, ya que habían ocurrido cosas que jamás habría imaginado.

—Nuestro acuerdo no incluye esa información. Pero no veo por qué no puedo contártelo.

Chasqueó los dedos y, de repente, emergió un círculo de puñales medievales en el centro de la habitación. Todos se cernían en el aire, justo delante de mí.

—¿Qué es eso?

—La última vez que estuvimos en el palacio de la duquesa, descubrimos que tenía un trozo del espejo. Así que fue cuestión de tiempo que averiguáramos quién había sido el arquitecto encargado de diseñar la caja fuerte. El tipo, muy amable, por cierto, nos hizo una réplica de la caja. Y estos puñales forman parte de la cerradura.

Silencio.

—Este artilugio es idéntico al que protege la caja fuerte —prosiguió—. La sangre real es lo único que puede abrir la caja. No podemos replicar la trampa que puede haber tras el muro, pero al menos esto nos ayudará a superar el primer obstáculo.

Cogió el cáliz y, con mucho cuidado, vertió una gota de mi sangre sobre cada uno de los puñales. Al principio, no ocurrió nada. Sin embargo, unos segundos más tarde, todos los cuchillos empezaron a girarse, apuntando directamente a Margot.

Margot murmuró unas palabras que no pude oír y, acto seguido, todos los cuchillos cayeron al suelo.

—Eso no es lo que debería ocurrir, ¿verdad? ¿No ha funcionado? —pregunté.

La reina Margot cogió un cristal al azar. Desprendía un brillo rojo escarlata.

—Esto reacciona en presencia de magia. Demuestra que hay magia en tu interior. Debería haber funcionado. No lo entiendo. Tienes la sangre para entrar, no dudes en pasar —dijo, esta vez en voz alta, pero tampoco ocurrió nada—. Estaba segura de que sería tu sangre. Y de que con eso bastaría... —farfulló, confundida.

Los cuchillos empezaron a repiquetear en el suelo, pero esta vez todos apuntaban hacia mí.

—¡Márchate! —ordenó la reina Margot.

Salí corriendo de aquella sala y, a mis espaldas, oí el estruendo de varios cristales haciéndose añicos.

22

A través de la ventana de mi habitación vi que se había empezado a formar un tornado de nieve. Había intentado abrir la puerta principal del Claret, pero estaba cerrada con magia. Tenía que encontrar otra manera de salir de allí.

—No puedo quedarme aquí. Tengo que irme —le dije a Jagger—. ¿Me ayudarás? ¿O tendré que hacerlo yo sola?

—No puedo ayudarte.

—Ah, claro, se me había olvidado. Las Normas del Ladrón, ¿verdad? Entonces apártate de mi maldito camino. Esto va a gustarte.

Sin embargo, él no se movió, se quedó justo donde estaba, en mitad de mi camino. Sabía tan bien como yo que no me atrevería a arrojarle un tornado.

—¿Qué ha pasado, Snow?

—Margot ha tratado de abrir su cerradura con mi sangre, pero no ha funcionado, así que, en su berrinche de niña pequeña, me ha lanzado varios cuchillos —expliqué, y me alejé de él—. Quizá tenga nieve, pero no soy inmune a objetos puntiagudos y afilados —acabé.

Él me examinó durante unos segundos.

—Entre nosotros, que te vayas o no da lo mismo. Has firmado un trato. Y ahora que Margot tiene tu sangre, puede crear un hechizo localizador. Así que vayas donde vayas, te encontrará. No puedes esconderte. Y, aun suponiendo que Margot decida dejarte marchar, ahí fuera hay un montón de

Ladrones dispuestos a venderte al mejor postor. Y sin olvidarnos del Esbirro, que está rastreando todo Algid con la esperanza de encontrarte para entregarte al rey. ¿Sabes lo que ofrece el rey a cambio de tu cabeza? —preguntó Jagger.

Volvía a estar en peligro. Aquellas chicas no eran mis amigas; y Jagger, tampoco. Encontrar a alguien dispuesto a llevarme a casa, encontrar el espejo y recuperar mi vida era una posibilidad bastante remota, por no decir imposible.

De repente me sentí cansada. Fue como si a cada músculo de mi cuerpo se le hubiera acabado la batería y ya no pudiera mantenerme en pie ni un segundo más. Por primera vez en mi vida, deseé volver a mi jaula, en Whittaker. Echaba de menos la tranquilidad. El silencio. A Bale.

—Pensaba que al traerte aquí te estaba haciendo un favor —continuó Jagger.

—Porque creías que te lo pagaría con mi sangre.

Él se encogió de hombros.

—Aun así, te prometo que te protegeré.

—Todo esto que me está pasando es por tu culpa —le solté, aunque en el fondo sabía que no era verdad. Mi padre había empezado todo eso. Necesitaba un chivo expiatorio, alguien a quien culpar de todos mis males, y el único que estaba ahí era él.

—No pienso pedirte disculpas por haberte sacado de Whittaker ni por haberte ofrecido una manera de salvar a Bale.

—Déjame adivinar. Las Normas del Ladrón.

—Sé que no me crees, y no te culpo por ello. Pero no quiero que te pase nada malo. Así que cumpliré con mi promesa.

—Eso está por ver. No confío en ti. Dudo mucho que me ayudes a salvar a Bale, la única persona en el mundo que se ha ganado mi confianza. No sé quién eres, quiénes sois. Ni siquiera os mostráis tal y como sois entre vosotros. ¿Cómo podéis vivir así? No quiero ocultar mis cicatrices; ojalá no tuviera magia y, ya puestos, ¡preferiría bailar con los pies en el suelo! No quiero vivir en un sueño…, tan solo quiero vivir. Como una persona normal y corriente. Quiero sentir cosas, cosas de verdad.

—Está bien. Lo que voy a decirte no te va a gustar nada —añadió Jagger en voz baja.

Por un momento, dudé de que me hubiera escuchado. Pero entonces suavizó la mirada y me pareció ver una expresión de dolor, como si cada una de mis palabras le hubiera golpeado en todo su cuerpo.

—¿Aún hay más? —pregunté, incrédula.

—Conozco una manera de asegurarnos de que Margot y las ladronas te mantengan a salvo.

—¿Cómo?

—Conviértete en uno de los nuestros, en una ladrona.

—Pero eso es…

¿Ridículo? ¿Una locura?

Y antes de que pudiera decir algo más, todo a mi alrededor se volvió borroso, y después negro. Tras unos segundos de oscuridad, aparecí dentro de una casa.

Era una casa pequeña, y las paredes de color blanco. Era bastante austera y apenas había muebles. Miré a mi alrededor, pero no me pareció estar en Algid. Tampoco en Whittaker. No entendía el sueño, sobre todo porque me daba la sensación de estar totalmente despierta. Sin embargo, aquella casa me resultaba familiar.

La había visto antes. Bale me la había enseñado en fotos. Era su casa. La misma casa que él había quemado y reducido a cenizas.

El doctor Harris había dicho alguna vez que la mente siempre creaba un lugar seguro al que ir cada vez que, en el mundo real, las cosas se ponían feas o complicadas. Bale se había encerrado en la casa en la que había nacido y crecido, la casa que él mismo había incendiado. Y lo hacía para prenderle fuego una y otra vez.

Bale de niño paseando de un lado a otro de su casa. Bale de niño observando cómo se quemaba.

Pero ¿por qué estaba viendo el lugar seguro de Bale? Y entonces capté un destello de otro lugar, un lugar en el que nunca había estado. Era una habitación triangular, como si estuviera en una torre o en un campanario.

—Snow. —Bale había pronunciado mi nombre.

Allá donde estuviera, estaba pensando en mí.

—Snow… —llamó otra voz.

La voz de Jagger me devolvió a la realidad y a la penumbra del Claret. Necesitaba un minuto más. Unos segundos más con Bale. Tan solo unos instantes para saber exactamente dónde estaba.

—Snow… —repitió Jagger, esta vez sujetándome de los brazos y sacudiéndome.

Tardé un momento en enfocarle.

—¿Qué acaba de pasar? —preguntó, mirándome con detenimiento.

—He mirado a través de los ojos de mi novio, de mi novio desaparecido. O al menos eso creo.

—¿Dónde estaba? —preguntó Jagger.

—En una habitación oscura. Creo que estaba sufriendo. Era una habitación triangular, igual que esta.

Dibujé la imagen en el aire; estaba mejorando y empezaba a controlar mis poderes, lo cual me emocionó. Me pareció un truco genial, con un montón de posibilidades.

—Las mazmorras del rey —dijo Jagger, casi con orgullo.

Por lo visto, mi descripción le bastó para demostrar que tenía razón sobre dónde creía que estaba Bale. Ni siquiera se molestó en preguntarme en qué estado lo había visto. Era evidente que no le preocupaba en lo más mínimo, lo cual me crispó e hizo que se me congelaran las puntas de los dedos.

Me tragué las ganas de cerrarle esa bocaza con una bola de nieve y pregunté:

—¿A ti no te importa nadie, verdad?

—A todo el mundo le importa alguien —dijo; en ese momento, me pareció que hablaba con total sinceridad—. Y, si tienes suerte, más de una persona —añadió, como si acabara de acordarse de que no podía ser tan sincero conmigo.

Suspiré. Estaba harta de su encanto. Harta de su carisma. Harta de la belleza mezquina del Claret.

—Lo más probable es que estés marcada —dijo, como si pudiera intuir que estaba a punto de llegar a mi límite—. Por eso Bale y tú estáis conectados. Por eso puedes verle.

—¿Eso forma parte de la profecía? —pregunté.

—No, forma parte de Algid. Cuando quieres a alguien, y me refiero a amar incondicionalmente, y tienes magia, es posible que os imprimáis, que dejéis una huella el uno en el otro. No es más que una leyenda. Aunque, como ya te he dicho, tú también eras una leyenda, hasta que te conocí.

¿Imprimar? En una ocasión había visto una película en la que un hombre lobo se había enamorado de una chica y se había imprimado de ella, creando así un vínculo irrompible y eterno. ¿Bale y yo también estábamos imprimados?

Ignoré el comentario, pese a que me había parecido un cumplido, e intenté comprender lo que acababa de decir.

—¿Como en los cuentos de hadas? ¿Como cuando el príncipe besa a la princesa y la despierta de un coma inducido por arte de magia...? ¿Te refieres a algo así?

Jagger me miró como a un bicho raro; al parecer, la idea le pareció de lo más extraña y descabellada, por lo que supuse que el cuento de la Bella Durmiente no le sonaba de nada.

—Por supuesto, no podemos descartar la idea de que no haya ninguna marca. Tal vez te parezcas más a tu padre de lo que creemos.

—¿Y qué se supone que significa eso?

—El rey Lazar asegura que es capaz de utilizar su nieve para colarse en la mente de los ciudadanos de Algid. O, al menos, ese es el rumor que corre por ahí. En mi opinión, es un farol. Otro de sus engaños para hacer que la gente le tema…

—Si tuviera poderes mentales, tú no estarías hablando ahora mismo —murmuré.

Él se quedó pensativo durante unos segundos, con una sonrisa en los labios, y luego siguió elaborando su primera teoría.

—En general, la imprimación va acompañada de alguna especie de marca física.

Dibujé la marca que había visto en el brazo de Bale en el aire. La imagen se quedó ahí suspendida durante unos segundos, aunque a mí se me hicieron eternos.

—Como te he dicho, nunca he visto una imprimación, pero, si no me equivoco, la leyenda cuenta que cambia según la persona. Se supone que cada una es distinta.

—Como un copo de nieve —apunté con sarcasmo.

Él sacudió la cabeza.

—Iba a decir que cada amor es distinto. Pero tu metáfora también funciona.

—El símbolo… se parece a algo que había en el Árbol, Jagger.

—Tu madre y el resto de las brujas crearon el Árbol para que pudiera sacarte de Algid. Lo más probable es que sea tu runa.

—¿Runa?

—Lo siento mucho, pero nunca se me han dado muy bien los símbolos… Deberías hablar con Fathom sobre el tema…, pero las brujas tallan y esculpen las runas por muchas razones, aunque sobre todo por protección.

—¿Y yo las esculpo en personas?

—Tú eres especial, Snow. Eres la hija de un rey y una bruja… Tal como dice la profecía, quizá seas la criatura más poderosa que jamás haya nacido. ¿Por qué no podrías querer, amar con más intensidad?

Las palabras de Jagger se quedaron suspendidas en el

aire, igual que mi dibujo. Me esforcé por aguantarle aquella mirada tan implacable.

—Así pues, o estoy unida a Bale de por vida, o tengo poderes mentales sobre el mundo…

—Entre nosotros, albergo la esperanza de que no sea ni una cosa ni la otra —dijo.

—¿Perdón?

—Espero que no estés canalizando a tu novio. Ni que tengas poderes mentales.

—¿Prefieres creer que he perdido la chaveta y que sueño despierta con mi novio desaparecido? ¿Por qué?

—Por dos motivos: uno, no me gusta la idea de que estés psíquicamente unida al Hombre Fuego.

—¿Y a ti qué te importa a quién estoy psíquicamente unida? —interrumpí.

—Lo que me lleva al motivo número dos: no me gusta la idea de que puedas meterte en mi cabeza y averiguar lo que estoy pensando.

—¿Y por qué no me dices lo que estás pensando y punto?

—¿Y cómo nos divertiríamos entonces? —contestó él.

—Cuando besé por primera vez a Bale y él se derritió, estaba muy colocada. Pensé…, pensé que el beso…, pensé que le había vuelto loco, loco de verdad… —solté, sin mirar a Jagger.

Él me cogió por la barbilla y la levantó para que le mirara a los ojos.

—Snow, eres una fuerza de la naturaleza. Pero jamás creería eso.

Y luego me soltó.

Aparté de nuevo la mirada, pero en el fondo estaba agradecida, más de lo que habría querido. Y su caricia también me había afectado más de lo que habría querido. Sobre todo ahora que sentía que Bale estaba tan cerca.

Tal vez había logrado penetrar el caparazón de carisma

de Jagger. Pero entonces dijo algo que me dejó estupefacta.

—La conexión nunca es en sentido único, sino doble, Snow. Bale también puede ver a través de ti. Si realmente está en las mazmorras del rey, a lo mejor eso le dará esperanzas. Le mantendrá con vida hasta…

—¿Hasta que le saquemos? De acuerdo. Haré lo que me pidáis. ¿Queréis que sea una ladrona? Pues seré una ladrona.

Y, de repente, Margot apareció a su lado.

—No lo habría dicho mejor —dijo con una sonrisa.

No sabía si lo habría escuchado todo, pero necesitaba negociar algunas condiciones.

—¿Ahora te dedicas a espiarme? —pregunté y, por primera vez, cuadré los hombros. Estaba rabiosa. Fuera, se empezó a oír una pequeña tormenta de nieve abriéndose camino entre los árboles—. Yo he cumplido con mi deber con el Claret —dije—. Me prometiste que me ayudarías a recuperar a Bale y que podría irme a casa si te daba mi sangre. Mi parte ya está hecha.

—Snow, te pedí que me entregaras sangre, sangre por la que fluía magia. Pero tu sangre contiene secretos que se me escapan. Así que no, todavía no has cumplido con tu parte del trato. No pienso ayudarte hasta que tenga el espejo de la duquesa en la mano. Creímos que podríamos trasladar tu sangre y llevárnoslo, pero, para que el hechizo funcione, tú debes estar presente. Quizá la sangre tenga que salir directamente de tu cuerpo. O eso es lo que espera Fathom. Por supuesto, antes debemos averiguar si tu sangre funciona.

—¿Fathom es la experta en sangre? —pregunté.

Ella asintió con la cabeza. Esta vez quería que mordiera el anzuelo de lleno, que cayera en su trampa. No vi ningún cáliz.

Continuó, dando así por hecho que estaba dispuesta a todo por lograr mi objetivo.

—Por lo visto, Jagger tiene razón. Tenemos que convertirte en una de nosotras… O jamás podrás acceder al palacio de la duquesa. Mis niñas se equivocaban: podrías beberte hasta la última gota de la magia que contienen esos frascos o robar miles de espejos y, aun así, no serías una buena ladrona. Tendrías que trabajar duro, demasiado duro. Pero eres la princesa Snow, así que no me cabe la menor duda de que estarás a la altura de este desafío.

—Quiero algo más —dije mientras sopesaba una idea.

—Normas del ladrón: debes aprender que no hay regalos, querida.

«Eso ya lo sabía incluso antes de venir aquí», pensé. Recordé las manoplas que mi madre me había regalado el día antes de venir a Algid. Ahora representaban toda una vida de culpabilidad y secretos por su parte.

—Solo quiero saber una cosa. He pasado toda mi vida ajena a todo, sin saber absolutamente nada. No quiero seguir viviendo en esa oscuridad.

—¿Y qué quieres pedirme, exactamente? —preguntó.

—Quiero saber cómo funciona. Cómo funciono. Enséñame. Enséñame a utilizar mi magia —respondí, y me coloqué delante de Margot.

Ella se apoyó en el marco de la puerta y dijo:

—Ojalá pudiera hacerlo, pero no puedo. No sé cómo.

—Entonces te pediré otra cosa. No quiero que Jagger se encargue de mi entrenamiento. No quiero que sea mi profesor. Maldita sea, lo quiero lo más lejos posible.

Jagger me miró, sorprendido. Margot soltó una carcajada y me respondió con una única palabra.

—No.

23

Unos minutos después, sellé mi trato con la reina de los ladrones. Volvimos a la sala donde atesoraban todos los frascos y, esta vez, metí la mano dentro de la cerradura. Sentí que se bebía mi sangre y, de repente, los puñales se cayeron al suelo.

—Corre el rumor de que la cerradura cambia a diario.

—¿Y el que ideó esta cerradura no puede confirmarlo? —pregunté, con la mosca detrás de la oreja.

—Por desgracia, murió antes de poder compartir esa información.

Entonces Margot desapareció con una sonrisa de satisfacción. Regresé a mi cuarto, preguntándome si había tomado la decisión correcta.

Había accedido a convertirme en una Ladrona. Era la única manera de poder protegerme. Y el primer paso que debía dar para convertirme en una ladrona era averiguar qué implicaba y qué tendría que hacer. Había llegado el momento de hacer las paces con el resto de las ladronas.

Encontré a Fathom en una habitación fría, iluminada únicamente por un foco que irradiaba un resplandor demasiado blanco. Me recordó a uno de esos laboratorios médicos o científicos que había visto por televisión.

—No deberías estar aquí —me desafió Fathom.

—¿Qué es este lugar? —pregunté, y entré.

Algo gruñó en una de las esquinas. Me giré y vi un lobo

de nieve atrapado dentro de una caja de cristal. El animal era extrañamente hermoso. Solo había visto lobos de nieve el día que había llegado; me habían perseguido por el bosque, por lo que no pude verlos bien. No pude contenerme y me acerqué a aquella jaula de cristal.

Cuando estaba a apenas unos centímetros, el lobo de nieve se lanzó hacia el cristal y se desintegró en una explosión de copos de nieve. Un segundo después, los copos se volvieron a unir, formando de nuevo al lobo de nieve. Arremetió contra mí una segunda vez y ocurrió lo mismo.

—Nunca le había visto hacer eso —comentó Fathom, con la nariz arrugada. Echó un vistazo a su mascota, o lo que fuese, después me miró a mí y por último volvió a mirar a la jaula. No dijo nada, pero sabía que estaba devanándose los sesos en busca de una explicación.

—¿Por qué tienes un lobo de nieve? —quise saber.

—Es una afición. Aquí, en el Claret, nada es gratis. Margot me permite tenerlo a cambio de mis servicios.

—¿Qué servicios?

Fathom dio un golpecito a un interruptor y, de inmediato, se encendió una bombilla al fondo de la habitación. Allí, sobre una especie de mesas de operaciones de madera, había decenas de cuerpos de mujeres. Y todos sin vida, claro.

—¿Alguna vez te has preguntado de dónde sacamos nuestros rostros? —preguntó Fathom.

Contemplé aquellos cadáveres estupefacta. Y luego me fijé en uno en particular. Tenía la misma cara, los mismos rasgos que Fathom.

—La verdad es que nunca…

Jamás se me había ocurrido pensar en los rostros que mostraban. Había asumido que las ladronas los habrían ideado y creado ellas mismas.

—Robamos los rostros —presumió—. Para que la magia funcione, debo tener una parte de ellas, como un mechón de cabello o unas gotas de sangre.

Entonces se acercó a su doble. Rememoré esos momentos en que Jagger había adoptado el rostro de Bale. Según Fathom, eso significaba que le había quitado algo. Pero ¿cuándo? ¿Y cómo?

—¿Las matas? —pregunté, aunque la verdad es que temía la respuesta.

Y entonces lo que la Bruja del Río había dicho sobre el sacrificio volvió a mi mente. Al parecer, las criaturas que, de forma natural, no gozaban del don de la magia, tenían que hacer más sacrificios para conseguirla.

—No suelo hacerlo. Piénsalo así: después de morir, una parte de ellas sigue con vida. Algo es algo, ¿verdad?

—Pero ¿dónde encuentras los cuerpos? —pregunté, con la esperanza de que me hubiera tomado el pelo y de que, en realidad, no fuera una asesina desalmada. Encontrar cadáveres ya me parecía de por sí espeluznante.

Ella suspiró.

—Saqueando tumbas, por supuesto.

«Al menos es mejor que la alternativa», pensé para mis adentros. Pero reconozco que en ese momento sentí que el mundo de los ladrones, un mundo escurridizo y lleno de secretos, giraba sobre su propio eje para adentrarse en una realidad más tenebrosa de lo que habría imaginado.

—Puedes venir conmigo, si quieres. Podemos buscar un rostro bonito, uno que te favorezca —desafió con tono meloso.

¿En qué me había metido?

Negué con la cabeza y salí de aquella morgue tan extraña. Y, cuando atravesé el umbral, eché a correr.

24

Cuando volví a mi habitación, me encontré con un vestido sobre la cama. Era precioso, más que la colección de vestidos de día que había aparecido misteriosamente en mi armario después de mi primera noche en el Claret. Estaba recubierto de plumas. Y era de un color sorprendente, una especie de plateado lavanda que me recordó a los árboles.

Acaricié el vestido.

—Póntelo y sube al tejado —me susurró una voz al oído.

Un segundo más tarde, la puerta se cerró de golpe. Reconocí la voz de inmediato. Era Howl, la chica que había entonado aquella dichosa melodía en el salón del trono.

Debió de haber utilizado un hechizo de invisibilidad. Pero ¿por qué? ¿Qué pretendía? Si me probaba el vestido, ¿me asfixiaría hasta matarme? ¿Era una jugarreta? ¿Una trampa?

Me quedé observando el vestido varios minutos; al final, decidí ponérmelo y subir al tejado. No estaba segura de lo que estaba haciendo. Tras cada paso que daba, volvía a plantearme si estaba haciendo lo correcto. Pero lo cierto era que no podía quedarme sentada y de brazos cruzados con esa maravilla de vestido puesto. Tal vez fuera por todos esos años encerrada en Whittaker, incapaz de hacer lo que todos los niños hacían. El caso es que no podía ignorar ni aquel fantástico vestido de gala ni una invitación tan misteriosa como aquella.

Cuando llegué al tejado del castillo, todas las ladronas, salvo Margot, estaban allí. Formaban un círculo alrededor de un símbolo muy extraño garabateado sobre la azotea. Me recordó a los grabados en la corteza del Árbol.

Las chicas llevaban vestidos de plumas, como el mío, solo que los suyos eran de colores pastel irisados. Un par de ellas se hicieron a un lado y entonces avisté a Jagger. Él no estaba en el círculo. Se pasó una mano por el pelo, dejándolo así perfectamente alborotado, y luego se estiró el traje, que también estaba cubierto de plumas, de plumas negras.

Aquel atuendo no podía favorecer a todo el mundo, pero el carisma y el atractivo de Jagger eran mágicos por sí solos. Podía ponerse lo que le viniera en gana porque todo le quedaba bien. Estaba enfadada con él, pero debía reconocer que estaba guapo.

Cada ladrona sujetaba una vela, aunque todas estaban apagadas.

Entonces me di cuenta de que aquello era un ritual de iniciación. Dedicado a mí.

—¿Esto va en serio? —pregunté.

—Cuando llegaste, las ladronas no te dimos la bienvenida que merecías —respondió Fathom.

Era evidente que, en ausencia de Margot, ella había tomado el relevo.

—¿Y qué va a ocurrir ahora? —pregunté, impaciente.

—Tu entrenamiento empezará mañana. Pero ahora es el momento de la bienvenida —dijo Fathom con un tono dramático.

Admito que estaba bastante sorprendida. Aquellas chicas me habían dejado bien claro que no querían saber nada de mí. Y yo, por mi parte, había tratado de dejar bien claro que no quería saber nada de Jagger. Ni siquiera me había molestado en saber cómo se llamaban, porque no creía que fuera a quedarme allí mucho tiempo.

Jagger ocupó su lugar sobre el símbolo del suelo. Me

pregunté si, después de todo, sabía qué significaba. ¿Sería otra mentira que sumar a la lista?

Encender un puñado de velas, recitar unos poemas. Bailar alrededor de una hoguera.

Podía hacerlo. Howl me entregó una vela y, sin musitar palabra, caminé hasta el centro del símbolo. Le di la espalda a Jagger.

Fathom sopló su vela y la encendió.

La llama fue saltando de una vela a otra, iluminándolas a todas. Otro truco de magia. Por fin, la vela que yo estaba sujetando se encendió.

—Bienvenida, princesa de las ladronas. Tu vida es tuya. Tus botines son nuestros. Te veremos al otro lado.

Fathom dejó su vela en el suelo y me cogió de la mano.

Estaba bastante desconcertada. ¿Qué tipo de ritual era ese? Sin duda, era menos doloroso que las sesiones de terapia grupal de Whittaker. Pero no era tan fácil. Fathom me llevó hasta el borde del tejado. Y dio un paso hacia delante. Esperaba que yo hiciera lo mismo.

Quería que saltara.

Era otra prueba. Todos esperaban que creara un tornado, o algo así, que amortiguara la caída. Pero no estaba segura de poder hacerlo sin destruir el Claret.

—Quieres que utilice mi nieve…

—No, quiero que des un salto de fe. Confía en nosotros. Confía en los ladrones. Y, cuando aterrices, formarás parte de nosotros.

—Pero no soy una verdadera… —empecé, pero me callé antes de pronunciar la última palabra: ladrona.

—No tienes que hacerlo si no quieres —dijo Jagger.

Le miré con el ceño fruncido. Aún no estaba preparada para hablar con él.

—Todos lo hemos hecho —añadió Howl con tono severo.

Las chicas me observaban, esperando ver qué decidía hacer.

No me quedaba más remedio que convertirme en una ladrona para recuperar a Bale. Y sabía que, para ello, tenía que dar ese paso.

Cuando asistía a la terapia grupal del ala A, en Whittaker, solíamos practicar caídas de confianza en la sala de juegos. Siempre acababa siendo una actividad desastrosa, pero cómica. Wing no quería que nadie la cogiera y Chord creía que, al caer, viajaría en el tiempo y aparecería en otro siglo. Los dedos de los pies se asomaban por el abismo y, a decir verdad, no me fiaba mucho de los ladrones.

Pero entonces pensé en Margot y en el modo en que las chicas la miraban. Pensé en mi nieve y en cómo creía que podría salvarme sin que yo se lo ordenara. Y pensé en Bale, que estaba ahí fuera, en algún lugar, bajo las auroras, soñando conmigo y esperando a que yo lo encontrara.

Las otras chicas se reunieron conmigo en la cornisa. Y entonces salté.

Las demás hicieron lo mismo. Una línea de chicas desplomándose en mitad de la noche.

En un abrir y cerrar de ojos me sentí en caída libre. Esa sensación, la de estar precipitándome al vacío, me asustó. Me entró pánico, pero un pánico distinto, desconocido. Miré hacia abajo y empecé a calcular la distancia que habría hasta el suelo y el tiempo que tardaría en estrellarme. Llegado el caso, ¿cuánto tardaría mi nieve en aparecer y rescatarme?

Esperé y observé; me daba la sensación de estar dentro y fuera de mi propio cuerpo. A mi izquierda, el Claret y, a mi derecha, los árboles, que ahora se habían teñido de color púrpura.

Las otras chicas parecían felices, como si la caída les pareciera de lo más emocionante.

Tal vez estaban como una regadera. O tal vez aquello fuera un juego y todo el mundo esperaba que estirara de mi nieve como si fuera la cuerda de apertura de un paracaídas. Tal vez esperaban que las salvara.

El suelo cada vez estaba más cerca. Así que cerré los ojos e invoqué mi nieve. Con un poco de suerte, podría crear un tornado que nos tragara a todas y nos salvara. A lo mejor, si nos cogíamos de las manos y nos sujetábamos fuerte, funcionaría.

Y justo cuando estaba en la etapa de «crucemos los dedos y que sea lo que Dios quiera», oí una especie de aleteo. Eran las plumas de mi vestido. Estaban batiéndose.

Gracias a las plumas, dejé de caer en picado y empecé a planear, igual que el resto de las chicas. Fue una sensación muy extraña. Debo admitir que me sentí aliviada. Me estaba deslizando igual que una mariposa, con movimientos suaves y elegantes. No pude contener una sonrisa. Poco después, aterricé frente al Claret.

Howl soltó un aullido salvaje. Las chicas reían alegremente y luego, tras un par de estiramientos, entraron a toda prisa en el palacio, eso sí, de forma ordenada, en fila india.

—¿Te apetece probar otra vez? —preguntó Howl, atusándose las plumas.

—Dame un minuto.

Ella se encogió de hombros y se marchó.

Apoyé la espalda contra el muro del Claret y alcé la mirada.

Unos minutos más tarde vi que todas las chicas volvían a saltar del tejado. Observé aquellos vestidos de plumas voladores. «Ojalá Wing pudiera ver esto», pensé. Mi vida había cambiado por completo desde que me había ido de Whittaker. Ahora podía volar.

25

Al día siguiente, por la mañana, me encontré a Jagger sentado en el trono de Margot.

—¿Qué demonios estás haciendo? ¿Dónde está Margot?

—Está en su laboratorio. Seguro que está intentando encontrar un modo de utilizar tu sangre sin tener que utilizarte a ti. En fin, ¿empezamos tu entrenamiento como ladrona?

—¡No!

—Mira, Snow, el arte del robo se basa en dos principios básicos —dijo Jagger, ignorando así mi queja—, el físico y el mental. Sin olvidarnos de la seducción, claro…

—Ya le dije a Margot que no te quería como profesor.

—Norma uno del ladrón número uno: nadie te va a dar lo que quieres; tienes que quitárselo.

Me estaba poniendo de los nervios, pero no quería que Jagger me viera furiosa.

—De acuerdo.

—Y, si pretendes ser una buena bandida, necesitas ponerte al día con el físico. Y sin utilizar tu magia —puntualizó—. Hasta que no entiendas tu poder, hasta que no seas capaz de controlarlo y utilizarlo a lo grande, no nos servirá de nada en un atraco. Un ladrón es física y mentalmente más rápido que su objetivo, y tú te has pasado demasiados años colocada, allí, en Whittaker.

—¿Y qué me dices de la seducción? —pregunté, arqueando una ceja.

—No es lo que tú crees —dijo con una sonrisita astuta—. Solo tienes que averiguar qué desea la gente, qué ansía, y dárselo. Aprovecha esos momentos de felicidad para hurgar en sus bolsillos. El objetivo es entrar y salir sin que nadie se dé cuenta hasta mucho más tarde. Así, el objetivo se percatará de que le falta algo horas después, cuando llegue a su casa. Pensará que quizás haya sido culpa suya. Creerá que lo ha perdido, no que se lo han robado.

—Parece pan comido —dije.

Me acordé de Magpie y de aquella expresión de regocijo que siempre mostraba. No era por el alijo que tenía escondido debajo de la cama, sino por la satisfacción que sentía al quitarlo. Disfrutaba haciéndolo porque, para ella, era como un juego. Magpie no había nacido siendo malvada. Las estrategias que utilizaba para sacarme de quicio y humillarme en Whittaker las había aprendido allí, en el Claret. ¿Cómo podía confiar en el lugar y en las personas que habían transformado a Magpie en un ser diabólico y miserable?

Jagger esbozó una sonrisa.

—A veces los ladrones trabajan solos, pero la norma dicta que siempre debemos trabajar en pareja o en grupo. Así, minimizamos los riesgos. Pero depender de otra persona también puede aumentarlos.

El corazón me iba a mil por hora. Por miedo al futuro, y también por Jagger. Era emocionante y aterrador al mismo tiempo.

Estaba a punto de convertirme en su ladrona.

Unas horas más tarde, tenía a Jagger cerca. Muy cerca. Lo bastante cerca como para besarnos. Estaba casi encima de mí. Me tenía inmovilizada contra uno de los muros de piedra del Claret. Había decidido darme la clase en los jardines, por si me frustraba y decidía congelar algo.

Pero el entrenamiento había sido un pelín más intimidante de lo que había imaginado.

Olía a chica. A una mezcla embriagadora de rosas y orquídeas. Era imposible distinguir si era una flor o la otra. ¿Qué ladrona se había acercado tanto a él como para dejarle su aroma en la ropa? Bajo esa fragancia reconocí otro olor, a café y a algo más masculino, más limpio, más espumoso…, más Jagger. Aunque seguramente había estado igual de cerca, o puede que más, de alguna de las ladronas ese mismo día, sentí la tentación de presionar mi cuerpo contra el suyo.

Estar con Jagger era como jugar a ver quién era más orgulloso, quién tensaba más la cuerda. Muy a mi pesar, yo siempre perdía porque era la primera en sonrojarse.

Me agaché, pasé por debajo de su brazo y me alejé varios pasos de él.

—Y ahora, comprueba los bolsillos —pidió.

Ya sabía que era su reloj.

Lo saqué y se lo lancé. Después solté un suspiro.

—Te toca —dijo, y se lo metió en su bolsillo.

Quería que se lo volviera a quitar.

Llevábamos horas practicando lo mismo; perfeccionar una técnica implicaba horas de trabajo, horas mirando fijamente los ojos plateados de Jagger para evitar que se diera cuenta de lo que estaba haciendo con las manos.

Entre mis dedos empezó a formarse una capa de nieve y lancé un carámbano de hielo hacia los árboles.

Él se colocó delante de mí.

—Ya has visto lo que he hecho. Ahora, hazlo tú.

—Quieres que bese a todos los objetivos…, tiene que haber otra manera…

—A veces, lo que quieres, lo que ansías, no es el objeto en cuestión, sino la promesa… Quiero que pienses en mí y solo en mí durante un segundo. Y, durante ese segundo, te asaltaré sin que te des cuenta.

Ya no sabía si seguíamos hablando de robar o de otra cosa; justo cuando estaba distraída pensando en eso, él me agarró por sorpresa y me empujó hacia una de las paredes del Claret.

—Jagger... —farfullé, sin aliento.

Era consciente de que debía apartarle. Intuía que aquel gesto súbito debía de ser parte del entrenamiento, pero era de un nivel demasiado avanzado. No estaba a la altura. Estaba suspendiendo la prueba estrepitosamente. Se suponía que tenía que controlar el momento. Coger la sartén por el mango. Captar su atención. Conseguir que clavara su mirada en mí para así poderle robar algo. Pero incluso cuando por fin le arrebaté el reloj, sentí que él me había robado algo.

—No te muevas hasta que te lo diga —dijo, y desvió su mirada plateada hacia el horizonte. Seguí sus ojos, pero no vi nada fuera de lo normal.

Sentía las piedras del muro clavándose en mi espalda. Pero me dio lo mismo. No quería moverme.

Extendí una mano y vi que, entre dos dedos, se había formado una telaraña de hielo. Cavilé sobre cómo podría utilizarla contra él.

Pero, de repente, él me cerró la mano con la suya y, sin despegar la espalda del muro, nos deslizamos por la pared, como si estuviéramos huyendo de algo.

Ya no estábamos jugando. Estaba convencida de que no era un ejercicio de mi entrenamiento. Ahí fuera había algo. Algo grande y peligroso. Algo lo bastante intimidante como para que Jagger se pusiera nervioso.

—Silencio, princesa —dijo con voz temblorosa. El Jagger carismático había desaparecido por completo.

Cuando llegamos a la puerta principal del palacio, las ladronas ya estaban allí, con sus armas en alto. Tenían sus espadas y viales preparados. No se habían descalzado ni se habían cambiado de ropa. Seguían llevando sus trajes de ladrona y unos buenos tacones. De no ser porque estaban armadas hasta los dientes y en postura de ataque, cualquiera habría dicho que parecían sacadas de un videoclip musical, y no alguien que estuviera esperando la amenaza que se acercaba.

Oí un susurro entre la nieve, justo detrás del lindero del bosque. Y, de repente, entre aquella montaña de nieve, apareció un ejército de bestias de nieve.

Habían venido a por mí.

Una parte de mí esperaba que las chicas, o incluso Margot, me ofrecieran en sacrificio. Ella estaba detrás de las ladronas, mirándome con expresión afligida, casi de lástima.

—No digas nada, niña —advirtió.

Y entonces empezó a canturrear algo en voz baja.

Jagger se acercó y me susurró al oído:

—Hechizo de encubrimiento.

Las otras chicas, que se estaban preparando para la batalla, también entonaron aquella melodía. De pronto, de la nada, aparecieron unos escudos. Y dos chicas trajeron una catapulta a rastras.

El Esbirro emergió de entre la nieve, justo detrás de las bestias.

Todas las chicas se quedaron petrificadas, como si fueran estatuas de mármol. Observaban con atención a las criaturas y al Esbirro, que las guiaba a su antojo.

—No puede vernos —murmuró Howl con tono seguro.

Pero el Esbirro parecía estar mirándome. Igual que había hecho en el mercado de Estigia.

Una parte de mí deseaba volver a enfrentarse a él. Pero otra prefería esconderse detrás de las ladronas. Jamás había perdido una batalla, sin contar las veces que Vern había tenido que sujetarme. Casi sin darme cuenta, di un paso al frente.

Howl se colocó a mi lado y me cogió de la mano. Jagger hizo lo mismo. Una a una, todas las ladronas se fueron cogiendo de la mano, hasta formar una línea recta. Fue como si cada una de ellas quisiera demostrarme que estaba de mi lado.

Pero el Esbirro vino directo hacia mí. Se paró a apenas unos centímetros de mi cara, igual que había hecho durante nuestro primer combate.

«Este no es mi objetivo», recordé. Todas aquellas chicas

estaban dispuestas a luchar por mí. Incluso Jagger, pero no se lo merecían. Tenía que controlarme y quedarme quietecita. Aunque, en realidad, me moría de ganas de clavarle un puñal a ese monstruo.

Jagger me apretó la mano. O se había tomado una poción para leer la mente, o debió de verlo en mi cara.

El Esbirro se giró hacia la derecha y continuó. Todas las bestias de nieve le siguieron, como un rebaño de ovejas a su pastor.

Entonces Jagger me soltó la mano. Las ladronas bajaron las armas y se escabulleron hacia el interior del Claret.

—¿Esto es algo que suele ocurrir a menudo? ¿O ha sido por mi culpa?

Howl fue la primera en hablar.

—El rey no nos presta especial atención, la verdad. Siempre nos ha subestimado.

El Esbirro había venido hasta allí porque había seguido mi rastro. Les había puesto en peligro. Esperaba que Howl me dijera que alojarme allí era demasiado arriesgado. E incluso pensé que en cualquier momento me entregaría al rey. Sin embargo, en lugar de eso, dijo:

—Si a estas alturas aún no sabes cómo defenderte y luchar, vas a tener que aprender. Y rápido.

Nos quedamos allí, contemplando las auroras boreales, que cada vez eran más tenues, más transparentes. Y, tras unos minutos de silencio y reflexión, volvimos al Claret.

26

Justo cuando el sol asomaba por el horizonte, me levanté de la cama y salí del palacio. Y, mientras admiraba el amanecer, decidí practicar un poco con mi nieve. Arrojé varias ventiscas de nieve contra los árboles; visualizaba al Esbirro delante de mis narices y me imaginaba destripándole con cada embate. Durante nuestro primer encuentro, pude saborear las mieles del poder. Y se había encargado de demostrarme que no era suficiente. Al menos, de momento.

Me fijé en un par de ángeles de nieve que había en el suelo. Asumí que debían de ser obra de algunas ladronas. Rellené aquellos agujeros con nieve e intenté darles vida.

Había logrado animar aquellas figuritas con alas y levantarlas del suelo. De repente, oí un ruido a mis espaldas.

De forma instintiva, casi refleja, lancé un carámbano de hielo.

Pero una llama mágica derritió mi flecha en mitad del aire.

Jagger silbó, como si estuviera impresionado. Estaba justo detrás de mí. Él había creado ese fuego mágico. Pero ¿cómo?

—Pero ¿qué demonios te pasa, Jagger? ¡Podría haberte congelado! ¿Cómo has…?

Alzó los brazos y me mostró las muñecas. Acto seguido, una avalancha de fuego salió de cada una de ellas. Apagué el fuego con una ráfaga de nieve y, como aún no controlaba mi talento, estuve a punto de llevarme a Jagger por delante. Por suerte, él se hizo a un lado y me esquivó.

Mi nieve le había hecho un rasguño en la mano, pero él aguantó el dolor estoicamente y no esbozó siquiera una mueca.

Sin embargo, sí quiso enseñarme la herida, un corte congelado. Sacó un frasco de cristal del bolsillo y vertió todo el contenido sobre el arañazo. La herida desapareció en apenas unos segundos.

—¿Qué es eso? ¿Cómo lo has hecho?

—Es un vial curativo. Un truco bastante sencillo —contestó.

—No me refiero a eso, sino al fuego.

—Fathom y Margot llevan mucho tiempo trabajando en ello. Es una combinación extraña de magia y ciencia.

Le cogí las dos manos y eché un vistazo a unos brazaletes metálicos que llevaba alrededor de las muñecas. A simple vista parecían unas esposas. Los examiné más de cerca y vi que, sobre el metal, había unos símbolos grabados. Aquellos símbolos me recordaron al Árbol.

El propio metal también me resultó familiar. Era el mismo metal pulido y brillante que había visto en el Esbirro.

—La armadura del Esbirro debe de estar hecha de este material.

Acaricié el metal y, de inmediato, los símbolos se iluminaron y unos zarcillos de luz verde empezaron a brotar de los brazaletes. Mis garras se retrajeron y recuperaron su forma humana. Enseguida le solté las manos.

—Oh —exclamó, sorprendido.

Aunque su reacción pareció auténtica y espontánea, me pregunté si eso era lo que había querido desde el principio. Si yo no era más que su conejillo de indias, su rata de laboratorio. Tal vez me estuvieran utilizando para practicar su estrategia, tal vez los ladrones probarían su defensa contra la nieve conmigo antes de enfrentarse al rey Lazar.

—Relájate, princesa. No pretendo utilizar esto contigo. Ahora eres una de nosotros.

Pero el comentario no me tranquilizó. Admito que la idea de construir un arsenal contra el rey Snow me pareció genial. Sin embargo, temía que utilizaran todas esas armas contra mí.

—Deberíamos seguir con el entrenamiento —murmuré.

Nuestro plan había cobrado un matiz distinto. Los ladrones habían jurado y perjurado que podríamos colarnos en el palacio de la duquesa y robarle el espejo sin problemas. Pero después de la visita del Esbirro al Claret, ya no podíamos seguir ignorando el tremendo choque entre fuego y hielo. A pesar de que el fuego fuese artificial. Quedaban cinco días hasta el baile de la duquesa, el mismo día en que llevaríamos a cabo nuestra misión.

—Deberíamos volver dentro. Tenemos que prepararnos para esta noche —respondió Jagger.

—¿Qué pasa esta noche? —pregunté.

¿Nos estábamos desviando del plan por el Esbirro?

—Esta noche es tu primera prueba real como ladrona.

27

Las horas iban pasando y el eclipse de las auroras cada vez estaba más cerca.

El tiempo corría y ya había empezado a notar cierta tensión en el ambiente. Las chicas del Claret estaban maquinando una misión, una misión crucial para que el plan saliera adelante: infiltrar a una vip en la fiesta. Teníamos que robar todas las monedas que pudiéramos de los asistentes. No eran monedas normales y corrientes, por supuesto. Esas monedas nos garantizaban el acceso al baile de la duquesa. Y, precisamente entonces, sustraeríamos el trozo de espejo.

—Puedes ayudarnos, pero hay algo que no es negociable —me dijo Fathom con aire enigmático.

Al entrar en el castillo, Jagger me había acompañado hasta una habitación donde no había estado antes. Y allí me recibió Fathom, que, al parecer, estaba esperándome.

La habitación era circular, igual que la mía. Pero, en lugar de roja, era de color blanco, como el laboratorio de Fathom. Y estaba casi vacía; solo había una silla y un espejo. Enseguida me di cuenta de que había algo distinto en el rostro de la ladrona. Estaba sonriendo. Por un momento, llegué a creer que nuestro encuentro con el Esbirro había cambiado algo entre nosotras. Creí que, tal vez, nos había unido.

Ella se percató de mi mirada ausente y dijo:

—¿Qué pasa?

—Estás sonriendo —contesté.

—Ah, eso —murmuró, y me mostró un vial de color cereza—. Es el frasco de la sonrisa. Yo lo llamo permasonrisa. Te proporciona una sonrisa natural, nada forzada. Así tu objetivo creerá que te alegras de verlo. Incluso cuando no es así.

Ahora ya no me cabía la menor duda: no nos había unido. En absoluto.

—¿Qué estoy haciendo aquí, Fathom? —pregunté.

Me señaló la silla y me mostró un segundo vial, este lleno de un líquido de color platino.

—Tienes que mostrar un rostro distinto al tuyo.

De repente apareció un estuche plateado con varios viales a su lado. Estaba a punto de enfrentarme a un cambio de imagen radical.

—Y viendo cómo te comportas con Jagger, te aconsejo que te tomes el vial de la inhibición antes de irnos. Con un poco de tiempo e imaginación, es muy probable que acabes con el corazón hecho pedazos —dijo, y me entregó el vial.

—¿Qué quieres decir?

Ella se encogió de hombros.

—Es solo una vieja expresión de ladrones. No sé por qué lo he dicho, la verdad.

—No estoy enamorada de Jagger, si eso es lo que crees. Solo somos… —empecé, pero la verdad es que no sabía muy bien cómo describir lo que éramos.

—Os he visto juntos… Hubo un tiempo en el que yo también estuve enamorada. Quería a esa chica con todo mi corazón. Se llamaba Anthicate. Es la hija de Margot. Éramos compañeras. Amigas. Uña y carne. Un tándem inseparable. Y un día desapareció en mitad de la noche. Ni siquiera me dejó una nota. Así, sin más. Sin una nota de despedida. Al cabo de poco, nos enteramos de que había cruzado el Árbol.

Magpie. Quería a Magpie. La idea de que alguien pudiera enamorarse de Magpie era, sin lugar a dudas, lo más sorprendente que había oído en ese lado del Árbol. Tan sorprendente como que Fathom pudiera amar a alguien de esa manera. Tal vez estaban hechas la una para la otra. Sin embargo, daba la impresión de que Magpie le había robado el corazón.

Estuve a punto de decirle algo sobre Magpie, pero luego me mordí la lengua. No le había dicho nada a Margot sobre su hija, y me parecía injusto contárselo antes a su antiguo amor que a su madre. Además, ¿Fathom se merecía saber que su queridísima amada seguía robando en Whittaker?

¿Le haría sentir mejor o peor? ¿De veras me importaba cómo se sintiera? Las cosas habían cambiado bastante desde la aparición del Esbirro. Hasta el momento, había sido la Ladrona más agradable de todas, pero si de veras amaba a Magpie, no le gustaría un pelo saber que había estado a punto de congelarla.

Así que dejé pasar la oportunidad y ella siguió parloteando.

—No puedo decirte qué debes hacer con Jagger. Pero yo en tu lugar me andaría con cuidado. Los ladrones no se enamoran. Son las normas.

Quería corregirla, decirle que no estaba enamorada de Jagger. Pero Fathom ya se había dado cuenta de que, con solo oír su nombre, se me sonrojaban las mejillas. Incluso intuía que podía notar que se me aceleraba el corazón. A lo mejor también podía leerme la mente.

—¡Fuera! ¡Ha llegado el momento de la magia! —anunció Howl con voz cantarina. Además de interrumpirnos, echó a Fathom de la habitación a empujones.

Traté de sacarme a Fathom de la cabeza, igual que Howl la había sacado de la habitación.

—Y ahora vamos a convertirte en una de nosotras —prosiguió Howl, y se pasó una mano por la cresta punk que llevaba en la cabeza—. ¿Por qué has esperado tanto para hacerlo? En mi caso, fue lo primero que hice cuando llegué aquí.

—¿Cuándo llegaste aquí? ¿De dónde? —pregunté.

—Los ladrones viven el presente —respondió, tratando de aplastar mi curiosidad con otra norma del ladrón.

Entonces cambió de rostro para mostrarme a qué se refería. Howl convirtió su cresta rosa en una melena color lavanda. Sus labios carnosos, en dos líneas finas. Y sus ojos violetas, en un par de ojos grises. El efecto era fascinante y un tanto perturbador. Durante la transformación, su tatuaje en forma de relámpago se desvaneció y me pareció ver una marca de nacimiento en su mejilla.

—Si quieres, puedo borrarte esa cicatriz —dijo al ver aquella enorme telaraña que tenía en el brazo.

Negué con la cabeza.

—El rey consiguió tocarme… Esto me lo recuerda cada día. Me pasó a mí y a muchos otros. Hace tiempo, cuando no éramos más que unos críos, nos pillaron a varios vendiendo mercancías demasiado cerca del palacio. Ese día, las auroras no estuvieron de nuestro lado y el rey nos encontró. Pero fue generoso.

—Oh, Howl…

Y, de repente, volvió a cambiar de rostro. Esta vez adoptó uno hermoso y con forma de corazón. Tenía los ojos más oscuros y perfilados con un lápiz de ojos púrpura. Y las pestañas, en lugar de ser de pelo, eran de cristal. A juzgar por su expresión, no quería dar más detalles de su encuentro con el rey.

—Deberías pedirle a Jagger que te enseñe su cicatriz. Corre el rumor de que fue durante un encuentro a solas con el rey.

—¿Tú la has visto? —pregunté.

—No. Pero Margot sí. En fin, si no vas a dejar que te arregle esa marca, al menos deja que la cubra. ¿Ves? —dijo; eché un vistazo a mi cicatriz y vi que había desaparecido por completo. En su lugar, ahora tenía un tatuaje en forma de copo de nieve.

—Me encanta. Gracias.

En ese momento sentí el hormigueo familiar de la cicatriz y la tapé enseguida. No quería que Howl la viera iluminada.

¿Mi padre había hecho daño a Jagger? Otro pequeño detalle que este había preferido omitir. Y la lista cada vez era más y más larga.

—Y bien, ¿qué te apetece ponerte? —preguntó Howl, que me llevó a una habitación a la que llamaba «el armario».

Dentro de aquella sala, una sala inmensa y muy iluminada, había todo tipo de ropa o, mejor dicho, de disfraces. Había uniformes de doncella y de soldado, además de una buena colección de corsés, que, a simple vista, parecían muy incómodos. Había trajes perfectos para todo tipo de atracos.

Howl rebuscó entre las perchas y sacó un corsé con unas costuras muy rígidas que estaban unidas por un lazo fino y delicado. Examiné el corsé y vi que las costuras parecían huesos, huesos de verdad.

Los nuevos ojos de Howl destellaban. Estaba emocionada por el desafío.

—¿Dónde vamos a ir exactamente? —pregunté.

—Donde viven los monstruos, princesa —respondió.

Cogí el corsé y me di cuenta de que no solo éramos ladrones; también éramos actores. Pensé en Jagger y en el papel que estaba desempeñando. Me pregunté si algún día lograría ver su verdadero rostro…, si algún día conocería al verdadero Jagger.

28

Para llevar a cabo la misión, tuvimos que meternos en un tugurio llamado Rime, en Dessa. Las monedas que debíamos conseguir eran doradas con el retrato de la propia duquesa. Al parecer, las invitaciones andaban tan solicitadas que, una vez recibidas, ya no podían perderse. A menos, claro, que te las robaran.

En el centro del techo había una bola de discoteca hecha de nieve. Irradiaba una luz fluorescente que parpadeaba al ritmo de la música.

Aquel lugar era la versión de Algid de un club nocturno. Había gigantescas bolas de nieve repartidas por toda la sala. En su interior bailaban chicas con unos tacones de vértigo. Tenían el rostro cadavérico y la mirada perdida, sin vida.

Howl murmuró:

—Bailan hasta morir.

Al principio pensé que era una hipérbole, otra estrategia para asustar a la ladrona novata. Pero al ver las costillas de una de las bailarinas asomándose por aquel vestido tan ajustado, pensé que a lo mejor no estaba exagerando. No pude evitar comparar la vida de aquellas chicas con la mía. Whittaker había sido un infierno, desde luego, pero imaginarme lo que habrían sufrido dentro y fuera de esos globos me hizo estremecer.

—¿Por qué?

—Ya viste lo que ocurrió en Estigia. Nos tienen vigilados y son muy estrictos. No dejan pasar ni una.

Howl se atusó su pelo arcoíris e hizo un mohín con los labios; se estaba preparando para su papel. La habían contratado como cantante. Y estaba lista, vaya si lo estaba. Se había enfundado un vestido, por llamarlo de algún modo, que consistía en una especie de telaraña azul que le tapaba las partes estratégicas. Como calzado, había elegido un par de botas de encaje que le llegaban hasta los muslos.

Sabía que era una misión. Y sabía que, aunque me diera miedo, no me quedaba más remedio que pasar por el aro. Pero era la primera vez que salía de noche. La primera vez en toda mi vida. Sin embargo, esa emoción se apagó en cuanto vi a aquellas chicas escuálidas bailando como zombis.

Las demás ladronas se dispersaron por aquel antro. Era imposible reconocerlas. Busqué algún detalle que las delatara, como unos zapatos desparejados o una costura rosa. Pero las ladronas usaban magia y por eso su actuación estaba siendo impecable. De hecho, yo era la única que se revolvía en aquel incómodo corsé; no dejaba de tirar del bajo de la falda porque era diminuta y me daba la sensación de no llevar nada, de estar desnuda.

Jagger me llevó hasta la pista de baile. Me cogió de una mano y deslizó la otra por mi espalda. Inspiré hondo. Traté de disimular, pero sabía que él se había dado cuenta.

El plan era captar la atención de todos los vips, que estaban acomodados en el balcón. Eran personajes influyentes, amantes de las apuestas y del despilfarro. Las otras chicas no perdieron un segundo: en un abrir y cerrar de ojos, ya estaban charlando con algún tipo. Tal vez fuera por cómo bailaban, o tal vez por lo cortas que eran sus faldas. En el caso de Fathom, era manipulación pura y dura.

—Mira y aprende —dijo antes de perderse entre la muchedumbre. Enseguida dio con su objetivo, el amigo del hombre con el que había entablado una conversación.

El rostro que había elegido para la ocasión era bonito, pero lo que atrajo a su objetivo no fue solo eso. Estaba charlando con un tipo, pero al mismo tiempo estaba teniendo una conversación paralela, no verbal, con su objetivo. Entrecruzaron la mirada y ninguno de los dos la apartó. Cuando ella le rozó la mano, el objetivo le dio una palmadita en el hombro a su amigo. Fue una forma muy educada de echarlo.

Mientras observaba a Fathom desde la pista de baile, me pregunté si podría hacer algo así. Jagger siguió mi mirada y luego me hizo dar un par de vueltas.

—No tienes que ser Fathom para hacer eso —susurró.

Tampoco tenía que ser yo misma. Pensé en *The End of Almost*. Recordé el capítulo en que Rebecca se reinventaba a sí misma. De hecho, lo hacía cada dos por tres. Solo tenía que hacer lo mismo. Y rápido.

Nunca había sido una chica tímida. Era más bien una chica directa y fulminante, igual que mi don, mi nieve. La seducción no era mi fuerte, desde luego. Sin embargo, tenía que intentarlo. Y el hecho de tener una cara nueva ayudaba bastante. Atisbé mi reflejo en una de las columnas de espejo que había por todo el bar.

Los ojos que me miraron eran de un azul eléctrico impresionante. Tenía una melena espesa y larga, así como unas pestañas tan largas que incluso podrían provocar un huracán. Y no solo eso, en cada punta había un cristal diminuto que brillaba. Los labios estaban perfectamente perfilados y dibujaban una sonrisa mágica.

Incluso Jagger había decidido esconderse tras otro rostro para la misión. Sus ojos eran de un color distinto; su piel era más oscura. Pero su mirada seguía teniendo ese brillo tan especial y tan cautivador. Y su sonrisa, aunque mágica, no parecía en absoluto forzada. Creo que la reconocería en cualquier lugar. Sin embargo, no lograba reconocer a las ladronas entre el gentío, pese a que las había conocido a todas en el Claret.

Di un par de vueltas y me alejé de él; empecé a bailar de una forma más exagerada para llamar la atención del público que se agolpaba en el balcón. O, al menos, eso creía. Me encantaba estar allí. Estaba fuera de Whittaker, bailando en una discoteca con gente de mi edad. La música sonaba tan alta que incluso me martilleaba los oídos. Por fin estaba haciendo algo que hacía la gente normal. Salvo por un pequeño detalle: estaba tratando de distraer a unos tipos asquerosos para que así las ladronas pudieran hacer su trabajo.

Al fin, uno de aquellos hombres asintió con la cabeza. Solté la mano de Jagger y subí las escaleras para acceder a la zona vip de la discoteca.

Era una prueba. Y lo sabía. Durante mi estancia en Whittaker, no había logrado superar muchas de las pruebas del doctor Harris, aunque debo admitir que, algunas veces, lo había hecho a propósito. Pero esa prueba sí era importante porque de ella dependía que pudiera quedarme en el Claret, con las ladronas. Y ellas eran mi única oportunidad de recuperar a Bale y volver a casa.

—¿Sabes quién soy? —preguntó el tipo desde el balcón; ni siquiera se molestó en levantarse del sofá.

—Alguien importante —respondí con coquetería.

Aquel hombre debía de ser un dignatario o algo así. Y un baboso. Lo veía por el modo en que trataba a la gente, por cómo estaba espatarrado en el sofá, como si fuera el amo y señor del lugar. Objetivamente, era guapo. Mandíbula cuadrada y masculina. Pelo negro azabache. Mirada penetrante. Pero con cada palabra que decía y cada movimiento que hacía, perdía atractivo. El camarero, que iba con el torso desnudo, le sirvió una botella llena de un líquido espumoso de color azul y él le contestó de malas maneras. Después se recostó en el sofá, que tenía una manta de pelo artificial encima. Extendió los brazos, como si estuviera esperando compañía. Es concreto, a mí.

—¿Te han dicho alguna vez que eres guapísima? —dijo en cuanto me senté en el sofá.

No estaba acostumbrada a recibir cumplidos. Y, aunque aborrecía a ese tipo, no pude evitar sonrojarme al oír tales palabras. Rebecca Gershon se tomaba los cumplidos como algo normal. Levanté la cabeza con cierta altanería y dejé caer todo el peso de mi nueva melena mágica hacia un lado.

—¿Te apetece dar un paseo? —preguntó.

Señalé mis zapatos. Tenían un tacón de aguja altísimo, por lo que no eran los más apropiados para caminar.

—Eso tiene solución —dijo, y sacó un frasco de magia.

Negué con la cabeza.

—Espero que no seas una de esas eluditas. Ya sabes, esa clase de chicas que prefieren no usar magia.

Solté una carcajada un tanto exagerada, fingiendo haber oído el chiste más gracioso de la historia.

—Qué va... Pero me gusta tener los cinco sentidos bien despiertos. No quiero perderme nada.

—Creo que me gustaría añadirte a mi colección —dijo, señalando a las chicas que bailaban en los globos de nieve.

Ese comentario me encendió. Pensé en congelar el cristal de las bolas que colgaban del suelo y liberar a esas pobres chicas, pero sabía que era imposible. Si lo hacía, el cristal se haría añicos y morirían aplastadas.

Por suerte, no tuve que hacer nada. Los globos empezaron a descender a cámara lenta, lo que pareció irritar, y mucho, a mi objetivo. Se giró y empezó a soltar improperios a sus secuaces; aproveché ese momento de distracción para derramar parte de mi copa sobre él.

—Maldita estúpida. Te arrepentirás —amenazó, y me agarró de la muñeca.

En ese preciso instante, Howl entonó una nota muy

aguda que resonó en todo el bar. Las copas se hicieron añicos *ipso facto*. El cristal de los globos de nieve empezó a agrietarse y todas las chicas se escurrieron de aquellas jaulas, como un pollito al salir del huevo. Todos los clientes del bar se dispersaron y colapsaron las distintas salidas.

El tipo abrió la boca para llamar al portero: vi mi oportunidad.

—No te muevas —ordené.

Él se echó a reír a carcajadas; sin embargo, cuando vio que las costuras de su abrigo empezaban a congelarse y que la tela se quedaba más rígida que una tabla de planchar, enmudeció.

Debo admitir que no era lo que había planeado. De hecho, podría haberla pifiado, para qué engañarnos. Pero, tal y como Margot había sugerido, centré toda mi energía en los objetos que rodeaban a la persona, en lugar de en la propia persona... ¡Y había funcionado! Había logrado congelar la chaqueta de aquel cretino, sin congelar al cretino que la llevaba. Se quedó tan aterrorizado que ni siquiera se atrevió a mover un pelo.

Estaba orgullosa, satisfecha. Por fin había utilizado mi poder para inmovilizar a alguien. Por primera vez en mi vida, había controlado mi magia.

Busqué la moneda y se la mostré. Sabía que enseñar lo que habías robado a tu víctima iba en contra de las Normas del Ladrón. La idea inicial era salir de aquel antro sin llamar la atención. Pero el plan se había ido al traste en cuanto Howl se puso a chillar.

Al ver la moneda, el tipo sonrió.

—Cenicienta quiere ir al baile.

—Me ha encantado hacer negocios contigo —murmuré—. Si gritas o si te mueves, volveré y te convertiré en una figurita de hielo.

Cuando llegué a la puerta, Jagger ya estaba allí, esperándome.

—¿Es ahora cuando me felicitas por lo bien que he hecho mi trabajo? —le pregunté mientras huíamos del local a toda prisa.

Pero Jagger no parecía en absoluto satisfecho.

—No has seguido las órdenes.

—He improvisado.

—Las Normas del Ladrón…

—¿Y el resultado? He cumplido con la misión.

Advertí una tímida sonrisa, pero no dio su brazo a torcer y seguimos discutiendo:

—La idea era entrar y salir sin que nadie se diera cuenta. Ahora, la guardia real empezará a buscarnos. Moverá cielo y tierra para encontrar a una chica capaz de congelar a la gente. Ya tenía la mosca detrás de la oreja, pero ahora, gracias a ti, está más cerca de encontrarnos. De cazarnos.

Se me erizó el vello de la nuca. Vi que Jagger también se estremecía.

—No se me había ocurrido, la verdad.

—Para la próxima, utiliza la cabeza.

—¿Eso significa que habrá una próxima vez? —le pregunté.

Él trató de disimular, pero el brillo de emoción que reconocí en su mirada le delató.

De pronto, nos alcanzaron dos ladronas. Llevaban a una bailarina del club entre los brazos. Tenía los ojos hundidos, sin vida. Era una prueba de la maldad de mi padre.

—Te presento a Cadence —murmuró Jagger; el rostro demacrado de aquella chica empezó a retorcerse hasta desaparecer. Cadence se quitó el disfraz y la careta en un abrir y cerrar de ojos. Tenía el pelo de color azul y un rostro dulce, aunque empapado en lágrimas—. Es una de los nuestros.

—No sabía que era un rescate —dije.

Los ladrones se esforzaban muchísimo en disimular, en fingir que nada les afectaba. Pero, al parecer, todos estaban dispuestos a saltarse una de las normas si eso implicaba salvar la vida de un compañero.

—Era un robo, igual que cualquier otro. Suerte que Howl ha podido entonar ese grito tan agudo —respondió Jagger para quitarle hierro al asunto, aunque seguía sin poder ocultar una sonrisa.

El botín de la noche fue la chica que llevaban entre los brazos.

El portero, que no la reconoció, nos dejó salir sin problemas.

29

—¿Esta vez no piensas enfadarte o indignarte conmigo? —preguntó Jagger más tarde, cuando por fin llegamos sanos y salvos al Claret.

—Esta vez no —respondí, contenta. Había pasado la prueba. Había cumplido con mi misión. Estaba un pelín más cerca de poder volver a casa. Entonces ¿por qué solo estaba contenta? ¿Por qué no estaba eufórica?

Las ladronas dejaron sus trofeos en la sala común, como yo solía hacer la noche de Halloween antes de que me internaran en Whittaker.

La reina Margot dibujó una sonrisa y asintió; luego se dio media vuelta y contempló el bosque, que ese día se había teñido de color lavanda. Su expresión era sombría, casi lúgubre. Cadence no era botín suficiente para ella. Lo que deseaba era el espejo de la duquesa. Y, obviamente, los otros dos trozos. Pero ¿por qué? Me había convencido de que no necesitaba conocer la historia de las ladronas ni de Margot. Pero cuanto más tiempo pasaba con ellas, más me picaba la curiosidad.

Las chicas se agolparon alrededor de Cadence. Unas abrieron varios frascos mágicos para intentar recuperar su belleza original. Otras le trajeron platos repletos de comida y ropa limpia. Otras le susurraron palabras al oído. Fathom la inspeccionó como buena científica que era. Aparté la mirada porque me daba la sensación de estar metiéndome en un momento privado.

—¿Se va a poner bien? ¿Qué le ha ocurrido? —le pregunté a Jagger.

—«Bien» es un término muy relativo. Algid no siempre es un lugar amable —respondió.

Cadence recuperó el color en la piel. No tenía el mismo brillo que sus compañeras, pero al menos ya no mostraba la tez pálida y grisácea de antes.

—Por cierto, lo has hecho de maravilla. Enhorabuena —dijo Jagger, y alzó los brazos en señal de victoria.

Al alzar los brazos, la camisa se le subió, revelando así algo que no había visto antes. Una cicatriz dentada a lo largo de su torso; un torso musculado y firme. ¿Aquella era la marca que le había dejado mi padre?

—¿Qué te pasó? ¿Por qué no me dijiste que el rey Lazar te había hecho daño? —pregunté, cambiando de tema. Aunque, en realidad, era el mismo. Todos los ladrones conocían mi historia. Yo, sin embargo, no sabía nada de ellos. Era una ladrona de boquilla.

Abrió la boca para decir algo, pero luego vaciló.

—Si me contestas con un «son las Normas del Ladrón», te juro que te congelo aquí mismo.

La voz de Jagger sonó débil, pero firme.

—Es mía, Snow. Sí, quizás el rey me hizo esta cicatriz. Pero está en mi cuerpo y, por tanto, es mía. Y nadie puede obligarme a hablar de ella.

Por mucho que me pesara, tenía razón. Que él conociera mi historia no le obligaba a compartir la suya conmigo. Aunque la verdad es que me moría de ganas de oírla.

—Me ha gustado congelar a ese tío. Era un baboso y un cretino. Se lo merecía. Se dedicaba a asustar a esas chicas y le he pagado con la misma moneda. El cazador cazado —espeté.

Jagger me conocía muy bien, por lo que podía decirle cosas que, por supuesto, no podía contarle a Kai. Y, para ser sincera, a nadie más.

—Acabo de ver lo que el rey Lazar te hizo; también quiero asustarle —dije. Hablaba en serio.

Nervioso, se metió la camisa dentro del pantalón. Le cogí del brazo. Quería tranquilizarle, decirle que no tenía que sentirse avergonzado de aquella cicatriz. Lazar era el único que debía estar avergonzado. Apoyé la mano sobre su pecho y, de repente, me di la cuenta de que al fin había logrado acortar la distancia que nos separaba.

—Yo también quiero asustarle. Por ti —respondió.

Entonces se acercó un poco más a mí; me acarició la cicatriz con una mano y, con la otra, me apartó el pelo de la cara. Me miraba fijamente. Tan fijamente que, por un momento, me olvidé de la cicatriz, de mi padre, de todo. Inspiré hondo. Lo único que quería era estar con él.

—¿Sigues convencida de que tus besos enloquecen a los hombres?

—Algo así —murmuré.

Bale no había enloquecido por mi culpa, eso lo tenía asumido. Pero estaba unido a mí para siempre. Y era la única responsable de su secuestro. La lista era interminable... Sí, yo era un peligro. Era una persona capaz de romper a personas en mil pedazos con tan solo tocarlas.

—Quizá deberíamos probarlo de nuevo... —susurró él, y se inclinó hacia mí.

Estábamos tan cerca que incluso notaba el calor que desprendía su cuerpo. Nuestros labios estaban a punto de rozarse. Jagger cerró los ojos. Parecía tan vulnerable. Y tan irresistible.

Entonces recordé quién era y qué le pasaba a la gente que me besaba. Me aparté justo a tiempo.

Ambos deseábamos besarnos. Lo deseábamos desde el momento en que nos habíamos conocido. Y yo acababa de estropearlo todo. Noté una punzada en el pecho, una punzada de arrepentimiento. Jagger también se entristeció, pero no tardó ni dos segundos en recuperarse. Luego esbozó una sonrisa.

—¿Te gusto tanto que te asusta convertir mi corazón en un bloque de hielo? Qué tierno.

—No le veo la gracia —repliqué, molesta. No había congelado a Kai, pero podría haberlo hecho. La broma estaba más cerca de la realidad de lo que Jagger creía.

—No estás loca, Snow. Te convencieron de ello, pero te engañaron. No eres malvada. Tienes magia. No es una maldición, sino un don. Tal vez sea un poco mentiroso, pero te estoy diciendo la verdad —dijo Jagger.

Daba la impresión de que quisiera absolverme de mi culpa, de mi miedo. Y creía que podría hacerlo echándome el discurso que llevaba esperando oír toda mi vida.

Cuando volvió a acercarse, dudaba de poder resistir la tentación una segunda vez.

Me dio un beso en la mejilla. Era lo más cerca que le permitía estar, aunque resultaba evidente que hubiera preferido acercarse aún más.

30

La siguiente misión que nos encargaron era «la» misión, es decir, robar el pedazo de espejo a la duquesa. Jamás había conocido a esa prima mía; sin embargo, había accedido a colarme en su casa y a robarle su tesoro más preciado. Aparte del rey, era la única familia que tenía en ese mundo. Y, a diferencia del rey, ella no me había hecho nada.

«¿Qué hará la reina Margot cuando le entregue el trozo de espejo de la duquesa?», me pregunté. Según la Bruja del Río, sin los otros dos trozos, no valía nada. Sospechaba que Margot habría tramado algún plan para hacerse con los otros pedazos, pero mientras no me involucrara, me daba absolutamente lo mismo. Me había comprometido a cumplir con mi parte del trato. Después, el Claret me ayudaría a liberar a Bale y a traerle a casa.

Había llegado el momento. Encontré a Margot en la Sala de las Pociones.

En cuanto me vio entrar, me ofreció un vial verde.

—Es un nuevo hechizo de etiqueta. Te otorga buenos modales al instante. Y, créeme, los vas a necesitar. La duquesa forma parte de la realeza más distinguida de Algid. Ya sé que tú también..., pero, en fin, no te irá mal una ayudita en ese ámbito.

Negué con la cabeza. No andaba equivocada respecto a mis modales. Pero no pensaba tomarme ese vial.

—El plan no funcionará a menos que sigas mis órdenes al pie de la letra —dijo.

—El plan no funcionará a menos que me expliques el plan de cabo a rabo —repliqué.

Había vivido tantos años en la ignorancia que me negaba a emprender esa misión a ciegas, sin conocer hasta el último detalle. Necesitaba saber qué iba a ocurrir... y qué podía ocurrir.

—Ahora eres una ladrona. Esta noche, todos nos ceñiremos al plan, tal y como habíamos acordado. Pero, por favor, pregunta.

—¿Qué quieres que haga exactamente?

—Quiero que nos ayudes a conseguir el espejo que guarda la duquesa en su palacio. Así de fácil. Y así de difícil.

—Pero ¿quién es? Además de mi prima, claro.

—Es una mujer muy elegante. El pueblo la adora.

—¿Y es malvada?

—Por lo que he oído, es la bondad personificada. No tiene ni una pizca de maldad. Un rasgo muy poco habitual en su familia —añadió, y soltó una carcajada.

Pero a mí el comentario no me hizo ninguna gracia.

Quería que supiera que me tomaba el asunto muy en serio.

—Si es tan buena como dicen, ¿por qué guarda el espejo en su palacio?

—Creemos que pretende esconderlo entre los muros de su palacio, pero nadie sabe qué intenciones tiene en realidad. Es un tema bastante espinoso y arriesgado, ya que vive a merced del rey. La duquesa tiene tu edad. Y aquí, en Algid, es la edad casamentera. Vamos a colarnos en el Penúltimo Baile.

—¿El Penúltimo Baile?

—Es el baile antes del Último Baile. Después de esta noche, la duquesa tendrá que conocer a todos los chicos solteros del reino. Debe elegir un marido, porque, de lo contrario, le daría un disgusto a sus padres.

Por enésima vez desde que había cruzado el Árbol, caí en la cuenta de que Algid no era un reino de cuento de hadas. Mi prima, fuera quien fuese, estaba obligada a elegir su «y vivieron felices y comieron perdices» en breve.

—Tú asistirás al baile. Pero no estarás sola. Te acompañaremos en todos y cada uno de los pasos. Excepto en el último, por supuesto. Debes averiguar dónde ha escondido el espejo. Y debes hacerlo tú solita. Con un poco de suerte, tu magia te ayudará a encontrarlo. Pase lo que pase, no puedes dejar que te descubran. Ya intentamos hacerlo en una ocasión, y fracasamos.

—Entonces ¿no sabéis dónde lo guarda? ¿Qué robo es este? —suspiré. El plan sonaba igual de impreciso y vago que la profecía.

—¿Alguna otra pregunta?

—¿Qué pretendéis hacer con el espejo?

—Ese trozo de espejo es muy poderoso. Con él, podremos mover el Claret a nuestro antojo de por vida. Estaremos protegidos hasta el fin de los tiempos.

Margot arqueó las cejas, como preguntándome si eso era todo.

—A ver si lo he entendido bien —dije—: queréis que me cuele en el palacio de mi prima para robarle el dichoso pedazo de espejo. Pero no de un espejo cualquiera, sino de un espejo que pertenecía al rey, es decir, a mi padre, el mismo que está rastreando el reino para encontrarme y matarme. Y, para colmo, acabas de decirme que la última vez que intentasteis entrar, os pillaron… —resumí.

El plan era una locura. Conocer los detalles no me había ayudado en absoluto. De hecho, ahora estaba aún más preocupada. Más aterrorizada.

—Eso mismo —dijo con una sonrisa.

De pronto, al darme cuenta del riesgo que comportaba la misión, todos los espejos de aquella habitación se cubrieron de escarcha.

—Después de esta noche, habrás cumplido con tu parte del trato. Luego nos tocará a nosotros. ¿Aceptas un consejo?

Me encogí de hombros.

—No te voy a engañar, Snow. No sé qué te ocurrió al otro lado del Árbol. Y tampoco sé cómo se utiliza la nieve para luchar y defenderse. Pero mi vida no ha sido fácil. Ni la mía ni la de las chicas. Ni siquiera la de Jagger. No te pido que perdones, pero sí que pases página y sigas con tu vida. Todos los que vivimos en el Claret hemos tenido que pasar página. Y todos hemos decidido vivir aquí —dijo Margot.

—A lo mejor es que no tenéis otro sitio al que ir —repliqué.

—Querida, siempre hay alternativa. Mira, no voy a pedirte que te embarques en la vida del ladrón. Pero debes embarcarte en algo. Este mundo está destruido, devastado por lo que ocurrió hace mucho tiempo, pero nosotros, en lugar de llorar por lo que una vez fuimos, hemos decidido vivir. A veces, tenemos que robar nuestro futuro. Según mi experiencia, nunca es gratis. Nadie te da nada por nada. ¿Bale y tú? Tal vez podríais encontrar un lugar aquí, en el Claret.

—Volveremos a Nueva York —protesté.

—Muy bien. Te echaremos de menos. Pero sé de un ladrón que te añorará más que el resto.

—Gracias —dije; aquella repentina sensiblería me dejó asombrada. Tal vez esa charla tan maternal la había conmovido.

—Y no me refiero a mí —puntualizó con una sonrisita.

Enseguida adiviné a quién se refería y, sin querer, me sonrojé.

31

«Del dicho al hecho hay un trecho.»

Kayla Blue había pronunciado esa frase en *The End of Almost*, durante el juicio por haber asesinado a su marido. Pero nosotros no estábamos «diciendo» que queríamos robar el palacio. Lo estábamos «haciendo». Cuando por fin entré en el salón del trono, junto con el resto de las ladronas y Jagger, caí en la cuenta de que era real. El asalto implicaba mucho más que un simple robo. Eché un vistazo a la inmensa mesa que ocupaba el centro de la sala. Estaba chapada en oro y encima de ella había varios dibujos arquitectónicos del palacio de la duquesa. Todos nos agolpamos alrededor de la mesa, con Margot a la cabeza.

Sobre aquellos planos había varios garabatos. Unos círculos rojos marcaban los lugares a los que debíamos ir. Margot alzó las manos y, al moverlas, dibujó unas figuritas. Me fijé en aquellos pintarrajos y entonces vi que éramos nosotros; eran retratos fieles de todos y cada uno de nosotros. Mientras daba órdenes sobre dónde debíamos estar a cada momento, las figuritas se desplazaban sobre el papel. Aquel truco me dejó fascinada. Vi cómo mi copia en miniatura se alejaba del salón de baile, subía las escaleras y se dirigía hacia los aposentos de la duquesa.

Hubo un detalle que me llamó la atención: había marcas de varios colores, pero sin duda había más azules que de cualquier otro color. Los guardias de la duquesa estaban por todas partes.

—¿Qué es eso? —pregunté, señalando una torre del mapa.

—Ahí hay camaradas —explicó Jagger.

Entorné los ojos y, tras los barrotes de la única ventana de la torre, vi dibujos de ladronas diminutas. Acaricié la ventana. Aquellas pobres chicas estaban encerradas allí, en una celda minúscula.

Jagger trató de llamar mi atención con una sonrisita; era su manera de tranquilizarme y de recordarme la norma del ladrón que rechazaba cualquier sentimentalismo.

—Quizá podamos rescatarlas mientras estemos allí —propuso Margot. Se oyó un murmullo alrededor de la mesa. Al parecer, todas estaban de acuerdo con la propuesta.

—Tenía entendido que vuestra prioridad no era rescatar a personas. ¿Primero Cadence y ahora ellas? No creía que os tomaseis las normas tan a la ligera… —desafié.

«¿Qué parte es pura fanfarronería y qué parte es real?», me pregunté. Miré a mi alrededor; todos los que estaban ahí actuaban como si nadie les importara. Daban a entender que iban a lo suyo y que no se preocupaban por nadie, solo por sí mismos. Pero, después de todo, parecía que sí quisieran ayudarse. Era solo que se negaban a admitirlo.

—Princesa, tú y Jagger entraréis en el palacio disfrazados y os mezclaréis entre los invitados. Las demás ladronas también estarán ahí, disfrazadas. Jagger se encargará de entretener a la duquesa y, en ese momento, tú te escabullirás hacia el piso de arriba. Encuentra la cámara acorazada, ábrela y tráeme el espejo.

Con solo pensar en meter la mano en la cerradura, las manos se me llenaron de escarcha.

—¿Y cómo la encontraré?

—Según la profecía, ella te encontrará a ti, y no al revés.

Pero intuyo que estará en los aposentos de la duquesa. A la gente le gusta tener sus tesoros bien cerca.

—Después, cuando regreses al baile, las ladronas nos replegaremos y encontraremos a Jagger.

Supongo que no debí de parecer muy convencida, porque Howl no dudó en volver a burlarse de mí.

—¿Qué pasa? ¿Robar a tu propia familia te incomoda? —preguntó.

—¿Cómo va a incomodarme? Es una completa desconocida para mí.

Todos nos relajamos y nos centramos de nuevo en el plan. Al parecer, mi respuesta calmó los ánimos. Sin embargo, había un pequeño asunto que aún no me había quedado claro, así que decidí preguntar.

—Lo que todavía no he entendido es cómo la duquesa consiguió hacerse con un pedazo del espejo del rey. ¿Por qué las brujas del aquelarre entregarían algo tan valioso a una persona normal y corriente, sin magia ni talento alguno?

—Me temo que las brujas son así. Son la excepción de la norma, tan impredecibles como la propia nieve. No sabemos cómo ni por qué. Lo único seguro es que el espejo está aquí, y lo sabemos porque nos topamos con él aquí mismo, hace tan solo unos meses, durante un robo —explicó Margot—. Las prisioneras, las mismas que tal vez salves esta noche, llevan ahí encerradas desde entonces... El espejo tiene un efecto en la magia. Y, esa noche, la nuestra se volvió loca, caótica.

—Si no os conociera como os conozco, diría que los ladrones son verdaderos héroes.

—¡Entonces es que no nos conoces! —exclamó Howl.

32

Margot y las ladronas habían elaborado un plan y se habían estrujado los sesos para no dejar ningún cabo suelto. Howl se encargó de las monedas que habíamos robado en Dessa. Lo más interesante fue que añadió un toque mágico a las monedas, aunque no dijo para qué.

Mientras tanto, las demás ladronas empezaron a abrir y a probar todo tipo de pociones. Había un frasco mágico que te volvía más inteligente, y otro que te otorgaba el poder de recordarle a tu objetivo algo que le fascinaba; podía ser cualquier cosa, desde una galleta de té hasta un campo de flores o una montaña de lingotes de oro.

Durante esos días, cuando no estaba perfeccionando mis habilidades como ladrona, me escabullía del Claret y practicaba con mi nieve. Y eso fue lo que hice en ese momento. Logré canalizar mi poder y crear flechas de hielo.

—Snow —llamó Fathom—. Quiero enseñarte algo.

—Por favor, no se lo digas a Margot. Sé que quiere que me reprima, pero, para aprender a controlarlo, necesito utilizarlo.

—No te preocupes, no le diré nada. Es maravilloso. Casi tan maravilloso como lo que voy a enseñarte.

Y entonces me mostró un frasquito de nieve y un vial lleno de sangre.

Supuse que era mía.

La nieve parecía revuelta.

—Dime que de ahí no va a salir una bestia de nieve —rogué.

—No. Es un minicachorro de nieve.

Un segundo más tarde apareció un cachorro de nieve. Era una criatura adorable, salvo por dos pequeños detalles: las garras y los colmillos.

—Y ahora, fíjate bien.

Fathom echó una gota de sangre en el frasco. Al principio, el cachorro de nieve repelió la mezcla y se alejó. Sin embargo, un segundo más tarde, se abalanzó sobre el frasco como si le fuera la vida en ello. El animal estrelló su cabecita contra el cristal y, un segundo después, explotó en una lluvia de copos blancos.

—Ejem... ¿Y esto cómo va a ayudarnos? Ya me había quedado clarito que las bestias de nieve nunca van a ser mis BFF.

Fathom me miró con cara de póker.

—¿*Best friends forever*? ¿Amigas para siempre? —dije.

—Creo que puedes congelar bestias de nieve..., su corazón, su cuerpo y su cerebro. En cuanto lo liberes, tu poder será infinito.

—En fin, no estaría mal, ¿verdad?

—Verdad. Nos iría de maravilla para vencer al rey.

—¿Cómo?

—Aún no estoy segura, pero creo que estoy a punto de descubrirlo.

Ambas regresamos al Claret. Y el mundo ennegreció de nuevo.

De repente me vi en la sala común de Whittaker. Estaba viendo a través de los ojos de Bale. Otra vez.

—Tal vez en primavera —dije.

Enseguida reconocí el recuerdo. Bale me había pedido si podíamos escapar de aquella cárcel. Y yo le había contestado con un «Tal vez en primavera».

Bale siempre me había apoyado. Cada vez que había metido la pata en Whittaker, él se había puesto de mi lado. Nunca había vacilado. Solo me había pedido una cosa en todo ese tiempo, y yo le había respondido esas cuatro palabras.

No es que no quisiera irme, sino que no sabía qué ocurriría cuando sacáramos a nuestros monstruos de sus jaulas. Algunos días pensaba que Bale prendería fuego a lo primero que viera. Y otros que sería yo quien hiciera una barbaridad. Sin embargo, ahora estábamos los dos fuera de Whittaker. Tal y como Bale quería. Solo que no podíamos estar más lejos. Al menos Algid no estaba en llamas. Pero mi monstruo, mi nieve, se había trasformado y había cobrado una dimensión que ninguno de los dos habríamos podido imaginar.

Tras un destello cegador, apareció ante mí la casita blanca de Bale. Ahora la estaba mirando desde fuera. Advertí el reflejo de un Bale adolescente en el cristal de la ventana. No estaba asustado y su sonrisa parecía torcida, demente.

Otro destello. La habitación triangular. A través de la ventana contemplé las auroras boreales, que se habían teñido de gris. Esta vez parecía tranquilo. No me llamó por mi nombre. De hecho, no dijo nada.

—Snow —llamó Fathom, y abrí los ojos.

Estaba tumbada sobre la nieve.

—¿Qué te ha pasado? ¿Te has desmayado?

—Estoy bien —contesté, y me pregunté si Bale también.

Cuando volvimos al Claret, Margot estaba esperándonos.

—¿Qué ocurre? —pregunté.

Había visto de nuevo a Bale y se me estaba agotando la paciencia. Me sentía enfadada, furiosa conmigo misma por no haber rescatado aún a Bale. Y también por haberme acercado tanto a Jagger.

Nos acompañó hacia el salón, pues quería que volviéramos a repasar el plan.

—Estás pálida, alteza —dijo nada más verme.

Entré en el Claret sin molestarme a contestar aquella provocación.

Esa noche dormí como un tronco. Fue un sueño muy profundo. Por un momento dudé sobre si me había tomado alguna poción mágica de Margot.

Estaba en la habitación de Jagger. Se parecía mucho a la mía, solo que sus sábanas eran de color azul ceniza. Me llamó la atención una de las paredes: sobre una gigantesca estantería estaba todo su alijo personal de frascos mágicos.

—¿Quieres saber algo? Te he imaginado en mi habitación una y mil veces, pero nunca así —bromeó Jagger, que de repente apareció a mi lado.

Di media vuelta.

—¿Cómo lo has hecho? —pregunté.

—Mira, hiciese lo que hiciese…, lo siento —dijo con voz alegre—. Normas del ladrón, por cierto. No deberías estar aquí, a menos que yo te hubiera invitado. Pero digamos que estás invitada.

Jagger me rodeó con aire seductor.

Me costaba respirar y el corazón me martilleaba el pecho.

—No me da la sensación de que esto sea un sueño. Parece tan real… —comenté, maravillada.

—No vas desencaminada —dijo Jagger con aires de suficiencia—. Tú estás soñando y yo me he colado en tus sueños. Es gracias a esto. —Me mostró una diminuta botella plateada y prosiguió—: Esta magia me permite adentrarme en tus sueños.

Había estado a punto de besarle, pero no había cedido a la tentación y había podido evitarlo. Y ahora eso. Una traición. Yo no me había bebido ninguna poción. Él, en cambio, sí.

—Sé que besarme te preocupa. Pero aquí puedes hacer lo que te venga en gana. No habrá consecuencias.

Me rodeó la cintura y luego presionó su cuerpo contra el mío. Sentí que me derretía por dentro, pero no quería morder el anzuelo. Tenía demasiadas preguntas en la cabeza.

—Esto fue lo que hiciste en Nueva York, ¿verdad? Te metiste en mis sueños. Y los manipulaste. Me manipulaste para hacerme venir aquí, ¿verdad?

—¿En serio quieres que perdamos el tiempo con esto, cuando podríamos estar haciendo otra cosa más interesante? —preguntó, y se inclinó hacia mí.

—Tenías razón cuando me dijiste que no me entendías. Eres un mentiroso.

—«Suspiramos mentiras; mascullamos verdades...» Un viejo proverbio de ladrones —dijo, y dibujó una sonrisa—. Significa que es más fácil mentir que decir la verdad.

—Para ti.

—Para la mayoría de la gente. Mentimos para no hacer daño a los demás, para hacerles sentir mejor. Sea como sea, todos mentimos.

—Yo no —repliqué. Hice una pausa y luego añadí—: Al menos no lo hacía antes de venir aquí.

—Es muy fácil ser sincero si vives en una burbuja, princesa. Y tú vivías en la burbuja de Whittaker. Nuestra burbuja, querida, explotó el día en que naciste.

Noté un hormigueo en el estómago, como si acabara de tragarme un millón de mariposas. Quería ser inmune a Jagger. Pero con querer no bastaba.

De pronto, una gota de agua fría me cayó sobre el brazo. Con cierto miedo, miré hacia arriba. El techo de la habitación de Jagger se había cubierto de hielo. Pero no solo eso: después de recubrir toda la superficie, había empezado a formar unos témpanos afilados, mortales. Y todos apuntaban a Jagger.

No sabía qué hacer, así que salí al balcón. ¿Habría alguna persona en la que pudiera confiar? ¿Algún lugar donde pudiera estar a salvo? No tenía ni la más remota idea de qué sentía Jagger por mí. No sabía si estaba de mi lado o si me traicionaría en cuanto le diera la espalda. Cuando aterricé en Algid, su único consejo había sido ese: que no me fiara de nadie. Entonces ¿de qué me sorprendía? ¿Qué me importaba? ¿Y por qué, sabiendo todo eso, me moría de ganas de besarle?

Él me siguió al balcón.

—Perdona por haber invadido tus sueños.

Apoyé una mano sobre la barandilla. Palpitaba al ritmo de mi corazón.

—Deberías irte —propuse—. Ya hablaremos en persona, no en mis sueños.

«Y cuando no quiera congelarte», pensé.

—¿Sabes lo que eso significa? Justo lo que Margot dijo. Tus emociones incitan y avivan tu magia. Cuando llegaste aquí, estabas demasiado afligida, demasiado consternada. Estabas dolida por todo lo que había ocurrido, por todo lo que habías descubierto. Ahora has vuelto a preocuparte. Sé que estás preocupada por mí, princesa. De lo contrario, no estarías tan furiosa. Y sé que es así porque te asusta hacerme daño.

—Vete —rogué en voz baja.

Sabía que llevaba razón, pero también sabía que, si no se marchaba, destruiría aquella habitación y, a lo mejor, el castillo.

—Haré lo que me pides. Pero no por lo que tú crees —respondió Jagger.

—Primero me induces pesadillas y luego te cuelas en mis sueños para salvarme.

Él negó con la cabeza.

—No, las pesadillas ya estaban ahí. Yo solo hice que pudieras verlas para que fueras capaz de salvarte.

—¿Qué quieres decir? ¿Que lo has hecho por mí?

—No estabas en absoluto preparada para lo que se te venía encima ni para este mundo. Solo pretendía ayudarte.

—Lo siento, pero no te creo. Me lanzaste un anzuelo para traerme a Algid con un único objetivo: conseguir el espejo.

—En eso consiste mi trabajo —respondió Jagger, sin remordimiento alguno—. Y tú eras nuestra mejor baza, una oportunidad que no podíamos dejar escapar.

—¿Cómo sabías que podría conseguirlo? ¿Cómo sabías que no enloquecería aún más?

—Tú nunca estuviste loca. La mayoría de la gente escucha al hombre de sus sueños —dijo.

—No vayas por ahí —advertí.

Había probado de todo: clases de canto, yoga, contar hasta diez y hacer respiraciones profundas, pero lo único que lograba calmarme era Bale. Era tan valiente que se atrevía a meterse en mi tornado de ira y cogerme de la mano. Una simple caricia suya bastaba para tranquilizarme. Y ahora había desaparecido.

Bale y yo éramos dos huracanes. Quizá por eso él siempre había sido capaz de llegar a mí. Quizá por eso ambos éramos un bálsamo el uno para el otro. Pero todo eso cambió después del beso, y no sabía qué podía hacer para recuperar nuestra historia de cuento de hadas.

¿Y si Jagger era la pieza clave? ¿Y si Jagger había empezado todo eso, y no yo?

—Por favor, dime que lo que le pasó a Bale no fue culpa mía. Dime que fuiste tú.

Sentí una débil punzada de esperanza. Estaba buscando algo, una excusa quizá, que justificara lo que Jagger había hecho. Tal vez así no me parecería tan horrible.

Pero él negó con la cabeza.

—No fui yo. Ni tampoco las ladronas.

—¿Y qué me dices de su estado mental? ¿Tú hiciste que se volviera loco, que cayera enfermo? Dime que sí, por favor. Dime que lo hiciste para alejarme de él.

—No tuve nada que ver con eso. Y, en mi humilde opinión, tú tampoco. Los besos no provocan tales reacciones, ni aquí ni al otro lado del Árbol.

Pensé en el beso con Kai y en el alivio que había sentido

al ver que no le había ocurrido nada. Una parte de mí se preguntaba qué podría pasar si, al final, besaba a Jagger, aunque todas mis células cerebrales me gritaban que no lo hiciera.

—Pero yo soy distinta. No soy como el resto del mundo.

—Eso no puedo rebatírtelo.

Por la forma en que lo dijo, intuí cariño, comprensión. Sin embargo, no sabía si era algo genuino u otra mentira.

—Vete. Ahora —ordené, y entré de nuevo en la habitación.

Jagger parecía triste, apenado.

—Si alguna vez te he importado algo... Por favor, márchate. ¡Ahora! —insistí.

En cuanto Jagger salió por la puerta, el balcón, que se había convertido en un gigante cubo de hielo, se resquebrajó y se desplomó al suelo.

Cuando me desperté, las sábanas de la cama estaban heladas. Me incorporé y, de pronto, noté una lágrima gélida recorriéndome la mejilla. Y entonces recordé todo lo ocurrido en el sueño.

—Sé que no me he ganado tu confianza, pero cumpliré con mi palabra —había dicho Jagger—. Te ayudaré a conseguir lo que tanto anhelas. Tendrás a tu Bale, y por fin podréis volver a casa. Y no tendrás que volver a verme. Jamás. Te lo prometo.

—¿Normas del ladrón?

—No, es una promesa entre tú y yo, punto.

—Tú y yo no somos nada —le había replicado.

Al oír eso, Jagger había dibujado una sonrisa tristona.

—Mírate. Ya estás hecha toda una ladrona.

Sus palabras no dejaban de retumbar en mi cabeza. Suspiramos mentiras; «mascullamos verdades».

33

No podía conciliar el sueño. Tenía a Jagger metido en la cabeza y no lograba quitármelo. Y no soportaba la idea de pensar que pudiera volver a encontrármelo en sueños. Ya era bastante difícil resistirse a sus encantos en la vida real. Salí de mi habitación y empecé a merodear por los pasillos del Claret; estaba impaciente por asistir al baile de la duquesa, por rescatar a Bale y por volver a casa.

A través de los ventanales, atisbé el bosque que se extendía alrededor del castillo. Cambiaba de color cada dos por tres. Esa noche, la corteza de los árboles era de un tono amarillento muy extraño. Las auroras boreales habían perdido cualquier atisbo de viveza y se mostraban más pálidas de lo habitual; emanaban un resplandor brumoso de color, como si fuera una acuarela de tonos pastel. Apenas quedaba rastro de la luminiscencia eléctrica que había visto durante mi primera noche en Algid. El tiempo se agotaba.

Al parecer, no era la única que no podía dormir. La luz del laboratorio de Fathom estaba encendida. Así que llamé a la puerta y entré. Howl y Fathom estaban frente a la mesa de operaciones. Parecían muy concentradas en lo que fuera que hubiera sobre la mesa. Al verme entrar, ambas levantaron la vista. Las dos se sonrojaron, y era evidente que no se trataba de un toque de rubor mágico. ¿Qué había interrumpido?

—Hola, ¿puedo quedarme aquí con vosotras? —pregunté; no sabía si estaba estropeando un momento romántico u otra cosa.

—No deberíamos dejar que se quede —murmuró Howl. Era la primera vez que la notaba tan nerviosa. No apartaba la vista de la mesa, así que intenté averiguar de qué se trataba. Solo vi un montón de láminas vacías. No entendía a qué venía tanto revuelo.

—¿La reina Margot no te daría permiso? —pregunté.

—No. Pero no me gusta trabajar con gente que se desmaya a la primera de cambio.

—No suelo desmayarme, la verdad —repliqué.

—Ya me lo dirás después —farfulló Howl y, de repente, se esfumó.

—No le hagas caso —dijo Fathom; al darse media vuelta, pude ver una especie de bisturí supergrande y superafilado.

—¿Para qué es ese puñal? —pregunté, tratando de ocultar mi inquietud. Aunque me había hecho la valiente, lo cierto es que temía que pudiera desmayarme en cualquier momento.

—Ya te has graduado en hurtos insignificantes. Esta noche subirás de nivel y te graduarás en el arte del secuestro.

—¿Qué?

—Tenemos que secuestrar a todos los invitados cuya identidad vamos a suplantar en el baile.

—¿Y qué pensáis hacer con ellos?

—Arrancarles la cara.

Un segundo después, se echó a reír.

Fathom chasqueó los dedos y, de inmediato, se encendió una bombilla. Sobre las mesas de operaciones que ocupaban el fondo del laboratorio había varios cuerpos tapados con sábanas blancas. De pronto, vi que las sábanas se movían y casi me da un infarto. ¡Las personas que había raptado seguían vivas!

—Tranquila. Están durmiendo, nada más. Como norma general, toda nuestra colección de caras proviene de cementerios. Pero para poder asistir a este baile se necesita invitación. Una invitación personal, por cierto. Y por eso necesitamos unas caras en concreto, y no cualesquiera.

—Oh —exclamé. En ese momento deseé haberme quedado en la cama. Habría preferido ver a Jagger en sueños que estar allí. Habría sido mucho menos aterrador, desde luego.

Howl volvió a escena de una forma un tanto teatral: apareció en una nube de humo y acompañada de un gigantesco carruaje. Dentro viajaban dos personas vestidas de gala. La mujer tenía la nariz pegada al cristal de la ventana. El hombre, en cambio, estaba desesperado intentando abrir las puertas.

—¿No podías haber dejado el carruaje fuera del laboratorio, Howl? —se quejó Fathom.

Howl se encogió de hombros, murmuró unas palabras que no logré comprender y abrió la puerta del carruaje.

—Permitidme que os presente a lord Rafe Mach y a su esposa, la condesa Darby Mach.

El hombre salió del carruaje hecho una furia; primero examinó el laboratorio buscando una salida y después nos miró de arriba abajo. La condesa echó un vistazo a su alrededor y luego, sosteniéndose la falda para no pisársela, bajó del carruaje. Pese a estar en un laboratorio casi en ruinas, aquella mujer se movía con aires de grandeza y con gran elegancia.

Howl señaló un par de sillas y, sin rechistar, ambas se sentaron. Después hizo un movimiento teatral con el brazo y, en un abrir y cerrar de ojos, el carruaje y ella se desvanecieron.

—No te preocupes —dijo Fathom, en un intento de tranquilizarme—. No se acordarán de nada.

—¿Les dolerá?

Al oírme, la condesa alzó la cabeza. Estaba asustada.

—Como un mordisco de una bestia de nieve —respondió impávida, y luego esbozó una sonrisa—. Pero no soy un monstruo —añadió, y entregó a la pareja dos frascos con un líquido de color verde claro.

—Bebéoslo.

Pero ninguno de los dos estaba dispuesto a obedecer.

—Como queráis, pero yo, en vuestro lugar, lo haría. Lo que viene a continuación es muy doloroso, creedme.

La pareja intercambió una mirada cómplice; el hombre respiró hondo, aceptó el vial y, sin pensárselo dos veces, se tragó la poción de un solo sorbo.

Fathom miraba a la condesa con cierta lástima.

—En una ocasión, un tipo le quitó la poción durmiente a su novia. No fue nada agradable.

La condesa escupió a Fathom y después se bebió la poción. Él se encogió de hombros y se limpió la saliva.

—Y luego dicen que los ladrones son unos maleducados sin modales…

En cuestión de segundos, la pareja se sumió en un sueño muy profundo.

—¿Y ahora?

—Ayúdame a ponerlos sobre las mesas. A ver si la próxima vez me acuerdo de hacerlo primero —protestó Fathom, molesta.

Entre las dos levantamos al lord, que, por cierto, pesaba como un muerto.

—Espero que la condesa te parezca guapa. Llevarás su rostro. Y, una vez que te conviertas en ella, el hechizo durará hasta medianoche. Jagger y tú asistiréis al baile en su lugar. En cuanto podáis, os escabulliréis hacia el piso de arriba. En teoría, tu magia debería guiarte hasta el espejo.

—¿Por qué tengo que hacerlo yo? ¿Por qué no una de vosotras? Tenéis mucha más experiencia en robos y atracos.

¿Y si congelo el salón de baile o algo parecido? —pregunté, inquieta y nerviosa por lo que se me venía encima.

—Mejor para nosotros —bromeó.

—Hablo en serio.

—Tú siempre tan seria, princesa. Tu relación con el espejo es única y muy especial. Cuando consigas saber dónde está, él mismo se encargará de llegar a ti. Puesto que está partido en tres trozos, solo puede reflejar cierta cantidad de poder. Según la leyenda, si se unen los tres trozos, el poder se multiplica por millones. La profecía dice que aquel que logre juntar los trozos del espejo controlará el destino de Algid. Nosotros solo queremos controlar el nuestro.

—¿Y acaso no lo hacéis? Jagger dejó entrever que queríais vengaros del rey.

—Eso también. Pero prefiero pensar más allá de eso. En una vida distinta. En una vida mejor. En una vida en la que no tengamos que volver a robar.

—Pero ¿habrá bastante magia para todo lo que pretendéis hacer? ¿Para ayudarme a vencer al rey Snow y encontrar a Bale? —dije. Quería recordarle la promesa que me había hecho la reina Margot.

—No sé cuánto poder atesora un único trozo, pero nos aseguraremos de que te reúnas con Bale.

Fathom se puso manos a la obra. La ayudé a trasladar a la condesa a una de las mesas y contemplé el rostro que llevaría esa noche. Fathom se acercó a la mujer, bisturí en mano. Le hizo una diminuta incisión en la mejilla, le arrancó un trocito de piel y después lo dejó sobre un cristal. Deslizó el cristal bajo un extraño artilugio que, a simple vista, parecía un microscopio gigante. Un rayo de luz iluminó el cristal y, de repente, el trocito de piel empezó a crecer.

—Esta luz funciona gracias a un espejo —explicó Fathom.

El pedacito de piel enseguida fue creciendo hasta alcanzar el tamaño de un trapo. Un segundo después, sobre un cartílago invisible, empezaron a distinguirse unos rasgos faciales.

Fue un proceso rápido y, a decir verdad, impresionante. Ante nosotras teníamos una máscara idéntica al rostro de la condesa. Nos miraba con los ojos abiertos, sin pestañear.

—¡Es increíble! —exclamé.

Me parecía repulsivo y milagroso al mismo tiempo. Todos esos años en Whittaker, rodeada de agujas, brotes psicóticos y sangre, me habían convertido en una chica poco remilgada. No era la primera vez que iba a llevar una máscara, pero desde luego nunca había visto cómo se hacía.

—¿Cómo funciona? —pregunté.

—Con magia —respondió Fathom—. Esta parejita dormirá largo y tendido, no te preocupes. El sueño será muy profundo. El hechizo durará hasta mañana a medianoche. Después, los rostros se desvanecerán.

—¿Y si no llego a tiempo? ¿Qué ocurrirá?

—La máscara desaparece a medianoche; se convierte en polvo. Pero no te preocupes. Lo conseguirás —aseguró Fathom.

De repente, pensé en Cenicienta. Y si Fathom era mi hada madrina, no tenía ni la más remota idea de lo que podría ocurrir.

34

Esa noche, cenamos por todo lo alto. El Claret organizó una comida de lo más formal, con sillas desparejadas, una inmensa losa de piedra maciza que hacía las veces de mesa y candelabros que se encendían por sí solos en cuanto alguien se sentaba frente a ellos.

Las ladronas no se molestaron en seguir ningún tipo de protocolo; quizá fuese por el asalto, o tal vez porque nunca habían asistido a una ceremonia que no fuera un ritual mágico. No se oyó ninguna campanilla que anunciara el inicio de la cena ni tampoco un anuncio explícito. Las chicas se acomodaron como les vino en gana y empezaron a cenar.

Al día siguiente, me encontré a Howl en el mismo salón donde habíamos cenado. Me explicó que todo el menú de esa noche venía de uno de los restaurantes locales del pueblo. Hasta la comida de las ladronas era robada.

Probé un plato que me llamó la atención: pasta de color lila. Se derritió en mi boca. Tenía un sabor delicado y dulce, casi como si fuera chocolate. Después tomé un sorbo de un brebaje mentolado, que a simple vista parecía cerveza, y enseguida adiviné de dónde lo habían sacado: del tugurio en el que habíamos estado un par de días antes.

Me zampé la comida en un periquete; estaba ansiosa por ponerme manos a la obra y, para qué negarlo, por alejarme de Howl.

Y justo cuando estaba a punto de levantarme de la silla, Howl se inclinó sobre la mesa y me preguntó:

—¿Cómo está? Fathom no se atreve a preguntártelo, pero yo sí.

—¿Quién?

—Anthicate.

—¿Magpie?

No había dicho ni una palabra sobre ella y nadie, ni siquiera Fathom, me había preguntado al respecto. Si no me fallaba la memoria, había pasado dos años enteros con Magpie en Whittaker. Aparte de la información que Jagger había podido recopilar durante sus incursiones en el hospital, yo era la única que conocía un par de detalles sobre lo que le había pasado a su ladrona fugitiva.

—Magpie y yo no éramos muy amigas —admití.

Howl asintió, como si aquello no la sorprendiera.

—Le rompió el corazón a Fathom. Es toda una experta en eso, en romper corazones.

—Entonces ¿no te da lástima que no esté aquí? —pregunté, a sabiendas de que yo había ocupado el lugar de Magpie en el Claret.

Howl sonrió.

—No la cambiaría ni por un millón de princesas, créeme. Pero ella ha elegido su camino, y nosotras, el nuestro.

Algo me decía que Howl quería que sus caminos volvieran a cruzarse. Y, de repente, hizo algo que me pilló por sorpresa.

Sobre aquel pecho tan protuberante, apareció un minúsculo vial atado a una cadena. Al darse cuenta de que tenía la mirada clavada en aquel frasquito, se metió la mano en el bolsillo, sacó otro vial y me lo ofreció.

—¿Qué hace? —pregunté.

Tal vez aquel líquido fuese una poción mágica para aliviar la angustia de su hija desaparecida.

—Lo que tú quieras que haga —respondió.

Sacudí la cabeza y Howl me observó durante unos segundos, tratando de averiguar qué me estaba pasando por la cabeza.

—Si te dijera que el arcoíris tiene diecisiete colores, ¿querrías verlos? —preguntó, curiosa.

—Solo quiero ver lo que es real —contesté—. Llevo toda la vida tomando viales. Solo que los míos venían en forma de pastilla.

—No sabes lo que te pierdes —dijo Howl, casi eufórica.

Los efectos del vial empezaban a notarse; de repente, se levantó y se marchó, dejándome ahí plantada, con el plato vacío.

Me incorporé para apagar las velas; en ese instante, recordé algo. Estaba frente a un candelabro de aquella inmensa mesa de piedra, pero la vela que estaba viendo era una totalmente distinta.

Era mi cumpleaños, unos dos meses antes de haber besado a Bale. Estaba en Whittaker, por supuesto. Había compartido un pastelito de cumpleaños con Vern. Mi madre, que ese día había venido de visita, me había traído un trocito de tarta de pastelería, con una florecita rosa de azúcar perfecta. En cuanto lo vi, tiré el pastel al suelo y lo pisoteé.

Esa noche me había despertado a altas horas de la madrugada. Casi me dio un infarto cuando me encontré a Bale sentado sobre mi cama.

¿Cómo había logrado salir de su habitación? Pero antes de que pudiera preguntarle nada, él se llevó un dedo a los labios, indicándome que no dijera nada. Pillé la indirecta. Me regaló una rosquilla. No sabía ni qué hora era, pero, sin lugar a dudas, fue el mejor postre del día. Seguramente la habría cogido del desayuno… o tal vez se la habría pedido a su enfermera. Al verlo, casi me echo a llorar. Y no era una chica especialmente llorica, ni siquiera cuando me tomaba a Gruñón.

—¡Espera! —había dicho Bale.

Me incorporé en la cama y me acerqué a él.

—¿Aún hay más? —había preguntado, y me puse a aplaudir, algo muy poco mío. Al menos solo lo había visto Bale, cosa que me alivió.

Esperaba que Bale me regalara un libro. Le apasionaban los libros. Y a mí, dibujar. Era una lástima que le hubieran prohibido tener un libro. Según el doctor Harris, hubiera acabado prendiéndole fuego.

—Cierra los ojos —ordenó Bale.

—¿Hablas en serio?

—Ciérralos.

Oí un movimiento y, cuando abrí los ojos, vi que había clavado una vela de cumpleaños en la rosquilla. La llama iluminó mi habitación, que hasta entonces había estado completamente a oscuras.

En teoría nadie podía tener velas en Whittaker. Ni velas ni cerillas. Bale en especial.

—Bale..., apaga eso —rogué.

Él estaba en Whittaker precisamente por eso, por el fuego. Fuera mi cumpleaños o no, estaba tentando al destino.

—No. Tienes que hacerlo tú. Los cumpleaños se deben celebrar como se merece. Y eso incluye pedir un deseo.

Bale quería darme un poco de «normalidad». Algo de lo que podía disfrutar cualquier niño, menos nosotros. Un simple deseo de cumpleaños.

—Ya he pedido mi deseo, Bale.

Él echó un vistazo a la única ventana que había en mi habitación. Eso era lo que más deseaba: que los dos pudiéramos caminar libremente fuera de aquellas cuatro paredes. Que nos libráramos de Whittaker para siempre.

—Pide un deseo conmigo, Bale —murmuré, y me acerqué a él. Sabía que, después de soplar la vela, tendría que quitarle las cerillas.

Bale se tumbó sobre la cama... y fue entonces cuando ocurrió.

Las sábanas se incendiaron. Las llamas alcanzaron el borde de la cama. Estaban rozando el suelo. Me puse de pie de un brinco. Bale, en cambio, no se movió. Fue como si el fuego le hubiera paralizado.

—¡Coge la jarra de agua, Bale! —grité, y arrastré el edredón hasta el suelo.

Pero él parecía haberse congelado. Contempló el baile de las llamas durante un par de segundos y, al fin, arrojó la jarra de agua sobre el fuego.

Empezó a disculparse, pero le interrumpí y le pedí que me entregara las cerillas. Me las dio y no pude evitar fijarme en cómo le temblaban las manos.

—Snow, no pretendía hacer eso.

—Lo sé —dije, y me guardé las cerillas—. Tienes que volver a tu habitación, Bale —ordené—. Los batas blancas.

—No dejaré que cargues tú sola con la culpa —dijo, y se sentó en el suelo, a mi lado, y me cogió de la mano.

Nos quedamos allí sentados hasta que llegaron los batas blancas. No era un recuerdo muy bonito, la verdad. Pero era nuestro, mío y de Bale.

El recuerdo se desvaneció y, al fin, soplé las velas que iluminaban la mesa del Claret. La cuenta atrás había comenzado. Apenas quedaban unas horas para el gran robo. Y ya había pedido mi deseo.

35

Había llegado el momento. El gran momento del robo. Esa noche, las ladronas rescatarían a varias de sus camaradas. En principio, yo me infiltraría en el baile de la duquesa, encontraría el espejo y lo robaría. Todo el plan parecía ridículo e imposible.

Howl había elegido para mí un vestido volador precioso y recubierto de plumas. Era de un tono rosa muy pálido. En otras circunstancias, me habría negado en redondo a ponerme algo de ese color; me recordaba a mi madre. Pero la verdad es que era el vestido más delicado y elegante que jamás había visto. El escote del corpiño tenía forma de V, lo que me hacía parecer sensual y recatada al mismo tiempo.

Fathom nos interrumpió y me entregó un localizador en forma de mariposa y un puñal cuyo mango estaba hecho de un metal suave y pulido, muy parecido a la armadura del Esbirro.

—Sé que pretendes combatir la nieve con nieve.

—En realidad no pretendía combatir.

—Ni tú ni nosotras. Salvo Howl, claro. Pero eso no significa que no debas estar preparada.

Me entregó el puñal. Lo cogí por el mango y me quemé; estaba más caliente que un atizador de hierro forjado.

—¡Ay! ¿Qué quieres? ¿Hacerme daño?

—Estoy intentando protegerte. Debería haberte advertido, perdona. Esto te va a doler, pero si te metes en algún lío…

—Recurro a mi nieve.

—Pero, Snow, hay otra manera de luchar… con fuego.

Volvió a ofrecerme esa daga ardiente; esta vez me fijé bien antes de aceptarla. Estaba iluminada, como el brazalete de Jagger.

Rebuscó en su bolso, una bandolera que, al parecer, contenía cualquier cosa que pudiera necesitar.

Sacó una liga con una vaina ligada y deslizó el puñal dentro. Luego me lo entregó todo: la liga, la funda y el puñal.

Lo acepté a regañadientes.

—Tenía entendido que erais expertas en el arte del robo; la verdad, no pensaba que podíais llegar a esto.

—Somos expertas, es verdad. Y por eso sabemos que, algún día, podemos llegar a esto. Tal vez ese día no sea hoy.

Desenvainó el puñal y plantó un beso sobre el filo.

La bendición de una ladrona. Pero eso no bastó para tranquilizarme. Me levanté la falda y deslicé el liguero por la pierna. Esta vez, sin embargo, el puñal no me quemó la piel. La funda parecía funcionar. Albergaba la esperanza de que su bendición durara toda la noche.

Cuando se marchó, me miré en el espejo.

A veces, la magia pequeña me maravillaba más que la grande. Los vestidos de las ladronas eran únicos, distintos a todos los demás. Y no lo eran porque fueran más prácticos, ni más decorosos, ni más cómodos, sino porque estaban hechos para resaltar la figura femenina. Y porque eran mágicos. Con tan solo una pizca de magia, las faldas podían alzar el vuelo.

Esperé hasta el último segundo para ocultar mi identidad tras la máscara. La cara de la condesa Darby se veía un pelín distinta sobre la mía. Y no era por la sonrisa que tenía, provocada seguramente por la poción que Fathom habría vertido en mi vaso de agua minutos antes.

Me reuní con el resto de las ladronas. Jagger también estaba allí. Cuando cruzamos las miradas, ninguno de los dos mencionó mi sueño, el mismo que él había invadido. Y, a decir verdad, no estaba segura de qué había sido real y de qué no. Ahora tenía el pelo muy corto, rapado. Me habría gustado pasarle la mano por la cabeza, pero me contuve.

—Esta vez utilizaremos el río —dijo, tratando de respetar la distancia que yo había puesto entre los dos.

Pensé en la Bruja del Río. Me pregunté qué habría ocurrido si hubiera decidido quedarme con ella, si hubiera creído en su palabra desde el principio. ¿Qué pensaría la Bruja si pudiera verme ahora?

Howl se acercó a mí. Estaba radiante con la máscara que había elegido; una máscara hermosa con unos pómulos muy marcados y sensuales.

—¿Lo tienes?

—¿El qué?

—El puñal. Fathom ha lanzado un doble hechizo sobre el filo. No tienes de qué preocuparte. No hace falta que aprendas a luchar. El puñal sabrá qué hacer cuando llegue el momento. Eso no significa que te apreciemos ni, mucho menos, que te queramos. Pero te necesitamos viva para que nos entregues el espejo.

Y entonces caí en la cuenta de que la idea del arma había sido suya. Llevar un puñal que parecía tener voluntad propia no me tranquilizó, la verdad. ¿Y si Howl y Fathom le habían lanzado un hechizo para que me atravesara el corazón?

Margot nos convocó para un último hechizo.

—Es un hechizo de unidad —susurró Jagger—. Nos lo tomamos siempre que nos embarcamos en una misión para ir todos a una. Todos nos metemos en la mente de todos.

—¿Y si tienes algún secreto o algo que no quieres que los demás sepan? —pregunté.

—En el palacio del ladrón no tenemos secretos —respondió Howl, que se inclinó a su lado.

Nos colocamos en círculo y nos cogimos de la mano.

—Relájate. Tiene truco —murmuró Jagger, que luego me apretó la mano.

En ese palacio, «todo» tenía truco. Y casualmente él siempre parecía sabérselos todos.

—¿Otro frasco? —me pregunté en voz alta.

Tenía que espabilarme, y rápido, porque, de lo contrario, todos descubrirían mi secreto. Aunque a esas alturas tal vez ya había dejado de ser un secreto. Era más que evidente que Jagger me gustaba. Mucho.

—No. Es cuestión de voluntad. El truco de este hechizo es que solo te permite mostrar aquello que quieres mostrar a los demás.

—Y nos une para evitar cualquier tipo de sorpresa durante la operación —añadió Howl.

Jagger me acarició la mano y sentí un hormigueo en el estómago.

Ya no había marcha atrás, así que respiré hondo y me concentré.

Margot entonó un cántico y todos repetimos las estrofas.

Mi pronunciación no era tan buena como la de los demás; esperaba que eso no entorpeciera el hechizo. Lo último que quería era arruinar la estrategia y echarlo todo a perder.

—A veces, la magia necesita palabras —dijo la reina Margot—, porque es algo que debe alimentarse.

Para Margot, la magia tenía vida propia; precisamente por eso, consideraba que estaba al mismo nivel que cualquier otra persona.

A veces, las palabras también podían doler.

Una hora más tarde zarpamos hacia el palacio de la duquesa Temperly.

El barco se coló por un pasillo minúsculo que serpenteaba por debajo de las catacumbas del palacio. Las paredes estaban decoradas con murales que representaban el día en que el rey Snow había echado un manto de nieve sobre Algid. Su rostro no aparecía por ningún lado, pero, a juzgar por las imágenes, daba la sensación de que el pueblo agradecía la llegada de aquella nevada eterna.

Margot estaba convencida de que gracias a mis poderes podría localizar el espejo enseguida, pero la verdad es que yo no estaba tan segura.

—¿Cómo voy a encontrar el espejo en la habitación de la duquesa? —le pregunté a Jagger.

—No te preocupes por eso. Cuando llegue el momento, lo encontrarás.

—Pero ¿no habrá guardias custodiando su habitación?

—Sí, pero estarán un poco ocupados. Nosotros nos encargaremos de eso —respondió con una seguridad pasmosa—. La puerta a las mazmorras estará abierta. Qué casualidad tan oportuna, ¿verdad?

Oí un ruido a nuestras espaldas. Me daba la sensación de que alguien nos estaba espiando y palpé el puñal que me había dado Fathom.

—Tranquilízate, princesa. Solo es un hechizo de invisibilidad.

—Cadence —susurré al reconocerla.

Sí, era Cadence, la chica que habíamos rescatado del club. Se había recuperado y volvía a ser una ladrona de los pies a la cabeza. Estaba impresionante.

—¿Hechizo de invisibilidad? —pregunté. Fue una pregunta absurda, desde luego. Cadence desapareció de nuevo en la oscuridad nocturna.

Jagger asintió y nos indicó que nos calláramos. Estábamos a punto de llegar al palacio.

«Concentración.» Su voz retumbó en mi cabeza.

«Concentración.» El resto de las ladronas repitió la palabra en coro.

La mansión de la duquesa era una especie de palacio flotante. Estaba rodeado de agua. Y, según Jagger, era una fortificación. Los muros de aquel palacio estaban recubiertos de un sinfín de púas afiladas y, de repente, el barco frenó en seco, como si intuyera que, si avanzaba un palmo más, acabaría ensartado en esas púas.

Jagger había utilizado la magia para gobernar el barco. Recurría a la magia para todo.

Me asaltó una duda, una pregunta errante y salvaje. «¿Cómo sería Jagger sin magia? ¿Me gustaría?»

—Espero que esto funcione —apuntó en voz baja. Volteó una de las monedas de oro que tenía en la mano y las púas se desmoronaron. En su lugar empezaron a brotar unas flores que, al abrirse, revelaron una puerta.

Nuestro barco reanudó la marcha y no volvió a titubear.

Tenía los nervios a flor de piel y había estado conteniendo la respiración durante todo el trayecto.

Cuando por fin llegamos a nuestro destino y estuvimos fuera de peligro, o eso creía yo, respiré hondo. Olía a flores frescas. Miré a mi alrededor y me di cuenta de que en los muros de aquel pasaje subterráneo crecía un millón de flores.

Pensé en Gerde. ¿Habría estado allí? Pero enseguida recapacité; no debía de ser la única persona en el mundo con ese talento, del mismo modo que Kai no sería el único capaz de diseñar y construir cosas increíbles.

Atracamos junto a una entrada sencilla y austera del castillo. Supuse que no sería la entrada principal. Una vez dentro, siguiendo el plan, nos escabullimos hasta el salón de baile. En un momento dado, Jagger me llevó hasta un recoveco oscuro donde nadie podía vernos ni oírnos. Me arrinconó contra la pared y me cogió de la mano.

—Si todo funciona según lo previsto —empezó—, bébete esto; te llevará de vuelta a casa…

Me acarició la mano y me pasó una botella diminuta de color verde. Por un momento, pensé que iba a besarme.

—Mi casa está al otro lado del Árbol —murmuré, tratando de disimular mi desilusión.

Me miró con el ceño fruncido. Sabía que no necesitaba la ayuda del hechizo para adivinar lo que estaba pensando.

—No te llevará tan lejos. Te llevará de vuelta al Claret. A mí. Te prometo que te llevará donde necesites ir.

Me mordí el labio y me quedé pensativa.

Después, guardé el vial en el bolsillo.

36

Cuando salí de las entrañas del palacio de la duquesa y entré en el vestíbulo principal, casi me caigo de culo. Me parecía imposible que fuera el mismo lugar. Aquel vestíbulo era lo más lujoso y pomposo que había visto jamás. Los contrafuertes de hormigón mohosos se habían convertedo en escaleras de mármol, tapices cosidos con hilo de oro y candelabros de cristal.

Un tipo altísimo y esbelto iba anunciando la llegada de los invitados. Le entregamos nuestra invitación, es decir, la segunda moneda de oro, y la arrojó al aire. Tras varias piruetas, la moneda se esfumó y, en su lugar, apareció un trozo de papel. La magia de Fathom estaba funcionando a las mil maravillas.

Por lo visto, las monedas eran parte de un sistema de seguridad mágico muy complejo; cada una contenía toda la información de un solo invitado, de forma que, si la moneda caía en las manos equivocadas, alertaba a los guardias del palacio de la presencia de impostores. Fathom había modificado las monedas para que pudiéramos acceder sin ningún tipo de problema.

—Lord Rafe Mach y la duquesa Darby Mach de Glovenshire —anunció.

—Me siento un poco culpable por ese pobre incauto —murmuró Jagger mientras subíamos una escalera forrada de terciopelo rojo. Al parecer, ese era el camino para llegar al gran salón de baile.

—¿Culpable? ¿Tú? ¿Es que te han dado un porrazo en la cabeza y no me he dado cuenta? —bromeé.

Por lo que había visto hasta ahora, ni Jagger ni las ladronas parecían sentirse muy culpables de las atrocidades que habían cometido. Pero sabía a qué se refería. El Rafe Mach de verdad se iba a perder una fiesta memorable, desde luego.

El salón de baile estaba abarrotado. Los invitados se deslizaban por la pista con elegancia y agilidad. En una de las esquinas de la sala tocaba una orquesta de al menos veinte músicos. Me fijé en las esculturas de hielo que había repartidas por las distintas mesas; representaban a la futura pareja, es decir, a la duquesa Temperly y al que sería su elegido. El futuro marido tenía el rostro desdibujado, pues su identidad aún era una incógnita. Del techo colgaban banderolas de color amarillo limón. Los candelabros parecían estar flotando en el aire; busqué los cables por todos lados, pero no encontré ninguno. Magia.

Y en el centro de aquel bullicio de gente y música estaba ella, mi prima, la duquesa.

Estaba sentada en un trono bañado en oro puro. Parecía tranquila, serena. El peinado que había elegido para el gran día era, sin duda, espectacular: se había trenzado todo el cabello y después se lo había recogido en un moño que más bien parecía una escultura barroca. Y, sobre él, una tiara de diamantes. Llevaba un precioso vestido de color rosa pálido. Debía de estar cosido con hilo de oro, pues desprendía un resplandor dorado maravilloso. Pero el detalle que más me impresionó fueron los tirantes: sobre ellos se habían bordado guirnaldas de flores que se extendían hasta el corpiño. La falda también estaba adornada con bordados de pétalos de flores.

Tenía la tez de porcelana y llevaba una máscara dorada muy delicada, con una filigrana brillante que imitaba un encaje elaborado. La máscara le cubría los ojos hasta el nacimiento del cabello; le llegaba hasta las mejillas, que se había empolvado de color rosado. No logré ver cómo estaba atada. Ni hilos ni gomas, nada. Parecía estar flotando sobre la superficie de su piel. Era una chica exquisita, desde luego.

La duquesa echó un vistazo al salón. Me pareció un poco perdida. Aparentaba tener mi misma edad. Pese a ser un baile en su honor, no parecía estar pasándoselo muy bien. Sabía que Algid era un mundo totalmente distinto al mío, pero, en mi humilde opinión, la duquesa era demasiado joven para tener que decidir su «felices para siempre» esa misma noche. Mi destino, sin embargo, cambiaría radicalmente antes de las doce. Eso suponiendo que lograra encontrar el espejo.

En el Claret, el plan me había parecido asombroso. Me atrevería a decir que incluso perfecto. Pero ahora que estaba allí empezaba a dudar, y no solo por el corsé que llevaba debajo del vestido.

—Primero bailamos y después nos separamos —me recordó Jagger.

No me había quitado ojo de encima desde que habíamos salido del Claret. Nos deslizamos hacia el centro del salón y empezamos a bailar. No fui capaz de ocultar la sonrisa. Jagger tenía un rostro distinto, igual que yo. Pero, tal y como me había dicho, si prestabas atención y te fijabas bien en la mirada, podías distinguir a la persona que se escondía tras ese rostro. Nuestros cuerpos estaban muy cerca, demasiado cerca. Me gustaba sentir su mano apoyada en mi espalda porque me transmitía seguridad y protección. De hecho, cuando la canción terminó y él apartó la mano para aplaudir me sentí indefensa y vulnerable.

—Ejem, ¿no te parece un poco raro haber venido acompañado? El objetivo de este baile es que la duquesa elija a uno de los pretendientes como su futuro esposo, ¿verdad? —pregunté.

Jagger se percató de que estaba nerviosa, inquieta, pero

esta vez no me contestó con evasivas para tranquilizarme. Me cogió de la mano y nos mezclamos de nuevo entre la muchedumbre.

—En Algid todos somos candidatos a casarnos con la duquesa. Si por casualidad se encaprichara de mí, te mandaría ejecutar.

Le miré con los ojos entornados. Me estaba tomando el pelo, pero necesitaba oír su risa para confirmarlo.

—Dudo que la duquesa se fije en mí, la verdad; no es una chica que se sienta atraída por tipos humildes como yo. Me verá como a un candidato que cree que no tiene ninguna posibilidad con ella —dijo.

Solté una ruidosa carcajada. Si los rumores que corrían por el reino eran ciertos y la duquesa era una joven inteligente y perspicaz, era imposible que creyera que Jagger fuese un tipo humilde.

La voz de Fathom nos interrumpió.

Tenemos un problema.

¿Qué ocurre? —preguntó Jagger.

Un hechizo que desenmascara a las personas.

Busqué a Fathom entre los invitados, pero no logré localizarla. Sin embargo, notaba su presencia en la pista de baile, entre las faldas de tul, los esmóquines de colores y los guantes blancos.

¿Y qué problema hay? —pregunté, aunque enseguida caí en la cuenta de lo que significaba.

—Piensa despojarnos de toda nuestra magia porque quiere cerciorarse de quién ha asistido a su baile —explicó Jagger—. Es ingeniosa, eso no podemos negarlo. Lo hace por sus pretendientes, aunque debo decir que es un pelín hipócrita por su parte teniendo en cuenta que jamás se quita la máscara.

Percibí una nota de preocupación en su voz.

—¿Me harías un favor? Cuando llegue ese momento, no me mires, Snow. ¿Lo harás? —rogó con gesto serio.

Su mirada, que siempre tenía ese brillo travieso y juguetón, se volvió vidriosa, meditabunda.

La pregunta me desconcertó. Olvidé los pasos y tropecé. Estuve a punto de caerme de bruces al suelo, pero, por suerte, aterricé en el pecho fornido y musculoso de Jagger. Él me sujetó por la cintura y me alzó para que recuperara el equilibrio. Ni siquiera se despeinó, como si acabara de recoger una pluma del suelo. A él tampoco le gustaba quitarse la máscara. ¿Le asustaba que conociera al Jagger de verdad? ¿O era cuestión de vanidad? ¿O era otra de las absurdas Normas del Ladrón? Pensé en la cicatriz que tenía en el pecho, un recuerdo del rey Lazar. ¿Le habría hecho algo más? ¿Ese era el secreto que no quería desvelarme?

—Pero ¿no necesito verte para poder escapar juntos de aquí? —pregunté.

—Nos reuniremos en el barco, Snow. Y, para entonces, ya no seré lord Rafe Mach, sino yo mismo.

—De acuerdo —murmuré.

Me habría gustado decirle muchas cosas. No me importaba el aspecto que tuviera ni los secretos que ocultaba bajo su máscara. Me dolía que no quisiera mostrarme su verdadero rostro después de haber visto mi lado más oscuro y tenebroso. Conocía todos mis secretos. Pero no podía abrirle el corazón allí, en medio de un salón repleto de gente. Y menos a sabiendas de que el Claret entero estaba escuchando nuestra conversación.

Y, en ese preciso instante, vi a alguien, justo en la entrada del salón, bajo uno de los candelabros flotantes. Sabía que todos los jóvenes de Algid en edad de casarse debían asistir al baile, incluso los criados, pero aun así me sorprendió ver a ese chico en particular. El corazón se me aceleró de inmediato.

Los andares de Kai eran inconfundibles. Los habría reconocido en cualquier sitio. Se había vestido para la ocasión y, a decir verdad, parecía todo un caballero. Ya no llevaba la ropa de arpillera áspera y burda.

De repente vi que Kai se arrodillaba frente a la duquesa en una especie de reverencia. Después, le pidió que bailara con él.

—¿Un viejo amigo? —preguntó Jagger mientras bailábamos. Se había dado cuenta de que me había distraído—. Parece que la situación de tu arquitecto ha cambiado.

—¿De quién hablas? —respondí, tratando de disimular. ¿Dónde estaba Gerde? ¿Y la Bruja del Río? ¿Habían venido a buscarme?

Di varias vueltas por la pista de baile y me alejé de Jagger durante unos segundos. Me acerqué a una mujer que había elegido como modelito una monstruosidad de color rosa chicle y le pregunté por Kai.

—Oh, es el nuevo arquitecto del rey.

—El último desapareció en una tormenta de nieve. Una tragedia —murmuró alguien.

¿Kai había empezado a trabajar para el rey? ¿O ya llevaba tiempo trabajando para él? Mi cabeza daba vueltas al rimo de la música. Desterré esa última suposición de mi mente. Era imposible. A menos que...

Se me encogió el corazón. A menos que nuestro beso le hubiera cambiado.

—No le gustan este tipo de actos. No sé si porque es muy tímido o porque su corazón ya está ocupado —añadió otra de las invitadas—. No puede haber otra explicación. ¿Quién dejaría escapar la oportunidad de casarse con la duquesa? A ella se le cae la baba, no hay más que verla. ¡Fíjate, se ha puesto colorada!

«Lleva una máscara que le tapa la mitad de la cara», pensé para mis adentros.

—Snow, ¿sigues conmigo? —preguntó Jagger, devolviéndome así a la realidad.

—Por supuesto —respondí, pero una parte de mí seguía con Kai.

El arquitecto no importa. No es nuestro objetivo.

La voz de Howl retumbó en mi cabeza.

Había olvidado por completo el hechizo de unidad. Howl me estaba vigilando. Y, con toda probabilidad, también el resto de las ladronas. Al darme cuenta de que todos, y Jagger en particular, habrían oído todo lo que se me había pasado por la cabeza, me puse roja. De hecho, debía de estar como un tomate porque me ardían las mejillas.

La próxima vez sabrás protegerte, dijo alguien.

La próxima vez estaría muy cerca de Bale.

Jamás me habría imaginado a Kai bailando; seguro que parecería un pato mareado, como yo. Pero ver sus brazos alrededor de la cintura de la duquesa me hizo viajar en el tiempo. Recordé los días que habíamos pasado juntos. Y el beso.

—¿Le besaste? —preguntó Jagger sin ningún tipo de interés. Sin embargo, su mirada le traicionó. Advertí una intensidad desconocida para mí; y sospechaba que eran celos.

—Él me besó —corregí, y me ruboricé.

—Pues dudo que tu beso le friera los sesos. No parece haber enloquecido.

Ya no me cabía la menor duda. Estaba celoso. Observé sus labios durante unos segundos y consideré la idea de besarle, a pesar de dónde estábamos. A pesar de Kai, que seguía deslizándose por la pista de baile junto a la duquesa. Y también a pesar de Bale.

—Casi le convierto en una escultura de hielo.

Si se sorprendió, lo supo disimular la mar de bien.

—Todavía no habías aprendido a controlar tu nieve. Ahora las cosas han cambiado.

Casi me desternillo de risa. Menuda mentira. Había mejorado, pero se suponía que, para besar a alguien, tenías que dejarte llevar, dejar la mente en blanco y disfrutar del momento. Lo había visto en la televisión, y así había sido mi beso con Bale, e incluso con Kai.

Y si mis labios volvían a rozarse con los de Jagger..., en fin, sería incapaz de mantener el control.

—A lo mejor no he entendido bien a Howl. ¿No nos acaba de decir que echemos al arquitecto de nuestras cabezas? —pregunté, fingiendo que seguíamos hablando de Kai.

Pero los dos sabíamos muy bien que no estábamos refiriéndonos a mi beso con Kai, sino al beso que Jagger estaba deseando darme.

—No es ninguna distracción. Al menos para mí —dijo Jagger con tono divertido.

Pero estaba convencida de que mentía.

—¿En serio? Porque parece justo lo contrario... —bromeé.

Jagger me arrastró de nuevo hasta la pista de baile, apoyó una mano en la parte baja de mi espalda y pegó su cuerpo al mío.

Cuando pasamos junto a Kai, estiré el cuello para intentar verle de nuevo.

—Ah, y, por cierto, una vida sin besos no es vida —murmuró Jagger, que, en ese momento, deslizó una mano en el bolsillo y sacó un reloj.

Asintió con la cabeza. Se había acabado la cháchara. Y el baile. Había llegado la hora de pasar a la acción, de robar ese dichoso espejo. Todo lo demás tendría que esperar. Solté la mano de Jagger y me escabullí hacia la escalera de caracol que llevaba al segundo piso. Subí varios peldaños y no pude evitar mirar por la ventana; al otro lado del cristal, junto al río, habían plantado un sinfín de tiendas de campaña. Nadie quería ser el último en enterarse de quién iba a ser el elegido de la duquesa.

¡Ahora, Snow!, ordenó Margot.

Espero no meter la pata.

Aparté la mirada de la ventana y busqué a Jagger en el salón de baile. No iba a poder verle desenmascarado. Pese a mi promesa, me habría encantado ver su verdadero rostro. Todos los ojos estaban puestos en la duquesa, que en ese momento se dirigía a todos sus pretendientes:

—Antes de nada, dejadme daros las gracias por venir. Es un honor teneros aquí, en mi casa. Todos sabemos que la magia ocupa un lugar privilegiado en nuestro reino. Pero lo que está en juego aquí es el futuro de Algid y, más importante si cabe, mi corazón. Y por eso quiero, y debo, veros tal y como sois, sin caretas. Solo así podré decidir quién es el afortunado que compartirá su futuro conmigo. Cuando el reloj marque las doce en punto, todos los hechizos que merodean por esta habitación se romperán.

Faltaban diez minutos para medianoche.

Tic-tac, Snow, murmuró Jagger.

¿Y si decidían abortar la misión? Normas del ladrón: nadie puede ver el verdadero rostro de nadie. Volví a echar un vistazo al salón de baile y lo vi. Seguía allí, igual que las ladronas. El espejo era, sin duda, un trofeo muy valioso.

Tic-tac, princesa, insistió Jagger, que se abrió paso entre la multitud para acercarse a la duquesa.

Me ocuparé de rescatar a las prisioneras, anunció Fathom.

Búscalas en el calabozo, contestó alguien.

Se me aceleró el corazón. Estaba preocupada por mí y por las chicas. No solo por el hechizo de unidad. Si algo me había enseñado Algid, era a preocuparme por los demás. A pensar en los otros. No solo en una o dos personas, sino en varias. Incluso en Howl. Desterré a Jagger de mi cabeza. Pero cuando llegué al rellano del segundo piso, alguien me cogió de la mano y se arrodilló frente a mí a modo de reverencia.

Era Kai. Después de todo, no se había quedado en el salón para pedir un baile con la duquesa. Me atrajo hacia él y me rodeó la cintura. La música seguía sonando en el salón, pero la melodía se oía perfectamente desde allí. Sin darme cuenta, Kai y yo empezamos a bailar. Nuestros cuerpos parecían encajar a la perfección, como dos piezas de un rompecabezas. Él se movía con elegancia y agilidad, lo cual admito que me sorprendió. Yo, en cambio, bailaba con torpeza, le pisaba cada dos por tres y farfullaba palabrotas.

Alcé la mirada y recordé que llevaba otro rostro. Kai creía que era otra persona. Y esa persona debería disculparse.

Kai me rodeó la cintura con los brazos y empezó a balancearse suavemente. Bailaba con un pelín de rigidez, pero se sabía los pasos. Me pregunté si Gerde le habría dado alguna especie de raíz danzante o si, simplemente, era otro de sus talentos ocultos. Fuese como fuese, me alegró verle. Contemplé aquellos ojos azules y suspiré. Era el momento menos oportuno, pero ahora que le tenía a escasos centímetros, tan elegante, tan apuesto, tan imponente, sentí curiosidad. Estaba intrigada por la relación que mantenía con la mujer cuya identidad había suplantado, así que me lancé.

—No te ofendas, pero no creía que fueras de esa clase de hombres —comenté.

—¿De qué clase?

—De la clase que espera que la duquesa le elija como futuro marido.

—Se rumorea que la duquesa no puede presumir de una larga lista de pretendientes. Me invitaron y, como bien sabrás, en este reino no se puede rechazar una invitación.

Estaba mintiendo como un bellaco. Dudaba que el rey enviara una invitación al guardia de la Bruja del Río.

Una parte de mí se sintió insultada. La idea de que Kai coqueteara con otra chica me parecía inconcebible. Estaba tratando a mi alias igual que me trataba a mí. Aunque, pensándolo bien, existía la posibilidad, una posibilidad muy remota, pero una posibilidad al fin y al cabo, de que me hubiera reconocido bajo ese disfraz tan perfecto.

—¿Y dónde te encontraron los hombres del rey? —pregunté.

—Tú me encontraste. ¿Ya me has olvidado? ¿Tan pronto?

Casi me tropiezo y caigo de bruces en mitad de aquel rellano. Pero logré recuperar el equilibrio y seguí bailando. ¿Con quién estaba hablando? ¿Con la condesa o conmigo?

—Me hiciste la misma pregunta la última vez que nos vimos —prosiguió él—. En el baile de la semana pasada, ¿recuerdas?

—¿Cómo olvidarlo? —pregunté, tratando de mantener la compostura.

—Y, sin embargo, no recuerdas nuestro último baile. Fue aquí, en este mismo lugar. Me prometiste contarme más cosas cuando volviéramos a vernos…, pero parece ser que soy un chico del montón, de esos que una mujer como tú olvida a la primera de cambio.

Era yo, no él, quien encajaba con esa descripción.

—Nunca podría olvidarte… Es solo que el viaje ha sido muy largo. Y estoy un poco mareada de tanto bailar. Este corsé me está matando, deberías probarte uno algún día.

—No te envidio, desde luego. El precio que debes pagar para estar tan hermosa es muy alto, no lo niego. Pero admito que me encanta el resultado.

Ya no me cabía la menor duda: Kai estaba coqueteando. Y lo estaba haciendo descaradamente.

De pronto, me entraron ganas de desahogarme, de contárselo todo. Pero ¿qué le iba a decir?

Las ladronas me habían confiado sus secretos. Su historia era suya y de nadie más. Desvelar sus secretos habría sido una traición.

—No pretendo ser presuntuoso, pero tienes esa mirada…, como si quisieras decirme algo —dijo Kai.

—¿Y por qué iba a compartirlo contigo?

—Porque a veces es más fácil hablar con un desconocido.

—Pero entonces ya no seríamos dos desconocidos.

—Exacto. O quizá no seas una desconocida para mí. Quizá ya sepa quién eres y qué eres capaz de hacer. O qué debes hacer.

—Disculpa, pero creo que necesito tomar un poco de aire —farfullé, y me aparté de Kai.

—Volveremos a encontrarnos. Estoy seguro —dijo él con una seguridad pasmosa.

Tic-tac, princesa, repitió Jagger de nuevo.

Y entonces oí algo que me distrajo, algo que incluso enmudeció a Jagger, que no se callaba ni debajo del agua. Toda la muchedumbre ahogó un grito. Durante unos momentos pensé que nos habían pillado.

No os mováis, murmuró Jagger.

La orquesta dejó de tocar a media canción. Todos los invitados se dieron la vuelta para mirar hacia la misma dirección. El silencio era sepulcral. Solo se oía el sonido de unos tacones. Respiré hondo. La reacción de la multitud no había tenido nada que ver con las ladronas infiltradas.

Seis soldados, ataviados con trajes de gala rojos, bajaron las escaleras con una especie de caja dorada sobre los hombros.

Tardé unos segundos en procesar lo que estaba viendo. O, mejor dicho, a quién estaba viendo. Los soldados no estaban transportando una caja, sino una jaula con barrotes de latón que se enroscaban alrededor del prisionero.

Shhhhh..., me ordenó Jagger.

A mi lado, Kai se quedó de piedra.

Y enseguida entendí por qué. Lo que encerraba esa jaula era el verdadero motivo por el que Kai estaba allí.

Gerde. Era Gerde quien estaba dentro de esa jaula dorada. Iba desnuda e intentaba taparse las partes íntimas con las manos. Miraba a su alrededor con aquellos enormes ojos grises. Le temblaba todo el cuerpo. Estaba muerta de miedo.

Verla así me rompió el corazón. Quería preguntarle a Kai cómo había pasado. ¿Cómo la habían atrapado? Pero entonces recordé que seguía oculta tras un disfraz.

Quería congelar el salón de baile y ayudarla a escapar.

Sé que es tu amiga, pero ahora no puedes ayudarla. Hemos venido a por el espejo. Hemos venido a por tu Bale, interrumpió la voz de Jagger.

De haber estado a mi lado, creo que también le habría congelado. Me estaba pidiendo que eligiera entre mi amiga y mi Bale.

Kai podía salvar a Gerde, ¿no? Pero ¿cómo? No era un ser mágico; además, la jaula de Gerde estaba custodiada por varios soldados.

Snow, si revelas tu identidad, nos condenarás a muerte.

No logré encontrar el rostro de Margot entre la multitud, pero sabía que era ella.

Si no recuerdo mal, fuiste tú quien dijo que la distracción es la mejor parte de un robo, contesté.

La distracción controlada. No el caos salvaje, replicó Margot.

Contemplé el cuerpo desnudo de Gerde dentro de aquella jaula dorada. Mi amiga, mi única amiga quizás, estaba atrapada en una sala abarrotada. Allí se había reunido la alta sociedad de Algid. Margot había insistido en que me tomara un vial de etiqueta para no desentonar entre tanta gente distinguida y fina. Pero, a decir verdad, eran más salvajes, más incivilizados y más crueles que la Bruja del Río o las bestias de nieve que merodeaban por el bosque. Gerde era el espectáculo de la velada.

—El rey no llegará a tiempo. Pero, para compensar el retraso, te manda este regalo —anunció un soldado.

La duquesa estiró los labios en lo que pretendía ser una sonrisa de cortesía.

—¿Qué clase de regalo es este? No es más que una chica.

Uno de los soldados empujó a Gerde con una lanza. Distinguí el brillo dorado de la punta bajo la luz del candelabro flotante. ¿Todo en ese palacio era de oro?

No lo hagas, rogué. No quería que Gerde mordiera el anzuelo y les mostrara la bestia que llevaba dentro.

La duquesa examinó a Gerde de pies a cabeza.

—No es una chica cualquiera —explicó el soldado; hinchó el pecho, orgulloso de su presa, y volvió a provocar a Gerde, esta vez con la mano.

Ella estaba tratando de mantener el control. Estaba conteniéndose, pero en su expresión advertí una rabia indescriptible. El soldado no desistió y le clavó la lanza en el brazo; de la herida empezó a brotar sangre.

Los invitados no reaccionaron.

El soldado del rey la incitó una vez más. Y otra. Y a la cuarta empecé a ver la transformación. Casi aparto la mirada. Vi que miraba a su alrededor, buscando a Kai entre el público. No tardó en localizarlo. Ambos se miraron fijamente mientras el cambio seguía su curso. Era una mirada cómplice, la misma mirada que se habían dedicado en el cubículo. Kai siempre conseguía tranquilizarla. Él era el único capaz de evitar que sobrepasara ese límite y volviera a ser ella misma. Pero esta vez no podía hacer nada.

Cuando la transformación llegó a su fin, ella sacó los brazos por los barrotes, unos brazos cubiertos de pelo y plumas, en un intento de agarrar a un soldado.

La duquesa sonrió bajo su máscara dorada. Estaba disfrutando del espectáculo, desde luego. Por lo visto, su tío la conocía muy bien.

Nadie se atrevió a decir ni hacer nada. Fue como si el tiempo se hubiera detenido. ¿Eso era normal en Algid? ¿Regalar chicas para después torturarlas en público? ¿Los invitados estaban ocultando sus sentimientos? ¿O es que en realidad no tenían?

—Qué hallazgo tan maravilloso. Dale las gracias a su majestad de mi parte —dijo la duquesa al fin, que rompió el silencio con un ruidoso aplauso.

Lanzó una mirada asesina a la multitud; de inmediato, todos se pusieron a aplaudir. Yo no fui capaz de dar una sola palmada. Eché un vistazo a mis manos y vi que entre los dedos se habían formado telarañas de nieve. Kai tampoco estaba aplaudiendo. Cerró los ojos y vi que su nuez se movía. Supuse que se estaría tragando su orgullo, su ira y sus ganas de venganza, que estaría repasando mentalmente el plan que sin duda habría tramado para liberarla.

—Al rey le gustará saber que ha acertado con su obsequio —contestó el soldado con una sonrisita de satisfacción.

Luego amenazó a Gerde con su lanza para que se moviera hacia la parte posterior de la jaula. Por lo visto, ver a una bestia indefensa y encerrada en una jaula era un espectáculo digno de admiración, pero verla atacando a la duquesa era sobrepasar el límite.

El rey Lazar había subido un escalón en la lista de los villanos más abominables. Regalaba personas. El baile, que hasta hacía unos minutos estaba siendo un acontecimiento hermoso, había dado un giro inesperado y grotesco.

Lo siento, Margot —dije.

Centré toda mi atención en la cerradura. Con un poco de suerte, quizá podría crear una llave de hielo y dársela a Gerde.

Pero en ese preciso instante, Kai salió disparado hacia su hermana.

Y entonces todas las luces se apagaron.

Lo primero es lo primero —dijo Margot.

Tenía que acabar lo que había empezado. Debía acabar la misión.

Ignora el caos, me dije a mí misma.

Aprovecha el caos —corrigió la voz de Margot en mi cabeza.

Cerré la puerta de mi pasado más reciente y me concentré en el futuro. No había tiempo que perder, así que respiré hondo y subí las escaleras a toda prisa; para no levantar sospechas, traté de correr como lo haría una muchacha aturdida y nerviosa después de haber presenciado aquel espectáculo, no como una ladrona dispuesta a robar el tesoro más preciado de la duquesa. Fingí estar buscando el baño de señoras para retocarme el maquillaje.

—Parece ser que nos hemos quedado sin magia —anunció la duquesa mientras una oleada de criados inundaba la sala con un sinfín de velas. Sonreía de oreja a oreja, pero intuía que alguien tan inteligente como ella sabía que la magia no desaparecía así como así, sino que se robaba—. Por suerte, aún podemos disfrutar de la magia líquida. ¡Champán para todo el mundo! —prosiguió la duquesa, confirmando así que la fiesta seguía adelante.

Oí la voz de Fathom en mi cabeza; el plan no había cambiado.

Nuestras camaradas por fin van a volver a casa —susurró Fathom, emocionada.

Jamás habría pensado que, en el fondo, fuese tan sentimental.

Los criados deambulaban por la sala ofreciendo una burbujeante copa de champán a todos los invitados. Daba la sensación de que las bandejas flotaran en el aire. Un segundo después, la orquesta empezó a tocar. Miré de reojo y busqué primero a Kai y después a Jagger. «El papel que le ha tocado interpretar esta noche le va como anillo al dedo», pensé mientras le veía presentarse ante la duquesa. Era un galán de telenovela. El hechizo que nos mantenía conectados nos permitía actuar con una sincronización perfecta y compartir nuestra conciencia, pero Jagger era todo un experto en ocultar sus pensamientos.

Esperaba ser capaz de disimular lo que sentía por él. No quería que Jagger ni nadie más sobre la faz de la Tierra conociera mis secretos.

37

La tercera planta del palacio de la duquesa era aún más glamurosa y lujosa que las anteriores. Tuve que contenerme para no acariciar los pétalos de oro macizo que decoraban las paredes. Me recordaron a las flores bordadas del magnífico vestido de la duquesa. Miré a mi alrededor para cerciorarme de que estaba sola y después solté la polilla localizadora que me había entregado Fathom. Aquel insecto mágico batió sus alas plateadas y empezó a revolotear por el pasillo. Me llevó hasta los aposentos de mi prima.

Cerré la puerta con el máximo sigilo y examiné el dormitorio. En el centro había una cama con dosel que parecía sacada de un cuento de hadas. Un retrato de la duquesa ocupaba toda una pared. En él, ocultaba su mirada tras su máscara, como siempre. No pude evitar fijarme en el joyero que había en el tocador; estaba a rebosar de collares, pulseras, tiaras... Aquella caja debía de valer millones. Registré con la mirada la habitación en busca de la caja fuerte de la duquesa.

Margot me había asegurado que mi magia me mostraría dónde se escondía el tesoro, así que invoqué mi nieve. De las yemas de mis dedos comenzaron a brotar zarcillos de escarcha. Observé atónita cómo aquella telaraña blanca se deslizaba por todas las superficies de la habitación. Una nube de niebla blanquecina se arrastró por el suelo, pasando por debajo de la cama, por el interior del armario y por detrás de las cortinas. Al final se detuvo sobre la alfombra de color gris pálido que ocupaba el centro de la habitación. Aparté la alfombra, pero no vi nada sospechoso, tan solo tablones de madera. La escarcha se posó sobre una zona en particular.

A la magia le gusta la poesía, había dicho Margot.

—Muéstrame lo que escondes. Quiero verlo.

Toqué el suelo y varios tablones se hundieron; dejaron un agujero considerable. Los reflejos no me fallaron y retrocedí justo a tiempo. Cogí una vela de la mesita de noche de la duquesa y eché un vistazo. No vi ninguna escalera. Tan solo oscuridad. Negrura absoluta.

Acerqué una mano a aquella penumbra tan escalofriante y de inmediato se formó una escalera de hielo. Era de caracol y parecía conducir al inframundo, porque era imposible ver dónde terminaba. Bajé el primer escalón y, poco a poco, fui adentrándome en la oscuridad. Cuando llegué al último escalón descubrí un pasillo larguísimo que conducía a una puerta abovedada. El dintel estaba repleto de carámbanos. Aunque estaba entreabierto, sabía que el acceso a la caja fuerte no podía ser tan fácil. Margot había asegurado que el arquitecto le había advertido de ese punto en especial.

Dejé la vela en el suelo y alargué el brazo, con la mano extendida. Los carámbanos se desplomaron a la vez, como si se tratara de una guillotina. Y, de repente, se quedaron suspendidos en el aire, a apenas unos milímetros de mí. No tenía ni un rasguño, pero aquella cortina de hielo me impedía atravesar esa puerta. De momento.

Margot había dicho que aquella caja fuerte exigía sangre. Sangre real. Saqué el puñal que Fathom me había dado. La empuñadura me quemaba la piel, así que me apresuré a hacerme un corte en la palma de la mano. El dolor fue indescriptible. El filo estaba ardiendo. Apreté los dientes para no gritar. Volví a extender la mano frente a la puerta. Esta vez, una diminuta esquirla se sumergió en las gotas de sangre. Los carámbanos retrocedieron de forma automática. Y entonces crucé el umbral.

Esperaba toparme con otra trampa mágica, pero, en lugar de eso, me adentré en una sala gigantesca llena de espejos.

Había espejos de todos los tamaños y formas imaginables. Algunos estaban enmarcados. Otros estaban apoyados en las paredes. Y otros estaban apilados los unos sobre los otros, formando montañas que llegaban hasta el techo.

Era una obra digna de un genio, desde luego. Si, por un milagro divino, alguien conseguía llegar hasta allí (sin contar al rey ni a la duquesa), ¿cómo diablos iba a distinguir el espejo en cuestión? ¿Cómo iba «yo» a hacerlo?

Examiné mi reflejo en todos y cada uno de los espejos, pero no sirvió de nada. Solo veía el rostro de la mujer cuya identidad estaba suplantando.

Me senté en el suelo, hundida. Había llegado muy lejos; no estaba dispuesta a tirar la toalla justo ahora. Invoqué mi nieve, pero hasta mi magia parecía sentirse perdida en aquella habitación. Me rodeó una nube de escarcha, que, tras deslizarse por todos los rincones de la sala, se esfumó.

—Espejos, espejitos que estáis en la pared, mirad a la reina Snow caer a vuestra merced… —tarareé, medio en serio, medio en broma—. A veces uno tiene que romper con todo para encontrar aquello que es irrompible.

La frase no era mía, sino del doctor Harris. Esas eran las palabras que había pronunciado después de que Bale me hubiera partido la muñeca. Lo que en el fondo había querido decirme era que era una chica más fuerte de lo que imaginaba. Pero recuerdo haberme indignado y ofendido al oír ese comentario; creía que estaba insultando a Bale, que estaba tildando de débil a mi Bale y, para colmo, delante de mis narices. Así que, en un ataque de rabia, tiré al suelo un pisapapeles de cristal que tenía sobre el escritorio. Quedó hecho añicos.

Invoqué de nuevo mi nieve, contuve la respiración y cerré los ojos.

—Rompeos —ordené.

Me agaché y me hice una bola en el suelo.

Silencio. Durante unos segundos no ocurrió nada. Todavía era una novata en el arte de los hechizos, así que decidí esperar un poco más.

Y, de repente, todos los cristales de aquella sala explotaron al mismo tiempo. El ruido de cristales partiéndose era insoportable; por un momento, temí quedarme sorda de por vida. Los segundos seguían pasando y, aunque tenía los ojos cerrados, sentía la oleada de cristales a mi alrededor. Sin embargo, no me rozó ni una sola esquirla.

Abrí los ojos y me levanté. El suelo de aquella sala estaba cubierto por una moqueta de cristales rotos. No podía quedarme ahí quieta, así que me abrí paso entre los restos de los espejos para buscar el único que había sobrevivido al hechizo.

En una de las esquinas de la habitación advertí un espejo minúsculo. Era un espejo de bolso. La parte exterior era dorada y, sobre el dorso, tenía algo grabado. Era un símbolo. Me recordó los dibujos tallados en la corteza del Árbol. Al principio pensé que era una flor, pero cuando me acerqué me di cuenta de que era un copo de nieve. Aguanté la respiración, lo cogí y lo abrí. Observé mi reflejo y respiré hondo. El espejo estaba intacto. Sin embargo, el rostro que tenía enfrente no era el de la condesa, sino el mío.

Ese trozo de espejo tenía la capacidad de ver a través del rostro que Fathom me había dado. Podía ver a la persona que se escondía detrás de cualquier máscara. Podía verme a mí.

Cerré el espejo y, con sumo cuidado, empecé a subir la escalera de hielo. Había perdido la noción del tiempo y no sabía cuántos segundos o minutos llevaba ahí abajo, pero debía darme prisa.

Y justo cuando estaba colocando la alfombra sobre los tablones de madera bajo los que se escondía aquella cámara de los espejos, la puerta se abrió de golpe. La duquesa entró hecha una furia, seguida de sus guardaespaldas, varios guardias armados hasta los dientes y vestidos con un uniforme de color azul, el mismo azul que toda la decoración del palacio. Me apresuré a esconder el espejo entre los pliegues de mi vestido.

—¿Qué estás haciendo en mis aposentos? —inquirió la duquesa.

Titubeé y traté de inventarme una explicación lógica y creíble. No pude evitar fijarme en su máscara dorada; ahora parecía haberse fundido con su propia piel.

—Mira, lo siento, en serio. Me he perdido y no sé cómo he acabado aquí. No quiero problemas, en serio. Solo quiero volver al baile, eso es todo —mentí, y me dirigí hacia la puerta.

Ella asintió y uno de sus gorilas me bloqueó el paso. Recordé su risa maléfica al ver a Gerde encerrada en esa jaula. Si no se tragaba mi excusa, no sabía qué pasaría; una parte de mí deseaba congelarla, a ella y a sus matones.

De pronto, sonaron doce campanadas. Era medianoche.

El tiempo se me había acabado. Solté un par de palabrotas y el rostro de la condesa empezó a desaparecer, dejando al descubierto el mío.

La duquesa ahogó un grito y palideció; sus mejillas sonrosadas perdieron todo rastro de color. Se volvió hacia los guardias y los echó de la habitación.

—¡Dejadnos a solas! —bramó.

El cabecilla del grupo vaciló; no quería dejar a su señora desprotegida.

¿El sicario me había reconocido? ¿Y la duquesa?

Ella le lanzó una mirada asesina y, casi de inmediato, todos salieron desfilando por la puerta.

Nos miramos sin decir nada durante un buen rato. Fue la duquesa quien decidió romper ese silencio incómodo.

—Bueno, Snow. Hacía muchísimo tiempo que no nos veíamos.

Las voces de mi equipo fueron amortiguándose y cada vez los oía más bajito. Sabía que no lo hacían a propósito, sino porque no tenían otra opción.

¡La han pillado!

Saben que estamos aquí.

¿Dónde está Snow? —imploró Jagger.

¿Dónde está? —preguntó Fathom.

No pienso irme sin ella.

Estamos rodeados.

Sube al barco, Jagger.

¡No! —protestó él.

Me lo agradecerás más tarde —respondió la voz de Fathom.

Fathom, le has golpeado demasiado fuerte —comentó Howl.

Princesa... —susurró Jagger.

Y tras ese último ruego, silencio.

Las ladronas y Jagger habían logrado escapar.

Miré a mi prima, la duquesa. No sabía en qué posición estaba. Podía ser su invitada, su huésped. O podía ser su prisionera. O podía crear una tormenta de nieve e intentar alcanzar a las ladronas.

—Sé que has venido con las ladronas. Y también sé por qué has venido.

—Entonces ¿por qué has echado a los guardias? —pregunté. Era absurdo seguir mintiendo.

—Porque somos familia. Por nuestras venas corre la misma sangre. Y eso, para mí, es importante. Tenemos muchas cosas que contarnos. Ha pasado tanto tiempo... Pero antes tienes que devolverme el espejo —dijo, y extendió la mano.

Se me paró el corazón. O eso creo. Sabía que le había robado el espejo desde el primer momento en que me había visto. Mi instinto más primitivo me empujaba a congelar a la duquesa y a los guardias que probablemente estaban custodiando la puerta de la habitación. Alcé la mano y de inmediato sentí que se me helaban las venas. Sin embargo, algo me impedía descargar toda mi furia. Aquello no estaba bien. No podía, ni quería, usar mi nieve contra la duquesa. Ella no me había hecho nada. Me sentía entre la espada y la pared, y no sabía qué debía hacer. Mientras tanto, la duquesa, que seguía esperando, golpeteaba con el pie la alfombra, impaciente.

—Te voy a proponer algo, Snow —dijo la duquesa—. Si me das el espejo, te prometo que te contaré lo que significa y te explicaré por qué está en mi poder. Y por qué tú no puedes tenerlo. Algid depende de él.

Tenía la oportunidad de conocer algo más sobre esa maldita profecía al alcance de la mano. Era una oferta muy tentadora y no podía dejarla escapar así como así. Casi a regañadientes, saqué el espejo de entre los pliegues de la falda de mi disfraz y alargué el brazo, dispuesta a entregárselo. Pero entonces hubo algo que me frenó: la imagen de la duquesa en mitad del salón de baile, examinando su regalo. No sabía a qué clase de persona estaba entregando el espejo. Y, aunque me había prometido respuestas, no fui capaz de dárselo.

—Antes, en el salón de baile, me ha dado la sensación de que el regalo de Lazar te ha encantado. ¿Cómo sé que no estás intentando convencerme para después traicionarme y entregarme a él? ¿Cómo sé que no vas a dejar que me mate?

—No puedes saberlo. A veces, la fe ciega es la única opción.

—Qué curioso, pensaba que la confianza era algo que se ganaba.

—Además, eres la princesa Snow, ¿verdad? Si lo que voy a contarte no te gusta, puedes congelarme y escapar con el espejo.

Aquello parecía de una lógica aplastante.

Abrí el puño y ella cogió el espejo con suma cautela y delicadeza.

Después abrió la tapa del espejo y dijo:

—Mira y aprende.

La duquesa acercó el espejo a sus labios y sopló sobre el cristal. El espejo se derritió, literalmente. El líquido plateado pareció cobrar vida y empezó a emerger de su funda dorada para formar un espejo mucho más grande, un espejo tan alto como yo. Los bordes de ese gigantesco espejo tenían la forma de pieza de rompecabezas. Tan solo era uno de los tres trozos del espejo entero. No era la primera vez que oía hablar de ese espejo. La Bruja del Río y Jagger ya me habían comentado algo sobre él.

Ambas estábamos frente al espejo. Eché un vistazo a nuestro reflejo.

Y esta vez fui yo la que ahogué un grito.

Su máscara dorada se había esfumado. En aquel espejo, la duquesa era idéntica a mí. De hecho, éramos como dos gotas de agua.

—No lo entiendo. Es un truco, ¿verdad? —murmuré.

—Es la verdad. El espejo siempre refleja la verdad. Es una de sus muchas cualidades —respondió, como si tal cosa, como si eso fuera de lo más normal.

Se quitó la máscara, aunque le supuso bastante esfuerzo. Los bordes de aquella careta de encaje estaban recubiertos de una especie de tentáculos microscópicos que parecían querer aferrarse a su piel. La máscara de la duquesa era una criatura viva o, al menos, una criatura mágica.

Ella tenía los mismos rasgos que yo. Los mismos ojos. La misma nariz. La misma boca. Era imposible, pero así era.

—¡Joder! —grité después de que tirara la máscara al suelo.

Y entonces confirmó mis sospechas. No se me ocurría otra explicación para lo que estaba viendo.

—Somos hermanas.

La duquesa era mi hermana. Mi hermana gemela.

38

—Llámame Temperly. No esperaba que asistieras a mi baile, la verdad. Y menos acompañada de una panda de ladronas. Reconozco que has sido muy lista; has conseguido hacer amigos que no están aliados con el rey, lo cual es toda una proeza en Algid. Me ha contado un pajarito que son bastante peligrosas. ¿Es cierto que roban rostros? —preguntó Temperly.

La duquesa debió de intuir que estaba impresionada, dubitativa, confusa. O tal vez era pura formalidad para romper el hielo y evitar silencios incómodos. Era mi hermana y, aunque parecía sorprendida por las compañías que tenía, no se había inmutado al verme. A diferencia de mí, ella sí sabía que existía.

Su cadencia, su manera de expresarse, sus modales... Era totalmente distinta a mí. Era mucho más formal. No parecía la clase de chica que perdía los estribos cada dos por tres y empezaba a soltar improperios sin ton ni son.

—No esperaba nada de esto. Punto —contesté cuando por fin fui capaz de hablar.

Quizá fuese un truco. Tal vez se las había ingeniado para suplantar mi identidad. Estaba en un reino mágico donde todo era posible. Pero mis entrañas me decían lo contrario. Había algo en mi interior que me decía que era verdad. El hechizo había borrado mi disfraz y el espejo había mostrado su verdadero rostro. Un rostro que había resultado ser una copia exacta del mío.

—¿Cómo es posible? —pregunté.

Ella agachó la cabeza.

—Nunca me ocultaron que tenía una hermana y crecí sabiendo que estabas en algún lugar del mundo. Tú eras el cuento que leía antes de acostarme. Una fábula. Oía hablar de ti a todas horas; sin embargo, tú no sabías nada de mi existencia. Aunque, en realidad, nadie lo sabe —añadió con amargura—. Nacieron dos bebés. Tan solo nuestra madre sabe de mí. Y las brujas. Y, bueno, ahora tú también. Cuando nací, Ora decidió entregarme en secreto a una de las brujas. La bruja creyó que había elegido bien. Me crie en una familia que vivía en uno de los lugares más recónditos de Algid. Fueron muy buenos conmigo y me trataron como si fuera hija suya. El rey, nuestro padre, no puede enterarse de que existo, a pesar de que no tengo ni una pizca de nieve —explicó.

Tenía los ojos vidriosos. Noté que me escocían. No me había dado cuenta de que no había pestañeado desde que Temperly se había arrancado la máscara.

Mi madre me había salvado la vida. Y, al hacerlo, también había salvado la suya. Sin embargo, no se había llevado a mi hermana de ese reino. ¿Por qué lo habría hecho? ¿Acaso creyó que en Algid estaría a salvo? A mí me estaba costando horrores comprender las decisiones que había tomado mi madre, pero no quería ni imaginarme cómo lo habría pasado Temperly durante todos estos años. A mí me habían encerrado en un manicomio. Pero a ella la habían abandonado a su suerte.

Sentí una punzada en el corazón. Otra noticia imposible de digerir que añadir a la lista. Esa lista empezaba a ser demasiado larga como para soportarla. Me asustaba que se derrumbara sobre mí y me enterrara entre un montón de escombros. No podía venirme abajo en ese momento, así que me recompuse y examiné los rasgos de mi hermana; necesitaba encontrar algo, un pequeño detalle, que la diferenciara de mí.

—¿Por eso escondes tu cara tras esa máscara y finges ser otra persona?

—Sí. Por la profecía. Un solo vistazo y el rey sabría quién soy en realidad.

—Esto es una locura —dije—. ¿Cómo acabaste siendo una duquesa?

—Nunca imaginé que se interesara tanto por mí. Estoy segura de que eso no entraba en los planes de nuestra madre. La bruja no se lo pensó dos veces y me entregó a un matrimonio que era familia lejana del rey. Aquí, en Algid, muchísima gente está emparentada con el rey, con lo cual tampoco fue nada extraño. Sin embargo, a medida que pasaron los años, el rey comenzó a deshacerse de muchos de sus parientes, incluidos el duque y la duquesa que me habían adoptado. Pero el destino es caprichoso: aunque cueste de creerlo, la duquesa que él cree que soy es la última de su estirpe.

—Y el rey… ¿no ha visto tu rostro en todo este tiempo?

El hombre del que tanto había oído hablar no habría pasado por alto un hecho como aquel. En algún momento le habría picado la curiosidad. Me costaba creer que, después de tanto tiempo, no se hubiera percatado de quién era en realidad.

—El rey no dedicaría ni un solo segundo de su tiempo a alguien como yo. Él solo piensa en su nieve. Y en el recuerdo de nuestra madre. Esas son las dos únicas cosas en este mundo que le preocupan.

Temperly me miraba con los ojos como platos. Para ella, ese momento no era tan raro como para mí; a fin de cuentas, ella había crecido sabiendo que tenía una hermana. Llevaba muchísimo tiempo esperando ese día. Esperándome a mí.

—Cuando era niña, soñaba que venías a Algid a buscarme y que nos intercambiábamos los papeles…

—¿Y que vivías rodeada de lujos y glamur al otro lado

del Árbol? Pues siento decirte que no te has perdido nada. He vivido encerrada en un psiquiátrico, un sitio para chalados —dije con una buena dosis de ironía.

—Soñaba que me mudaba a tu casa y que tú venías aquí. Y que matabas a nuestro padre —continuó, sin desviarse del tema. Era evidente que no conocía el sarcasmo y que estaba deseando vengarse del rey. Tenía sed de sangre, desde luego—. ¿Sabes qué se siente cuando eres la única de tu familia sin poder?

Temperly anhelaba el poder. Y, más importante, quería el amor de una familia. No podía poner la mano en el fuego por mamá. De hecho, me había ocultado secretos horribles. Pero en el fondo sabía que lo había hecho para protegerme.

—¿Cómo estás tan segura de que la profecía habla de mí? ¿Por qué no de ti? —pregunté.

Utilicé el tono equivocado. Soné casi esperanzada, ilusionada. Me negaba a descartar la opción de que todo aquello fuera una especie de error, de que la presión de ese lugar, de esa profecía, le correspondía a otra persona. Podía ser que aquello no fuera cosa mía.

Extendió las manos y las zarandeó. No salió ni un solo copo de nieve.

—No habla de mí, sino de ti. Siempre ha sido así.

Para ella, no había ningún tipo de duda. Creía en la historia que le habían contado y en la profecía. Pero ¿y si no era cierta? ¿Y si estábamos interpretando un papel? Tantas vidas echadas a perder. A lo mejor, si confiábamos más la una en la otra y dejábamos la profecía de lado, las cosas serían muy distintas.

Temperly prosiguió:

—Llevo demasiados años viviendo así… Me dedicaba día y noche a esperar a mi hermana, a esperarte a ti y al eclipse de las auroras.

Pensé en Whittaker. Eché un fugaz vistazo a aquella habitación tan acogedora y bonita. Me fijé en unos caramelitos de menta envueltos en papel de plata que había sobre un cojín de seda. Al menos su cárcel era opulenta y lujosa y tenía todas las comodidades que una chica podía imaginar. Ella tenía bombones; yo, los siete enanitos, una pastilla para cada emoción. Me habría jugado el cuello a que ella tenía un vestido para cada emoción.

—Uf, sí, ha tenido que ser horrible. Elegir un vestido de alta costura para cada noche, bailar con los solteros de oro del reino, protagonizar tu propia versión de *Despedida de soltera…*

Recordé el momento en que la había visto bailando entre los brazos de Kai. El monstruo de los celos volvió a aparecer. Me sonrojé. «Ahora no es el momento de pensar en Kai», me reprendí.

Temperly pestañeó varias veces; quizá no estaba acostumbrada a que la gente la contradijera.

—Me drogaban día sí y día también, y por las noches me encerraban en una habitación bajo llave —añadí.

—Qué curioso, ¿verdad? —respondió ella, mirándome a los ojos—. Las dos hemos vivido en una cárcel.

Sin embargo, en cierto modo, la mía no era tan insufrible como la suya. Gracias a esa cárcel, había conocido a Bale. Y además había podido contar con el apoyo incondicional de mamá. Aunque nunca lo había valorado hasta llegar a Algid.

—Pero al menos tú eres libre para enamorarte de quien quieras —añadió con un hilo de voz.

Esa era su cruz, su penitencia. Toda su vida había estado enfocada a la elección de su futuro marido. Y ese era el detalle que me hacía pensar que esa vida aparentemente idílica y perfecta no era ni tan idílica ni tan perfecta.

—Tus pretendientes son bastante atractivos. El chico con el que estabas bailando… —respondí en un intento de hacerle ver el lado positivo de todo aquello.

Traté de ponerme en su lugar… y entonces la comprendí. Yo no habría sobrevivido en Whittaker de no haber sido por Bale. ¿Cómo había conseguido sobrevivir en Algid sola, sin nadie que la apoyara, la escuchara y la entendiera?

—¿Quién? —preguntó, medio molesta, medio interesada.

Había sido una buena pregunta, desde luego. También había bailado con Jagger, pero no estaba pensando en él precisamente, sino en Kai.

—Da lo mismo. No me enamoraré de ninguno… —prosiguió; de repente, su mirada se tornó triste y melancólica.

—No lo entiendo.

—Estoy enamorada de otra persona. Alguien que jamás contará con el beneplácito del rey ni del pueblo.

Casi me caigo de espaldas. La duquesa no dejaba de sorprenderme. Más y más secretos. Me había dejado engañar por sus modales palaciegos y su hermoso vestido de princesa. Qué superficial. Mi hermana era mucho más que eso.

—¿Y quién es? —pregunté.

—Hace muchos años, cuando no era más que una cría, conocí a alguien del Otro Mundo. Fue un flechazo, amor a primera vista. Pero los hombres del rey lo apresaron.

—¿El Esbirro? —pregunté; al pensar en él, se me pusieron los pelos de punta.

La duquesa, ajena a mi encuentro con esa bestia, reaccionó al oír ese nombre.

—¿La mano derecha del rey? Espero que mi amor jamás conozca a ese monstruo. Según cuenta la leyenda, es posible que ni siquiera sea un ser humano, sino una de las macabras creaciones del rey. Tal vez sea una armadura llena de nieve animada. De todas formas, se rumorea que puede ver a través de los ojos del Esbirro, igual que ve a través de los despojos.

—¿Despojos?

—Cuando Lazar se mete en tu cerebro y merodea por él durante un buen rato, puede eliminar todo lo que haya en tu cabeza. Hace borrón y cuenta nueva. O eso asegura la leyenda. El resultado son despojos. Nunca los he visto en persona, pero se supone que deambulan por el bosque.

—¿Y crees que es verdad?

—Le he visto hacer cosas increíbles con su nieve. Cosas incluso imposibles... Y me atrevería a asegurar que ha intentado colarse en mi cabeza. Pero a lo mejor son solo imaginaciones mías. Cuando conoces el mal en primera persona, te parece inmenso, ilimitado. Supongo que lo mismo pasa con el bien, pero, por desgracia, no lo he conocido tan de cerca.

Asentí con la cabeza.

—¿Sabes si...? ¿Estás segura de que...? ¿De que tu amor...? ¿De que él siga...?

«Vivo», pensé, pero no fui capaz de decirlo en voz alta. Había visto con mis propios ojos lo que el Esbirro era capaz de hacer.

Al imaginárselo torturando al amor de su vida, la duquesa abrió los ojos como platos.

—Tengo aliados dentro del palacio del rey. Sé que no está siendo nada fácil, pero sobrevive.

—Lo siento mucho, Temperly —dije de corazón.

No esperaba que tuviéramos tantas cosas en común.

—¿Y qué vas a hacer? ¿Seguir con esta parodia para ganar un poco más de tiempo hasta encontrar la manera de sacarlo de su mazmorra?

Ella apartó la mirada una vez más. Sin embargo, no sabía si era porque el tema le resultaba muy doloroso o porque había algo más que no me estaba contando.

—Todavía no sé cómo voy a hacerlo. Pero no puedo perder la esperanza. La gente de Algid confía en mí; la continuidad de la línea sucesoria real depende de mí. El rey y yo vivimos en paz y armonía, pero el pueblo empieza a inquietarse. Quiere una boda real y puede que también un bebé al que mostrar amor y devoción.

—¿Y cuánto tiempo más podrás postergar el momento?

—Ojalá no llegara nunca, la verdad —dijo ella, y suspiró. El peso que parecía haber llevado sobre sus hombros durante tanto tiempo parecía estar haciendo mella en ella. Y daba la sensación de que, al contármelo, todo su dolor y sufrimiento hubiera subido a la superficie.

—El pueblo de Algid espera que la princesa Snow regrese al reino para salvarnos a todos. Y ahora que estás aquí... Tal vez seas la respuesta a mis plegarias. A las mías y a las del resto de Algid.

—No soy una salvadora.

—Eso está por ver. Debes de pensar que soy una persona terrible por no haber movido un dedo para intentar salvar a mi amor.

—No te juzgo —me apresuré a decir, pero una parte de mí se preguntaba si, en algún momento, habría hecho algo para intentar rescatarle. Después de todo, yo había atravesado el Árbol por mi amor. No me había quedado de brazos cruzados, esperando que algún día, por arte de magia, las cosas cambiaran. Para la duquesa, yo era un rayo de esperanza. Y, además, prefería ignorar la dichosa profecía que aseguraba que yo salvaría el reino y a todo el que vivía en él.

—No es oro todo lo que reluce, Snow. La historia es mucho más complicada...

—¿Qué quieres decir? —pregunté.

Se quedó callada unos segundos y se mordió ese labio carnoso y perfecto. Vi que se retorcía las manos, que eran idénticas a las mías, pero más finas y delicadas.

—¿Qué crees, que no me gustaría enviar a mis guardias a luchar contra el rey? Claro que querría rescatar a mi amor de esa mazmorra y huir de este reino sin mirar atrás. Pero sé que, si lo intentara y fracasara, no sería la única que sufriría las consecuencias. Todo el reino las padecería. Hay demasiada gente que depende de mí.

—Pero ya está sufriendo, ¿verdad? —apunté, recordando al pobre niño de la plaza.

La duquesa creía que, si se mantenía al margen, si no hacía ni decía nada, estaba ayudando a su pueblo, pero no podía estar más equivocada.

—Tú no conoces al rey tan bien como yo. No sabes lo cruel que puede llegar a ser. Esto, en comparación, es misericordia.

Asentí. Tenía razón. Se me revolvieron las tripas. Y enseguida reconocí el sentimiento: un punto de vergüenza. Esa era mi batalla, no la de mi hermana. Y yo tampoco me sentía preparada para librarla.

Aparté esa idea de mi mente y centré toda mi atención en la duquesa; le estaba temblando la barbilla e intuía que en cualquier momento rompería a llorar. No quería que se derrumbara justo ahora, así que traté de buscar una manera de consolarla.

Se me ocurrió una idea: contarle una vieja historia que había leído en la biblioteca del doctor Harris.

—En mi reino, existe una historia sobre una mujer. Un día, su marido desaparece y todo el mundo supone que ha muerto. Ella se resiste a creerlo y espera su regreso con ilusión. Pero, de repente, empieza a recibir presiones para que se vuelva a casar. Y promete que cuando acabe de tejer la mortaja para el funeral de su suegro, elegirá a un nuevo marido. Lo que no saben sus pretendientes es que durante el día teje la mortaja y, durante la noche, la deshace.

Era el mito griego de Ulises y Penélope. Pero la duquesa lo escuchaba con suma atención, como si le estuviera relatando una historia real e importante. Una historia posible. En verdad, ella también estaba cosiendo y descosiendo su propio drama para que el rey y su pueblo no perdieran la esperanza ni la confianza en ella.

—¿Y cómo termina la historia? —preguntó en voz baja. Estaba expectante. Se moría por saber qué le ocurría a la chica de la historia, porque, en realidad, se sentía identificada con ella.

—Él tarda muchísimo tiempo en volver. Años. Pero, al final, los dos acaban reuniéndose. Creo que Ulises asesina a todos los pretendientes, pero no lo recuerdo muy bien.

Preferí saltarme la parte en que el héroe se acuesta con otras mujeres durante su viaje de vuelta a casa, mientras Penélope sigue tejiendo la mortaja. No quería manchar esa historia de amor.

—Qué más da —murmuró—. El caso es que quiero a alguien, pero quiero aún más a mi gente. Y él lo entiende. El mundo es más importante que nuestro amor.

Pese a todo lo que había vivido en los últimos días, seguía creyendo que mi mundo era Bale y nuestro amor. Pero ahora, al ver la cara de mi hermana gemela, se me rompieron todos los esquemas. Por enésima vez en mi vida, sentí que me había equivocado. Me había comportado como una niña mimada y egoísta. Nunca había querido salvar el reino. Ni rescatar a las ladronas. Lo único que había querido era rescatar a Bale y largarme de Algid por la puerta de atrás. No había sido noble ni generoso por mi parte, la verdad.

Ya no estaba sola en el mundo. Tenía una hermana, una hermana gemela. ¿Ese pequeño detalle cambiaba algo? ¿Lo cambiaba todo? No tenía por qué. No la conocía. Y, sin embargo, su presencia era como un imán para mí, me atraía y me acercaba a su historia.

—Tal vez nos parezcamos porque compartimos el mismo ADN, pero no nos conocemos, Temperly. No somos nada —espeté.

—Y nunca lo seremos, a no ser que te marches de aquí ahora mismo —contestó ella. Agitó la mano y el espejo se encogió y se guardó de nuevo en el estuche.

Y entonces me lo ofreció.

—¿Me estás dando el espejo?

—Cógelo. Lo necesitarás para encontrar al resto de las brujas y traer la paz al reino.

—¿Qué te pasará si el rey descubre que tengo el espejo porque tú me lo has dado?

La duquesa se quedó callada unos segundos.

—Pase lo que pase —dijo finalmente—, tendré la conciencia tranquila, pues sabré que, por fin, he hecho algo por mi pueblo.

Temperly creía que su pesadilla había terminado. Creía que mi llegada resolvería todos sus problemas. Pero estaba equivocada. No iba a aceptar el espejo sin contarle mi verdad.

—No quiero matar a nuestro..., al rey Lazar. No digo que no se lo merezca, pero tiene como prisionero a alguien que adoro. Lo único que quiero es rescatar a mi amigo y regresar a mi casa, al otro lado del Árbol. Se llama Bale.

Ella sacudió la cabeza, decepcionada.

—Pero puedes venir con nosotros..., si realmente quieres —propuse.

Me costaba imaginar a esa chica tan distinguida y refinada en el norte del estado de Nueva York. Aunque también me costaba imaginarme a mí misma allí, la verdad. No podía volver a Whittaker. No sabía cómo lograríamos sobrevivir los tres en el mundo real, pero sin duda debía de ser mejor que Algid. Sí, aquel era un reino lleno de magia, pero también lleno de dolor.

—¿Piensas entregarle el espejo a las ladronas? Sabes que no puedes fiarte de ellas.

—Tú misma acabas de decir que he encontrado amigos que son contrarios al rey. Tienen el mismo objetivo que nosotras, créeme.

—Me has defraudado, Snow. No eres quién creía que eras —farfulló.

—Temperly...

—Creía que eras una heroína.

—Nunca he dicho que lo fuera. ¿Y qué me dices de ti? Has tenido ese espejo en tu poder todo este tiempo. No me necesitabas para traer la paz a este reino. Ni a mí ni a mi nieve.

El comentario pareció ofenderla, pero segundos después cambió su expresión y creí distinguir vergüenza, remordimiento.

—Tienes razón. No tengo tu poder. Y la profecía asegura que debes ser tú, nadie más que tú.

Aquel comentario me lleno de rabia e ira; casi de inmediato, noté una oleada de frío por todo el cuerpo. Nadie iba a decirme qué debía hacer, dónde tenía que ir, quién debía ser.

Sin embargo, tenía que admitir que en algo sí tenía razón. No era una heroína. Ni de lejos. Y, en ese preciso instante, Temperly se había cruzado en mi camino. Necesitaba ese maldito espejo. Era mi pasaporte, y el de Bale, para salir de Algid. No pretendía salvar el mundo.

Un anillo de hielo empezó a formarse alrededor de mis pies y fue creando círculos concéntricos. Temperly contempló el espectáculo boquiabierta. No hacía falta ser una lumbrera para saber que podía arrebatarle el espejo si quería.

—Tienes que dármelo, Temperly. Lo siento. Puedes acompañarme... o puedes quedarte aquí. Pero el espejo se viene conmigo.

Me miraba con la cara desencajada, pero esta vez no estaba decepcionada, sino aterrorizada.

—¡Guardias! —gritó, y se llevó el espejo al pecho. Y entonces clavó la mirada en alguien que tenía a mis espaldas.

Al darme la vuelta, vi al rey Lazar. Mi padre. O, mejor dicho, nuestro padre.

—¡No! —susurró.

Se tapó con las manos la cara, mi cara. Se agachó y palpó el suelo en busca de su máscara. Cuando la encontró, se apresuró en colocársela de nuevo. Aquel precioso retal de encaje estiró sus tentáculos y se aferró a su piel.

Era una chica lista, desde luego. En un abrir y cerrar de

ojos, recuperó su ademán majestuoso y refinado. Realizó una pomposa reverencia ante el rey, pero a mí no podía engañarme tan fácilmente. Aprovechó ese momento para deslizar el espejo en el bolsillo de su falda.

Observé la expresión de Lazar, que no movió ni un solo músculo. Su rostro no transmitía absolutamente nada. No sabía qué aspecto tenía el mal, pero desde luego no lo habría descrito de ese modo.

Jamás había visto a mi padre. O, al menos, no lo recordaba. Mi madre me había sacado de Algid cuando no era más que un bebé. Pero no me hizo efecto alguno saber que aquel hombre era mi padre biológico.

Tenía unos rasgos atractivos; sin duda, más jóvenes de lo que esperaba.

Siempre había creído que había heredado el físico de mi madre porque quienes nos conocían decían que era su vivo retrato. Pero ahora que le tenía delante, me reconocí en su mirada y en la forma de su rostro. Y en su sonrisa, esa sonrisa que tanto trabajo me costaba dibujar.

Stephen Yardley, el tipo que aseguraba ser mi padre y que aparecía en la sala de visitas de Whittaker una vez al mes, no se parecía en nada a mí. Él tenía la cara rechoncha; yo, angulosa. Él era corpulento; yo, menuda. Quizás a él no le había importado tener una hija loca de remate. Quizás él no quería que descubriera la verdad: que no teníamos ningún tipo de vínculo familiar.

Contemplé a Lazar y deseé haberme equivocado con Stephen Yardley. Ojalá tuviera un lazo sanguíneo con él. Pero eso era imposible. Y deseé librarme del lazo que me unía al monstruo que tenía enfrente.

La armadura de mi padre estaba grabada con los mismos símbolos que había visto tallados sobre la corteza del Árbol y en la armadura del Esbirro. Pero su armadura no era negra, como la de este último, sino roja.

Tenía la piel desgastada, agrietada, como si se hubiera pasado media vida tomando el sol. Advertí varias marcas en la cara y en los brazos. Me recordaron a las marcas que había visto en los brazos del desconocido que se había llevado a Bale.

Observé los ojos de mi padre. Eran azules y glaciales. Y entonces supe que aquello era cosa del destino. ¿En serio creía que podría entrar en Algid e irme de rositas, sin enfrentarme a él? Nunca había creído en el destino, pero no podía ser solo fruto de la casualidad. Mi padre había aparecido ataviado con una armadura inquebrantable justo cinco minutos después de haber conocido a mi hermana gemela secreta.

—Aquí estáis, las dos, por fin. Esa Ora siempre fue una mujer muy lista. Debo decir que es una reunión familiar muy pintoresca... —dijo con voz profunda y segura.

—Tú no eres mi familia —repliqué, tratando de mantener el control.

No quería mostrar ningún tipo de emoción. Ese hombre no se lo merecía. Pero no lo conseguí. De los círculos de hielo que había formado antes en el suelo brotaron carámbanos muy afilados. Las ventanas estaban cerradas a cal y a canto, pero, de pronto, se levantó una ventisca de nieve. Y todo por mi culpa.

—Parece ser que tu nieve no está de acuerdo. Vamos, esas no son maneras de saludar a un padre.

Temperly nos observaba en silencio.

De repente, vi que a mi padre, a nuestro padre, se le hinchaban las venas de la cara. La sangre que corría por sus venas era azul. Chasqueó los dedos y unos zarcillos de hielo crearon una burbuja alrededor de Temperly. Estaba atrapada.

Ella apoyó las manos contra el cristal y me dijo algo:

—Mátale.

39

Me quedé petrificada al ver a mi hermana atrapada en aquella burbuja de hielo.

«Su nieve es distinta a la tuya», había dicho Fathom.

Y ella nos había visto a los dos en acción. Una parte de mí se negaba a creer que nuestro don no fuera el mismo. ¿Y si la única diferencia era que él había gozado de mucho más tiempo para practicar?

—Creo que así podremos charlar largo y tendido —comentó entre risas.

Me recordó a alguien. Esa broma macabra me hizo pensar en Storm, de *The End of Almost*. Storm era el villano más cruel y mezquino que Haven jamás había conocido, pero lo más curioso de ese personaje era que no sabía que era un villano. Él creía que todas sus fechorías eran, en realidad, un acto noble y digno de reconocimiento. Tenía sus motivos, igual que el rey Lazar.

Temperly no había tenido tiempo suficiente para conocerme y saber si era una persona digna de su confianza o no. Y lo mismo me había ocurrido a mí; no tenía manera de saber si podía fiarme de ella, pero al verla atrapada en aquella burbuja de hielo vi que despreciaba a Lazar tanto como yo. O puede que incluso más.

Arrojé una lanza de hielo hacia el globo para abrir una grieta y ayudarla a escapar, pero la lanza rebotó al tocar la superficie y aterrizó sobre la alfombra gris.

—Suéltala —ordené.

—Lo siento, pero no puedo hacer eso —respondió el rey, ignorándome por completo. Miré de reojo a Temperly: había perdido ese aplomo, esa entereza majestuosa que tanto me había embelesado. Ahora estaba aporreando el hielo con todas sus fuerzas.

Le lancé un carámbano afilado al rey, pero él lo esquivó sin problemas.

—Tengo planes para ti, Snow —prosiguió.

Le respondí tirándole otro carámbano. Era evidente que, pese a su edad, era un hombre ágil y diestro, porque logró esquivarlo casi sin despeinarse.

En ese preciso instante, los soldados de Temperly, alertados por el ruido, entraron en la habitación.

—Alteza —suspiró el guardia que lideraba ese pequeño ejército al verla atrapada en un globo de nieve.

Fue el primero en sufrir la ira del rey. Le convirtió en estatua de hielo. Los demás alzaron las espadas, pero él los congeló en formación, con las bocas abiertas y las espadas desenvainadas.

Todo había ocurrido tan rápido que ni siquiera me había dado tiempo a alzar las manos para contraatacar.

Me había llegado el turno. Pero no de atacar, sino de huir de allí. Lazar levantó la mano y me apuntó con un dedo acusador. Tal vez quería detenerme. O quizá partirme en dos. Miré hacia la puerta y pensé en salir escopeteada. Pero la imagen de Temperly encerrada en aquella burbuja me impidió hacerlo. Creé un muro de hielo entre la puerta y él. No sabía cuánto tiempo aguantaría, pero ya podía entrever su sonrisa tras el muro. Le divertía verme sufrir.

Intenté romper la burbuja con una explosión de hielo, pero no sirvió de nada. Ni siquiera logré hacerle un rasguño. Oía al rey Lazar reírse a carcajadas tras el bloque de hielo. Sabía que lo destrozaría en cualquier momento.

Temperly sacudía la cabeza como una histérica; me estaba diciendo que huyera, que me salvara.

Y entonces recordé el puñal.

Me arremangué la falda del vestido y deslicé el puñal de la funda que llevaba colgada de la liga. Inspiré hondo y agarré el mango del puñal. Estaba caliente. Cuando clavé la punta en el hielo, el filo se iluminó; en un abrir y cerrar de ojos, la burbuja comenzó a resquebrajarse como si fuera un huevo gigantesco. Saqué a Temperly sana y salva. La cogí de la mano y salí disparada de la habitación, dejando tras de mí un rastro de hielo. Cuando atravesamos el umbral, ella me miró con el ceño fruncido. La pregunta era evidente: ¿y ahora qué?

—¿Te has quedado por mí? —preguntó, sorprendida.

No respondí. Jalé de ella y la arrastré por el pasillo a toda prisa. Mientras bajábamos las escaleras, oímos gritos. Venían del salón de baile. Por un segundo pensé que los invitados a la fiesta no se habían dado cuenta de la llegada del rey Lazar, pero, a juzgar por el escándalo y el griterío, me había equivocado. Varias parejas de baile corrían por el salón como histéricos. Algunos asistentes, en cambio, se habían quedado quietos, casi petrificados. Los camareros que minutos antes paseaban por la sala con bandejas de entremeses habían desaparecido; en su lugar, advertí bestias de nieve sirviendo su especialidad: miedo.

La jaula en la que el rey había apresado a Gerde estaba vacía. Y no vi a Kai por ningún lado. Esperaba que estuvieran a salvo.

Me llamó la atención una invitada en particular; no estaba corriendo despavorida ni tampoco se había quedado inmóvil. Luchaba. Era Fathom. Dos bestias de nieve la habían acorralado. Las criaturas parecían dudar y se debatían entre abalanzarse sobre ella a solas o hacerlo al mismo tiempo y compartir la presa para cenar. La ladrona echó mano de un vial de desaparición. Fathom se evaporó de entre las dos bestias; un segundo más tarde, reapareció sentada sobre una de ellas, con una daga en la mano. Apuñaló a la bestia sin pensárselo dos veces. La criatura se desplomó sobre el suelo. Ella volvió a desaparecer. Hasta que reapareció de nuevo sobre la otra.

Pestañeé. Fathom no estaba sola. Las demás ladronas también se encontraban allí.

Habían regresado al palacio de la duquesa a buscarme y se enfrentaban a las bestias. Entre estas reconocí a varios soldados del rey. Apenas quedaban guardias de Temperly; los pocos que había estaban luchando con uñas y dientes contra ellos. Al parecer, cada ladrona había tomado una poción distinta, en función de su estilo de combate predilecto.

Vi a Howl, aunque difuminada; se movía con tal rapidez que era imposible distinguir su silueta. Sin embargo, sí vi como degollaba a un soldado. Howl se había tomado una poción de rapidez, desde luego.

Margot bailaba con un soldado al que, sin lugar a dudas, había seducido gracias a un hechizo de baile. La ladrona dio una vuelta y alzó el puñal. Iba a clavárselo por la espalda. Aparté la mirada. Prefería no verlo.

Registré el salón de baile con la mirada en busca de una persona: Jagger. Pero no lo encontré. Me fijé en el Esbirro: controlaba a las bestias de nieve como un director de orquesta; movía las manos y dirigía su sinfonía del dolor particular.

Temperly estaba anonadada. Quizás era la primera vez que presenciaba un espectáculo como aquel. La batalla cada vez era más encarnizada. Ladronas contra bestias de nieve y soldados. Y mis compañeras tenían todas las de perder.

—¡Escóndete! No puedo dejar que las masacren. Después nos iremos de aquí… juntas —dije.

Mientras mi hermana estuviera conmigo, el rey no podría utilizarla contra mí.

Ella vaciló, insegura… Y entonces se me pasó por la cabeza una idea descabellada: me pregunté cómo habría sido mi vida si Temperly hubiera crecido junto a mí, al otro lado del Árbol. No pude evitar pensar en qué habría pasado si mamá se la hubiera llevado a Nueva York, o si, por obra y milagro divino, hubiéramos conseguido escondernos de Lazar en algún rincón de Algid.

Temperly me miraba con impaciencia.

Entonces arqueó las cejas. Quizá no era impaciencia, sino ansiedad. No conocía sus gestos, sus expresiones. Esa era otra cosa que Lazar nos había arrebatado. Pero ahora no era el momento de recuperar el tiempo perdido.

—Espera... Dame el espejo —le pedí.

—Tengo que hacerte una pregunta. Antes, en mi habitación... ¿Querías salvarme a mí o al espejo?

La verdad es que no había vuelto a pensar en el espejo hasta ese momento.

—¿Puede ser a los dos? —murmuré.

Todavía no logro comprender por qué no fui más amable, más comprensiva. Estaba a punto de meterme en una batalla encarnizada y sangrienta. Tal vez era la última conversación que podría mantener con mi hermana y, aun así, estaba siendo cruel con ella.

Sacó el espejo de entre los pliegues de su falda y, cuando estaba a punto de dármelo, me miró a los ojos y dijo:

—Encuentra a la Bruja del Bosque. Y yo te encontraré a ti.

—Temperly, no puedo prometerte eso.

—Algid confía en ti... No solo tu amigo depende de ti, sino todos los que viven en este reino —contestó, y dejó el espejo sobre la palma de mi mano.

Asentí.

—Pero también confían en mí. Y por eso pienso sacarles de aquí.

En lugar de alejarse del caos, se dirigió directamente hacia él.

—Te matarán. No puedo protegerte —la advertí; no estaba segura de poder estar pendiente de ella mientras trataba de salir viva de aquella guerra salvaje.

—No necesito que tú me protejas. Ellos lo harán.

—Y creía que yo era la loca de la familia. ¿De quién hablas? —pregunté.

Temperly salió al balcón y emitió un silbido. Varios de los pretendientes se giraron al mismo tiempo y miraron a su duquesa. Desenvainaron la espada casi de inmediato. Uno de ellos cargó contra uno de los capas rojas; tras un par de embates, le rasgó la yugular. Otro se abalanzó sobre un lobo de nieve y le atravesó varias veces con su espada. Otra bestia de nieve se puso de pie y una ladrona le arrojó una daga voladora que acabó clavada en la parte baja de la tripa.

Empecé a atar cabos: comprendí el significado de la mirada misteriosa que ponía cada vez que hablaba de sus pretendientes. Después de todo, no solo se había dedicado a esperar mi llegada, sino que había construido un ejército.

—Veo que has tenido tiempo para elaborar un plan —le dije.

—El rey me contó que el matrimonio es una forma de forjar alianzas entre familias. Y entonces pensé: ¿por qué no crear más de una alianza?

—Sabes que muchos de esos hombres están enamorados de ti, Temperly.

—Lo sé. Pero así es la vida. Ojalá sus corazones sean las únicas víctimas esta noche —respondió ella.

Sin embargo, a pesar de esa fanfarronería y de la seguridad que parecían transmitirle sus pretendientes, cuando se dio la vuelta, advertí una sombra de incertidumbre. Miró a su alrededor y su expresión se transformó. Estaba muerta de miedo. Me desconcertó ver un rostro idéntico al mío tan asustado.

«Esa no eres tú», pensé para mis adentros. Temperly

me soltó la mano y bajó el resto de las escaleras ella sola. No sabía en qué nos parecíamos y en qué no, pero las dos éramos tercas como una mula. Mi hermana era tan cabezota como yo, así que habría sido absurdo discutir con ella para hacerla cambiar de opinión. Y tal vez la actitud con la que ibas a una batalla no importaba tanto. Lo que verdaderamente importaba era ir.

Cogí aire y la seguí hacia el combate que se estaba librando en el salón.

40

Había asegurado que no podría ayudarla, pero no tuve más remedio que comerme mis palabras. Le abrí camino a Temperly para que pudiera atravesar el salón sin ningún arañazo. Utilicé mi nieve para apartar a una bestia que amenazaba con atacarla. Sus guardias hicieron lo mismo; aniquilaron a un león de nieve que pretendía abalanzarse sobre ella y empujaron a otro capa roja al suelo.

Abrió una puerta secreta que había en una esquina del salón y, con la ayuda de sus pretendientes, fue recogiendo a todas las señoras disfrazadas del campo de batalla y las fue guiando hacia la puerta, ofreciéndoles así una salida segura.

Temperly no tenía una daga mágica ni había recibido el entrenamiento de un soldado. Pero, aun así, no huyó de la batalla.

Nuestras miradas se cruzaron; ella asintió.

Al otro lado del salón, vi a un chacal de nieve saltando hacia Howl. Aterrizó encima de ella. Tenía la boca abierta y de sus colmillos goteaban hilos de saliva helada. El monstruo se inclinó, dispuesto a arrancarle el brazo de un mordisco.

Me abrí paso a empujones entre la muchedumbre de bestias y soldados. Desenvainé mi puñal por segunda vez y vi que Howl se retorcía para apartarse de los colmillos de aquella criatura. El chacal acabó clavándoselos en un mechón de su pelo.

Alcé el puñal. Cuando aquel filo ardiente atravesó su pelaje, el chacal de nieve se desgarró, se hizo trizas. Un baño de tripas y sesos cayó sobre Howl. Pero ella sonrió. Se alegraba de verme.

—Hemos vuelto para salvarte —dijo con una sonrisa.

Seguía tendida en el suelo, con la respiración entrecortada. Se había librado por los pelos.

—Lo sé —contesté, y le extendí la mano para ayudarla a ponerse en pie.

—¿Qué tal te está tratando ese puñal?

—Quema como un demonio.

—¡Genial! Entonces está funcionando. A Fathom le encantará saberlo.

Vi a Fathom al otro lado de la sala, haciendo gala de su nuevo superpoder. Ahora le había llegado el turno a un soldado; se desplomó sobre el suelo sin ni siquiera verla. Desaparecía y reaparecía a su antojo, y lo hacía tan rápido que el pobre soldado no se había dado cuenta de que estaba a punto de morir.

Mi reencuentro con Howl fue breve; una abeja de nieve del tamaño de un dinosaurio planeaba peligrosamente sobre nosotras. Howl dio un brinco y la apuñaló. Después sacó algo del bolsillo de sus pantalones y me lo tiró. Era un vial de color azul.

—¿Qué es?

—Vas a tener que mejorar tus dotes de guerrera. Y rápido.

—Tengo mi nieve —respondí, a la defensiva.

—Allá tú, pero todo el mundo, incluso su alteza, necesita un empujoncito de vez en cuando.

A decir verdad, no tenía ni la más remota idea del efecto que tendría esa poción mágica. Quizá me hacía más rápida, pero me daba miedo perder alguna de mis facultades; quería estar preparada para cuando el rey consiguiera librarse de la trampa de hielo que le había dejado en los aposentos de Temperly. Porque, al igual que todos los villanos, volvería.

Acepté el vial y lo guardé en el bolsillo de mi falda. Noté que rozaba la funda dorada del espejo.

De repente, oí un crujido en el piso de arriba; intuía que el rey había conseguido derruir el primer muro de hielo que había construido. No nos quedaba mucho tiempo.

—Pensé que te vendría bien una ayudita, princesa —dijo una voz a mis espaldas.

Un segundo después, aporreó el hocico de una bestia de nieve que pretendía arremeter contra mí. La criatura tropezó, soltó un rugido y contraatacó, pero esta vez hacia otra dirección.

Adiviné quién era incluso antes de darme la vuelta. Jagger.

—¡Has vuelto! Aunque, según tú, los ladrones nunca lo hacen.

—Por suerte, «viviré» para arrepentirme —murmuró; se suponía que era una broma, pero tenía el gesto serio—. El palacio está rodeado —añadió Jagger.

—Lo sé. Me di cuenta justo después de enterarme de que la duquesa es mi hermana gemela secreta —susurré, y esperé su reacción ante la noticia.

Por primera vez desde que le había conocido, Jagger se mostró sorprendido.

—Tengo el espejo. Debemos reunir a todas las ladronas y marcharnos de aquí.

A Jagger se le iluminaron los ojos y luego echó un vistazo a su alrededor.

—No podemos dejar a toda esta gente aquí... Será como condenarlos a una muerte segura.

Las demás ladronas seguían luchando a capa y espada. Lo último que quería era que el salón de baile de Temperly se convirtiera en un cementerio.

—Cuidado. Eso ha sonado casi noble —dije.

Jagger hizo una mueca, como si la palabra «noble» fuera la más sucia de Algid.

—No tenemos suficiente poción de teletransportación para mover a tanta gente. Esto es lo que haremos: llevaremos a nuestra gente hasta el lindero del bosque. Margot conoce un camino a pie hasta el Claret —explicó.

Sin embargo, antes de que pudiera decir algo, el aire de aquella sala empezó a arremolinarse y a dar vueltas. Unos segundos después, vislumbré un tifón de color blanco que venía directo hacia mí.

Alcé la mirada y vi al rey en el balcón.

—Snow —dijo, y su voz retumbó en todo el salón de baile.

Jagger me acarició el hombro y después empezó a arrojar puñales hacia el balcón. Tenía que reaccionar, y rápido, así que lancé un tornado hacia el rey Snow. Los dos tifones chocaron en el centro de la sala, formando así un huracán incontrolable.

El huracán se deslizó hacia la pista de baile, hacia el mismo lugar donde yo había bailado con Jagger. La velada había dado un giro inesperado; lo que había empezado siendo un robo acabaría en una matanza salvaje y sangrienta.

Por suerte, la pista de baile estaba desierta, por lo que el ciclón no se llevó a ningún invitado por delante. Los pocos pretendientes que quedaban se tiraron al suelo para evitar que aquel torbellino de hielo y nieve los engullera.

«Kai», pensé. Mientras trataba de arrebatarle el control del tornado a mi padre, le busqué entre la muchedumbre. Sabía que Lazar no iba a dejarse vencer tan fácilmente, pero, en un esfuerzo casi sobrenatural, conseguí arrastrar aquel ciclón gigantesco hacia el escenario. Al estrellarse contra la pared, abrió un agujero enorme. Algunos de los asistentes a la fiesta no desaprovecharon la oportunidad de escapar de aquella pesadilla y salieron disparados hacia el agujero de la pared.

Fue un error garrafal. En cuanto el polvo de los escombros se desvaneció, lo vi.

Los jardines que se extendían tras el castillo estaban atestados de centenares de soldados del rey y de bestias de nieve. Nos estaban esperando. Observé la escena horrorizada. Las criaturas atacaron sin remordimientos a una mujer inocente que llevaba un vestido rosa. Intenté enviar una ráfaga de nieve para rescatarla, pero las bestias ya estaban encima de ella. De pronto, la vi dentro del hocico de uno de esos monstruos. La zarandeaba como a un juguete de plástico. Y entonces la reconocí. Era la misma mujer que me había contado chismes sobre Kai, en la pista de baile.

Sentí otro pinchazo en las entrañas, pero esta vez fue aún más intenso.

El palacio estaba rodeado por un ejército de bestias de nieve. Intenté contarlas, pero eran demasiadas. Y, por si eso fuera poco, detrás de las criaturas había otro ejército de soldados del rey, ataviados con un uniforme del mismo color que su armadura. Era una marea roja.

Me giré hacia Jagger y le lancé una mirada de súplica. Quizás había llegado el momento de la retirada.

Las ladronas y Jagger pretendían enfrentarse al rey Lazar para saldar una deuda; pero sabían que no lo lograrían sin la ayuda del espejo, pero del espejo entero, no del trozo que tenía guardado en el bolsillo.

—Ese agujero es nuestra única salida. A estas alturas, los hombres del rey ya habrán cerrado el acceso al foso. El plan es llegar al lindero del bosque. No intentes ser un héroe, Snow.

Las otras chicas se apiñaron a mi alrededor. Margot, que se sacudía el polvo del vestido, se colocó a mi lado.

—Chicas, preparaos para lo peor. Estamos a punto de entrar en la boca del lobo —comentó.

Esperaba oír un discurso motivacional, unas palabras de

ánimo, pero supuse que ese no era el estilo de las ladronas.

Jagger salió disparado hacia el agujero. Era rápido, aunque no tanto como Howl. Avanzaba a la velocidad de un rayo, así que alcanzó el agujero en cuestión de segundos. Y entonces arrojó algo que aterrizó frente a una de las bestias.

El paquete explotó y el animal salió volando por los aires. Un segundo después, la bestia también explotó en una lluvia de hielo y hueso. Jagger me miró por encima del hombro y me dedicó una sonrisa engreída y petulante. Sin embargo, los pedazos de la criatura empezaron a arrastrarse por el suelo y su sonrisa desapareció. Cruzó el agujero de un salto y alzó el brazalete para incendiar los restos del animal.

Margot y las demás también corrieron hacia el agujero y yo hice lo mismo. Todas se habían tomado una poción mágica que les otorgaba algún superpoder, así que llegaron en cuestión de segundos. La única que se quedó rezagada, junto a mí, fue Margot. Sospechaba que me protegía, pero solo porque sabía que yo tenía el espejo.

—Gracias por volver a rescatarme —farfullé.

—¿Quién te ha dicho que he vuelto a...? —empezó a preguntar, pero algo se lo impidió. Alguien estaba estrangulándola; un soldado tiraba del garrote que la Ladrona tenía alrededor del cuello.

Creé un minúsculo tornado de nieve sobre la palma de mi mano.

—¿Crees que con eso me vas a asustar, princesa? —preguntó.

—Cuando esté dentro de ti, me suplicarás que te mate. Suéltalo, o te destriparé vivo.

Él soltó el cable y retrocedió varios pasos.

Margot soltó una carcajada.

Me quedé mirándola, atónita, durante unos segundos. Acababa de salvarle la vida y a ella no se le ocurría otra cosa que echarse a reír.

—Hacía mucho tiempo que no disfrutaba de una buena pelea —soltó, pensativa.

Eché un último vistazo al salón de baile. Estaba totalmente destrozado. La puerta por la que Temperly había desaparecido estaba cerrada. Contemplé los cadáveres, pero no logré distinguir a ninguno de sus guardias, ni tampoco a sus pretendientes. Y el balcón donde segundos antes había estado el rey también estaba vacío.

Cuando Margot y yo por fin llegamos al agujero, una silueta más corpulenta y amenazadora que las bestias se interpuso en el camino de Jagger. Era el Esbirro. De un solo manotazo, tiró a Jagger al suelo.

A lo lejos, advertí a Cadence rodeada de dos lobos de nieve.

Margot me miró, asintió con la cabeza y corrió a ayudar a su camarada a una velocidad sobrehumana.

—¡Jagger! —grité.

Pensé en crear otro huracán de nieve, pero enseguida descarté la idea. Sí, una ventisca podría salvar la vida de Jagger, pero se llevaría por delante a decenas de personas inocentes. Solo me quedaba una opción: coger carrerilla y saltar por el agujero que el ciclón había abierto en el muro del palacio, igual que habían hecho Jagger y las ladronas.

Sin embargo, en cuanto puse un pie en el jardín, se me echó encima un soldado; me apuntó con la espada en el corazón, confundido y vacilante. No sabía si matarme allí mismo o llevarme ante el rey vivita y coleando.

Miré hacia atrás y vi que el Esbirro seguía encima de Jagger. Le estaba dando una buena paliza. Jagger tenía una ventaja: magia. El Esbirro estaba utilizando toda su fuerza bruta, pero Jagger era rápido y listo.

Jagger trataba de esquivar los puñetazos del Esbirro y, cuando podía, le devolvía los golpes. De repente, logró empujarlo y quitárselo de encima. El Esbirro salió propulsado y se estrelló contra el tronco de un árbol. El impacto casi lo derriba.

Por lo visto, Jagger se había tomado una poción de fuerza sobrehumana o algo así. Eso explicaba por qué los puñales que había lanzado antes habían llegado tan lejos. El Esbirro, que no parecía acobardarse ante nadie, se puso en pie y salió disparado hacia Jagger. Corría tan rápido como le permitía su armadura. De pronto, abrió la boca. Me quedé paralizada.

De su boca salieron llamas de fuego. Jagger reaccionó rápido y agarró una piedra del suelo y la utilizó como escudo.

¿Qué clase de criatura era el Esbirro? ¿Un dragón? ¿Y por qué no había intentado chamuscarme en la plaza?

Arrojé una ráfaga de nieve para apagar el fuego, pero un sonido me distrajo. Alcé la mirada y vi al rey sobrevolando los jardines. De su espalda emergían unas alas transparentes, de hielo.

Empezó a descender en picado. Venía directo hacia mí. Le disparé varias lanzas de hielo, pero todas rebotaban contra sus alas. De repente, dio un respingo y perdió el equilibrio; pero no había sido yo ni mis flechas. Bajé la mirada y vi a Margot. Tenía las manos extendidas hacia el rey y de sus palmas emergían olas de luz. Aquella luz era cálida y brillante, como del sol.

Margot estaba lanzando un hechizo. Y estaba derritiendo sus alas.

Lazar se desplomó sobre el suelo, justo a los pies de Margot.

Ella abrió los ojos como platos; era evidente que le habían fallado los cálculos.

El rey estaba tendido boca arriba, pero ambas sabíamos que no tardaría en ponerse en pie. Le había derribado, lo cual ya de por sí era una proeza, pero ahora lo tenía a apenas unos metros de distancia.

Margot no desistió y continuó lanzándole sus rayos calientes; su truco le había funcionado de maravilla con las alas de hielo, pero la armadura de Lazar parecía inmune al calor. El rey avanzaba peligrosamente hacia ella.

Invoqué un tornado para acercarme a ellos, pero llegué demasiado tarde. El rey le había arrojado unos discos de hielo más finos que una hoja de papel y la pobre Margot no fue capaz de esquivarlos. A Lazar no le falló la puntería y los discos cortaron el cuerpo de Margot en partes.

—Hasta la próxima, alteza —se despidió y, antes de caer inconsciente en el suelo, realizó una pomposa reverencia. Tal y como había sospechado desde el principio, Margot y el rey tenían asuntos pendientes.

No fue como en las películas. El rey la había asesinado a sangre fría, sin ni siquiera dedicarle unas palabras de despedida.

El cuerpo de Margot quedó partido en mil pedazos. Y, en cada uno de ellos, había una esquirla de hielo clavada.

Observé a mi padre; estaba saboreando su victoria. Disfrutaba viéndome sufrir, igual que lo hacía Vern viendo *The End of Almost*.

Mi rabia se transformó en un torrente de nieve inmenso que acabó propulsándole hacia una cresta de nieve. Me concentré en el montículo de nieve y provoqué una avalancha. Lazar intentó escapar del alud, pero esta vez fui más rápida que él. Desapareció bajo el peso de la nieve y del hielo. Sabía que estaría furioso y que querría vengarse, pero al menos había ganado algo de tiempo. Tardaría unos minutos en desenterrarse de la tumba que había construido especialmente para él.

Cadence se las había ingeniado para despellejar al soldado que la había atacado y ahora estaba tendida junto a Margot. Tenía los ojos vidriosos y sacudía la cabeza, como si no pudiera creer lo que estaba viendo.

—¿Podemos salvarla? —pregunté.

En ese momento llegó Fathom, que se arrodilló junto

al cuerpo roto de Margot. Estaba llorando a lágrima viva.

El charco de sangre que había alrededor de Margot había teñido la nieve de un rojo carmesí. Había mucha sangre. Demasiada sangre. Margot abrió la boca y, con un esfuerzo sobrehumano, se echó a reír. Verla así me partía el alma. Tragué saliva e intenté mantener la compostura.

—Mi magia… —susurró Margot.

La cara de la reina Margot empezó a retorcerse y, en cuestión de segundos, la ladrona se transformó en una persona normal y corriente. No era una chica joven ni una anciana. Ni tampoco era hermosa. Tenía el pelo muy corto y llevaba gafas. Su tez de color oliva estaba repleta de lunares diminutos. Esas pequitas me robaron el corazón. Me encantaban y no entendía por qué habría querido taparlas todo ese tiempo.

Esa Margot, la Margot de verdad, no era una mujer despampanante, sino más bien del montón; sin embargo, su mirada era la misma, una mirada hambrienta y calculadora. Ella también se dio cuenta de la transformación. Su poder se había esfumado. Necesitaba ayuda, así que llamé a las demás. Fathom debía de tener una poción para curarla.

—Estoy bien —aseguró Margot, pero ni siquiera era capaz de enfocar la vista.

Las ladronas siempre se mostraban seguras de sí mismas, incluso cuando no lo estaban: Normas del Ladrón.

De su cuerpo manaban ríos de sangre. Esa imagen me hizo pensar en la Bruja del Río, solo que ella, en lugar de emanar sangre, emanaba agua.

La batalla seguía librándose a nuestro alrededor y, de repente, Howl apareció a mi lado, con una botella amarilla en la mano. Tenía sangre en las mejillas; su elegante abrigo de plumas estaba hecho trizas.

—Marchaos. Yo la ayudaré.

Howl, que parecía la embajadora real de los viales, vertió la poción en la boca de la reina Margot.

Y, de inmediato, Margot empezó a cantar:

Ella lleva nieve allá donde va,
creen que se ha ido, pero todos sabemos
que regresará.
Reinará en su lugar,
derribará el mundo sobre su cabeza.
Oh, vuelve, Snow, vuelve...

Ahora veía a Margot con otros ojos. Y no porque se hubiera despojado de toda su magia, sino porque por fin la veía tal cual era.

Una parte de mí había odiado a Margot; había utilizado a Bale como moneda de cambio, había utilizado su vida para chantajearme. Y ahora entendía por qué lo había hecho. Estaba comprometida con su gente, con su pueblo: luchaba por ellos y por su castillo. Era una reina de los pies a la cabeza. La duquesa y el rey no le llegaban ni a la suela de los zapatos. Había sacrificado su propia vida por su gente.

—Majestad, las ladronas no pueden estar más orgullosas de ti —le susurré al oído, y luego le besé la mano. Estaba fría como un témpano.

Margot abrió los ojos: sonreía, pero su mirada verde había perdido todo su brillo y su picardía. La reina Margot había muerto.

41

El cielo enmudeció. Y, de repente, hacía mucho frío. Las bajadas drásticas de temperatura ya no me afectaban, pero había algo en ese frío que no era normal.

—Tenéis que iros —farfulló Howl, tiritando.

Nunca la había visto llorar; hacía tanto frío que las lágrimas se quedaron congeladas; parecían diamantes encastados en aquella cortina de pestañas larguísimas.

—Tenemos que irnos —insistí.

—No pienso abandonar a Margot. Ayuda a las demás. Y, sobre todo, ¡acaba con él! —exclamó. Después se desabrochó su abrigo de plumas y prosiguió—: Cógelo. Dentro del forro hay más pociones mágicas. Llévaselas a las chicas.

—Estaremos bien —dije. No quería aceptar el abrigo. Hacía demasiado frío y me daba miedo que Howl muriera congelada.

Ella se deslizó el abrigo sobre los hombros y entonó una melodía que canturreó en voz baja. Después, con una ternura infinita, apoyó una mano sobre el pecho de Margot.

La noticia corrió como la pólvora, pero, en lugar de desmoralizar a las ladronas, la muerte de Margot las animó a combatir con más vigor y energía. Jagger empujó al Esbirro y lo arrojó al otro lado del jardín. La magia de aquel brazalete era impresionante.

Howl tenía razón. Había llegado el momento de poner punto final a esa guerra. Me encaminé con paso decidido a la montaña de nieve, justo donde había enterrado a mi padre.

Cuando por fin logró salir de allí, yo ya estaba esperándole. Respiraba con dificultad y le temblaban las piernas.

El rey pestañeó. Me miró y luego contempló la nieve, que se extendía por el suelo. Sin previo aviso, aquel manto blanco se levantó y luego se hundió en el suelo, como el pecho de una persona al coger y expulsar aire.

Centré toda mi atención en la nieve. El dolor que me oprimía el pecho era insoportable. Jamás había perdido a un familiar o a un ser cercano. Pero lo que sentía no era solo dolor, sino algo más: culpa. Si era sincera conmigo misma, tenía que reconocer que nunca había sentido aprecio por Margot. De hecho, era una de las pocas ladronas que me caía mal. Sin embargo, había muerto luchando por mí. Deberíamos inventar una palabra especial para ese tipo de dolor.

Me concentré en la montaña de nieve que tenía detrás de mí; pensé en todo lo que el rey Lazar nos había hecho a mi madre y a mí. Me puse furiosa. Pero no podía pretender avivar mi magia solo con rabia y frustración. Pensé en la paz que había encontrado junto a las ladronas. Y, por último, en Kai y en sus magníficas edificaciones. Todas empezaban por un simple ladrillo de nieve. Pensé en copos de nieve, en copos de nieve multiplicándose, reproduciéndose. Y, mientras pensaba en todo esto, la nieve empezó a revolverse. Por último, pensé en la luz que se había apagado en los ojos de Margot.

Mi campeona se erigió del hielo como si fuera el mismísimo Frankenstein resucitado. Se parecía a mí. Esa campeona tenía la misma cara que yo. Era más alta y corpulenta que yo, quizás incluso más alta que Vern. Era mi versión más salvaje, más despiadada y más siniestra. Y estaba esculpida en hielo y nieve. Parecía un robot, un robot que se movía gracias a mi ira. A mi dolor. A la pena y al remordimiento que sentía por Margot. Y por Bale.

Mi campeona agitó los brazos y las piernas, como si quisiera desentumecerse. Y después aplastó a una bestia de nieve como si fuera un mosquito. La criatura quedó reducida a un montón de pedazos de hielo.

Advertí sorpresa en la expresión del rey.

Y, de repente, sentí algo totalmente distinto. ¿Era esperanza? ¿Orgullo? Tal vez las tornas habían cambiado. Tal vez había hecho algo que, para él, era sencillamente imposible.

El rey echó una ojeada al jardín. Parecía muy seguro de sí mismo. Las bestias de nieve se agruparon y, de repente, empezaron a fusionarse. La manada de bestias se transformó en una sola bestia más grande que mi campeona. Era un lobo de nieve del tamaño de un dinosaurio.

Aquel gigante le dio un manotazo a mi campeona y la tiró al suelo. Así de fácil. Le maldije en voz baja. Mi padre soltó una risotada y, satisfecho, avanzó hacia mí. Estaba convencido de que tenía la batalla ganada.

No iba a dejarme vencer tan fácilmente, así que me centré de nuevo en los jardines. Allá donde miraba, solo veía campeones emergiendo de la nieve.

Me fijé en un minúsculo punto de color rojo que tenía el rey justo encima de la ceja. Aquella gotita roja me recordó a la pintura de las paredes de la sala de juegos de Whittaker. No solía ir mucho por allí; de hecho, solo se me permitía entrar cuando me portaba bien. Me acordaba hasta del nombre del color: rojo cadmio oscuro. Pero lo que estaba viendo no era una mancha de pintura, sino una gota de la sangre de Margot. Monté en cólera.

El rey no perdió ni un segundo y salió disparado hacia mí. Una ráfaga de viento polar me derribó al suelo. Logré ponerme de pie, pero me costó una barbaridad. Estaba agotada. Me pesaban las piernas, como si el hielo que corría por mis venas las hubiera convertido en dos bloques de cemento. Invoqué un tornado y me alejé de él para recomponerme, para recuperar el aliento y la fuerza que, misteriosamente, había perdido.

Aterricé sobre el puente que unía el foso con el río. Me aferré a la barandilla de hierro. Nunca había estado tan cansada. Me había quedado sin fuerzas, sin energía.

El rey me persiguió hasta el puente, arrastrado por una corriente de nieve. Parecía estar volando, pero no tenía alas. Aterrizó a mi lado.

Estaba a punto de desmayarme; seguro que al rey no se le habría pasado por alto mi repentina debilidad. Cerré los ojos e intenté reunir las pocas fuerzas que me quedaban. Mi tornado logró alejarme de él, pero Lazar era demasiado rápido y me alcanzó enseguida. Tenía que cambiar de estrategia, y rápido. Pero estaba exhausta.

Y entonces hice lo que Rebecca Gershon había hecho en esa misma situación. (Está bien, no había sido la misma situación, pero serviría. En ese episodio, Rebecca se reencontraba con Storm. La habían secuestrado, pero no había sido el parricida demente de su padre.) Intenté hablar con él. Quizá, si tenía un poco de paciencia, recuperaría mi poder.

—¿Por qué me trajiste a Algid? Jamás habría puesto un pie en este lugar si no te hubieras llevado a Bale —dije.

Mi padre ladeó la cabeza, pensativo.

—Tarde o temprano, acabarías volviendo aquí, Snow. Es nuestro destino.

Eché un vistazo a los jardines; la batalla aún no había terminado. Mis campeonas seguían desafiando a las bestias y a los soldados del rey. Aunque mi nieve se había esfumado por arte de magia, ellas aún obedecían mis órdenes.

El monstruoso lobo de nieve se zampó a uno de los soldados de la duquesa; estaba haciendo gala de su renovado poder. Oí a las ladronas tararear algo. Al principio pensé que estaban pidiéndome ayuda. Pero no. Estaban murmurando el nombre de Margot. Y, justo entonces, sonó la explosión de lo que parecían fuegos artificiales.

Por supuesto no fueron fuegos artificiales, sino una docena de granadas. Todas explotaron sobre el lobo de nieve del rey. Las ladronas habían optado por centrar todos sus esfuerzos en un único objetivo. La criatura estalló en mil trocitos de hielo y escarcha que quedaron esparcidos por todos los jardines. Aquel monstruo era como el ave fénix, capaz de resurgir de sus cenizas, pero tardaría bastante tiempo en reconstruirse.

Miré al rey con frialdad.

—No eras tú quien debía encontrarme. Y que sepas que no me trago tu absurda profecía —contesté.

—Está escrito, mi querida Snow. Así funciona el destino. Y no puedes luchar contra el destino. Por cierto, eres magnífica, tal y como la profecía había predicho —añadió el rey, sin una pizca de ironía.

Y entonces me percaté de que algo andaba mal. Me costaba mantener el equilibrio. La superficie del puente se había vuelto resbaladiza y cada vez me sentía más débil, más cansada. Me temblaba todo el cuerpo. Había llegado el momento de tomarme el vial que Howl me había dado.

Sin embargo, el rey me lo arrebató de las manos.

El líquido se desparramó por la capa de nieve que cubría el hielo. Me agaché y me llevé un puñado de nieve azul a la boca. No noté nada.

—Nada de trampas, Snow. A mí también me costó acostumbrarme al principio. Admito que, hasta que conocí a tu madre, maté a muchísimas personas sin querer —se burló el rey Snow.

«Y ahora, en cambio, matas a propósito», pensé.

Me concentré en la fina capa de nieve que había sobre el hielo y logré crear un tornado minúsculo. Mi ciclón pilló por sorpresa a Lazar y lo empujó contra la barandilla del puente. Él se agarró a los barrotes para evitar caerse, pero los pies le patinaban sobre el hielo. Recé por que la barandilla se rompiera, por que mi padre se cayera al agua. Habría sido perfecto. Incluso poético.

Pero eso no fue lo que ocurrió.

Mi tornado dejó de girar. Extendí las manos otra vez, pero no ocurrió nada. Fue como si el aire se hubiera paralizado. Mi padre se puso de pie.

—Posees una fuerza cruda, salvaje. Veo que has aprendido algunas cosas en los últimos días. No sé quién te habrá enseñado esos trucos, pero se ha olvidado de decirte algo muy importante.

—¿Y qué es?

—Que no puedes crear vida sin sacrificio.

Entonces comprendí lo que estaba diciendo. Había sacrificado mi nieve para animar a mis campeonas.

El rey dio otro paso hacia delante y me sujetó por los brazos. No debería haber dejado que se acercara tanto a mí. Debería habérselo impedido antes de que fuera demasiado tarde.

Sin embargo, no fui capaz de hacerlo. Alcé la mirada y contemplé el cielo. Me fijé en las nubes que eclipsaban las auroras boreales. Deseé que se aproximaran para poder convertir el agua que contenían en nieve, pero las nubes no se movieron. Esa noche, las auroras boreales se habían teñido de un azul oscuro apagado. Parecían melancólicas.

—No te preocupes, hija mía. Tu poder no ha desaparecido. Es solo que tarda un poquito en reponerse. Por desgracia, para ti, te has quedado sin tiempo. El trono es y siempre será mío.

Y, por segunda vez en Algid, sentí una oleada de frío por todo el cuerpo. El rey estaba intentando congelarme.

Le pateé con todas mis fuerzas. Me soltó, pero ya daba lo mismo. El frío se había propagado por todo mi cuerpo y, en ese momento, me estaba helando el corazón.

Se me paralizaron los dedos y los músculos, incluso los de la cara. La batalla con el Esbirro había sido distinta. Al rey no le iba a temblar el pulso en ningún momento. Y, desde luego, no iba a dejarse llevar por el amor que sentía por su hija.

Su mirada no solo era fría, sino distante. Advertí un brillo extraño, un brillo que no fui capaz de descifrar. Se acercó otra vez a mí y me empujó hacia la barandilla. Ahora era yo la que estaba a punto de caerse al río. Me apoyé sobre la barandilla y observé el agua que corría por debajo del puente.

«No pienso acabar así», me dije a mí misma.

Reuní fuerzas y le di un manotazo. Le arañé la cara y aproveché ese momento de distracción para desenvainar el puñal que guardaba en el bolsillo del vestido. Sin pensármelo dos veces, atravesé la malla metálica y hundí el puñal hasta el mango.

El rey rugió de dolor. Sabía muy bien lo que estaba sintiendo. El ardor del filo, ese calor imperdonable que ni una tonelada de nieve podía enfriar. Y él respondió con un cabezazo. El dolor me sacudió todo el cuerpo. Me pitaban los oídos. Él me agarró por el cuello con las dos manos, pero no me estranguló. Se quedó paralizado. Le arranqué el puñal con la misma fuerza con que se lo había clavado. Estaba al borde del desfallecimiento. A mi alrededor, todo comenzó a volverse blanco.

Pensé en Bale y recordé los buenos momentos que habíamos pasado juntos en el psiquiátrico. Por ejemplo, nuestro beso, junto a una de las ventanas con barrotes de Whittaker. Y la primera vez que me había cogido de la mano, cuando éramos un par de críos. Si me rendía, si me dejaba llevar por esa blancura que me envolvía, jamás podría volver a disfrutar de esos momentos.

Y en ese preciso instante noté un subidón de energía. No había recuperado mi poder, pero al menos pude crear unos copos de nieve finos, pero muy afilados. Me concentré y contemplé el rostro del rey. Él no estaba mejor que yo. Tenía todos los músculos contraídos. El esfuerzo que estaba haciendo para congelarme le estaba pasando factura. Mis copos de nieve bajaron en picado del cielo. Eran resistentes como un diamante y cortaban como un pedazo de cristal. Le rasgaron la cara y las manos, igual que en uno de mis sueños. De su piel brotaron diminutos puntos de sangre. Se me aceleró el pulso. Estaba sangrando. Y la sangre de Lazar era de color rojo cadmio oscuro. Igual que la de Margot.

Me soltó y se llevó las manos a la cara, y entonces le ataqué con mi nieve.

Traté de congelarle, pero no ocurrió nada. Me había quedado sin nieve. Otra vez.

Y, un segundo después, mis copos puntiagudos también desaparecieron.

—Tú no me conoces —le solté, con la esperanza de que mordiera el anzuelo.

Recordé *The End of Almost*. Me había dicho que se me había acabado el tiempo, pero podía crear mi propio tiempo. Aún podía detener a mi padre.

—Sí, sí que te conozco, Snow. Te conozco más de lo que crees. A veces uno tiene que romper con todo para encontrar aquello que es irrompible —añadió.

Las últimas palabras no eran suyas, sino del doctor Harris. ¿Temperly tenía razón? ¿Lazar podía colarse en la mente de las personas? ¿Se había metido en mi cabeza?

Y, mientras procesaba todas esas preguntas, el propio Lazar decidió resolver mis dudas. Su rostro empezó a desdibujarse, a deformarse… y, en cuestión de segundos, adoptó un rostro que conocía muy bien: ante mí tenía al mismísimo doctor Harris.

—No…, no puede ser… ¿Cómo? No lo entiendo…

—Claro que no —dijo él con la voz del doctor Harris.

—Tú… tú siempre has estado…

—Oh, no —respondió, y volvió a transformarse en el rey—. Tan solo utilizaba los ojos del doctor cuando lo necesitaba. No podía cruzar el Árbol ni matarte allí. Tenía que ser aquí, en Algid. Pero no podía estar mucho tiempo sin ver a mi amor. Cuando el amor cierra una puerta, abre una ventana, o eso dicen.

Percibí que, al hablar de mi madre, el gesto se le suavizaba. Esta vez no estaba tratando de manipularme. Aunque su visión del amor era un poco retorcida, seguía enamorado de ella.

—¿El doctor Harris era un despojo? —pregunté.

Así que la leyenda era cierta. El rey podía ver a través de los ojos de las personas. Y tal vez incluso controlarlas.

Recapitulé toda la información para aclarar las ideas. El doctor Harris siempre había mostrado un interés especial por mi madre, pero nunca había llegado a plantearme que, en realidad, fuera mi padre. En ese momento me habría parecido una idea descabellada, imposible.

—Qué palabra tan fea. Nunca le hice daño; no le toqué ni un pelo —dijo, y meneó la cabeza—. El doctor Harris sigue igual que la última vez que le viste: vivo. Descubrí que, si me concentraba lo suficiente, podía merodear por las mentes de los más débiles, como la de tu querido doctor Harris.

—Mamá no sabía… —murmuré, pensando en voz alta.

Pensé en las últimas veces que mamá había visto al doctor Harris. Después de tantos años insistiendo, él había conseguido ganarse su confianza. Su «plena» confianza. Mi madre había cruzado la frontera de este mundo para protegernos, había huido con la esperanza de llevar una vida alejada del monstruo de mi padre y, sin embargo, él la seguía acosando a través del doctor Harris.

—Eres un monstruo. Estás enfermo —dije.

Me escocían los ojos. Una parte de mí quería entender por qué mi padre era un ser tan malvado, tan siniestro.

—No llores, querida. No me gusta que llores. De hecho, lo odio. En Whittaker no soltaste ni una lágrima, ni siquiera cuando Bale… En fin, ya sabes lo que le pasó. Oh, no me malinterpretes. Ese muchacho siempre me importó…, igual que tú. Si no, no le habría traído aquí. Tengo planes para él. La culpa de todo la tiene Ora. No quería conocerte. No quería sentir nada por ti. Ahora me costará más deshacerme de ti.

—¿Qué quieres de mí?

—Lo que siempre he querido: que desaparezcas. Snow, quiero verte morir.

Y, de repente, me empujó hacia el precipicio. Saqué mis garras de hielo y conseguí agarrarme al borde del puente justo a tiempo. Me balanceé e intenté coger impulso para subirme de nuevo al puente. Él dio un paso atrás y desenvainó una espada hecha de hielo. Era un bloque de hielo macizo pero afilado. Blandió la espada y me cortó las garras de mi mano derecha. Seguía sosteniéndome con la mano izquierda. Miré hacia abajo. El río corría enfurecido.

Pensé en mis opciones: si me soltaba, tal vez la Bruja del Río vendría a rescatarme de nuevo. Pero ¿cómo iba a saber dónde estaba? ¿Llegaría a tiempo esta vez?

Enseguida descarté la idea: el agua que hacía segundos fluía bajo mis pies se congeló, se convirtió en un lecho de hielo recubierto de clavos de hielo. Así que, si me soltaba, la Bruja del Río no acudiría a mi rescate y, desde luego, tampoco moriría ahogada.

—Admito que no esperaba encariñarme tan rápido, Snow. No esperaba que heredaras tantas cosas de mí —dijo, y me miró con cierta admiración, pese a que estaba a punto de matarme.

—¿Y qué piensas hacer? ¿Vas a perdonarme la vida? —repliqué. Mis palabras estaban cargadas de rencor y sarcasmo. El brazo me temblaba, pero no iba a soltarme por nada del mundo.

—Me temo que no puedo hacer eso —dijo él, y levantó de nuevo la espalda.

Hice un último esfuerzo e invoqué mi nieve con la mano que tenía libre.

—Vete al infierno.

Esas fueron las últimas palabras que le dediqué a mi padre antes de que él dejara caer el peso de su espada sobre mí.

Y entonces ocurrió algo que nos pilló a los dos por sorpresa. Alguien se abalanzó sobre mi padre y lo arrojó por los aires. Estaba desconcertada. ¿Quién había sido? ¿Por qué lo había hecho? ¿Y dónde estaba mi padre?

Jagger apareció sobre la barandilla del puente.

—¿Me has echado de menos? —bromeó. Se inclinó, me agarró del brazo y me subió al puente.

Por fin estaba a salvo. Me lancé sobre él y le abracé. Nunca me había alegrado tanto de verle.

—Ni te imaginas —respondí, y hundí la cara en su pecho fornido y musculoso.

—Nunca te abandonaría, princesa. Nunca —susurró. Pronunció aquellas palabras con tal solemnidad que no pude hacer otra cosa que creerle. Y algo más.

—Oh, el amor. Una lástima que sea una de las mayores debilidades del ser humano —interrumpió el rey desde el otro lado del río.

Miré a Jagger; me observaba en silencio, pensativo. Había venido a salvarme. Aunque una pequeña parte de mí todavía dudaba si había vuelto para recuperar el espejo, para nada más.

En la mano del rey apareció un cetro de hielo que golpeó contra la base del puente. A lo lejos oí truenos. Se avecinaba una tormenta.

—¡Corre! —gritó Jagger.

Me cogió de la mano y salió disparado hacia el otro lado del puente. No comprendía lo que estaba sucediendo, pero decidí confiar en Jagger y seguirle los pasos, igual que había hecho en la pista de baile.

—¿Qué pasa?

—Se acerca una tormenta de nieve. Habrá rayos, truenos…

Oí un crujido ensordecedor. Un relámpago había caído delante de nosotros y el puente había empezado a resquebrajarse. Tuvimos que dar media vuelta y echar a correr en dirección opuesta, es decir, hacia mi padre. Tal y como él había planeado.

A nuestras espaldas, el puente comenzó a desmoronarse. Las piedras se desplomaban sobre el río helado, provocando así un ruido estrepitoso. El puente estaba a punto de colisionar, así que cuando notamos que las piedras se hundían bajo nuestros pies, saltamos y aterrizamos sobre un montículo de nieve. La caída fue dolorosa, pero no me importó. Al fin y al cabo, me había salvado la vida.

Jagger se revolvió entre la nieve y sentí que había recuperado una minúscula parte de mi nieve.

—Levántate, Snow.

Me ayudó a incorporarme y, en ese momento, advertí un nuevo peligro. El rey no había perdido ni un segundo; estaba a punto de bombardearnos con los mismos discos de hielo que habían acabado con la vida de Margot.

No pensaba quedarme de brazos cruzados, así que respondí al ataque. Sin embargo, mis carámbanos solo lograron derribar un puñado de discos.

El rey me disparó una segunda remesa de platillos afilados. Ya había demostrado que tenía una puntería infalible, así que, si no los contenía con mi nieve, nos despedazarían ahí mismo.

Jagger desenvainó su espada y, con una destreza sobrehumana, una desenvoltura que solo una poción mágica podría aportarle, partió por la mitad todos los discos.

Lazar escupió una carcajada y nos arrojó un escuadrón de témpanos de hielo.

No fui lo bastante rápida. Tan solo conseguí disparar un único carámbano. No me quedaba ni una gota de nieve y no podría escudarme del siguiente embate del rey.

—Los ladrones no suelen mostrar tanta lealtad por sus iguales, muchacho —comentó el rey.

—No tienes ningún derecho a hablar de mi gente —replicó Jagger.

—¡No le metas en esto! ¡Déjale en paz! Déjanos en paz, joder. Ya te lo he dicho: no quiero nada de ti. Puedes quedarte con tu estúpida corona. Entrégame a Bale y deja que me vaya. Es lo único que te pido.

—Me temo que eso no depende de ti. Antes tengo que asegurarme de que la profecía ha acabado. Lo siento, pero no puedo dejar este asunto al azar, ni al eclipse de las auroras. Atesoras un gran poder y es muy probable que dentro de unos días sea aún mayor —murmuró, y alzó de nuevo la espada.

Jagger se revolvió y le disparó un puñal de fuego. No falló y la bala acabó golpeándole la armadura. Sin embargo, no sirvió de nada porque ni siquiera le dejó un rasguño.

Creé una polvareda de nieve y me concentré en el hielo que se extendía detrás de mi padre. Del suelo emergió una campeona, aunque no era, ni de lejos, tan alta y corpulenta como las anteriores. Estaba a punto de atravesarle con una estalactita de hielo, pero el rey era mucho más fuerte y ágil que yo, y me tiró una lanza de hielo directa al corazón.

La lanza dibujó un arco en el aire. Cada vez estaba más cerca. Más cerca. Mi campeona se desplomó sobre el suelo.

«¡No! Ahora no. Así no», pensé.

Y, en ese preciso instante, una mole de color negro se interpuso entre la lanza y yo. Esta atravesó la armadura y el cuerpo cayó al suelo. Jagger descargó más balas de fuego contra el rey, dejándolo completamente aturdido y estupefacto.

El cuerpo que yacía junto a mis pies era el del Esbirro. Me había salvado. Y no solo eso, había sacrificado su vida para salvar la mía. Me agaché y le quité el casco.

Oí un grito lejano y distante; luego me di cuenta de que era yo quien gritaba.

El Esbirro era Bale. Mi Bale.

42

Bale estaba tendido en el suelo. Y no se movía.

Me temblaban las manos. No podía creer lo que estaba viendo. El agujero que había abierto la lanza en su armadura era gigantesco.

Miré a Jagger.

—Por favor, ayúdale... Tú y yo teníamos un trato. El espejo a cambio de Bale. Las Normas del Ladrón.

Jagger, que no había perdido ni un ápice de su atractivo, estaba confundido.

—¿Todavía le quieres? ¿Incluso después de esto?

No respondí. No era capaz de decir lo que Jagger quería que dijera.

—Lo siento, Snow, pero no tengo una poción para algo así. La herida es demasiado profunda.

Necesitaba que Bale se despertara, para poder odiarle con toda mi alma o para que pudiera darme un motivo para seguir amándole. La cabeza estaba a punto de estallarme. No entendía nada. ¿Cómo podía trabajar para el rey Snow? ¿Cómo había podido hacer daño a aquel pobre crío, en la plaza? ¿Cómo podía ser él, mi Bale, la misma persona que Gerde y Kai me habían descrito con tanto desprecio? ¿La misma persona que me había perseguido y me había atacado en el baile?

¿Seguía siendo el Bale que había conocido en Whittaker? ¿El mismo chico con el que había crecido al otro lado del Árbol? ¿O acababa de ver esa parte de él que siempre había percibido, pero nunca había logrado conocer, esa parte de él que adoraba el fuego y que anhelaba quemar todo lo que se encontraba a su paso? ¿Era eso lo que le había traído hasta Algid?

Bale estaba inmóvil. No respiraba. No se movía.

Mi nieve también se había paralizado.

Contuve la respiración y sostuve el cuerpo inerte de Bale entre mis brazos. Bale, el amor de mi vida, me había dejado.

Me reprendí por no haberme dado cuenta de que el Esbirro era, en realidad, Bale, mi Bale. Debería haber reconocido su mirada, su olor. Me había salvado dos veces. Y, al fin, todo cobraba sentido. No había querido matarme en la plaza. Y entonces me asaltó una duda: ¿Bale había elegido llevar esa vida? ¿O se había dejado manipular por el rey? No había llegado hasta tan lejos para dejarle marchar así como así.

Jagger resopló, resignado, y se rasgó la camisa. Tapó la herida de Bale con un trozo de camisa y presionó ligeramente.

—Oh, pero qué sorpresa —dijo el rey, que ya se había recuperado del ataque de Jagger y se acercaba con aire amenazador—. Su amor por ti es más fuerte de lo que imaginaba.

Miró a Bale con expresión afligida, triste. Pero sabía que su muerte no le detendría. Estaba decidido a acabar lo que había empezado. Me puse en pie, dispuesta a enfrentarme a mi padre, a poner punto final a esa historia. Cerré los ojos e invoqué una espada de hielo. El filo estaba grabado con los mismos símbolos que adornaban la corteza del Árbol. El rey también conjuró una espada. Y, sin esperar ni un solo segundo, empezó la batalla. Jamás había utilizado una espada en un combate cuerpo a cuerpo, pero, al igual que había ocurrido con la daga de Fathom, la espada parecía saber cuándo y cómo moverse. O tal vez fuese intuición. Me sentía como pez en el agua y empezaba a ganarle terreno a mi padre. Esquivaba todos y cada uno de sus golpes; durante unos instantes, le tuve acorralado, pero él se revolvió y me empujó hacia una pequeña colina. Desde allí arriba vi al resto de las ladronas. Estaban ganando la batalla y, al parecer, la suerte estaba de nuestro lado. Sopesé la idea de enviar una ola de nieve para derribar al lobo de nieve, por si había logrado reformarse, pero era demasiado arriesgada.

No iba a morir así, a manos de mi padre. Avancé hacia él blandiendo la espada como una auténtica guerrera, con decisión y agilidad. Y, al fin, logré sacarle ventaja. Él perdió el equilibrio y se cayó de bruces sobre la nieve. Tenía los ojos tan abiertos que pensé que iban a salírsele de las órbitas.

Le había derrotado. Alcé la espada. Estaba a un paso de matarle, solo tenía que dejar caer el peso de mi espada sobre él. Albergaba la esperanza de que todas las bestias y despojos del reino desaparecieran en cuanto el rey muriera. Pero nunca había matado a nadie, y no estaba segura de ser capaz de hacerlo, a pesar de que era todo lo que se merecía. Había hecho daño a mucha gente a lo largo de mi vida, pero jamás de forma permanente.

Me armé de valor, apreté la empuñadura de la espada y reuní hasta la última gota de fuerza que me quedaba. No tenía elección. No había alternativa. No existía ninguna jaula en el mundo capaz de contener un poder como el suyo. Y él no desistiría en su intento de librarse de mí. Me seguiría hasta los confines de la Tierra para matarme. A mí, a Temperly y a los ladrones. Ese era mi destino.

—No lo hagas, Snow.

Era ella. La única persona que siempre me hacía entrar en razón: mi madre. Y estaba ahí mismo, en cuerpo y alma. Estaba en Algid.

—No puedes hacerlo —dijo.

—Mamá, es un hombre malvado. Ha intentado matarme. Tengo que acabar con esto de una vez por todas —contesté, y me preparé para terminar con su vida para siempre jamás.

—No puedes matarle... —insistió mi madre—. Le quiero. Y es tu padre.

Miré a mi madre y pestañeé varias veces mientras repetía las palabras en mi cabeza; tenía que asegurarme de haberla oído bien.

—¿Le quieres? —pregunté. No podía creer lo que acababa de oír. No podía estar hablando en serio.

Mamá asintió y, de repente, levantó la mano. Un huracán de fuego deshizo toda la nieve, chamuscando todo lo que se encontraba a su paso. Mamá tenía fuego, y lo estaba usando contra nosotros.

Las llamas fundieron las piernas de mis campeonas de nieve; las ladronas corrieron despavoridas hacia el bosque. Jagger seguía a mi lado, sin saber qué hacer ni qué decir.

—Esto no está pasando —murmuré, y apreté la mandíbula. Estaba enfadada. No, más que eso, estaba rabiosa. Mi furia provocó una nevada espectacular.

—Hola, Ora. Bienvenida a casa —dijo el rey Snow; la punta de mi espada todavía se cernía sobre su corazón.

—Sé que estás detrás de todo esto. Te has metido en su cabeza. La estás controlando como a una marioneta, pero cuando acabe contigo... —amenacé.

Recuperé la esperanza; mi madre jamás haría algo así.

—Tu padre no puede meterse en mi cabeza. ¿Verdad, amor mío? —contestó ella. Me sorprendió que le hablara con tanto cariño.

Él dibujó una sonrisa melancólica, una sonrisa llena de amor.

Balanceé la espada. Ansiaba borrarle esa sonrisa de la cara, todo lo que significaba. Para siempre.

—Lo siento, Snow, pero no puedo permitir que lo hagas —anunció mi madre, y derritió mi espada con una bocanada de aire caliente.

Tendría que haberle matado cuando había tenido la oportunidad.

Ahora estaba desarmada e indefensa. No podía recurrir a mi nieve. Y todavía no había asimilado que mi madre estaba protagonizando su propio y retorcido cuento de hadas: «Y la princesa y el villano vivieron felices y comieron perdices».

Ora ayudó al rey Snow a ponerse en pie.

—No os mataréis. Al menos, de momento. No olvidemos la segunda parte de la profecía: «El sacrificio se ofrecerá cuando las auroras se apaguen, y quien posea la corona en ese momento será quien reine sobre Algid para siempre». Es cuestión de tiempo, queridos. Snow, esto no es un duelo. No tienes por qué morir. La profecía asegura que puedes elegir. Puedes posicionarte junto a nosotros y hacernos más fuertes. Pero si prefieres seguir otro camino..., el día del eclipse de las auroras morirás.

—A ver si me aclaro, mamá —dije—. ¿Me encerraste en un manicomio y esperaste más de diez años a que llegara el momento del sacrificio?

Se me revolvieron las tripas. Mi madre también quería matarme. Había calculado el momento de mi asesinato. Lo tenía todo pensado. La historia que la Bruja del Río y Jagger me habían contado era una patraña; veían a mi madre como a una heroína, como a una mujer valiente digna de admiración, cuando, en realidad, se había dedicado a planear mi muerte. Ambos llevaban años conspirando juntos.

—La paciencia es el mejor hechizo de cualquier bruja —dijo mi madre.

La Bruja del Río no andaba desencaminada; mis padres no formaban la pareja perfecta, desde luego, pero se había equivocado en una cosa: mi padre no era la mala influencia, no era el que quería arrastrar a Ora hacia la oscuridad. Eran tal para cual. Igual de crueles, igual de malvados. Eran el Bonnie y Clyde del mal.

La opresión que sentía en el pecho era demasiado dolorosa. Cada palabra de mi madre era como un cuchillo que me atravesaba el corazón. Y, sin embargo, necesitaba saber más.

—Mamá, no lo entiendo —dije—. Dime la verdad. Me lo debes.

—Tienes razón, Snow. Pero prefiero mostrártela.

Y, tras pronunciar esas palabras, hubo un destello de luz. Me había inmiscuido en su memoria, en sus recuerdos.

Mi padre, más joven y más atractivo, estaba al borde de un acantilado, junto al río, sosteniendo a un bebé que no dejaba de llorar. Estiró los brazos y, justo cuando estaba a punto de tirarme al agua, mi madre me agarró y, con el bebé en brazos, saltó al vacío, hacia el río.

Estaba reviviendo un sueño, solo que en mi sueño no se oía ruido alguno. Ahora, en cambio, me llegaba el sonido del agua del río. Oía la respiración entrecortada y desesperada de mi madre. Y la oí susurrarle unas últimas palabras a mi padre antes de saltar por el precipicio.

—Todavía no, amor mío…

Toda mi vida se resumía en esa frase.

Abrí los ojos y mi madre repitió las mismas palabras, pero esta vez a mí.

—Todavía no, amor mío.

El rey Snow rompió el hechizo y nos devolvió a los jardines de palacio.

—Conozco la profecía, Ora. Y es imposible que Snow se ponga de nuestro lado.

—¿Porque es demasiado inocente y bondadosa?

—Porque es demasiado poderosa. ¿En serio crees que nos entregará su poder cuando llegue el eclipse? No seas ingenua, Ora. Tiene demasiado poder y, con el paso de los días, tendrá mucho más. No podemos correr ese riesgo. Tenemos que cortar por lo sano, y hemos de hacerlo ahora. Abre los ojos de una vez.

Ora se volvió hacia mi padre.

—Prefiero esperar, Lazar. Ahora que Snow sabe la verdad, hay otro asunto del pasado que debemos resolver. Nuestra otra hija tiene el espejo y ha huido del reino... Si te hubieras limitado a hacer lo que te había pedido, te habrías dado cuenta de...

—¿Sabías que era tu hija? —interrumpí, indignada.

—Oh, claro que sí —respondió, y se echó a reír—. Pero no me servía para nada. Hasta ahora.

—¡Ya basta! Márchate, Lazar. Vete y encuentra a Temperly y nuestro espejo —ordenó mi madre.

Lazar era un rey influyente, estricto y con un poder inmensurable, pero, en esa relación disparatada y disfuncional, quien llevaba los pantalones era mi madre. Acababa de dejar bien claro que quien mandaba era ella. No él.

El rey suspiró y el aire que rodeaba sus pies empezó a girar. En un abrir y cerrar de ojos, creó un torbellino de nieve con él en el epicentro. Despegó y desapareció entre la oscuridad de la noche.

Jagger, que no había abierto la boca en todo el tiempo, desenvainó la espada. Apoyé una mano sobre la empuñadura y bajé la espada.

—No lo entiendes —murmuré, confundida—. El espejo lo tengo yo. Mi madre ha mentido al rey para salvarme, ¿verdad, mamá?

Pero ella no contestó, así que saqué el espejo del bolsillo para enseñárselo a Jagger.

—Ábrelo —pidió.

Abrí la tapa dorada. El espejo había desaparecido.

Pensé en Temperly y en el momento exacto en que me

había entregado el espejo. Se las había ingeniado para sacar el espejo y quedárselo. Otra traición más que añadir a la lista. Temperly se había marchado para intentar llegar a un trato con las brujas ella solita.

Mi hermana había huido, y nuestra madre acababa de enviar al rey a buscarla. Ahora, quien estaba en peligro era Temperly. Mi madre era la mayor farsante que jamás había conocido. Toda ella era una mentira.

¡No!, gritó una voz en mi interior. Me dolía la cabeza y, cuando bajé la vista, me di cuenta de que las venas de los brazos se me habían hinchado. Y en ese instante me asaltó una duda: si me enfadaba lo suficiente, si sufría lo suficiente, ¿me transformaría en un monstruo, como Gerde? ¿Como la Bruja del Río? Creía haber llegado al límite del dolor al ver morir a Margot en la nieve, pero, por lo visto, el dolor era ilimitado. Era un abismo sin fin. No podía soportarlo. Todo aquello era demasiado para mí. Quería volver a Whittaker. Deseaba volver atrás y olvidar todo lo que me había pasado en Algid.

—Snow —susurró Jagger al percatarse de que estaba absorta y pensativa.

Miré al hombre que me había salvado la vida varias veces desde que había llegado a Algid. Pero yo solo tenía ojos para Bale, así que corrí hacia él y le arranqué la armadura del cuerpo. Su melena pelirroja había perdido todo su brillo y no era más que un amasijo de pelo sucio. Me incliné sobre él.

—Bale, no me importa lo que hayas hecho. Pero vuelve, por favor. Vuelve para que así pueda odiarte. Vuelve y convénceme de que te equivocaste, de que cometiste un gran error. Vuelve, Bale —supliqué.

Lo único que me importaba era que seguía respirando. Ya me daba lo mismo lo que hubiera hecho en el pasado.

Silencio. Un silencio eterno y desgarrador. Me dolía el pecho.

Y, de repente, Bale abrió los ojos. Sacudió la cabeza. Me había reconocido, pero estaba demasiado desorientado.

—Snow.

Pronunció mi nombre y, durante una décima de segundo, todas mis preocupaciones se desvanecieron.

—Bale. Mi Bale —suspiré, y me aferré a ese momento porque intuía lo peor. Le acaricié la mejilla. Estaba ardiendo.

—Lo siento… —farfulló.

Oír esa palabra me rompió el corazón un poquito más.

Bale era un apasionado del fuego; no, más que eso. Sabía que me quería, pero su amor por el fuego era incluso mayor. No quería imaginarme lo que habría dado y hecho a cambio de ese poder.

—Lo siento mu… mucho, Snow —tartamudeó Bale.

Se llevó la mano al bolsillo y sacó un vial de hielo. De repente, la estrella que tenía en el antebrazo izquierdo se iluminó. Y fue entonces cuando caí en la cuenta de que no era una estrella, sino un copo de nieve. Pero antes de que pudiera detenerle, se bebió la poción mágica.

Bale desapareció. Había vuelto a abandonarme.

Sentí que algo se rompía en mi interior. No sabía que aún me quedara algo intacto, algo que todavía no estuviera roto en mil pedazos.

Cerré los ojos y tuve una visión, una visión del pasado. Del pasado de Bale, para ser más exactos. Una vez más, lo vi frente a su casa. Era un crío. Oía su respiración entrecortada, jadeante. Pero en esta visión advertí un detalle que me llamó la atención; tenía los brazos levantados y, de las palmas de sus manos, brotaban zarcillos de fuego. No tenía cerillas.

La casa de Bale se incendió. Estaba rodeada de un bosque de árboles púrpura. Esa casa estaba en Algid.

Y, de repente, la visión empezó a desdibujarse, a transformarse. Bale ya no era ese niño menudito y pelirrojo, sino un adolescente de dieciséis años que avanzaba a tropezones hacia su casa.

No pude ver nada más porque la visión empezó a borrarse hasta desaparecer.

—Snow…

Era la voz de mi madre. Y me estaba alejando de él, de mi Bale.

Traté de silenciar esa voz. Necesitaba un minuto, solo un minuto más, para averiguar en qué parte de Algid estaba Bale.

—Yo puedo ayudar a tu Bale —insistió mi madre, para coaccionarme.

—¿Le enviasteis a Whittaker? ¿Para que me espiara? ¿Para que me enamorara de él? ¿Fue todo cosa tuya?

—¿Y qué más da ahora? Le amas, lo veo en tu mirada.

Eché un fugaz vistazo a la huella que había dejado el cuerpo de Bale sobre la nieve. Sí, mi madre tenía razón. Le amaba. Había cruzado el Árbol por él. Y, a pesar de todo, le seguía amando. ¿El fin justificaba los medios, tal y como Kai había dicho?

—Puedo llevarte a él. Puedo curarle. Ven con nosotros, cariño. Espera a las auroras. Aún no has alcanzado todo tu potencial, créeme. Si me acompañas, podremos ser la familia que siempre has querido. Algid es tu hogar.

Me extendió la mano.

—No la creas. Te matará en cuanto te des la vuelta, Snow —comentó Jagger.

Mi madre le lanzó una mirada fulminante.

—¿Y qué debe hacer? ¿Creerte a ti?

Miré a Jagger, después a mi madre y después a Jagger otra vez. Sabía lo que debía hacer, así que acepté la mano de mi madre.

Ella esbozó una sonrisa. No podía estar más orgullosa. Le apreté la mano. Noté una oleada de frío por todo el cuerpo. Se extendió por mis piernas, por mi torso, por mi mano… y por la de mi madre. Abrió los ojos como platos y supe que ella también la había notado. Su expresión cambió por completo. Di un paso atrás. Enseguida borró aquella estúpida sonrisa de su cara. Al principio estaba perpleja, confundida…, pero después torció el gesto e hizo una mueca de dolor. Intentó soltarse de mi mano, pero fue inútil. Su tez había perdido todo rastro de color y sus dedos habían empezado a endurecerse. A medida que el frío iba expandiéndose por su cuerpo su piel iba tiñéndose de azul.

Mi madre se convirtió en una escultura de hielo. El frío había congelado cada centímetro de su cuerpo. No era un hechizo que pudiera romperse o deshacerse. Esperaba que me embargara un sentimiento de arrepentimiento, pero no fue eso lo que sentí. Lo que me embargó fue una sensación de profunda tristeza. Congelar a mi madre no había servido para aliviar el dolor, sino para todo lo contrario. Ahora ese dolor se había vuelto permanente, como la cicatriz que mi madre tenía en la cara, un pequeño recuerdo del día en que había caminado sobre el cristal: seguía allí, tallada en hielo.

Le solté la mano. Lo había hecho.

43

Bale había caído en las redes del rey Snow. Mi madre se había confabulado con mi padre y juntos habían urdido un plan maquiavélico. Y yo la había congelado. Sí, ese podía ser un buen resumen de lo que había ocurrido. Esa era la triste, cruel y retorcida realidad.

Empezaba a flaquear. De repente, mis rodillas dejaron de aguantar el peso y cedieron. Jagger me cogió entre sus brazos. Había llegado a mi límite. Ya no podía más.

—Respira —susurró, y me estrechó en un abrazo. Pero en realidad lo que estaba haciendo era pedirme que viviera, que no tirara la toalla. Que sobreviviera.

—No puedo… —contesté, entre sollozos.

—Ya ha acabado —dijo Jagger, y echó un vistazo a los jardines de palacio—. La batalla ha terminado.

Howl se acercó para explicarnos lo ocurrido.

—Los soldados del rey me han pillado por sorpresa. Se han llevado a Margot, a Cadence y a Fathom. No he podido evitarlo. He utilizado todo lo que tenía para intentar salvar a Margot. Pero no ha sido suficiente.

Jagger cuadró los hombros.

—Deberíamos reunir a las ladronas.

—¿El rey está muerto? —preguntó Howl.

—No —contesté—. No he podido hacerlo.

Howl se quedó callada, digiriendo la noticia. Su tristeza se transformó en rabia. Miró a Jagger con los ojos entrecerrados y después empezó a golpearle el pecho con los puños.

—Se suponía que tú ibas a cuidar de ella, que no ibas a quitarle ojo de encima. Es el rey quien debería estar muerto, y no Margot —chilló Howl. Necesitaba desahogarse, descargar todo su dolor con Jagger.

—Snow ya lo sabe. Me refiero a Ora —advirtió Jagger, y miró la escultura de hielo por el rabillo del ojo.

—¿Qué? —pregunté.

Se me encogió el alma, por enésima vez esa noche.

Jagger trató de explicarse.

—No es lo que crees.

Notaba un peso sobre el pecho que me oprimía el corazón. Oía cada uno de mis latidos y, por un momento, temí que me explotaran los tímpanos.

—¿Sabías que mi madre estaba aliada con el rey Snow?

—Tenía mis sospechas.

—¿Y por qué no me lo dijiste? ¿Cómo has podido ocultármelo?

—Porque solo eran sospechas, nada más. No te habría ayudado en absoluto —replicó él.

—Mentiroso —le solté.

—¿Quieres la verdad? Está bien, aquí la tienes: no quería arruinar la misión —dijo—. Creí que, si te lo contaba, te echarías atrás. Estaba convencido de que en cuanto supieras la verdad, regresarías al otro lado del Árbol. Y no quería que te marcharas.

Jagger me había dicho quién era desde el primer momento y nunca se había escondido. Sin embargo, debo admitir que me sorprendió que me traicionara.

—No puedes culparle, Snow. En cuanto uno se vuelve un ladrón… —susurró Howl.

Estaba furiosa, triste y decepcionada. Me miré las manos. Todavía tenía la sangre de Bale entre mis dedos. Y, sobre todo, estaba agotada.

Jagger se acercó a mí.

—¡Déjame en paz! —grité—. ¡Y aléjate de mí!

—Sé que no hablas en serio, Snow —murmuró él.

—No te acerques. Y ni te atrevas a tocarme —le amenacé.

Él retrocedió. ¿De verdad creía que iba a congelarle?

Aunque había estado a punto de hacerlo.

Eché un último vistazo a mi madre. Después me giré y fui hacia el río.

44

Todavía llevaba el vestido que las ladronas me habían dado. La falda tenía cosidas miles de plumas mágicas. Me dejé llevar. Cerré los ojos y el vestido me condujo hasta el mismo punto donde había conocido a la Bruja del Río.

Saqué la polvera dorada del bolsillo. Estaba vacía. ¿Qué había hecho? ¿Y qué iba a hacer ahora?

El agua empezó a arremolinarse y advertí el reflejo de la única persona a la que podía recurrir.

—Tenías razón. En todo —dije.

—No tengas miedo, niña —respondió la Bruja del Río—. Este será tu hogar. Y te proclamaremos reina.

Agradecimientos

A mi editora Cindy Loh, por tu fe y genialidad. Snow no existiría de no ser por ti. Y también porque eres una cocinera maravillosa.

A mi equipo de Bloomsbury, muy en especial a Cristina Gilbert, Lizzy Mason y Erica Barmash; ¡gracias por acoger y apoyar a Snow!

A Joanna Volpe, mi agente y mi fuerza motriz. ¡Nunca dejaré de darte las gracias! ¡Sabes muy bien todo lo que hiciste y todo lo que haces!

A Pouya Shahbazian y al resto de mi equipo de New Leaf, gracias por cuidarme tanto y por iluminarme el camino.

A Ray Shappell y a Erin Fitzsimmons, por haber creado cubiertas tan bonitas que la gente no podrá resistirse a coger los libros.

A mi familia y amigos, gracias por estar siempre ahí y por entenderme cuando yo no he podido estarlo. Mamá, papá, Andrea, Josh, Sienna: vuestro amor y apoyo lo son todo para mí.

A Bonnie Datt, por ser mi salvavidas, por hacerme reír y por ser una verdadera amiga. ¡Nanette Lepore para siempre! Annie, Chris, Fiona y Jackson Rolland, os quiero un montón.

Lauren, Logan, Joe Dell. Laur, me alegro muchísimo de que nuestra amistad sea para siempre. Carin Greenberg, gracias por compartir tus consejos y esos almuerzos conmigo. Paloma Ramírez, te mudaste de ciudad, ¡pero siempre estarás cerca de mí! A Daryn Strauss, por ser una estrella y por hacerme sentir siempre como una. A Leslie Rider, por aparecer en mi vida y enseñarme a ser valiente.

A Kami Carcia, por ser una diosa dentro y fuera de las páginas. Kass Morgan, gracias por haberte leído el libro en el último minuto y por haberme regalado palabras tan hermosas.

A Jennifer Armentrout, Kiera Cass, Melissa de la Cruz, Margie Stohl, Melissa Grey, Valerie Tejada, Sasha Alsberg y Josh Sabarra, y a muchísimos más amigos escritores por enseñarme y por animarme.

A mi familia de *Guiding Light*, Jill Lorie Hurst, Tina Sloan, Crystal Chappell, Beth Chamberlin, y a todos los fans que siguen manteniendo viva la llama.

A Lexi Dwyer, Lisa Tollin, Jeanne Marie Hudson, Megan Steintrager, Kristen Nelthorpe, Tom Nelthorpe, Ernesto Munoz, Mark Kennedy, Maggie Shi, Leslie Kendall Dye, Sandy y Don Goodman, Mike Wynne, Matt W ang, Seth Nagel, Kerstin Conrad, Chris Lowe, Steve McPherson, Lanie Davis, Harry y Sue Kojima, y a todos los amigos en los que piense en el momento en que se publique el libro.

A los *bloggers* y *youtubers*, gracias por haber creado un mundo nuevo para los libros y por ayudarme a darles visibilidad.

A mis lectores, gracias por cruzar el Árbol conmigo. Aunque nadie leyera mis libros, seguiría escribiendo, pero vosotros hacéis que cada paso de este viaje sea más dulce y agradable. No hay nada más reconfortante que saber que aquello en lo que has puesto todo tu corazón está en manos de un lector y que, además, despierta varios sentimientos. Es lo más cerca de la magia que he estado nunca.

Danielle Paige

Danielle Paige se graduó en la Universidad de Columbia. Antes de dedicarse a la literatura para jóvenes, trabajó en televisión, gracias a lo que recibió un premio de la Writers Guild of America (Gremio de Escritores de América) y fue nominada a varios Daytime Emmys. Actualmente vive en Nueva York.

Este libro utiliza el tipo Aldus, que toma su nombre
del vanguardista impresor del Renacimiento
italiano Aldus Manutius. Hermann Zapf
diseñó el tipo Aldus para la imprenta
Stempel en 1954, como una réplica
más ligera y elegante del
popular tipo
Palatino

***

**

*

Stealing Snow
se acabó de imprimir
un día de otoño de 2017,
en los talleres de Liberdúplex, s.l.u.
Ctra. BV-2249, km 7,4, Pol. Ind. Torrentfondo
Sant Llorenç d'Hortons (Barcelona)

***

**

*